传承

广铁集团离休干部红色故事集

广铁离退部
广铁文联 ◎编

中国铁道出版社有限公司
CHINA RAILWAY PUBLISHING HOUSE CO., LTD.

图书在版编目（CIP）数据

传承 ：广铁集团离休干部红色故事集 / 广铁离退部，广铁文联编. -- 北京 ：中国铁道出版社有限公司，2025. 7. -- ISBN 978-7-113-32309-7

Ⅰ. I247. 81

中国国家版本馆CIP数据核字第202560QD24号

书　　名： 传承——广铁集团离休干部红色故事集
CHUANCHENG: GUANGTIE JITUAN LIXIU GANBU HONGSE GUSHIJI

作　　者： 广铁离退部　广铁文联

策　　划： 王晓罡

责任编辑： 张　明　**编辑部电话：**（010）51873004　**电子邮箱：** 513716082@qq.com

封面设计： 宿　萌

责任校对： 安海燕

责任印制： 赵星辰

出版发行： 中国铁道出版社有限公司（100054，北京市西城区右安门西街 8 号）

网　　址： https://www.tdpress.com

印　　刷： 北京盛通印刷股份有限公司

版　　次： 2025 年 7 月第 1 版　2025 年 7 月第 1 次印刷

开　　本： 710 mm×1 000 mm 1/16　**印张：** 24.25　**字数：** 396 千

书　　号： ISBN 978-7-113-32309-7

定　　价： 118.00 元

编委会

序言

奋斗足迹，历久弥新。

2024 年国庆前夕，中国铁路营业里程突破 16 万公里，孙中山先生 100 多年前在《实业计划》中提出的设想在新时代走进现实。绵延的铁道线，往复穿梭的机车，350 公里的时速，铁路建设巨变的背后，是综合国力的体现，也是一代代铁路人无私奉献的初心使命。他们的精神和胸怀值得书写，值得颂扬和传承。

结集出版这部《传承——广铁集团离休干部红色故事集》，是因为书中这些人是中国革命和社会主义建设的见证者和参与者，是铁路红色教育的“活化石”。通过深入挖掘、生动展现他们忠诚、执着、朴实的鲜明品格，以明快的笔触、生动的形象、翔实的史料，将他们的非凡经历转化为一个个精彩的人物故事，汇集成一部红色教育书籍，对于集团广大干部职工，特别是青年一代，深入贯彻习近平总书记重要指示批示精神，学习“四史”，进一步增强“四个意识”、坚定“四个自信”、做到“两个维护”，大力传承和发扬好铁路红色基因和艰苦奋斗的优良传统，具有重要意义。

书中全景式记录了铁路前辈参加革命、保护和建设铁路的辉煌历程。有与敌特斗智斗勇的，有用血肉之躯保护铁道线的，有为铁路建设和改革发展探索的，也有为铁路事业奋斗一生的感人故事……作品有故事性、思想性、艺术性和历史性，内容丰满、情感真挚，可以说是一部不可多得的红色精神传承佳作。

人无精神则不立，国无精神则不强。精神是激荡人心、鼓舞斗志的动力源泉。开天辟地、敢为人先的首创精神，坚定理想、百折不挠的奋斗精神，立党为公、忠诚为民的奉献精神，等等。这些中国精神，都是实现中国梦的精神纽带。中国精神，是凝心聚力的兴国、强国之魂。在新时代新征程中，要推动铁路企业高质量发展，必须传承好铁路红色基因，不断丰富完善铁路精神谱系。

落其实者思其树，饮其流者怀其源。组织出版《传承——广铁集团离休干部红色故事集》，其目的就是铭记历史、感恩前辈，传承和弘扬他们的奋斗精神，为以中国式现代化全面推进强国建设、民族复兴伟业贡献更多的精神力量。在此也感谢诸位作者的艰辛付出，书写出无愧于时代、无愧于历史的华彩篇章！

《传承》编委会

2025 年 5 月

目录

001 南方的轨迹 ››› 李　夫
——记改革先锋“杨大胆”二三事

016 岁月守望　铁轨人生 ››› 靳　莉　邓　微
——记张喜春的九十五载非凡人生

029 发现光　追随光　成为光 ››› 李艳芝
——记中国铁路广州局集团有限公司离休干部丁敏

042 从抗日“小英雄”到英雄的母亲 ››› 张伟英
——《高山下的花环》式英雄的母亲张淑杰之家庭回忆录

057 从地下工作到抗美援朝 ››› 王香瑞
——共产党员石光明的烽火岁月

068 把忠诚融入血液里 ››› 徐晓辉
——访广铁公安局广州公安处离休干部杨希堂

078 烽火岁月淬军魂 ››› 万蕊新
——记广州局集团公司离休干部陈世纲

093 自有青青松柏心 ››› 孙学静
——杨春根同志的革命生涯

098 洞庭湖畔湘江人 ››› 张建华
——访长沙铁路实业公司离休老人陈国建

112 一生平凡事，半世野战军 ››› 邓 微 靳 莉
——长沙办事处离休干部赵文贵同志事迹

121 两次临战的洗礼 ››› 刘洪胜
——记长沙办事处离休干部黎时若

131 一颗闪耀的红心 ››› 陈应军
——记原怀化分局医院院长张珉

140 转战南北 情定雁城 ››› 梁雅白
——百岁老兵徐世璋的烽火岁月

159 北雁向南飞 一生献给党 ››› 曹国斌
——记长沙客运段衡阳片离休干部张云山

172 关于昨天的故事 ››› 谭远华
——记长沙客运段离休干部赵瀚卿

186 迎春花的依恋 ››› 龚为希
——采访离休干部曲贵东

203 穿行三八线的蒸汽 ››› 钟奋生
——记志愿军特等司机苗润萱

215 胶片上的硝烟 ››› 钟奋生
——记抗美援朝铁路文职兵马汉德

229 道　钉 ››› 章　剑
——记娄底工务段离休干部祝树荣

244 从戎装到工装 ››› 胡福祥
——记广深铁路股份有限公司离休干部周润

252 方寸之地　笔下乾坤 ››› 马　鑫　向丽艳
——王桂芬的机要人生与家国情怀

258 一片丹心为国护路 ››› 王之慧
——记江村站离退休干部苏少庭

270 传承红色基因，聆听抗战老兵的故事 ››› 吴小英
——记广铁抗战老兵徐依双

282 走向光明 ››› 范　恒
——记广州车务段离休干部杨绍庆

292 一片赤心付碧海 ››› 陈骏伟
——记海南铁路离休干部王普生

309 他将岁月赠铁路 ››› 漆玉先
——记长沙电务段离休干部徐文仲

314 闪烁依然的星耀 ››› 肖强虎
——追摄贾新华

324 湘水千里颂楷模 ››› 漆玉先
——记长沙电务段离休干部谢芳生

334 永远跟党走 ››› 谢小玲
——广州客运段离休干部侯土生

338 剑胆琴心 ››› 江义广
——记原广铁中心医院离休干部赵玉琴

344 珠联璧合 ››› 马 鑫
——记中国铁路广州局集团有限公司离休干部汪立虎

350 铁血丹心照山河 ››› 徐 勤
——“三战”老兵钱荣的生命史诗

372 歌曲：传承 ››› 作词：陈志雄 作曲：刘洪胜

373 代后记 ››› 陈志雄

南方的轨迹

——记改革先锋“杨大胆”二三事

□李　夫

杨其华采访视频

时间是检验一切的试金石。

党的十一届三中全会后，中国开始了波澜壮阔的经济起飞历程。伴随着改革进程的不断深入，一个个敢于“吃螃蟹”的人脱颖而出，一个个有胆有识的企业家也应运而生。1988 年 4 月，中国企业家协会在北京宣告成立，评出的 20 名首届全国优秀企业家，受到中央领导的亲切接见。这支被当时媒体称为“改革敢死队”的成员中，排在第 16 位的是来自铁路行业的唯一代表——广州铁路局局长杨其华，外号“杨大胆”。

杨其华是十一届三中全会召开的那一年出任局长的，时年 48 岁，是当时铁道部 12 个铁路局中最年轻的局长，一直干到 1993 年超期离休时，他成了年龄最大的局长。在近 16 年的局长生涯中，他因在全国铁路系统中率先推行改革而得“杨大胆”诨号，带领广州铁路局创造了数十个“第一”，诸如中国铁路改革“第一号种子”“第一片试验田”“第一个在铁路实行全面大包干”等。

2008 年，在庆祝改革开放 30 周年之际，杨其华荣获“中国企业家改革纪念章”。这次荣获纪念章的 109 位企业家，毫无疑问，是我国改革开放 30 年来在经济领域中涌现出的成千上万名企业家队伍中的佼佼者。

弹指一挥间，改革开放至今已近半个世纪。现在，党的二十届三中全会

又吹响了进一步全面深化改革、推进中国式现代化的号角。习近平总书记指出，改革开放是党和人民事业大踏步赶上时代的重要法宝。改革开放只有进行时，没有完成时。

那么，当年那些在改革的激流中勇于创新的老一辈企业家，在当今又有何现实意义呢？

于是，笔者带着这个疑问，在2024年的夏秋之交，采访了杨其华。考虑到当年的“杨大胆”如今已是94岁高龄的老人，笔者不忍心多打扰，只挑几个重点来采访，核心是“杨大胆”胆从何来？

谈起过往，杨老神采奕奕、思路清晰，伴随着爽朗的笑声，“疏通、盘活、做强”三个故事跃然而出……

激战坪石口 疏通“卡脖子”地段

《礼记·中庸》有言：“凡事预则立，不预则废。”这句话适用于个人，也适用于地方或企业。

早在两千多年前，岭南地区的番禺、徐闻、合浦就因其优越的地理条件，发展成为三大贸易港口。之后一直处于中外贸易和中西交往的前沿位置。尤其是进入明清时期，粤商作为继徽商、晋商之后崛起的另一股强大的商业力量，他们对近现代中国的影响远远超越了传统商人单纯逐利的原始边界。因此，当近代工业文明的火车出现之后，粤汉、广三、广九、新宁、潮汕铁路便在南粤大地铺设开来。

要想富，先修路。古人是这么想的，今人也是这么想的。“十里一置飞尘灰，五里一堠兵火催。颠坑仆谷相枕藉，知是荔枝龙眼来。”不管古代皇家的快骑有多快，若是没一条好路，“八百里加急”也无法将岭南佳果保鲜送至长安。清朝晚期，清政府为打通京广大动脉，修筑了京汉铁路，接着又建粤汉线。其时，内忧外患，国贫民穷。历时40年，粤汉铁路才于1936年全线通车。

粤汉铁路开通后，历经抗日战争、解放战争，线路几度中断。进入20世纪下半叶，正当改革开放的春风吹拂神州大地之时，这条线又患上了“肠梗阻”。

20世纪80年代初，我国南北大动脉京广线北京至衡阳是复线，再往南是单线。湘粤交界处坪石口吞吐不畅，成了“卡脖子”地段：全国每年有50%的物资运不进广东，广东有一百万吨“广货”运不出坪石，湖南外贸通过坪石口出口物资只能完成47%。不仅湖南外贸受损，深圳特区建设需要大量的水泥也转向香港供应，倒流进口让国家多花费外汇。衡广区段成了全国两个最严重的“卡脖子”区段之一!

“车皮、车皮，我要车皮！”一封封电报雪片般飘来。

“车票、车票，我要车票！”一个个与广东有关联的火车站都在告急。

地处改革开放前沿阵地的广州铁路局，成为万众瞩目之地。货主关注，旅客关注，中央也在关注!

1981年春，国务院副总理万里来到广州，询问广州铁路局局长杨其华：“三年为期，把衡阳至广州区段运输能力提高两百万吨！你们行不行？”

三年提高运输能力两百万吨，那是什么概念？等于净增四万个车皮！杨其华一听，顿时难免有些紧张。可他深知老部长的性格，不敢含糊，略微深思了一下，便斩钉截铁地回答：“行！”

1975年邓小平同志复出担任国务院副总理时，为挽救濒临崩溃的国民经济，决定展开全面整顿，并把铁路系统定为全面整顿的突破口。其时，万里上任铁道部长不到20天，邓小平两次召见他，并一再强调：要用最快的速度、最有力的措施，迅速改变铁路面貌。随后，万里会同国家计委有关人员，深入调查研究，起草了《中共中央关于加强铁路工作的决定》（定稿后成为闻名中外的中发〔1975〕9号文件），并提出实现“四通八达，畅通无阻，安全正点，当好先行”的目标。遗憾的是，9号文件没执行多久，邓小平下台，万里也下台。然而经过历史证明：9号文件是那个特殊时期一份极为重要的文件，在1975年铁路整顿过程中发挥了纲领作用，在国民经济各行各业整顿中发挥了指导性作用。1977年6月，万里调任安徽省委第一书记。他以大无畏的勇气和非凡的政治胆识，打破“左”的禁锢，大力支持“包产到户”“包干到户”的做法，因而留下“要吃米，找万里”的一段佳话。

此时，正是“粤江二月三月来，千树万树朱花开”的木棉花盛开季节。万里副总理风尘仆仆来到广州，参加在珠岛宾馆召开的解决广东省交通运输问题的会议。尽管会议决定从中央和地方财政中集资4亿元改造衡广线，可由于国家资金困难，4亿元的投资并不好落实。他很清楚这个情况，所以试探性地询问杨其华。

杨其华心里也很明白：按照老规矩，历来是国家管修路，铁路部门管运输，如果坐等国家拿钱把铁路修好，别说三年，再加两个三年也未必能完成老部长交代的任务。因此，必须打破常规，另辟蹊径，走内部挖掘扩能的道路，向老铁路、老设备要运输能力。所以，他在心里盘算了一番，才回答老部长。

一个“行”字掷地有声，如一块巨石砸下，在局机关引起了剧烈震动。震动之后，又出现一个巨大的问号：怎么个“行”法？

“路是人走出来的。行不行得通，走了才知道。”杨其华15岁就进入哈尔滨铁路工厂做钳工，17岁加入中国共产党，随后跟着南下大军，一路高唱“解放全中国”的歌曲，走天津，走北京，走郑州，走武汉，落脚到广州，什么路都走过，因而在扩能动员会上，他讲完行路事，转而非常激动地说：“我

们喝的是广东、湖南的水，吃的是广东、湖南的米，如果不把铁路运输搞上去，有何面目见家乡父老！”

于是，杨其华决心给坪石口的“肠梗阻”动手术：更新改造站场、股道、信号机；改进运输组织，增加列车对数、增加牵引吨数、增加列车编成辆数。

“这么大胆干，出了事故谁负责？”会议讨论时，众人都吓出了一身冷汗。

“我是局长我负责！”杨其华拍着胸脯说。

可是，业务部门有的同志还是有着深深的担忧。

“改造线路，铁路技规允许吗？”工务处长说。

“每列车多挂两个车皮，车站股道不够长摆不下啊！”运输处长说。

“每列车多拉一百吨，机车趴窝不动怎么办？”机务处长说。

总之，因为是打破常规的事，难度巨大。

“改革，不是开太平车，就得担风险！老话儿都说了，富贵险中求。先试一试，失败了再总结经验嘛！不敢试，无非就是怕出事故、怕负责嘛！”杨其华当机立断，布置明天就行动，“我和机务处长薛志平上郴州机务段，研究长大坡道爬坡难题。请副总工程师赵兰谷带领一班人马，负责七个车站的股道延长工程。”

话音刚落，会议室里就有人窃窃私语。杨其华在铁路干过机务、车辆、客运、工程，当过团委书记、党委书记、三线工程指挥部副政委、政治部主任，业务能力强，政治过硬，敢担当，大家都佩服。可他大胆重用年轻人，引起了一些“老资格”的不满。

就说这个赵兰谷，原是广州南站一个普通工程师。他 20 世纪 50 年代大学毕业，任劳任怨，业务拔尖，铁路局每年编制错综复杂的列车运行图都得请他来，编好后又让他回去，20 多年得不到重用。杨其华发现这个人才后，力排众议，把他调进局机关。现在屁股还没坐热，又让他带队负责改造线路，难免会让一些人有意见。

“大家有意见可以说。”杨其华端起茶杯喝口水，润润嗓子，见众人不语，便大声宣布：“疏通坪石口，提高运输能力两百万吨，可以多，一吨也不能少，三年期限！散会。”

次日，杨其华和机务处处长薛志平就来到了郴州机务段。

58 岁的机务段段长，胆小怕事，不敢尝试，被批评了一顿后靠边站。杨其华同薛志平商量后，决定让机车司机出身的副段长李士勇顶上，组织超轴牵引的试验。试验选择了最难拉的“油龙车”——一列油罐车，由一个技术水平中等的乘务组，驾驶一台前进型 6365 老式蒸汽机车，在坡度最大的区段反复试验。

为什么要选择中等，而不是技术水平最高的乘务组？杨其华是怕曲高和寡，即便试验成功，推广不下去也是白费工夫，到头来就是一场作秀。

“桃之夭夭，灼灼其华。”虽然杨其华的名字是那么有诗意，但他讨厌作秀，做什么都踏踏实实。

试验车从衡阳站始发前，杨其华和薛志平等人从车尾走到车头，一辆车一辆车地查看，爬上车核对载重量，钻车底检查车辆状况，确定无疑，才登上机车头。

“呜——”随着一声汽笛长鸣，列车一路呼啸南下。当跑到枣子坡段时，在列车呼哧呼哧的喘气声中，炉门急速地一启一关，逼得司炉急速投煤，一铲快过一铲。杨其华一边盯着手表秒针，一边计数，六十秒三十铲，每铲约三公斤，三十分钟轮番投，总共九百铲、一吨半煤。看着三位挥汗如雨的机车乘务员，杨其华在感动的同时，也得到一个启发：车要加煤，人要加钱。必须打破大锅饭，奖金不能一锅煮，要向一线职工倾斜。于是，他笑着对乘务员说：“伙计们，加油！超吨有奖！”

经过多场试验，事实证明，每列多拉 100 吨完全可行。

线上这一边，赵兰谷副总工程师带领的攻坚团队，更新改造站场、股道、信号机，也进展非常顺利。上下齐心，突破一个又一个难关，坪石口日接列车从 780 辆提高到了 860 辆，提前两年达到并超过了万里副总理提出的每年多运 200 万吨的目标。到了 1986 年，日均突破 1 000 辆，达到 1 073 辆，比上年多拉货物 196 万吨。在客运方面，京广间 15/16 次、47/48 次从原来挂车 15 辆增加到 20 辆，广州至长沙间加挂到 25 辆，每年多运旅客 40 多万人次。取得了社会效益与经济效益双丰收。

撤掉元首厅　盘活广州站

功以才成，业由才广。

杨其华喜欢读美国女企业家玛丽·凯·阿什的《用人之道》。书中总结出的许多经验，他都会拿来实践，比如“要当好一个经理，必须懂得鼓励人们取得成功的价值”之类。

杨其华没有食言。在搞超吨牵引时，除了兑现超吨有奖外，他还果断地决定给“三员一长”（机车乘务员、车站调车员、车辆检查员和运转车长）发放岗位津贴。这事在当时，可是个禁区！

“你好大胆啊！这件事弄不好要坐牢的。”有一天，铁道部老部长吕正操到广州，听了杨其华的汇报后幽默地调侃道，可当了解到效果很好时，马上又为他打气，“其华，别怕。万一怪罪下来，我陪你坐牢！”

更大的禁区，还有用人方面。在讨论提拔赵兰谷当总工程师时，有人提出异议：“赵兰谷当副总工程师不久，现在提拔为总工程师，是不是年轻了点？是不是快了点？”

杨其华耐心地解释道：“他已经五十岁了，不年轻啦！四化建设正是用人的时候，还需要更多更年轻的人走上领导岗位才行啊！”

就这样，经过杨其华耐心细致地做思想工作，局党委常委们统一了认识。1982年，在铁道部的领导下，广州铁路局率先在用人制度上作出大胆改革，改变了过去那种“帅不能点将”的局面，有四百多名像赵兰谷一样戴着“限制使用”帽子的干部摘了帽，有五百多名年富力强的新干部走上了领导岗位。

转眼又是一年春。1983年，中央电视台首次举办春节联欢晚会，开创了中国电视综艺节目的先河。令全国人民耳目一新的春晚，反映出改革开放的形势和文化领域的活跃氛围，以及国人思想解放、振奋激扬的心理态势。

这年秋，杨其华跟随深圳市委书记梁湘到日本考察。身为铁路人，杨其华一路上最关注的是日本铁路。特别是在东京车站、大阪车站，看到五光十色的广告、琳琅满目的货架、川流不息的客人，给了他强烈的震撼：这里不仅有商场、宾馆、酒店，还有电影院、歌舞厅，哪像个火车站啊！接着一打听，更让他大吃一惊：有些车站的多种经营收入竟然超过客运收入！回想起一年前，他作出决定试办的深圳站小型商场和酒楼，跟日本车站的比起来，那简直是小菜一碟。

那是深圳车站服务公司与香港聚利发有限公司合资兴办的项目，引进港资45万港元，按六四分成，三年还本享利五年。虽然开办一年就为车站增加了几十万元外汇收入，可也引来了一堆风言风语：“跟资本家合作”“别出心裁，不务正业”！“降低服务质量”“严重违反铁路客规”！

五年前的秋天，改革开放的总设计师邓小平在日本考察新干线时曾感慨地说：“就像风一样快，新干线推着我们跑，我们现在很需要跑！”

此刻，杨其华坐在新干线“像风一样快”的列车上，心底有如大海巨浪在翻滚，车越快，思绪越难平静。车窗外，一座座村庄飞过，一个个车站飞过，那些封闭的观念，那些传统的偏见，那些僵化的模式，也跟着在他的脑海里一一掠过。列车像一颗子弹，打在坚硬的站台上——终点站到了，他脑洞大开，突然蹦出一个奇思妙想：学习日本人，盘活广州站！

东西南北中，发财到广东。1979 年 4 月 4 日，伴随着改革开放的春风，中断了 30 年之久的广（州）九（龙）直通车重新出发，由此，广州站成为中国改革开放向世界展示的一个重要窗口，成为无数个外来寻梦者迈向新生活的起点，成为铁路春运的开篇之地。

熙熙攘攘的广州站，寸土寸金。杨其华从日本考察回来，立马就到了广州站的元首厅。

1974年4月12日建成的广州站，站场总面积12万平方米，总建筑面积2.86万平方米，主体建筑左右对称，立面中间高两边低，其布局带有鲜明的苏式建筑风格，是华南地区最大的铁路枢纽和中心客运站。主楼四层，楼高26.8米，外立面正中央挂着一个高4.5米、宽5米的大型电钟，被誉为“广州第一钟”。候车大厅里的广州第一部电动扶梯，在安装初期吸引了很多市民专程来参观、乘坐。1985年，该站当选为羊城新八景之一，被命名为“流花玉宇”。

“流花玉宇”里有个鲜为人知的元首厅。拥有四百平方米红地毯、绿绒窗帘的元首候车厅，建成近十年没接待过一次客人，价值三万元的地毯在白白地霉变，价值一万多元的窗帘每三年要白白地更换一次，还有负责接待的人和设备也是白白地耗费。杨其华每每想起这个元首厅，就感到很痛心。也许是心有灵犀，有一回老部长吕正操在广州站视察时，看见空空荡荡的元首厅，也说过：“这么多空间闲着，的确太浪费了。”

可杨其华还是不敢轻易下手处置。万一哪天真有元首来候车，又该怎么办呢？

“其实也没啥大问题，车站还有几个贵宾室，元首到贵宾室候车也不失体面。”在广州站召开的多种经营现场研讨会上，与会者都觉得可以撤掉元首厅。杨其华提出“建成一座多功能设施的广州站”的建议，得到了局党委常委们的支持。

“那就干！”杨其华豪气冲天地说，“把一切空间都利用起来，办商场、办旅店、办酒楼。”

他把任务交给了广州分局和广州站：走合资的道路，发展多种经营，满足旅客需求，全方位、多层次服务，实现社会效益和经济效益双丰收。

经过多次洽谈，商定香港聚利发有限公司投资 1 850 万元，广州铁路局投资 150 万元。1984 年 4 月 18 日，全国铁路第一家集吃、住、行、购、玩多重服务的合作经营企业——广州车站旅行服务有限公司顺利开张。

公司设有旅业部、商场部、酒楼部、购销部，对外统称广州站大酒楼，占地面积 5 700 平方米，固定资产 50 万元，有 700 多名员工，在当时算得上是一家大型企业。酒楼同时可接纳 1 600 多人用餐，一开张就生意兴隆，每天客流量过万人。客房部有床位 204 张，有空调、地毯，入住率 90%；有 20 多间单人房，入住率达 200%。购销部经营的录像厅、歌舞厅，日夜不息。

2024 年中秋节前，笔者采访了退休在家的原广州站商场部副经理梁卓棠。时隔几十年，谈起当年在商场部的工作经历，他仍然激动不已。

梁卓棠说：“我们原先只有几个柜台，一年的营业额也就 4 万元，合作扩建后每月就有 400 多万元，大到摩托车、电冰箱，小到香烟、火柴，高中低档的品种有 2 000 多个，生意火得不得了。”

广州站大酒楼年纯利润 458 万元，开张仅三年就还本完毕。营业额超过了老字号大三元酒家，成为广州十大酒楼之一。1994 年被评为二星级酒店，是全国铁路第一家星级酒店。曾在此举办过俄罗斯美食节，他们也走出去到俄罗斯办过中国美食节。

培育一号种子　做强广深公司

世间万物皆有缘，天地苍茫总相连。

铁路与政治、经济、文化关系重大，历来为中外共瞩，始终处于社会变革的关节点和发力点。近代中国铁路建设，对外争“国权”，对内争“官办”“国有”，呈现出“官督商办”“官督民办”“商督商办”“商督民办”等筹资和管理模式。1898 年，英国政府向清政府强索五条铁路筑路权，其中就有广州至九龙的铁路，即中国第一条连接内地与香港的广九铁路。

广九铁路于清光绪三十二年（1906年）动工建设，清宣统三年（1911年）全线贯通，分华段与英段两部分，全长178.55公里。华段从广州大沙头至深圳，共计142.77公里，由清政府向英国贷款150万英镑修建；英段从深圳至九龙，共计35.78公里，由英国修建。

这条诞生于西方列强瓜分狂潮下积贫积弱的晚清时代的铁路，尝尽民族屈辱，历尽战火兵燹，曾几度停运。未曾想到，历史翻开到1984年1月1日这一页，这条线上竟然培育出中国铁路改革第一号种子——广深模式。

故事还得从1979年说起。那年4月4日，也就是党的十一届三中全会胜利闭幕后的第103天，广州火车站彩旗飞扬，锣鼓喧天。上午8时20分，东风3型0149号机车披红挂彩，在万众瞩目中徐徐驶出，越过“广州—九龙直通旅客列车通车典礼”红底白字的横幅，一路高歌奔向九龙。那时，香港铁路还比较落后，当港澳同胞看到崭新的国产内燃机车和宽敞的车厢时，既感到自豪又羡慕无比。

后来，香港当局投资改造铁路，实行了双线电气化，每隔十五分钟开出一趟客车，设备条件超过了内地，而广深铁路还是单线，设备也较为落后。

没有对比就没有伤害。1983年3月，铁道部部长陈璞如从泰国参加亚太交通部长会议后途经香港，乘坐广九直通车到广州。一路上，他听了新华社香港分社负责同志关于要求增加一趟广九直通车的汇报，又目睹广深线的落后状况，心急如焚。

于是，陈璞如同广东省负责同志磋商后，就把杨其华请到珠岛宾馆，将途中见闻和自己的一些想法和盘托出：广大华侨和港澳同胞对改造广深铁路的要求很强烈，广深双线建设得加快进行；要抓住香港房地产跌价时机，抓紧购进房子为今后发展广九铁路做准备，以适应我国对外开放和特区发展的需要；广州铁路局地处改革开放的窗口，是中国铁路探索改革的桥头堡，铁道部相信广州铁路局。

“真是太好了！”杨其华一拍大腿，抑制不住激动的心情，从沙发上站起来说，“实不相瞒，我也早有这个想法，就等部里的一声令下！给我权，我也要办一个‘铁路特区’！依靠自我积累，三年修通双线，五年还本付息。绝不食言，我愿立下军令状！”

“好，有信心就好。该给的权，一定会给你！”陈璞如部长也不含糊。因为他很清楚：铁路长期以来收支两条线，几十年一贯制的封闭型管理体制，想要突破，仅有魄力是行不通的，还得有自主权。

1983年7月，国务院批准了广东省、铁道部关于成立广深铁路公司的报告，并让杨其华兼任总经理。这一年，杨其华当选为第六届全国人大代表。

手里握着指挥棒，杨其华的胆气更足了。他和班子成员们一起研究，决定把探索中国铁路建设和管理的新路子作为公司的宗旨，实行“自主经营、自负盈亏、自我改造、自我发展”的新体制，这就是广深模式。

按此模式，经国家批准，公司有充分的自主权，实行特殊运价。同时规定除照章纳税 15.3%、并以 1983 年上缴国家税金 2 000 万元为基数每年递增 2.32% 外，公司要在五年内完全依靠自身积累，完成投资达 6 亿元的广深铁路双线改造工程。

这是中国铁路体制改革的第一个“试管婴儿”，一诞生就突破了国家修路、企业经营的旧体制，使企业变成了投资主体。广深铁路公司是从广州铁路分局分拆出来的，虽说是新公司，可人还是那些人。在公司成立典礼上，杨其华意味深长地讲了一番话：“中央领导说过，广东要办特区，有两个制约因素，一是交通，二是能源。现在深圳特区发展很快，铁路跟不上，公司成立的目的，就是要我们把铁路从限制型改变成适应型。所以，大家要有个新的思想准备，公司的干部别想图舒服。今后搞建设花的不再是国家的钱，而是企业自己的钱，这就要求我们必须精打细算，质量要好，花钱要少。”

这位睿智、干练的大局长兼小公司总经理，首先把眼光盯在作为开支大户的基建工程上。过去，铁路建设是行政指定设计、施工单位，没有竞争，以致敞开口子花钱，“胡子工程”多。现在，杨其华要大刀阔斧地改革，在招标发包中提出四个条件：工期短、投资省、质量高、信誉好。而且，铁路内铁路外一视同仁，谁中标就给谁干。

深圳土木工程公司（以下简称深土公司）是广州铁路局自己的工程队伍，

在广深线的新塘、下元、仙村三个站的改建、扩建中，连投三标一标未中。当时，参加投标的有十多家铁路内外的公司，深土公司的分值竟然比不过一家小县城的民营工程队。该公司不仅丢了面子，还砸了铁饭碗，面临困境。于是，有人找到杨其华说情：“肥水不流外人田，咱们自己的工程要照顾自己的施工单位，他们发不出工资怎么办啊！”

“不能养懒汉队伍，有本事就中标去。”杨其华回答得很干脆，“我还要在全局电话会议上点名批评，让他们深刻反思一下，就是要把他们逼得自我革新！”

其实，杨其华也没过多地责怪深土公司，在批评的同时也帮他们分析一标未中的原因，并鼓励他们要敢于面对现实，改革创新、放眼未来。当时，在“时间就是金钱，效率就是生命”的深圳特区，有来自全国各地成百上千个工程施工队伍，全国铁路系统的也有七八家，可谓高手如林，竞争激烈。

就像是温水锅里的青蛙，猛地泼下一瓢滚烫的沸水，让深土公司一瞬惊醒。痛定思痛，为了“雪耻”，深土公司发动群众攻关献策，提出了“以质求胜、以快求益、以好求存”和“敢于竞争、敢于开拓、敢于拼搏”的企业精神。

经过一番努力之后，在罗湖桥工程投标时，深土公司以 140 万元中标，一举战胜了大桥局、基建三局等十余个强力对手。这座桥，一半由港方修，一半由深土公司修。该公司职工摽着劲儿与对方比速度、比质量，结果比港方早两个月完工。

一炮打响，创了牌子，有了信誉，深土公司喜事接踵而来：布吉车站扩建、笋岗南工业站施工、清水河仓库专用线建设、平湖南站扩建工程中标，深圳市重点建设项目、全长 860 米的高架铁路桥，也与两个兄弟单位并肩中标。值得一提的是，这个当初只有一两百人、三辆解放牌汽车、两台推土机，固定资产 102 万元的深土公司（现全称为深圳广铁土木工程有限公司），到 2024 年已发展到有 426 人，固定资产 1 392 万元、资产总额 36 亿元。

俗话说，攒钱针挑土，花钱水冲沙。杨其华不光盯紧基建工程，也紧紧地咬住创效这块“肉”。广深铁路公司一诞生，在经营上就面对许多竞争对手：

地上有巴士，天上有飞机，海上有轮船和气垫船。为了吸引客流，他提出要从安全、速度、舒适和服务质量四个方面战胜对手。于是进口了空调车厢，在列车上推出自助餐、风味餐、早茶等服务，并在广九直通车上销售免税烟酒和各地名特产，千方百计地使旅客感到舒适满意。另外，还建立了客货运输服务网络，从而保障了充足的客源和货源。

人心齐了，路子对了，广深公司如一匹骏马，一路狂飙，运输收入年均递增49.7%，净利润年均递增80.7%，每公里营业运输收入为全国铁路平均水平的3.3倍，人均创利高于铁路平均水平5.6倍。147公里的广深铁路双线工程，也提前一年于1987年1月开通。

广深模式的成功，增强了杨其华探索新路的信心。1986年3月，国务院批准全国铁路实行大包干。杨其华首先向铁道部请战，要求全面承包。得到批准，广州铁路局成为全路12个局中第一个全包的铁路局。

按照承包方案，四年中，广州铁路局除了向国家缴纳营业税4.3亿元，向铁道部上缴积累9.6亿元之外，还要积累16.4亿元用于本局铁路建设和改造，用4.2亿元购买机车和客车，用15亿元进行设备的更新改造和大修。收支相抵，资金缺口高达10亿元。当时，铁道部有几十亿元缺口。广州铁路局以一局之力背回10亿元，承担了全路三分之一的资金缺口。

局长杨其华胆子真是大。1988 年 3 月 28 日，《羊城晚报》一版头条新闻中讲的“‘杨大胆’又杀出来了”，指的就是这件事。“杨大胆”的诨号由此流传。

广深公司创造了广深速度，第一号种子结出了丰硕的果实，并在广州铁路局四处传播“第一”：第一个成立“自筹资金、自我建设、自我贷款、自我发展”的合资铁路三茂公司，第一个成立“边筹备、边建设、边运营”的合资铁路广梅汕公司，第一个成立中外合资、股份经营的深圳平南铁路运输公司，第一个开辟“无轨车站”，第一个开行行包快运专列，等等。数不胜数的“第一”。

1992年4月18日，广深铁路公司改名为广深铁路总公司。1996年4月9日，广深铁路总公司改制为广深铁路股份有限公司。1996年5月，广深铁路股份有限公司成功在美国纽约、中国香港发行H股，成为我国铁路首家在境外和中国香港地区上市的企业。2006年12月22日，广深铁路A股在上海证券交易所挂牌上市。

1993年2月8日，广州铁路局率先改制为全国第一家铁路运输企业集团——广州铁路（集团）公司。

2013年政府改革，将铁道部予以拆分，铁道部承担的企业职能整合成立为中国铁路总公司。

2017年11月19日，改制后的全国18个铁路局集团公司集中挂牌，标志着铁路总公司改制取得重要成果，为中国铁路实现从传统运输生产型向现代运输经营型发展迈出重要一步。也就是在这一天，广州铁路（集团）公司改为中国铁路广州局集团有限公司。

2019年6月18日，中国铁路总公司改制成立中国国家铁路集团有限公司。

从铁路局到铁路局集团有限公司，从铁道部到中国铁路总公司，再到中国国家铁路集团有限公司，沿着这条几十年的铁路改革之路溯源，我们不难发现，有不少借鉴了杨其华曾经领导下的广深公司、广州局集团公司的经验。虽说当今的改革已进入深水区，那些摸着石头过河的经验也许不合时宜了，但他的改革勇气、改革精神、改革智慧仍然宝贵，仍然值得“改革永远在路上”的人们学习。

如今，94岁高龄的杨其华担任广铁集团老战士协会理事长，依然发挥着一名老共产党员的余热，曾荣获全国老年工作者“功勋奖”。在2025年新年到来之际，又被评为全国离休干部先进个人。

杨其华是中国铁路改革的“活化石”，光荣的参与者和见证者。从某种意义上说，杨其华在改革激流中拼搏奋斗的一生，也正是广铁集团在改革开放中拼搏奋斗的历程；他的光荣，是广州局集团公司的光荣，也是中国铁路的光荣！

岁月守望　铁轨人生

——记张喜春的九十五载非凡人生

□ 靳　莉　邓　微

张喜春采访视频

清晨的阳光洒在铁轨上，泛着冷冽的光，像一条蜿蜒的银带，伸向远方的地平线。九十五岁的张喜春目光追随着一列疾驰而过的列车，直到它消失在视线尽头。他的眼神里，藏着岁月的深邃与宁静，仿佛那铁轨上每一道划痕，都是他人生故事的注脚。

从抗美援朝的烽火岁月，到铁路建设的蓬勃年代，再到离休后的平凡日子，张喜春的一生，像一列永不停歇的火车，穿越时代的隧道，驶过历史的站台。他的故事，是时间的低语，是铁轨的回响，是风中的汽笛，轻轻掠过岁月的站台，留下一串悠长的余音，在时光的隧道里久久回响。

启航新生活

在1929年那个炽热的六月，张喜春出生在一个被岁月风霜侵蚀的工人家庭。他的父亲是一名环卫工人，家中四个孩子，张喜春排行老大，在他的记忆中，童年没有太多嬉戏玩闹的时光，更多的是与父亲并肩作战，共同抵御生活的风风雨雨。

在他 13 岁那年，母亲不幸离世，这场突如其来的风雨，让这个本就穷

困的家庭更加摇摇欲坠，失去母亲的庇护，小喜春就像一只寒风中的孤燕。为了补贴家用，父亲比以往更加忙碌了，望着父亲日渐佝偻的身躯和几个年幼的弟妹，张喜春最终含着泪辍了学，用稚嫩的肩膀扛起了养家的担子。

张喜春长得又小又瘦，被工厂拒绝的他只能去做一名烧水工，烧水的工作看起来简单却很辛苦，每天都要长时间地看守炉灶，添柴、加水、倒水，但是通过自己的双手换取的每一分收入都让他欣喜，有时他会为妹妹买几斤肉，有时他也会为父亲买一双布鞋。

有天小妹突然对他说："哥，你为什么不去上学了呢？"张喜春愣了一下，随即笑道："因为哥哥要帮家里赚钱，让你们过得更好啊！不过，你们一定要好好学习，将来走出去，去看看外面的世界。"

学业的中断，对他而言，是心中永远的痛。每当夜深人静，他总会偷偷拿出泛黄的旧课本翻阅，那份对学习的渴望如同夜空中最亮的星，指引着他前行，这份坚韧与乐观，成为张喜春人生路上最宝贵的财富。

时间的车轮滚滚向前，1948 年，张喜春的家乡辽宁沈阳解放，中国迎来了解放的曙光。这一年，张喜春 19 岁，他成为苏家屯车辆段的一名检车员，满怀憧憬地迎来了新生活的起点。

铁路是国家的大动脉，是连接各地的重要枢纽，成为一名铁路工人让他感到光荣自豪。从小受过不少苦的张喜春特别珍惜这份工作，虽然检车工作艰辛而烦琐，但是他干得热火朝天。为了熟悉车辆的结构和工作原理，他常常晚上捧着书本看了一遍又一遍，白天则紧跟在师傅身旁细心观察，有不懂的地方总会缠着他们问个明白。他如饥似渴地学习着，在短短的时间内他就能准确判断和处理车辆的故障和隐患。

由于工作表现出色，他被组织选中，前往沈阳职工学校学习。经过三个

月的深入学习，他不仅丰富了知识，还大大开阔了视野。随后，他因表现优秀被留校，担任区队长一职，协助老师组织工作，这成为他职业生涯中的重要转折点。

1949 年，原沈阳局的职工学校并入齐齐哈尔铁路局下的职工学校。尽管对朝夕相处的同事充满不舍，张喜春还是决定留在齐齐哈尔车辆段，继续担任检车工人，这一干又是一年多。

铁路铸辉煌

1950 年，朝鲜半岛战火弥漫，为了保家卫国、守护和平，张喜春积极响应时代的召唤，毅然决然地踏上了参军的路途，成为一名抗美援朝战士。

在抗美援朝战争期间，他是以包乘组的名义进入朝鲜，主要负责往前线运送物资。那时的朝鲜，基础设施几乎全部瘫痪，中国人民志愿军不停地帮朝鲜修建，而张喜春则和战友们在源源不断地输送各种物资。

由于工作需要，1951 年 9 月，他被调任熙川分局青年科任干事，1952 年又调到价川铁路地区党总支担任助理员。价川地区是一个战略要地，多条重要的交通线路在此交会，因此价川成了敌人轰炸的重点区域。

当时价川铁路汇集了熙川分局、阳德分局、平壤分局等各个铁路局的中国人民志愿军，上到分局领导，下到普通工作人员，大家就像一家人，分工协作、各司其职，拧成一股绳，共同对抗敌人、守护和平。

因为工作认真出色，张喜春一步步从检车员、政治处干事，一直干到总支助理员和政委办公室秘书，他在每个岗位都兢兢业业、无怨无悔，为前线的战士们提供了坚实的后勤保障。

旷日持久的战争让中国人民志愿军精疲力竭，为了鼓舞士气，张喜春和战友们顶着硝烟、冒着炮火，一遍遍下到基层为前线的战士们送去精神食粮。在这场战役中，中国人民志愿军坚忍不拔和百折不挠的精神，终于压垮了美军，最终赢得了胜利，成功夺回了防线上的重要阵地。

一年多的坚守，无数的死伤，胜利得来的是如此不易。为了鼓舞士气，传播胜利的喜悦，宣传战斗中的革命精神，张喜春和战友们又开启了新一轮的宣传工作，他们被安排到各个沿线车站去宣传。那时，去沿线车站非常艰难而且没有车，因为担心美军轰炸，运送物资的火车都是晚上走，白天没有车。每天敌人的轰炸机不停地在上空来回穿梭，一不小心就会遭到敌人的轰炸。面对如此危险的局面，张喜春和宣传小分队的战友们毫不退缩，他们每天紧张而又小心避开各种危险，将一场场精神食粮送达沿线车站。

在抗美援朝的战场上，不管是前线还是后方，战士们都面临危险，挨枪子、炮弹是常有的事，小到受伤，大到丢掉性命，能完整而安全地活着回国是幸运的。但命运总爱与人开玩笑。在一次寻常的宣传任务中，张喜春遭遇了突如其来的灾难。

在张喜春的记忆中，那是一个平常的日子，他和战友们如往常一样，左边腰挎着手枪，右边背着宣传工具，奔赴在去沿线车站的路上，上空时不时有敌机盘旋着，整条路空旷而安静，看不见几个人，他们一心只顾着埋头赶路，就在这时，突然疾驶过来一辆大卡车，由于路上没车，卡车为了躲避上空飞机的扫射，开得非常快。正在低头赶路的张喜春忽然感到一阵风吹来，一个庞然大物嗖地往自己身上猛撞，根本来不及躲闪，腰上的手枪被撞得老远，整个人被卷到了车底下，下半身疼痛难忍，身旁的战友们和卡车司机都慌了神。

张喜春此时却非常镇定，他的第一反应就是让战友把那把甩得老远的手枪给捡回来，然后他试着动了动腿，又试着动了动腰，发现都能动，但让人疑惑的是，鲜血不知从哪里流出来的，他乐观地安慰战友，“别怕，你看，我的腿还能动呢。”他咬着牙冷静地指挥着卡车司机把车和物资送回驻地，然后让战友把自己送往卫生所。

看见身上沾满鲜血的张喜春，卫生所的医生和护士都不知所措。虽说是卫生所，但是条件极其简陋，仅有一个医生和一个护士，药品只有一种：消炎片。无法手术、无法治疗，甚至连出血的部位都无法精准检测出来。医生剪开张喜春的衣服，发现血是从尿道流出，可是究竟是撞到了内脏哪个部位才引发尿道出血，根本无法确定。张喜春就这样躺在卫生所里吃了几天消炎药片，但是仍旧没有太多好转。看着躺在病床上的张喜春，上级担心他病情恶化，无法根治，动员他回国进行更好的治疗。

听到“回国”两字，张喜春浑身一颤，来朝鲜的初心就是为了抗美援朝、保家卫国，如果就这样回去，那岂不是一个妥妥的逃兵。一切都半途而废，想要再上战场也是绝对不可能了，张喜春从内心深处不允许自己当逃兵，哪怕牺牲在朝鲜战场也在所不惜。他义正词严、斩钉截铁地对上级领导说：“不，我不回去，就算死在朝鲜我也坚决不回去，我是一名战士，我的战场在这里，只要我还能动，我就要继续为国家和人民战斗。”张喜春走下病床，挣扎着扭动自己的手脚，努力往前迈着步子，向领导说：“看，我好着呢，我休息几天就会好的。”望着像牛一样倔的张喜春，上级领导只能妥协，把他安排到了附近一位朝鲜老百姓家中休养。他凭借顽强的生命力，与“死神”进行着搏斗。

意志力和信念也许是一味强大而神奇的药。在朝鲜老百姓家中休养了半个多月，张喜春发现自己除了排尿困难，竟然恢复得差不多了。他不顾朝鲜老百姓的挽留，又迅速地投入阵地之中。

1953 年 7 月 27 日，朝鲜停战协定签字仪式在板门店举行，历时三年多的朝鲜战争宣告结束，中国人民志愿军陆陆续续撤回中国，张喜春也完成了他光荣而伟大的使命，带着伤病的身躯，于 1954 年 3 月回到祖国母亲的怀抱。

每个伤疤都是荣耀，都是一枚闪烁的军功章，有的伤疤有形，有的伤疤却无形。

虽然张喜春的撞伤表面上没有留下伤疤，但是由于没有得到及时治疗，留下了后遗症。他每次排尿都有些困难，最终这个病根在过了40多年后暴发了，在1999年的一天，张喜春彻底无法排尿，这一病让他在医院住了5个月之久，最终还是进行了开刀治疗，主治医生面对这拖了40多年的病无法解释，认为这是一个奇迹，是一场与死神的漫长拉锯赛。

岁月流转，有的伤疤或许已经淡去，但那份对祖国的深情与热爱却永远镌刻在心。回忆起那段烽火连天的岁月，张喜春满怀感慨地说："每一个伤疤都是一枚军功章，它们记录着我的青春与热血，也见证了我对祖国的忠诚与奉献。我没有忘记初心和使命，我从不后悔，这是我一生感觉最荣耀的事"。

抗美援朝胜利归来，张喜春没有沉浸在胜利的喜悦中，而是迅速调整状态，响应组织号召，前往长春铁道部干校进行休整与学习。

1954年11月，铁道部政治部发出支援广州铁路局的号召，张喜春毫不犹豫地站了出来。当时的广州铁路管理局成立才一年多，广州局承建了众多铁路干线的建设任务，急需一大批人才来投入广州局的铁路建设之中。

为了初心使命，张喜春作为领队，带领着一支由12名精英组成的队伍，又踏上了南下的征途。在那个年代，交通不便、条件艰苦，但他心中却只有一个信念，为了国家的铁路事业，为了人民的幸福生活，再苦再累也值得。

在广州铁路局的日子里，张喜春面临着诸多困难和挑战。初到广州，他不仅要适应南方炎热潮湿的气候，还要面对语言、文化和生活习惯等方面的差异。这些外部环境的挑战，对于他来说只是冰山一角。更为艰巨的是，他需要在新的工作环境中迅速熟悉业务。当时，广州铁路局正处于发展初期，各种规章制度和工作流程都还在摸索和完善中。张喜春需要花费大量的时间和精力去了解和掌握这些情况，以便更好地开展工作。

在审干办的岗位上，每一份人事档案他都力求谨慎处理。政治部干部的岗位，需要他具备更高的政治素养、领导能力和战略眼光。他积极参与制定和执行铁路局的人事政策和制度，为铁路局的长远发展提供了有力的人才保障。

然而，人生的道路总是充满曲折。1961 年，长沙铁路局撤销。面对困境，张喜春没有选择退缩，而是继续留在长沙铁路分局任人劳科长。无论面对怎样的困难和挑战，张喜春始终保持着乐观的心态和坚定的信念，他的每一步都走得坚实而有力。

胸怀有大局

提到工作，张喜春总是嘴角上扬，声音铿锵有力，仿佛瞬间穿越回了那些激情燃烧的岁月，然而，当话题转向家人，他的脸上便会掠过一抹自责与愧疚。

张喜春常年和家人聚少离多，一个月在家仅待个八九天是常态。家中爱人带着两个孩子，一边工作一边操持家务，撑起了整个家，望着爱人忙碌的身影，张喜春看在眼中，疼在心里。

张喜春的爱人没有正式工作，在株北车站的家属队做临时工，每天给单身宿舍烧开水。当时设备简陋，开水供应量大，为了保证正常供应，每天都需要多次进行加水、点火、频繁看顾炉灶等重复性劳作，工作量大工资却很微薄。

1974 年，已担任株北站党委书记的张喜春，手中握有将爱人转为正式工的权力，但他从未有过这种想法。看着老领导的爱人工作那么辛苦，有些老下属看不下去了，暗示张喜春要不要搞个转正指标，张喜春一听这话斩钉截铁地拒绝道："我不能搞特殊化，我的权力是为职工谋福利，而非个人私利。"这份坚持，如同铁轨般笔直而坚定，不容任何偏离。

对于两个儿子，张喜春同样秉持着这份原则。大儿子知青下乡后到衡阳机械厂工作，家中老伴独自操劳，期盼着儿子能调回身边。从来不给自己提要求的老伴这次让张喜春很是为难，一边是至亲至爱的家人，一边是重如泰山的原则，该怎么办呢？

在人事部门工作多年的张喜春要办这事并不难，他曾经的下属大多都身居人事部门的要职，这样的事也是一句话的事罢了，可他思前想后，选择了按程序办事，用公正为儿子铺就一条成长之路。每一步都合理合规，每一面都可以放在阳光下晾晒。最后大儿子由衡阳机械厂调到了田心机车厂任锻工，在锻工的岗位上整整打了八年铁。

大儿子虽然也埋怨过父亲，但是慢慢地也理解了父亲，父亲对工作的热忱、对事业的执着潜移默化地感染着他，经过自己的努力，他在岗位上得到了同事和领导的肯定，从最基层一步步向前迈进，后来调到了长沙铁路总公司。

当大儿子在事业上崭露头角，面临提拔的机遇时，张喜春再次展现了他的铁面无私。长沙铁路分局政治部研究准备将张喜春的儿子从老干科主任干事提拔为老干科副科长，担任长沙铁路分局党委书记的张喜春在党委会上看见这一份名单，皱了皱眉，拿出笔唰地一下划掉了儿子的名字，他在会上严肃地说道，“只要我在这个岗位一天，我的儿子就不能提拔。” 这句话，重如千钧，大家面面相觑，都觉得张喜春太不近人情。

张喜春语重心长地安慰大儿子，“我不能让我的位置成为你上升的阶梯，你要凭自己的实力去赢得尊重。”大儿子虽然心有不甘与不解，但随着时间的推移，他最终明白了父亲的良苦用心。

张喜春工作 43 年，经历过 20 多个岗位，在每个岗位上都能够兢兢业业、踏踏实实，无论是基层的检车员，还是总公司的党委书记，碰到的大小问题他都能迎刃而解，且解决的思路精妙而有效，体现出了大局观和大智慧。

在当检车员的岁月里，他如饥似渴地学习，在短短的时间内就能准确判断和处理车辆的故障和隐患。转战办公室秘书岗位，他迅速适应，将海量公文资料与数据内化于心，外化于行，通过不断地练习，练就了过硬的文字与口头表达能力。而在人事工作的舞台上，他更是展现出了卓越的组织协调与沟通能力，复杂的人事问题在他手中总能迎刃而解，方案既切实可行又充满智慧。

1975年，张喜春在株洲北站任党委书记，当时株洲北站是江南最大的货车编组站，担负着京广、浙赣、湘黔三大铁路的到发、中转、编组和装卸等任务。株洲北站作为一个重要的铁路编组站，承担着大量的货运任务。作为株洲北站的领导，每天面对如此繁忙而艰巨的工作任务，考验之大可想而知。

张喜春深知，制度为基，人才为本，他通过完善规章制度、加强员工培训、提升设备维护水平、改善住房、提高福利待遇等措施，带领全站职工，在确保安全的同时，不断提升运输效益，连续多年让株洲北站成为行业内的佼佼者。

张喜春凭借卓越的智慧和过人的胆识，赢得了铁路军管会主任及上级领导的高度认可，他出色的工作能力和突出的管理人才，使其从站段党委书记逐步成长为长沙铁路分局的分局长，肩负起更重要的职责。

提起自己工作上的成就与业绩，张喜春总是谦逊地表示，这些都是分内之事，既无显赫功绩可炫耀，也无须大肆宣扬。他坚信，作为铁路企业的掌舵人，核心任务只有两个：确保安全，创造效益。这两项任务绝非单凭一己之力就可以达成，而是需要各个单位、部门乃至每位员工的紧密协作与共同努力。

张喜春不愿多说工作上的成绩，却分享了工作中的一些点滴小事，可这些细微之处，在不经意间却展现了他勇于担当、敢于创新的精神。

某年，湖南岳阳遭遇罕见强降雨，汨罗江及其支流水位急剧攀升，迅速突破警戒线，洪水更是肆虐至汨罗江大桥的桥面钢轨之上，情势危急万分。此桥作为关键性的铁路交通枢纽，其安危直接关系到铁路运输的畅通与安全，一旦桥梁受损倒塌，后果将难以估量。当时，湖南省委书记毛致用亲临现场指挥抗洪，面对汹涌的洪水，每个人的心都被紧紧揪起。

面对这一紧急状况，虽无丰富抗洪经验的张喜春，却展现出了非凡的胆识与决断力。为评估大桥的安全状况，他不顾个人安危，毅然决然地踏上桥面进行实地勘查，亲身感受到了洪水对桥梁的猛烈冲击。在众人焦虑无措之际，张喜春灵光一闪，提出了一个大胆而创新的方案：既然桥梁因单薄而难以抵御洪水冲击，何不通过增加其重量来增强其稳定性？

说干就干，张喜春迅速调派了附近的一列火车，指挥其缓缓驶上桥面。这一举动在当时引起了不小的轰动与担忧，但随着火车稳稳地压在汨罗江大桥上，大家的心情也逐渐平静下来。就这样，火车成为大桥的“守护神”，直到洪水逐渐退去，大桥安然无恙。张喜春的这一机智之举，不仅成功化解了危机，也赢得了大家的赞誉与尊敬。

在重大决策上，张喜春有智慧、有胆识，同时，他也能保持冷静和理智，灵活应对各种突发情况和挑战。

在20世纪80年代的铁路运营史上，曾发生过两起令人痛心的交通事故。1981年，青龙矶站一列旅客列车因信号判断失误，未能及时减速，冒进信号区域，与正进站的货物列车发生侧面冲突，事故不仅造成了严重的车辆损坏，还导致了铁路交通的中断。随后在1983年的五塘车站，一列客车未得到无停点站停车预告，冒出停车信号发生追尾，不幸导致两名司机和被追尾列车两名检车乘务员遇难。

针对这两起事故，最后的调查结论均将原因归咎于司机打瞌睡。然而，这样的结论在张喜春心中激起了层层涟漪。他深知，在没有监控记录设备的年代，仅凭推测便断定司机失职，对司机而言无疑是不公平的。张喜春深思熟虑后，为了从根本上预防此类因疲劳驾驶导致的事故再次发生，做出了一个大胆且富有争议的决策——锯掉乘务员椅子的靠背。他认为，没有靠背的椅子将大大降低乘务员在极度疲劳时入睡的可能性，即便是在最困倦的时刻，失去支撑的身体也会让他们难以入睡，从而保持警觉。

这一决定立即遭到了部分乘务员的强烈反对，他们认为这一措施缺乏人性关怀。但张喜春坚持己见，顶着巨大的舆论压力推行了改革。他心中有着更为深远的考量：宁愿承受暂时的非议，也要确保每一位乘务员的安全，避免类似的悲剧重演，这实际上是对他们最深沉的关怀与保护。

时间是最好的见证者。张喜春的这一创新举措，虽然在初期饱受质疑，但随着时间的推移，其效果逐渐显现。长沙铁路分局的安全形势在随后的多年里保持了良好的态势，证明了这一决策的前瞻性和正确性。

安享岁月宁

张喜春于1989年办理离休手续，但是由于工作的需要，直到1991年才正式离开工作岗位。在张喜春的心里，拿着离休工资每天遛弯、种花、钓鱼、看电视，这不是他想要的生活，他又开启了一段更加绚烂多彩的“第二人生”。

张喜春离休后担任了广州铁路（集团）公司关心下一代工作委员会副主任、顾问，发挥了老同志传帮带作用，为年轻职工们的职业发展打下坚实基础。

除了年轻人，老年人更是张喜春关心的群体，离休后他担任了老年体协的主席。为了让退休老人“老有所学、老有所乐”，晚年生活丰富多彩，他用心策划和组织了健身操、太极拳、象棋、乒乓球等各类体育活动和赛事。

20世纪90年代初，门球在中国开始普及，门球运动量适中，既可以锻炼身体又不会过于激烈，张喜春第一次接触到门球心中便动了念头——让铁路系统的退休老人也能享受到门球带来的乐趣。他立刻向上级部门打报告，申请修建门球场，可是在申请的过程中困难重重。怎么办，是放弃，还是继续？张喜春做事有股子韧劲儿，他认为对的事情从来都不会轻易放弃，既然上面解决不了，那就自己想办法。张喜春于是调动了自己能调动的所有资源，四处奔走，绞尽脑汁寻找解决办法，突然有一天他想到，既然主业可以搞多种经营，为什么退休职工就不能搞呢？想到就做，他积极与上级沟通，多方联系，开办了多经公司，虽然利润不多，每年下来大约也就6万元，可是积少成多，积累起来为老年人创办门球场还是够的，张喜春信心十足。这个多经公司一干就是10年，共盈利了60多万元。

由于张喜春的执着，门球场终于在湖南铁路片区一个一个地落成了，看着退休老同志们在球场上欢声笑语不断，张喜春心中别提有多高兴了，他知道，这一切的努力与坚持，都是值得的。后来，在他的努力下又修建了排球场等场地，他一直在为打造老年人的体育乐园不断奔走。

老年体协全国先进、关工委全国先进、广东省老年关心下一代先进，这一个个的荣誉是对他离休生活的最好见证。然而，在他心中，最珍贵的莫过于那份能够继续为铁路、为社会贡献自己力量的幸福感。

时光荏苒，岁月悠悠，从青春年华到耄耋之年，仿佛一束光穿越漫长星河的瞬间。工作43年，离休后又发挥余热20多年，在95岁的张喜春眼中，这一辈子时间还是过得太快。

翻看他的满满三柜子奖章、奖状、奖牌，从朝鲜战场个人三等功到湖南省劳动模范，从集团先进工作者到全国五一劳动奖章，从广州铁路局立功证书到老年体协全国先进，这些奖章、奖状、奖牌是岁月无声的见证者。谈起这些辉煌往事，张喜春总认为不值一提。

现在他每天的生活简单而自律，早睡早起，读书看报，散步锻炼。老伴走了后，他一个人做饭做菜、洗衣服打扫卫生、把家里收拾得干净整洁，井井有条。他说每代人有每代人的生活习惯和生活方式，只要自己还能动，绝不麻烦孩子，也不请保姆照顾。有时他会花上半天时间给自己做一顿红烧肉，有时他会剪下一大堆报纸新闻细心收藏，有时他也会做做自己独创的健身操。

他的家虽不算大却整洁朴素，墙上挂着字画，柜子里放着书籍、古玩摆件，透露出主人的高雅与淡泊。张喜春在离休那年领导特意为他在广州铁路局的6号楼留了一套房，要他离休去广州安享晚年，可他却不为所动，长沙的房子虽小，却承载了他难忘的回忆。

离休后的日子里，他最爱与书报为伴，他订了《长沙晚报》《广州铁道报》《参考消息》等报刊，看到一些关于铁路的重大事情总会裁剪下来并小心收藏。铁路的变化与发展，他都了解得清清楚楚，这份对铁路的热爱如同陈年佳酿，历久弥香。

他对年轻一代也提出了心中的寄语——“现在的年轻人一定要多读书、多思考，用知识来武装自己”，这是他人生经验的深刻总结。他反复提到自己读书太少的遗憾，或许正是希望通过自己的经历，激励年轻一代珍惜当下，勤奋学习。

老去的是岁月，不变的是信仰。经历过人生跌宕起伏的张喜春看淡名利生死，活得通透而超脱，谈起曾经的往事，他认为不过是顺应本心，坚守初心，无愧于心。

这位从红色沃土中走出来的老人，写了这样一首诗描绘自己的晚年心境——耄耋之年欲何求，享受生活无忧愁。身心健康人生福，寿终正寝驾鹤游。这正是他超脱与豁达的人生态度。

每当夕阳西下，张喜春都会沿着笔直的五一大道散步，每次经过长沙铁路办事处（原长沙铁路总公司），他的脚步总会不自觉地放缓，目光中满是温情与怀念。那些往事，那些岁月，像一列穿越时光的火车，载着时代的记忆，驶向未来的远方，那些记忆与梦想如同一束不灭的光芒，照亮了张喜春走过的峥嵘岁月，也指引着铁路事业的光明未来，这束光璀璨而明亮，深情又坚定。

发现光　追随光　成为光

——记中国铁路广州局集团有限公司离休干部丁敏

□ 李艳芝

丁敏采访视频

从家国沦丧的至暗时刻，到对信念和理想的苦苦求索，从飘篷万里、夙兴夜寐的艰辛，到改天换地、励精图治的豪迈……他携一身热勇的东北血脉，深耕温润的岭南沃土；他穿越层层岁月迷雾、战胜人生中的千难万险，在爱党爱国爱人民的事业里一路追寻、初心不改，兢兢业业、终身不悔。他，就是广州局集团公司离休干部丁敏。

2024 年仲夏，有幸采访广州局集团公司离休干部丁敏。96 岁高龄，丁敏依然声若洪钟、精神矍铄。回忆革命工作经历，丁老娓娓道来，激动和热爱溢于言表。倾听丁老的人生历程，就像拜读一部充满激情和担当、坎坷与奋进的历史篇章，给人启迪，催人奋进。

活下去才有机会

1928 年 8 月 25 日，辽宁省原大连县小平岛庙岑村（现在的大连市甘井子区高新园区），年轻的贫民夫妇丁世信和丁于氏（丁敏说，他的妈妈，那个年代的穷苦女性，没有自己的姓名）家，一名男婴呱呱坠地，这是他们的

第一个孩子。

当时，经历自甲午战争以来一系列日本为夺取东北而进行的先导性行动，日本控制和掠夺的魔掌，已经肆无忌惮地伸向了中国东北，再加上整个中国的内乱和贫弱，东北人民的生活苦不堪言。

但是，新生命的降生，还是令挣扎在穷困和艰难之中的年轻夫妇感到幸福、看到了希望，他们给孩子取名“丁长贵”，这就是后来更名为“丁敏”的本文主人公（为便于阅读，后文主人公姓名只用“丁敏”）。

1936 年 4 月，作为家中长子，丁敏幸运地入学大连县栾金村小学。

1940 年 3 月，丁敏以优异的成绩初小毕业。彼时的东北，早已经彻底沦丧于日本铁蹄之下，人们本已贫苦不堪的生活更是每况愈下。丁敏上过学，已经享受了作为长子得天独厚的优势，陆续出生的弟妹可没这么幸运，都没有机会走进学堂。

当然，无论丁敏如何聪敏好学，他也不能继续升学了。更重要的是，虽然还不满 12 岁，还是个童稚少年，但是，面对严酷的生存环境，丁敏那稚嫩的肩膀，必须同父亲一块儿，挑起全家人生活的重担。经熟人介绍，1940 年 4 月，丁敏到大连《泰东日报》报社当了一名拣字工。后来，为了养家糊口，1943 年 8 月，丁敏又转到日伪“满铁”不动产株式会社当杂工。

所谓杂工，就是什么活都要干。打水、拖地、抹桌子、搬东西、送信件……正当丁敏这小小杂工撒开脚丫子满屋满街跑腿打杂，以为可以多挣点钱为年幼的弟妹多买一口吃食的时候，突然天降横祸。一天，来了一群由日本人带队气势汹汹的人，将丁敏绑了双手，连拖带拽押走了。丁敏问：“为什么要把我带走，要带我去哪里？”人家伸手就是一个耳光，并且凶狠地扬起手中的枪。经过一番折腾，丁敏被带到一个被铁丝网围住的、非常空旷的大工地，开始干活。尘土飞扬中，丁敏等被抓来的人不停地挖土、搬石块、挑砖头……铁丝网旁站着一圈荷枪实弹的人监视着。丁敏明白：自己是被抓劳工，来修日本人的飞机场。接下来的日子里，丁敏的认知不断被刷新，免费劳工、高强度劳动、不给饱饭吃，若是做事慢一点或多问一句、稍有诉求……都会招来毒打！

就这样，丁敏等被圈在铁丝网内，在劳累、恐惧、饥饿中挣扎，一个月，又一个月……不断有伙伴当天还一块儿干活，第二天就再也没见过了。一直壮实如牛犊的丁敏，就是在这里，年纪轻轻就得了胃病，身体虚弱不堪。

当大家正在那似乎看不到边的劳苦和黑暗中苦苦挣扎时，3 个多月后的一天，丁敏他们莫名其妙地被放了，与莫名其妙被抓去一样突然。

拖着虚弱的病体、沉重的双腿，丁敏艰难地往家的方向走去。远远地，他看到了那破败不堪的茅草房，像一片脆弱的黄叶，在风里摇晃，仿佛随时都要飘散。走近点，再走近点，看到了以为此生没有机会再见到的母亲，看到了衣不蔽体、羸弱消瘦的弟妹……家里人见到骨瘦形销、蓬头垢面的丁敏，以为是哪里来的流浪汉，转瞬认出后，一家人抱头痛哭。在那兵荒马乱的光景，丁敏失去音讯几个月，家里人甚至以为他已不在人世了。

祸不单行！为维持生计，父亲丁世信在日伪大连机械厂干了一阵儿抡大锤的苦力活后，觉得工资太低，就转到一个建筑工地干活去了。这个私自“跳槽”的行为激怒了日本人，丁世信被抓回去打得皮开肉绽，勉强养好伤以后又被抓回去强迫劳动，以示惩罚，还特意降了薪水。

种种厄运和重担，令人喘不过气来。12岁至17岁，丁敏生活在饥饿、劳累、恐惧中，每天都不知道接下来会发生什么，每天唯一的念头就是自己和亲人怎样才能活下去。

如此恍恍惚惚、纷纷扰扰的日子仍在一天天苦挨着，一声惊雷，1945 年 8 月 15 日，日本无条件投降。

当时，丁敏虽然尚无“一寸山河一寸血”的家国觉悟，但 17 岁，正值血气方刚，多年来在日伪统治下饱受欺辱，而且，他能阅读并且有机会接触报刊书籍，一直有自己的观察和思考，他为这一刻而欢欣鼓舞、扬眉吐气。

“跟我走”参加革命

1945年8月22日，苏联红军进驻当时的旅大地区（即大连地区含旅顺），解除日寇武装。东北的抗日武装和地下组织，在苏联红军的协助下，迅速控制了该地区，建立了人民政权。当地生产生活秩序有序恢复，1946年1月，有着一定文化水平和一技之长的丁敏经人介绍，当上了旅顺《民众报》报社的拣字工人。当然，那时的丁敏，还根本意识不到，这正是他参加革命工作的开始。

同样是拣字工人，丁敏感觉到这时的报社工作跟以前完全不一样了。

——周围的人不一样了。指挥工作、安排事项的不再是一些颐指气使、仗势欺人的人，反而大多是一些和蔼、亲切的人，他们风风火火、忙忙碌碌、井井有条；他们尊重人、关心人。

——工作环境不一样了。工作的氛围不再等级森严、不再压抑，而是充满了平等、互助、友爱；印刷出来的文章也是一些安定人民生活、鼓舞大家争取平等、创造美好生活的新闻、政策、主张。

对于身边的人和事，丁敏开始观察、思考、分析，他开始思索，为什么之前全家人拼命干活却怎么都摆脱不了那像魔咒一样的贫穷和饥饿？为什么从父辈到自己这一代，以前都必须在日本人和那些为日本人当官的人面前小心翼翼、战战兢兢？难道咱就低人一等？如今，自己天天排字的报纸上说，人人都能过上不再受欺压、不再受穷的日子，怎样才能实现呢？想着这些，丁敏觉得自己的脑筋越来越活络、手脚越来越敏捷、精力越来越旺盛……他像一只不知疲倦的蜜蜂一样，忙碌起来，跟身边的好多人交了朋友。每每工作结束后，总是会有他很敬佩、很喜欢的同事悄悄跟他说：“小丁，跟我走。”

是的，在一切尚不明朗、谣言漫天纷飞的情况下，简简单单的一句“跟我走”，让也算见过一些世面的丁敏，心甘情愿地跟了上去。是那些人日复一日的言行举止映射的品行、那些人眉宇间的英气、那些人眼睛里的光，让丁敏喜欢、敬佩、向往。丁敏听他们谈论，国家为什么这么穷、老百姓为什么这般苦，人，要为什么而活，要活成什么样才值……压抑的期盼开始萌苏，蛰伏的力量被唤醒，虽然朦朦胧胧、影影绰绰，却令人心潮澎湃。

直到新中国成立后，丁敏才知道，当年的《民众报》是我党旅顺历史上的第一份党报。1945年10月，中共旅顺市工作委员会成立。根据形势发展的需要，为了增强人民群众对中国共产党的了解，市工委筹备出版报纸，成立了《民众报》报社。《民众报》当时的办报方针是紧紧依靠党的领导，充分利用苏联红军的有利条件，以实行人民民主政治为目的，在刊载国内外时事评述、文艺作品、科学小品、漫画木刻等内容，讲述国内外事件，反映民生问题的同时，策略性地、技巧性地宣传中国共产党的政治主张和方针政策，鼓舞人民群众积极参加民主革命斗争。同时，揭露国民党反共反人民的罪恶面目及其发动内战的阴谋，宣传反奸清算斗争，提高群众阶级觉悟，引导广大人民跟着共产党，翻身闹革命。

1945年底至1946年上半年，面对国民党军的猛烈攻击和苏联方面迫于外交压力而作出干涉的态度，中共旅顺市工委、旅顺市委成立后，对外不公开，以民主训练处和旅顺民主联合会（简称民联会）为掩护开展党的工作。旅顺《民众报》报社的党组织和党员，也是不公开身份的，当时，报社也十分注意报道方式的灵活性和策略性。虽然一切并未公开，但丁敏和组织之间，一直就有着一种从观察到确定、由隐约到清晰的心照不宣的感应和双向奔赴，这种震撼灵魂的感召，神秘而又强大，令人心驰神往。

随着宣传的需要，《民众报》的出版密度、发行量不断增大，工作量急剧攀升。报社在出版报纸的同时，还编印书籍。比如，报社1946年5月10日编印《东北抗日联军历史真相》，向广大市民介绍东北抗日联军的英勇事迹，产生了非常好的社会效应。

感受到信念和力量召唤的丁敏，内心充满快乐，工作不知疲倦。除了不断提升拣字效率以外，其他活都抢着学习抢着干，排版、搬运、分发、装订，哪里需要人手，他都能顶上，每天工作到半夜十一二点，第二天照常上班。管理人员发现这个18岁的小伙子不怕苦、不怕累、不怕麻烦、不怕危险，性格爽朗大方，还爱动脑筋、爱学习，所以，遇到紧急繁重的工作、有学习讨论的机会，都会叫上他。

1945年9月到1946年底，由于国民党欲扼杀大连、旅顺新生的民主政权，对该地区实行海陆封锁，切断了粮食、燃料、工业原料来源，造成人民生活极度困难。因此，当时报社的生活和工作条件非常艰苦，漫长寒冷的冬季，没有任何供暖措施，很多时候，只能靠发霉的高粱米和盐水煮萝卜填填肚子，但丁敏一点儿都不觉得苦。年轻的心，充满了蓬勃的快乐和热情。

经过艰苦卓绝的斗争，到1947年春，我党、我军在东北的力量已经壮大，解放全东北的序幕正式拉开。

1947年5月10日，《民众报》完成了历史使命，与大连《新生时报》合刊，改版为《关东日报》。《关东日报》是应我党关东公署成立而创办的机关报纸。于是，丁敏成了《关东日报》的工作人员。

一切，又更不一样了。

《关东日报》宣传声势更为浩大、宣传立场十分明晰。报纸及时刊登新华社发表的重要文稿，大字号登载胜利消息，特大新闻印发《号外》……紧紧抓住国内外的形势发展、解放战争的进展情况等大家关心的热点问题密集报道，大力宣传解放区有效稳定市场、安定人民生活的喜人局面，系列推出党和政府的方针、政策、法规的专刊，极大地提高了大家革命必胜的信心和斗志。

同时，身边的党组织，党员同事、朋友都亮出了身份。大家热烈地传递一个接一个的胜利喜讯，工作之余，一块儿学习党的政策、纪律，开诚布公地谈心、讨论，互相帮助，共同进步。报社的工作量更大了、要求也更高了。东北地区各项生产蓬勃发展、欣欣向荣，生活处处洋溢着快乐、希望、喜悦和热情。

此时的丁敏更加成熟稳重了。他知道自己在为什么而工作，知道将来要为什么而活，要怎样活。他的向往，变得十分清晰、坚定。他要成为共产党员！他要同大家一起，为伟大的事业奋斗、努力。有了人生的方向、理想，走路便会脚下生风，工作学习就会如虎添翼。因为工作积极、热情，成绩和能力突出，在生产竞赛中表现优秀，1947年、1948年丁敏连续两年被评选为劳动模范。在合并到《关东日报》后的工会改选中，丁敏被选为工会组织委员。

经常有机会参加工会干部学习，丁敏成长得更快了，很快便成为组织的明确培养对象。1948 年，工会改选，丁敏被选为报社工会主席（不脱产）。

从 1947 年 9 月至 1949 年春，各解放区结合土地改革开展以“三查三整”为内容的整党运动，组织上吸收党员非常慎重，经过严格考验后，1948 年 8 月，丁敏被吸收为中共候补党员，候补期 6 个月，1949 年 2 月按期转为正式共产党员。

1948 年底，波澜壮阔、气吞山河的解放战争三大战役接近尾声。党中央高瞻远瞩、运筹帷幄，开始酝酿解放全国、接管全国的工作。12 月，丁敏被组织选拔参加为期 3 个月的政治经济讲习所培训，学习南下接管重要城市的要求和政策、方法。3 个月的高强度培训，不知是因太过充实还是心情太激动，转瞬即逝。

勇担当奉献铁路

1949 年 4 月 25 日，正当渡江战役排山倒海般推进的时候，21 岁的丁敏随军南下。

临行前，组织给每人批了几天假，用于安置家庭。回家的路上，丁敏心里激动和矛盾交织。父亲自上次被日伪打伤又强迫劳动后，身体坏了，干不了重活，几个弟妹年幼。东北已全境解放，正是建设新生活过上好日子的时候，自己 21 岁，也正是能为家里挑起大梁的时候，而南方，依然战火纷飞、情况复杂，这一去，不知会发生什么，更不知什么时候能再回来看看。但是，身为共产党员，绝不能只想着个人的小家，不能光顾着自己的安稳日子。在这争取解放全国、建设崭新中国的关键时刻，共产党员应该勇于担当，应该将党和国家的需要放在首位、将个人利益放在一边。“爸妈，全国胜利会很快的！我年轻，身体强壮，一定会平平安安、健健康康回来的。”丁敏微笑着与亲人们告别。

那一日，春雨潇潇。好雨知时节，当春乃发生。遥远的江南，此时该是忙碌播种的时候吧。

背着随身被褥站在队伍中，丁敏仰起脸，恋恋不舍地迎接飘落的雨滴。雨水打在脸上，凉凉的、痒痒的，雨水滴在舌尖上，甜甜的、香香的。别了，热爱的故土；别了，牵挂的爹娘弟妹。此去，必定路途遥远、坎坷曲折，但热血满腔，自当义无反顾；使命在肩，必定一往无前！这双腿下，正要生风呢；这双眼，已经看到千里万里之外。

乘坐了一段短距离的敞篷卡车后，丁敏他们就改为步行直至天津。到天津后，他们又开展了集中特别培训，重点学习最新召开的党的七届二中全会精神。这次全会是我党在解放战争时期召开的唯一的中央全会，会议为迎接全国胜利和开展新中国建设事业确定了基本政策方向。丁敏将毛泽东主席在全会上提出的“两个务必”思想，即“务必使同志们继续地保持谦虚、谨慎、不骄、不躁的作风，务必使同志们继续地保持艰苦奋斗的作风”牢牢记在心间。

南下、继续南下。丁敏他们坐过敞篷卡车、坐过火车，但大多时候是走路；他们睡过寺庙、祠堂，住过老百姓家，更多时候是睡在山林草地……“宜将剩勇追穷寇”，当时，前方战事激烈，几百万解放军战士在浴血奋战，后勤补给顾不上丁敏他们这支南下队伍。丁敏他们跋山涉水、风餐露宿，夙兴夜寐、风雨兼程，1949 年 5 月 25 日，武汉解放仅几天，丁敏他们就到达武汉，按照组织的要求驻扎下来，立即投入对武汉三镇的接管工作。

丁敏被安排在汉口军管会文教接管部，首先负责的是汽油的管理和调配工作。此前，他从未接触过汽车汽油工作，顿时觉得压力很大，那又能怎么办呢？在这节骨眼上，再重的担子，也得挑起来呀！咬咬牙，硬着头皮也要上，不会就学，边干边学！

武汉三镇及周边地域广阔、情况复杂，各项工作交织繁复，而且国民党正在湖北以南，以湖南、广东、广西为最后防线进行负隅顽抗，所以，当时的汽车汽油管理工作非常繁重，运油加油的工作昼夜不停。这样一份复杂繁重而且紧要的工作，丁敏神经绷得紧紧的，生怕弄错。在安排间休的时间内，他抓紧时间打个盹，很快翻身起床去核对账目。睡觉做梦，满脑子都是汽油的数据。

很快，武汉接管的临时工作结束，丁敏被编入铁道兵一团一营二连机炮连任指导员，立即从武汉开始，由北往南参加铁路桥梁的抢修工作。

为阻止解放军南下，国民党军队在溃败时对粤汉铁路进行了疯狂破坏，全线有 38 座桥梁被炸毁，仅湖南境内就有 14 座桥梁被炸毁，致使粤汉铁路完全中断。国民党甚至扬言，共产党 3 年也别想修复这条铁路。

以最快速度修复粤汉铁路，对接下来解放全国、建设新中国需要的人员、物资运输来说都非常重要。修复铁路，最难的就是被炸毁的 38 座桥梁。中央军委、铁道部要求铁道兵团和衡阳铁路管理局“务必于年底前京粤路线直接通车，及时供应解放大军”。

时间紧、任务重！但是，相较于管理汽油来说，丁敏觉得这样的重任更适合自己。东北汉子的铁肩和力气，就是用来背负重担的！真正到了抢修现场，丁敏才发现，自己终究还是太年轻：情况太复杂了、抢修太难了。现场除了被炸毁的桥一点点残破的基础，其他是要什么没什么。交通不通、材料紧缺、机具全无……每天就是爬山进沟，一身泥一身水、满脸灰满嘴沙。明明要修复的是工业文明之翘楚的铁路运输桥梁，用的却是最原始的“刀耕火种”的方式：伐木凿石、就地取材，抬、扛、锯、敲，妥妥的纯手工作业。

丁敏带队参加抢修的桥梁中，郴州境内的小溪桥损毁最为严重、修复最为困难。小溪桥位于粤汉铁路湘粤交界处宜章县的一个峡谷中，交通不便，修复需要的材料尤其是钢材严重缺乏，更没有任何施工机具。记得当时已入冬季，丁敏带着战士们和铁路工人一起，全靠最原始的肩扛手搬、锤敲锄刨，夜以继日，一分一秒都不停歇。在瑟瑟寒风中，大家的手磨出了水泡，水泡又磨烂了，一用劲，伤口就渗出血水。

奋战在湘南的山野，冬季的风，吹来阵阵寒意，但汗水，依然会从大家的额头滚落。偶尔，丁敏会站在山头，往南眺望一会儿，往北眺望一会儿，心里想着：此刻，不知道有多少南下的战士们，正在浴血奋战；北方遥远的家乡，一定下了好几场雪了吧？一直未通音讯的亲人们一定安康吧？想象一下家里人要是看到他现在的样子，会是什么表情，丁敏忍不住笑了，他们一定认不出他的。离开大连时，他是一个白白净净的大高个，现在他蓬头垢面、破衣烂衫、皮肤黑得像煤炭。

经过铁道兵团战士和铁路局员工倾注着智慧和汗水的日夜奋战，粤汉铁路损毁严重的小溪、漳河等桥梁相继提前修复。1949 年 12 月 1 日，粤汉铁路武昌至湖南郴州之间的路段修复通车，1949 年 12 月 27 日粤汉铁路全线恢复通车，狠狠地打脸国民党军队的狂言！我党我军的人员、物资畅通南下！

1950 年 10 月，新中国一周岁之际，丁敏随铁道兵团到达广州。从那时起到 1989 年离职休养，丁敏先后任铁道人民警察大队三中队指导员、广州铁路局工程总队勘测设计大队政治指导员、广州铁路局援外材料厂党总支书记、广州铁路总工会副主席、广州铁路局生活处处长等。岗位不断变化，工作职责也在变化，始终不变的是丁敏那作为无产阶级战士对党的耿耿忠心，对党和人民事业的兢兢业业。每到一处岗位，丁敏都以坚定的信念、执着的追求、百折不挠的奋斗、脚踏实地的工作为党的事业发光发热。

到达广州后，丁敏首先担任的是铁道人民警察大队三中队指导员，带领连队负责守护广州至韶关铁路运输和物资安全。

当时国民党遗留下来的特务分子、零散士兵及多年战乱养成的众多政治土匪仍在隐藏活动，企图阻挠新中国的政治、经济建设。铁路运输生产点多线长，站场、线路、设备、物资等沿着铁路轨道散布在千里山野中，保护任务十分艰巨。

连队一百多名警力分布在从老广州南站（即黄沙火车站）至韶关的站场和线路上，日夜高度警惕地守护着。“那时，我们的工作一方面要杜绝破坏，毕竟，铁路交通一直就是敌特分子喜欢下手的地方，他们一旦得手，人民的生命财产就会蒙受巨大损失，对党和国家也会造成极大的负面影响；另一方面，要严防偷盗，当时，大家生活还十分困苦，部分人员觉悟也不高，铁路沿线的设备、设施、临时存放的物料，难免成为盗窃目标。”回忆那段岁月，丁敏十分感慨：“俗话说，老虎都有打盹的时候，但我们不敢有一秒钟的疏忽。”除了带着几十号人盯守在老广州南站以外，丁敏还频繁奔波在广州至韶关的各个小站及各线路区间，检查落实每一个工作细节。

当时，老广州南站运输生产十分繁忙、生产组织非常复杂，保卫责任重大。该车站当时是广东最大的编组站和货运站，除办理货运及水陆联运外，还兼办粤汉铁路的列车编组。1951年初夏的一天深夜，人们都在熟睡当中，老广州南站货场上突然有火光窜动，火势迅速扩大。丁敏带着战士们迅速赶到现场奋力灭火。当时，现场还没能配备基本的消防器材，只能依靠盆、桶装水灭火及用扫帚扑火。在大家的团结扑救下，大火被及时扑灭，丁敏和众多战士这才感觉手脸皮肤传来阵阵刺痛，原来，好几人不同程度受到了灼伤。天亮后，丁敏带队到车站医务室，进行了简单的灼伤处理，又继续投入了新一天的工作之中。

从 1983 年 3 月至 1989 年离职休养，丁敏担任广州铁路局生活处处长近 6 年。

因为计划经济的深刻影响及我国铁路建设和管理的特殊性，那时，新中国铁路系统一直有着非常完备的系统内后勤保障：有自己的幼儿园、小学、中学、大学、防疫站、医院、被服厂、行车公寓等。那时的铁路局生活处，就是参与担当这一系列繁杂后勤工作管理重任的。目的就是在物资条件匮乏年代，尽力办好后勤保障和福利，为职工解决后顾之忧，让职工全身心地投入铁路安全运输工作之中。

而那一系列五花八门的后勤保障工作，对于丁敏来说，又是一个全新领域。55 岁，他又义无反顾地挑起新重担。

在对后勤运作系统及人员状况不了解的情况下，丁敏迅速行动，深入基层、深入群众，找基层负责人了解情况，找群众谈心，在很短的时间内掌握了大量第一手资料，很快摸清生活部门的规律和特点，很好地依靠和发动广大干部职工，将生活处各项工作做得井井有条。1983 年，接手新工作几个月后，丁敏便带领生活处，先后顺利召开全局性的生活服务、集体企业和托幼工作会议，系统性布局相关工作。

在生活处的工作中，最重要、最复杂、最敏感的莫过于行车公寓工作。全局范围内，湘粤琼三省有几十个铁路行车公寓，负责接待本局及来自全国各个铁路局的机务段、客运段、车辆段等行车部门的乘务人员，专门为奔波在异乡值乘路上的工作人员提供间休服务。值乘人员在公寓吃好了、休息好了，

才能精神抖擞、心情愉快地投入下一程的铁路安全运输生产工作之中。

丁敏花了大量时间和精力走访行车公寓，深入生产一线摸查、解决实际问题。他风尘仆仆地奔走运输一线时，背包里总有一个饭盒，每个行车公寓，都有过丁敏拿着饭盒跟乘务人员排队打饭、同吃同住的身影。丁敏全年有三分之二的时间在现场工作，每逢元旦、春节，他都是在沿线公寓、食堂和职工一起过节。经过一番走访、体验，丁敏带领生活处，对全局公寓工作进行了整顿，使公寓服务工作迈上新台阶，更好地为运输一线职工做好生活服务工作。

投身新中国铁路事业 39 载，丁敏以党的战士的担当、人民儿女的情怀，脚踏实地、满怀激情地忘我工作、无私奉献。“我十几岁参加革命工作，是党教育我成人、培养我成才。只要是对党和国家有益的事，我都会努力去做。”采访结束时，丁老的话深情而又谦逊：“我的工作很平凡，我对社会的贡献太小了。”

岁月不居，时节如流；初心依旧，笃行致远。对党的忠诚，对国家的热爱，对铁路发展的自豪，已经深深烙在丁敏这位在党 76 载的老战士灵魂深处。新中国从一穷二白到全面建成小康社会、全面建设社会主义现代化国家、全面推进中华民族伟大复兴新征程；中国铁路从远远落后到一骑绝尘……这一切，丁敏是参与者、见证者。如今，丁老已近期颐，依然心系党的事业，欣喜国家的进步，关心国内外时局，对我国铁路发展更是如数家珍。坚定的理想信念、百折不挠的奋斗精神、孜孜不倦的工作作风、光明磊落的人品、坦荡宽阔的胸怀，是丁敏等老一辈共产党人留给我们的宝贵精神财富，是引领我们自信自强、攻坚克难、奋勇前进的光。

从抗日“小英雄”到英雄的母亲

——《高山下的花环》式英雄的母亲张淑杰之家庭回忆录

□ 张伟英

张淑杰采访视频

2023 年 7 月，在广东省人民医院住院部的一间病房里，一位昏睡中的老太太嘴里不停地呼喊着：“快！快！往山上跑！往山上跑！敌机来了！”这是一位因新型冠状病毒感染而引起意识模糊的九旬老人，她的名字叫张淑杰，她是广州局集团公司离休干部。经过近一个月的精心治疗，凭借其顽强的求生意志，张淑杰奇迹般地康复了。

2024 年 9 月的一天，记者一行人来到中山三路，探望慰问并采访年近 95 岁却依旧精神矍铄的张淑杰老人。走到家门口，一块印刻着“光荣之家”的牌匾赫然映入眼帘。据介绍，张淑杰家是广东省首批悬挂新式光荣牌的家庭之一。2018 年 3 月 28 日，广东省正式启动为烈属、军属和退役军人等家庭挂光荣牌工作当日，广东省退役军人事厅厅长和工作人员专程来到张淑杰家，庄重地将光荣牌挂在其家门口。“光荣牌虽小，却意义重大，写满了张淑杰一家三代传承接续，爱国抗日、保家卫国、流血牺牲的感人故事。”

抗日“小英雄”——在烽火摇篮中茁壮成长

张淑杰的家乡在冀南地区的一个小乡村。在张淑杰的记忆中，父亲很年

轻时眼睛就看不见了，不能种地，因而家里虽不算太穷，但也属于不能自给的那一类家庭。家里兄弟姐妹5个，2个哥哥、2个姐姐，张淑杰是老五。一家人日常生活靠着糠菜补充勉强过得去，但遇上灾荒没吃的，就得饿肚子。“大家都穷，都没饭吃，那时候日子过得真叫一个苦啊。”

1937年七七事变后，冀南沦陷，敌伪土匪盘踞、争夺，日军在此烧杀劫掠，社会动荡不安，广大人民群众陷入水深火热之中，苦不堪言。冀南地区东接山东，西靠太行，南临豫北，北毗冀中，起到了连接各个抗日根据地的纽带作用。它不仅是联系鲁西北与太行的桥梁，也是延安与山东之间的通道。1938年，中国共产党开辟了冀南抗日根据地。张淑杰的两个哥哥，20多岁的爱国青年，积极加入中国共产党，在敌占区全身心投入敌后抗日活动之中。

一个手榴弹和一条被子

哥哥们领着一群人在村里悄悄发动群众，开展组织及抗战动员工作，发展了一批党员并成立党支部。大哥担任村党支部书记，家里自然而然成了地下党的联络点。天黑的时候，经常有游击队、地下党或八路军侦察员前往张淑杰家，跟哥哥们一起商量如何开展敌后抗日工作，讨论如何以冀南的人力、物力充实抗战力量，支援抗日战争。他们来了就在张淑杰家里吃住。家里房子不多，大家就挤在炕头、地上一起睡；吃得不够，就多加些水熬野菜汤。

一群人组织发动群众交公粮，白天收到群众交来的公粮，晚上往山里送，往解放区送；组织群众对日军包括平汉、津浦两大铁路干线等交通运输通道展开破袭行动。有时挖铁路，把铁轨拆掉；有时在公路上挖坑，让敌人的汽

车通过不了……他们想尽一切办法使日军的资源掠夺、物资补充、兵力转移陷于被动。他们还积极宣传中国共产党的抗日主张，发动组织群众参加对敌斗争，在村里建立农会、妇女救国会、青年团、自卫队、儿童团等群众抗日团体，通过这些地下活动使抗日的火焰悄悄燃遍全村。

张淑杰的母亲虽然不懂大道理，但人很开明、善良，看见日本鬼子烧杀劫掠，她义愤填膺。再加上家里是聚集地、传话中转点，来往的人多，消息也多，母亲知道两个儿子在搞抗日地下活动，就不动声色地支持他们。每当来了人，她就带着年少的张淑杰坐在门口，在外面盯梢，有什么人来就赶快去通风报信。

1942年的一天，一名八路军侦察员（当时并不知道他身份）出来联络时被敌人跟在后面追，就铆足劲儿往边村跑。他跑进张淑杰家，母亲见状二话不说，迅速把八路军侦察员藏了起来。汉奸带着日本鬼子追到村里，不见了八路军侦察员，就挨家挨户去搜。村里家家户户都是平房，鬼子汉奸们走过哪家都去翻看一轮，来到张淑杰家东翻西找没见人影，见只有母亲这么一个老妇人在，就走了。

其实母亲把八路军侦察员藏在冬天收红薯、白菜的地窖里，等敌人走远并确认安全后她才过来告诉八路军侦察员：“敌人走了，可以出来了。”八路军侦察员很感激母亲救了他一命，但他身上除了两个手榴弹啥都没有，临走时就给母亲留了一个。“手榴弹后来放在家里一个小柜子里，子孙后代谁也没去动它，一直到 1968 年母亲 80 岁去世时，子女们把手榴弹一并放到她的棺材里了。”

还有一次，有几个人到张淑杰家里碰头，有一个人擦枪时没注意，把自己打伤了。张淑杰哥哥和在场的几个人抬着伤员着急忙慌地往医院跑。当时正值寒冬，门刚开了一道缝，顿感寒气袭人。家里棉被本来就少，夜里睡觉两人一床棉被都不够，可张淑杰的母亲毫不犹豫地拿起一床棉被，盖在伤员身上才让哥哥们把他送去医院。“那时候棉被是非常珍贵的，我参加革命走出家里之前都一直跟母亲挤一个被窝，盖一床被子。”谈起母亲的点点滴滴，张淑杰一脸崇敬。

小小交通员

张淑杰在家中是老幺，但在村里的孩子中算是年龄比较大的，加上在家里多少能听到一些消息、懂得稍多一点儿，很自然地就成了孩子头。1938 年前后，日本鬼子占领了附近的一个村庄，驻扎在一个炮楼里，离张淑杰家所在的边村两三里路。日本鬼子和汉奸时常出来巡逻，张淑杰就带着小伙伴们在那附近活动，碰到日本鬼子和汉奸有什么动向，哥哥们就告诉张淑杰跟小伙伴们赶快去村里喊，通知大家抓紧逃跑。

很多时候，日本鬼子来了，大家一起边喊着“鬼子来了”边跑走躲避。敌人从北边来，大家就往南边跑，往相反的方向逃。在麦子、高粱、玉米成熟的季节，大家都往地里跑，高粱梗、麦穗随风飘摇着，鬼子很难找到人。有一次日本鬼子来抓人，哥哥们和几个地下党正在碰头，听到风声很快从土墙翻跳过去，迅速跑到野地里。张淑杰紧张地跟在后面跑，但到了墙边却爬不上去，只好折回家里，藏在房子中间的一个土坑里，躲过了鬼子。那段时期，十三四岁的张淑杰领着小伙伴们跟大人们一起挖地道、挖地沟。平常大家种高粱、玉米、麦子，小伙伴们也跟着一起劳作。“只要哥哥们吩咐，我们就照做。”抗战期间，十多岁仍处于懵懂时期的张淑杰就在这样的环境下慢慢长大。她不清楚哥哥们在干啥，但有事的时候哥哥们喊她跑腿帮忙，她总是乐在其中。

群众的智慧是无穷的，为了更好地躲避日本鬼子，大家开始挖地道、挖地沟，张淑杰家里也挖了一个地道。冀中的地道，村村相连，可以从这个村通到那个村。而冀南的地道，只能从家里通到地里去，方便日本鬼子来的时候逃跑。碰到紧急情况，地下工作者也能藏在里面。

挖地沟也是张淑杰带领小伙伴们跟着大人们一起做的事。张淑杰的家乡是农村，那儿属于华北大平原，没有山，村与村之间都比较近，一般就是三五里路。从这村到那村原本是一条人和车子都可以通过的土路，为了方便敌人来时逃命，大家就在土路中间挖起沟来，沿路种上蓖麻遮蔽。碰到敌人来了，放哨的人看清他们往哪儿走后就向乡亲们传话，村里的人就顺着地沟往别的村子跑。而放哨，很多时候就是张淑杰跟小伙伴们玩耍时兼顾的任务。

在全民族抗战的残酷环境下，冀南人民对战争痛苦的体验尤其深刻。而在抗日家庭中成长的张淑杰，在两个哥哥和家里往来的抗战人士的引领下，也逐渐走上了革命的道路。“14岁之前就是小小交通员，做些通风报信的活儿，也算是参加了革命。”

抗日先锋队副大队长

不久，小炮楼拔掉了，村里成了革命根据地，共产党在村里成立了一个抗日小学，张淑杰和村里的女孩子都可以上学了。旧社会女孩子不能上学，没有女孩识字，有了这样的机会，张淑杰倍加珍惜。学校成立抗日先锋队，张淑杰积极上进，被选拔担任副大队长。

抗日先锋队有100多人，年龄最小的八九岁，最大的15岁，张淑杰年满14岁，算是比较大的。作为副大队长，张淑杰要组织少先队员上课。不能上课的时候，就组织少先队员们到村里几个路口站岗放哨、查路条。那时候刚解放，怕敌人来捣乱，怕有特务进来，各个村都设了岗，凡是出村的人必须

找村长写证明，防止坏人进出村。张淑杰就负责把小伙伴们的岗位安排好，把“谁到哪儿干什么活儿”安排妥当后就去查岗。整个村子她每次都要转一圈，督促检查小伙伴们的工作。有趣的是，小伙伴们没有查到过一个特务。有时查到邻村的人要经过，有时查到有人忘了带路条，小伙伴们很认真，把关非常严格，硬是不准进。

学习机会来之不易，小伙伴们都很乐意上学，张淑杰更加积极。她心里有一个坚定的信念：“妇女太苦了！妇女要解放，要平等！”张淑杰觉得要想干革命，没有文化不行。她从拼音字母开始学起，很快就可以看书了。因为勤奋，她写字也学得特别快，字也写得好。“认字、写字、读书是一件很有意思的事，白天学的课程，晚上或第二天早晨就会像放电影一样在我脑海里过一遍，全部都会。”小学几年的课本，张淑杰一年多就念完了，很快成了大伙儿眼中的“小知识分子”，县里组织会考，都让她去参加。上高小后，有一段时间区政府还把张淑杰派去西店小学当教员。

在西店小学，张淑杰既是学生又是教员，讲课时站在教室里还没学生高。“因为全国解放，发展得很快，需要很多人，再加上老教员都是地主家的人，而土改时把这些人都撤了，新的教员接不上，所以挑选一些学得好的学生去给新学员上课。”张淑杰住在学校里，白天教书，晚上学习。1946年，16岁的张淑杰光荣加入中国共产党，和另外3个小伙伴一起成为抗日小学第一批入党的小党员，也成了后辈眼中令人钦佩的抗日“小英雄”。

军人血统——从双向奔赴到家庭百分百

张淑杰与丈夫赵力宽相识于1948年，婚后相濡以沫、互敬互爱40多年，是部队、单位里公认的一对模范夫妻。夫妇俩共生育、培养5个子女，个个志向远大，爱国爱军。赵力宽生前是原广州军区后勤部政治委员，正军级干部。他从陕北抗日大学七分校、晋冀鲁豫十纵队补充团，第二野战军、中原军区及第四野战军政治部组织部，中南军区干部管理部等一路走来，在枪林弹雨中无畏前行，曾荣获三级独立自由勋章、三级解放勋章。根据其“与先烈共海魂”的生前遗言，1991年赵力宽去世后，其骨灰从虎门沙角炮台撒向大海。

赵力宽爱国爱军爱家的热忱，深刻地影响并引领了下一代。

一见定姻缘的战争爱情

张淑杰在西店小学当了一段时间教员后，组织上觉得她们这些小教员需要进修提高，就在县里的谢台臣中学成立了一个师资班，把小教员们集中起来学习。谢台臣中学的校长是一位从延安过来的老革命，日常接触中对张淑杰比较认可，便主动给她介绍对象，将抗日红军大学的同学赵力宽介绍给张淑杰认识。

早年亲眼见到两位姐姐嫁给河北本地人，因为夫家观念落后而过着凄惨的日子，张淑杰在家的时候就下定决心，以后自己坚决不嫁本地人。校长告诉张淑杰：赵力宽是山西人，共产党员，营教导员，初中上了一年不到，抗战开始就自己背着包上延安，进部队后在延安抗日红军大学完成了学业。“工作积极上进，符合我的要求。”很快，张淑杰和赵力宽见了一面，“很瘦，但长得还不错”，相互都很满意。因纪律要求，赵力宽和张淑杰匆匆见过一面后就立即返回部队，两人约好书信交往，算是确定了关系。

共同的志向、相近的学业背景，再次相见时他俩就定下了姻缘。“灾荒年间，母亲带着10多岁的我去逃荒，两次想将我卖到山西那里都没卖成。没想到若干年后，我把自己嫁给了一个山西人，看来我是跟山西有缘啊。”那时候结婚手续简单，两人同意，就写申请报告交给组织部，得到批准就算合法夫妻了。

结婚那天，赵力宽骑着马把张淑杰接到部队，在老乡家腾出来的一间房里请战友和老乡们吃瓜子、花生。只相聚了一天，新婚夫妇就分头赶回各自岗位。“多年后才听老乡讲，结婚时那床蓝缎子被面是缴获的战利品，之前好几个战友结婚，赵力宽都把被面借给他们撑场面用。”那床具有纪念意义的被面，张淑杰一直保留在身边，很多年后回赵力宽老家才依依不舍地送给了他的老奶奶。“我们俩一辈子相亲相爱、互相尊重，没有闹过矛盾，称得上模范夫妻”。

随军南下的峥嵘岁月

结婚后张淑杰在土改工作队工作。“妇女是一支抗战中不可缺少的重要力量，要将她们培养成为一支有文化、有觉悟、有能力的妇女干部队伍，以便在抗日战争中发挥更大的作用。”1941 年，冀南四分区妇女干部学校成立，张淑杰从土改工作队来到学校，成为 40 多名学员之一。

“妇女干校当时只有一块不足一平方米的小黑板，一块缺了角的刻字钢板和一支刻字铁笔，一个计时用的小闹钟；生活和炊事用具就是一口大行军锅、一把大铲，每人一条可装五六斤米的布袋子，每个学生自备碗筷。”张淑杰就在这样艰苦的条件下，与其他学员一起开启了新的学习生活。

1948 年 11 月，淮海战役打响，赵力宽奉命奔赴第一线，到了前线指挥部，张淑杰在后方。“刚开始只有我一个妇女去，后来才陆续来了几个。”1949 年 1 月淮海战役胜利，长江以北的华东、中原地区基本上获得解放。

当时东北全境解放，华北即将全部解放，华东和中原敌军经淮海战役被消灭殆尽，敌我力量对比发生了根本变化。人民解放军浩浩荡荡向南挺进，所向披靡，势如破竹，全面解放为期不远。中共中央华北局根据中共中央的指示和形势发展的需要，决定在冀南地区抽调部分年轻且德才兼备、体质较好的同志南下。赵力宽接到命令随部队南下。张淑杰等妇女干校学员不久也追随部队南下。

队伍都是夜晚行进，白天有国民党的飞机轰炸不能走。在太行山上行进的时候，夜里在山沟里走，不时传来狼的叫声，大伙儿手里拿着铜盆边走边敲，用这土办法将“怕声音”的狼吓跑。南下途中，得了疟疾没药医治、一路“打摆子”的张淑杰有幸坐了一回“最高级”的车——一个小驴拉着的小车，是老百姓借给部队送病号用的。到了渡口的关口，小驴走不动了，小车爬不上去，病恹恹的张淑杰只得自己下来推。“小车上坐一坐，又下来推一推，这在当时就是对病号的特别关照了。”张淑杰对这段经历记忆犹新。

“第一次进山时还幸运地坐过一次‘小火车’——一辆拉煤的斗车。”那是张淑杰生平第一次见到火车。坐上去后，“小火车”哐当哐当地走着，不一会儿就脱钩了，大家就朝着前面喊，工作人员赶忙过来把它挂上，继续走。下车的时候，每个人满身都是煤，黄军装变成了黑军装，衣服上沾满了车油、煤黑。“那时候军装极缺，那套衣服一直到换军装的时候才脱下来。”

过黄河没有船，渡江用的是筏子。唯有从洛阳到郑州那段路，队伍才坐上了一次真正的火车——绿皮火车，但那是一段最危险的路程。不时有国民党的飞机过来轰炸，带队干部见到就朝列车前方大喊，司机听到立马将火车头开到山洞里，火车厢则停留在洞口的外面，以此来保护火车头，也方便车上的人下车躲避。而每次停车，车上就一片慌乱，很多老百姓以为往山上跑安全，所以车一停就拼命跑，喊也喊不住。有一次飞机来了，用机枪向下扫射，大伙儿纷纷下车各自躲避，张淑杰蹲在车底的车轴处。“记得那次我身后有个妇女背着一个一两岁的孩子，下车的时候子弹就打到孩子身上。当时离我很近，差一点儿就打在我的手上。”张淑杰自诩“命大”，有惊无险（备注：开头喊“快往山上跑”的细节，家人估计，就是因为这一段刻骨铭心的经历）。

那次南下走了五六天，白天在山沟里就地休息，有时碰巧路过村庄就到老百姓家里，老百姓写着“欢迎解放军”的标语来迎接，并给大伙儿送饭吃。

就这样从山西走进太行山，在河北集中后过黄河，到河南洛阳一带，一路步行到了第二野战军总部。因为当过教员、字写得不错，在大家眼里是个“有文化的人”，张淑杰被安排到了第二野战军政治部组织部，负责人事和接待工作。“1948年，我从地方转入部队，正式加入了解放军队伍。”之后转到开封，在留守处工作。

其时第四野战军从东北进关南下，也到了开封，按照上级指示，张淑杰这批人员不再追赶已到西南作战的第二野战军，而是合并到第四野战军。于是，张淑杰转入第四野战军政治部组织部。

百分百的军人之家

聚少离多的婚后生活，随着一场场战争的胜利而告一段落。第四野战军总部到了武汉，安定下来。中南军区单独成立军区干部管理部，由原来的司令部、政治部、后勤部三部增至四部，1949 年底，赵力宽和张淑杰都调到中南军区干部管理部。1952 年，原中南军区整体搬到广州，张淑杰一家随部队来到广州。1953 年 6 月，张淑杰转业进入铁路，先后在原广州铁路局卫生处、人事处、总务处，广州客运段、广州站、广州车辆段、广州通信段，原广州铁路中心医院、原广州铁路局机关党委等单位工作。

1949 年到 1955 年，张淑杰连续生育了 5 个小孩，3 个女儿、2 个儿子，成了幸福而光荣的母亲。产假休完返回岗位后，张淑杰又开始了紧张忙碌的工作。

赵力宽和张淑杰对工作的态度和对孩子教育的理念基本一致，都认为一切以工作为重，孩子们通过言传身教来陶冶情操、磨炼意志力、培养独立性。张淑杰工作兢兢业业、勤勤恳恳，但无论工作多忙，每天中午、晚上她都坚持回家吃饭。“骑着自行车，一会儿就到家了。饭桌就是我了解孩子们学习生活状态，沟通、引导、教育孩子们的最佳场所。”家庭教育、自身工作妥善平衡，使张淑杰自身工作和个人进步一点儿没耽误，孩子们也健康、快乐地成长着。5个孩子学习成绩优异，在学校积极参加各项集体活动，担任班干部、少先队干部、团干部等，并捧回“三好学生”“五好学生”等一大摞奖状。

生长在军人家庭，在军人父母言传身教、潜移默化的熏陶下，5个孩子个个成长为“听党话跟党走”的“毛主席的好孩子”。孩子们从小热爱军队，都想成为光荣的解放军战士。而他们也一直自觉自律，从不让父母操心。他们自觉锤炼自己，时刻做好各方面准备，努力实现自己的梦想。长女赵幼芹1969年光荣参军，在军区后勤部属下一个分部当电话兵、班长，以后参加护训队学习转到医院工作，1981年转业；二女儿赵幼莉1971年参军，任护士、护士长，立过三等功，1989年转业；小女儿赵幼茹1970年参军，先后任护士、主治医生、副主任医师（正师），在军区第一门诊工作，立三等功一次，并获中国人民解放军科技进步二等奖一次，是广东省肝病学会超声专业委员。两个儿子——老三赵幼林1969年参军，历任战士、班长、排长、连指导员，二等功臣，1979年在对越自卫反击战中英勇牺牲，牺牲时还未满26岁；老四赵幼明1970年参军，任空军测绘员、机械师，1975年复员。

从父母到 5 个子女，一家人都是党员，无形中组成了一个家庭党支部。家庭生活会中，孩子们意见不一致，最后总推选张淑杰做结论。女儿说，妈妈说了算。儿子说，不！是“党支部书记”说了算。既民主又集中，张淑杰的家庭活脱脱一个不折不扣的“党员之家”。

从电话兵到军干部，从指导员到政治委员，“全家人团聚开家庭会，一不留神就开成了军人大会”。张淑杰家成了百分之百的“军人之家”、实打实的“光荣之家”。

“五好家庭”“文明家庭”“家庭教育杰出之家”“广东省好母亲”“十佳教子有方优秀家长”……几十年过去了，张淑杰家里收藏着一张张、一本本红红的奖状奖章。它们静静地躺在褪色的木匣里，像一簇不熄的火焰，在岁月深处恒久地燃烧。每一道烫金的纹路都在述说着那些被时光淬炼过的荣耀，那些在平凡日子里用双手垒起的不平凡。

英雄儿子——真实演绎《高山下的花环》光辉一幕

20世纪80年代，一部以悲剧形式反映战争和军营生活的军旅小说——《高山下的花环》改编成电影后，迅速风靡全国。电影中的高干子弟赵蒙生在经受炮火洗礼、经历生死后，成长为一名真正的军人而奋勇杀敌、勇往直前的形象，深深地印刻在人们的脑海里。而在1979年对越自卫反击战场上，张淑杰的儿子赵幼林就真实演绎了电影里这光辉的一幕。

上阵父子兵

1978 年底，对越自卫反击战打响前夕，张淑杰的丈夫赵力宽调回广州军区后勤部任政治委员，不久即接到命令到前线总指挥部，奔赴南宁。其时，儿子赵幼林因重度胃溃疡在原广州军区陆军总医院住院治疗一个多月，病情稍有好转立即返回部队，时刻做好奔赴前线的准备。

“父子俩共同为国尽忠效力。” 现实版的“上阵父子兵”在张淑杰这个军人家庭里真实地演绎着。战斗打响前，到前线检查工作的指挥部父亲与即将上前线战场的儿子邂逅，赵力宽语重心长地叮嘱赵幼林：“好好打，不要辜负祖国的期望。”赵幼林坚定地表示：“一营一连赵幼林向您保证，在战场上一定英勇杀敌，为国家和军队争光，为父母争气！”

“当边境的烽火映红界碑，当兵的儿子正在住院。母亲带着满腔慈爱，日夜守护在他的身边。儿子的病体没有康复，反击的消息传到医院。是劝慰儿子继续养病？是支持儿子速返前线？一块磐石压着妈妈的心，一句话出口好难好难——也许是生离死别的选择，也许是儿子再回不到妈妈的身边……妈妈、儿子都是共产党员，党的召唤胜过亲情万千。祖国的安宁，人民的幸福，也挑在战士和母亲的双肩。儿子为妈妈理清白发，无声的告别情重如山；妈妈为儿子收拾行装，无声的叮嘱饱含万语千言！”当年刊登在报纸上的一首纪实诗歌，真实地记录着临行前张淑杰这对英雄母子的两难抉择。

“作为家属，我希望丈夫、儿子平平安安。但作为军人，作为军属，我从没想过让丈夫、儿子留在身边。因为我知道，在祖国需要的时候义无反顾地上前线，是一名军人应该具备的基本素质。”时隔 45 年，张淑杰平静地述说着：“95 岁了……现在重孙问我，‘太奶奶，您为什么总擦这些勋章？’我告诉他：‘因为这里面啊，藏着太爷爷和爷爷们献青春、洒热血的故事呢！’闪闪的泪花悄悄地释放着她深藏于心的深情，眸子里的坚毅则率真地诠释着她无悔的抉择——那场战役，和赵幼林在同一个战壕里一起打仗的还有军长的儿子，保家卫国的年代，很多军人子弟都在接受炮火的洗礼，在战斗中磨砺钢铁意志”。

英勇牺牲追记二等功

1979年2月17日，对越自卫反击战打响。我41军122师从广西靖西进入越南。2月19日朔江战役开始，122师以两个营的兵力发起正面攻击，师主力穿插迂回，在敌侧后从南向北打，5天内灭敌一个团（246团）外加两个独立营。

赵幼林所在的一营是担任正面攻击的两个营之一。2月19日11时30分，一营一连加入攻打南山的战斗。战场上，炮声震耳欲聋、枪声刺耳呼啸、硝烟浓烈呛人，身边尸横遍野、鲜血流淌成河。一营打得非常吃力，营长身负重伤，全营伤亡惨重，三连攻击失利不得已撤回，一连受命接替三连进攻。其时赵幼林是一连指导员，他率领一连全体干部战士毫无畏惧地向敌人发起勇猛冲锋，而敌人装备精良，高射机枪的子弹雨点般地扫射我方指战员。突然，一颗子弹打中毫无屏障可依的赵幼林的腹部，鲜血迅速染红了军装，灌满了他佩戴的五四手枪枪套里。赵幼林拼尽余力，将手枪与干粮袋交到身边战友手里，头一歪，再也没有醒过来。部队最终攻下敌军阵地，完成战斗任务。但赵幼林却英勇牺牲了，他年轻的生命永远定格在差13天才满26岁的那一天。

赵幼林的英勇牺牲使全连指战员陷入无限悲痛中，也更激发了他们的战斗意志。在其后的战斗中，一连指战员浴血奋战，出色地完成各项战斗任务。战后，一连荣记集体二等功，赵幼林荣获“革命烈士”称号，追记二等功。

“你去了，亲爱的哥哥！为了和平，为了祖国，肩负人民的希望，带着亲人的嘱托。你去了，亲爱的哥哥！伴万钧雷霆，像尖刀闪烁，冲向敌阵，杀向恶魔，誓与顽敌见高低。你是千万英雄战士中的一个。你去了，亲爱的哥哥！献身在那硝烟正浓的时刻，没有什么遗憾，没有什么话说。征途上看得见你坚实的足迹，战旗上有你增添的红色！你从来认为，把一切献给党和人民是终生的快乐……你去了，亲爱的哥哥！消失在高山深壑。但我总认为你还活着，你还在连队讲课，把党的决议向战士们贯彻；你还在边陲巡逻，忠实地执行军人的职责；你还在田间耕作，彰显着八路后代的本色……”当年还是广州军区军医学校学员的妹妹赵幼茹，深情写下了深切悼念烈士哥哥的感人诗句。

就这样，张淑杰的人生被岁月编织成一条染血的红飘带——从那个扎着羊角辫在山坳里奔跑着通风报信的小小交通员，到战火中匆匆一晤即依依送别爱人的年轻军属；从枪林弹雨中跟随部队南下的女军人，到捧着烈士证书颤抖不已的年近半百烈属……在广西靖西烈士陵园里，张淑杰布满茧子的指尖颤抖着在儿子的烈士墓碑上摩挲，怀里的立功勋章硌得她心口生疼——这方寸之间，葬着她最骄傲的春天！

英雄儿子 VS 电影人物

赵幼林在家排行老三，是家中长子，1953 年 3 月出生，1969 年 3 月参军，1970 年光荣加入中国共产党。

1960 年 9 月，年满 7 岁的赵幼林入读广州八一中学附属第二小学。在校期间，他品学兼优，多次获得“三好学生”“五好学生”等荣誉。在革命军人家庭及八一学校的熏陶下，他从小练就了有胆识、敢担当的胸怀与体魄，他对祖国、对军队满怀崇敬与热爱。“像父母一样成为一名光荣的人民解放军战士，有所作为！”这是少年赵幼林的梦想。

1969 年 3 月 1 日，年仅 16岁的赵幼林光荣参军。那天，近百名八一校友在广州军区梅花园第四招待所应征入伍。与赵幼林同期入伍的，还有后来也成为英雄烈士的欧阳小雄、杨伟明等。他们告别了从小生长的广州，告别了自幼成长的摇篮——父辈的军营，毅然踏上了属于自己的军营。

入伍后，赵幼林被分配到 41 军 122 师 364 团 1 营 1 连。当时，122 师响应毛主席的号召，在湛江赤坎鸭乸港围海造田，为国为民排忧解难。

进入一连的时候，赵幼林是全连年纪最小的，但他与其他战士一起参加围海造田、挑泥筑坝等艰苦劳动。虽然从小在城市优越的环境中长大，但他继承了父辈艰苦奋斗和刻苦耐劳的革命精神，每天与战士们一起，把一担担海泥挑到坝上，用青春与热血筑起了一道拦海大堤坝，然后在围出来的海田

上开荒种稻。稚嫩的肩膀挑起百十斤的重担，他忍受着皮肉磨破的疼痛，忍受着每天体力的极大消耗与连队伙食简单等艰苦条件，从不叫苦叫累。他在工作中吃苦耐劳、重活累活抢在前，入伍第二年就光荣地加入了中国共产党，连续两年获评“五好战士”。

从战士到班长，到排长，到副指导员，再到指导员，赵幼林在部队10年有7年在种田。他当排长时，大家戏称他为“管水排长”。管水工作非常烦琐、辛苦，可他毫无怨言。他生活上艰苦朴素，工作上积极肯干，时时处处严格要求自己，因表现出色而多次立功受奖。其中，1977年荣获的“学习雷锋、学习硬骨头六连先进个人”等奖状至今仍收藏在张淑杰家里。

“有报道称赵幼林是《高山下的花环》式的英雄人物。小说中主人公在战场上英勇奋战、冲锋在前、不怕流血牺牲的光辉形象，与赵幼林在战场上的表现确实吻合。但赵幼林怀揣崇高的理想，具有艰苦朴素、勤劳肯干、积极上进的纯朴作风和‘宝剑锋从磨砺出’的自强自立成长经历，其家庭对待上战场这事持支持态度等，这些方面跟电影中的赵蒙生却截然不同。与电影中的赵蒙生相比，赵幼林更完美、更感人，也更真切、更光彩照人！”近半个世纪过去了，新时代对英雄的评价依然客观而中肯。

半个世纪的风雨沧桑，英雄母亲的白发里藏着多少不为人知的漫漫长夜。她静默如大地，将思念与苦难深深埋进岁月的土壤——从来没有向组织提出过半句要求，没有向组织诉过半句苦，而始终挺立着如一棵不老的青松。这份沉默不是无言的承受，而是一种崇高的精神自觉——她以生命的坚韧守护着英雄的荣光，以无求的胸怀诠释着家国大义。

一寸山河一寸血，一抔黄土一抔魂。回想过去的烽火岁月，缅怀高山下的英雄儿子，英雄的母亲张淑杰深切嘱咐后辈子孙：记住那座高山，记住那个花环，好好传承咱老赵家“坚贞忠诚、牺牲奉献、为国为民、永跟党走”的优良家风。

从地下工作到抗美援朝

——共产党员石光明的烽火岁月

□ 王香瑞

石光明采访视频

1949年5月的一天，湖南省衡阳市阴云密布，危机四伏。国民党残余势力一边负隅顽抗，一边准备溃逃时破坏粤汉、湘桂铁路及机车车辆，并对地下党进行严密的搜捕和猖狂的迫害。衡阳火车站及街头巷尾都笼罩着恐怖肃杀的气氛。下午6时，从粤汉铁路客车事务所走出一位个子瘦高、浓眉大眼、形象儒雅的青年男子，他疾步来到粤汉铁路机务段大门前，突然从身上抽出一叠宣传单，迅速向机务段紧锁的大门上方抛去，那些写着“反南迁、反破坏、保护机车车辆”的传单像一只只信鸽，纷纷飞落到机务段大院内…… 这位脚步匆匆、面色坚毅的热血青年，就是粤汉铁路党组织衡阳江东区地下党发展的新成员——刚刚加入“中国新民主主义青年团”的石光明。

先进思想的启蒙

1932年，石光明出生于湖南省宁远县清水桥镇百福营村，父亲是位私塾先生。石光明4岁起就跟着父亲读书写字、帮做家务，还要养鸡种菜。在父亲的严格要求下，石光明不仅写字工整，还养成了吃苦耐劳的品质。后来，父亲到粤汉铁路工作，有了收入支撑后，他便想方设法接石光明来衡阳扶轮

中学读书。

1944年春，12岁的石光明来到衡阳，因脚烫伤还未进学校读书，日军便发动了“豫湘桂战役”。6月，衡阳告急，大批衡阳市民蜂拥撤离，争相出逃。学校提前放假，教师、学生疏散。石光明上学梦碎。他在衡阳目睹了日本飞机这个“大怪物”在天上投下一颗颗炸弹、燃烧弹，到处是爆炸声和熊熊烈火……

石光明一家人逃难到乡下。山沟里粮食紧缺，全家人只能靠吃野菜、红薯叶、树叶充饥。为了生存，哥哥们去当脚夫（搬运工），石光明同母亲在山沟里开荒种地，小小年纪就备尝了生活的艰辛。

1945年日本投降后，石光明于1946年夏再度来到衡阳。战乱后的衡阳，到处是残垣断壁。侵略者的炮火刚熄，国民党又悍然发动了内战，时局动荡，民生艰难。石光明的父亲因报到迟延也失去了铁路工作。为了生存，石光明在哥哥的帮助下到粤汉衡阳铁路管理局一位局长家里做书童，后来哀求到了客车事务所服务生（列车员）一职，自此开始了铁路生涯。

当时国民党当局管理混乱，到处车匪路霸横行，烧杀抢掠、打架斗殴经常发生。火车站、列车上小偷特别多。石光明第一次出乘，小偷不仅偷走了他的被子，还偷走了他身上带的全部餐费，导致他忍饥挨饿了一天；第二次出乘，他在列车上负责卖烟、糖果。有些凶神恶煞的人看他年龄小就欺负他，那些人买烟、糖果时说先赊账，却永远也不会给钱。后来，整个糖果篮子也被小偷偷去。

出乘回来后，石光明流着泪向客车事务所（以下简称车务所）主任汇报工作情况，主任看他年纪尚小，除对他进行批评教育、扣除工资赔偿损失外，报上级批准给他换了个岗位，负责车务所办公室卫生和帮助职员买餐饮等。

在办公室打杂，有一点儿干不好，就会受到国民党军阀作风的头头呵斥。有一次他不小心把一点水洒在一位头头的裤腿上，头头狠狠地猛拉他的帽檐，并大声训斥。他的耳朵也被帽檐划出一道血痕。石光明只能忍气吞声，唯一吸引他的是办公室这里有纸和笔。他看到别人用毛笔写字，自己也抑制不住内心的兴奋，壮起胆子拿笔蘸墨练起字来。他的字体遒劲有力，得到车务所职员的夸赞。头头也发现这个搞卫生的小男孩是个文化人，写得一手好字，就让他在车务所帮忙抄写文件。

车务所办公室内一共有五张办公桌，石光明对面的办公桌坐着老赵（赵登科）。老赵在车务所任司事，他温和善良，在工作上经常帮助石光明。老赵家离车务所比较近，下班了，老赵就经常约石光明到家里吃饭，还给他讲国内、国外的时事新闻：中国怎样走向半殖民地半封建社会、共产党党史、革命胜利的消息和经过，还一起学习《大众哲学》《社会发展史》《苏联革命的胜利》等进步书籍。石光明逐渐认识到中国也可以像苏联那样建立一个没有剥削、没有压迫、人人平等的社会。他像在黑夜里看到了一线亮光，感到这一切都是新鲜和有意义的。

1948 年 8 月，国民党政府为了挽救财政经济危机和维持内战军费开支，决定废除法币，发行金圆券，进一步搜刮民财，导致物价飞涨，民生艰难，民怨沸腾。临近农历年关时，衡阳地下党审时度势，在上级党组织的指示下，

准备发动铁路工人大罢工，要求铁路当局发放年终双薪和欠薪，但铁路当局敷衍搪塞，半个月过去了，工人的请愿未得到答复。

1949 年 1 月 25 日清晨，一场“反饥饿、反迫害”的大罢工终于爆发了。衡阳铁路各支部的地下党员纷纷带领铁路工人加入了大罢工的行列。石光明同大批铁路工人一起奔向车站、月台。他们撒传单、跑联络、搞声援；次日，罢工的铁路工人越来越多，轨道上也站满了铁路职工，迫使通过衡阳站的南北客运、货运和军运列车停驶。

反动当局警务处和衡阳市警备司令部派出了大批全副武装的军警，在车站对面的石子岭山头、月台两端、候车室楼顶架设机枪，威胁罢工的铁路工人。此时，石光明看到老赵等人勇敢地站了出来，他们向士兵说明此次罢工的原因是因为物价暴涨，工人们无米下锅；另一批工人迎着士兵的刀枪冲上去，捣毁了国民党警备司令部驻车站检查所……

石光明和工友们被一种正义的精神感召着，他同另一批铁路职工在地下党的带领下包围了铁路管理局局长杜镇远的住处。在声势浩大的罢工斗争威慑下，铁路当局无奈答应了工人们的要求。

这次衡阳铁路工人大罢工斗争的胜利，有力地配合了人民解放战争的胜利到来。石光明在这次大罢工中身临其境感受到了共产党人的勇敢和坚强，看到了革命胜利的曙光，更加坚定了共产主义理想和信念。

1949年4月21日，中国人民解放军强渡长江，浩浩荡荡的解放军势如破竹，23 日，解放军占领南京，宣告了国民党反动统治的覆灭；盘踞在衡阳的国民党残余势力准备在溃逃前炸毁粤汉、湘桂铁路及机车车辆，企图阻碍解放军进攻的脚步，并对地下党进行疯狂的逮捕和杀害。

中共地下党湖南工委领导下的衡阳工委根据上述情况，及时向中共衡阳铁路地下党组织传达了“反迁移、反破坏”“护厂护路、迎接解放”的指示。中共粤汉铁路地下党组织和湘桂铁路地下党支部根据市工委指示，迅速在铁路员工中开展了与国民党反动派针锋相对的斗争。17 岁的石光明在粤汉铁路党组织衡阳江东区地下党老赵的介绍下，于 1949 年 5 月初加入了中国新民主主义青年团，开始为共产党秘密做地下工作。

隐秘战线的较量

石光明接受了地下党老赵交给的任务：车务所每次有重要的文件、报表、计划等，都要多抄写一份，秘密交给地下党组织；石光明还在车务所工作人员全部下班后，悄悄回到办公室，用一枚钢针用力地在蜡板上刻制“反对南迁、反对破坏铁路、保护机车车辆”的宣传标语模板，然后涂上墨汁，在模具上反复印刷出许多张宣传单。他把宣传单藏在身上，先后到衡阳机务段、工务段等处，乘人不备，迅速把传单抛向院内……

在国民党的白色恐怖下，这种行为非常危险，一旦被国民党特务发现，可能被捕入狱甚至牺牲生命。

老赵告诉石光明，周围有很多国民党特务。国民党警备司令部有一位姓欧的国民党特务，杀人如麻，人称外号“欧剃头”，在溃逃前一定会疯狂迫害共产党人，我们的行动一定要小心谨慎。

老赵的关切提醒，让石光明感动。地下斗争的残酷反而让石光明的意志更加顽强。他说：“从填写入团申请书那天起，我就已经把生命交给党了，所以心里无所畏惧。”

石光明除了秘密刻版、油印、散发传单外，下班后还躲在宿舍里悄悄刻印“新民主主义青年团团章（草案）”，油印多份后交给地下党；他还多次完成了老赵交给的秘密传递情报的任务：到衡阳铁路机厂、扶轮中学等地多次送口信，接头时双方互不认识，只能靠暗语确定身份。他每次都出色完成了党交给的任务。

石光明积极、认真、热情为党奉献的精神感动了老赵。老赵向上级地下党组织反映石光明进步的情况，石光明得到了上级党组织的肯定和口头表扬。这位上级就是中共湘南工委衡阳江东区工委书记周炳杰。这是后来老赵才告诉石光明的。

周炳杰曾在 1949 年 5 月两次与石光明约见谈话。第一次是批准石光明加入新民主主义青年团，并对他入团进行了严格的考核，提出了严格的要求；第二次是调动工作的问题，他让石光明到湘南武工队去当文书。因为石光明当时没有理由请长假，突然走容易暴露身份。他让石光明准备好，随时等待出发的消息。

当时粤汉铁路管理局的国民党正在为南迁做准备，想继续干铁路工作的职员就南迁到广州，不想干的可以遣散，并发给三个月的生活费。石光明趁机申请了遣散，等待党组织的消息，准备随时出发。

一个多月过去了，石光明等来了一个“晴天霹雳”：由于叛徒告密，周炳杰和另一名共产党员李茂林同时被捕入狱，国民党反动派对他们进行了严刑拷打，但他们始终守口如瓶，宁死不屈！地下党组织曾在他们被捕入狱后多次想方设法积极营救，但最终未能成功。

1949 年 8 月 7 日，周炳杰、李茂林遭到国民党残忍杀害，血洒衡阳城小西门外的演武坪刑场！

噩耗传来，石光明和老赵泪如泉涌，心如刀割一般，痛得无法呼吸。他们心中敬佩的周炳杰、李茂林为了中国人民的解放事业，为了保护同志献出了自己的生命！他们决心化悲痛为力量，坚持斗争。

为保存革命力量，中共衡阳工委根据上级指示，及时将粤汉铁路的地下党员一部分转移到农村开展武装斗争，一部分留在衡阳转入秘密的斗争。

老赵到乡下去了。辞去铁路工作的石光明还有其他几个工友没有地方住，他们就暂时住在老赵家，附近就是衡阳市国民党警备司令部，危机环伺；生活来源没有了，石光明就去广州，批发一些毛巾、香皂之类的小东西，带回衡阳摆地摊，一边维持生活，一边打探解放的消息。

1949 年中秋节的夜晚，在粤汉铁路苗圃一带，隐隐约约能听到炮声和机枪声。石光明按捺住异常兴奋的心情，等待与地下党取得联系。

1949年10月8日，衡阳解放！衡阳城锣鼓、鞭炮齐鸣，到处是欢庆的人群。衡阳市民载歌载舞夹道欢迎解放军。石光明的心情非常激动，像丢失的孩子又重新回到了母亲的怀抱。

据资料记载：衡阳解放后，粤汉铁路地下党和铁路工人保存下来的大批行车设备被新组建的衡阳铁路管理局接管，在随后解放军进军华南、西南的解放战争中发挥了重要作用。也为新中国的建设留下了一笔宝贵的物质财富。

中共衡阳铁路党组织完成了地下斗争的历史使命，从此翻开了新的历史篇章。

党组织没有忘记石光明！衡阳刚解放不久，老赵就找到石光明并带他一起向南下接管的衡阳市委登记了组织关系。党组织把石光明分配到新成立的衡阳铁路管理局组织部任办事员，继续为新中国的铁路建设贡献力量。

1952 年 7 月，石光明光荣地正式加入了中国共产党。

抗美援朝的淬炼

1953 年初春的一天傍晚，辽宁省安东市（今辽宁省丹东市）白雪皑皑，寒风凛冽。石光明和志愿军铁道兵顶着呼啸的寒风，冒着被敌机轰炸的危险，怀着对祖国深厚的情感和对抗美援朝必胜的坚定信念，乘坐汽车，通过鸭绿江大桥，驶向朝鲜战场。一路上，石光明的脑海翻腾着关于这场战争的见闻……

自 1950 年朝鲜内战爆发，美国出兵干涉，敌机入侵我国领空，轰炸中朝边境的城市和村庄。党中央发出了“抗美援朝、保家卫国”的伟大号召，中国人民志愿军于 1950 年 10 月 19 日入朝，开始了艰苦卓绝的抗美援朝战争……

1952 年 12 月，为防止美军在朝鲜北部东海岸登陆，妄图从侧背后进攻我志愿军和朝鲜人民军，党中央、中央军委决定成立新建铁路指挥局，在朝鲜腹地抢建一条横贯东西的铁路——龟殷铁路，以保障前线军需供应和作战部队的机动。毛主席限令龟殷铁路必须在 1953 年 4 月底全线通车，一定要赶在敌人的前面，做好反登陆作战的一切准备。周总理选派经验丰富的衡阳铁路管理局局长、第四野战军中南军区铁道兵司令员郭维城担任新建铁路指挥局局长，指挥志愿军铁道工程兵 6 个师及 5000 余名铁路干部职工分批入朝，会同朝鲜一个铁道旅共同抢修龟殷铁路。

一场热烈隆重的抗美援朝动员会很快在衡阳铁路局举行，血气方刚的石光明踊跃报名，他在一张铁路干部、工人参加抗美援朝的名单上按下了自己鲜红的手印，加入了激情澎湃的抗美援朝队伍……

石光明和战友们乘坐的汽车在朝鲜境内颠簸前行，一路上到处是弹坑和爆炸时掀起的土堆、石块。黄昏时分，汽车在朝鲜天耳山下一个名叫沙坞里的小村庄停了下来。这个村庄已被美军炸成一片废墟，唯有几间没有倒塌的房屋还凄惨地立在那里。由于抢修龟殷铁路时间紧迫，各部队迅速集结，有些部队后勤供应暂时跟不上，大家下车后，没有食物也没有住的地方，只有各自想办法。石光明记得他和几位铁道兵来到一户村民家中，朝鲜阿妈把自己家仅有的一点高粱米煮熟招待他们，高粱米粗糙味涩，很难下咽。他们勉强吃了几口，就歪在阿妈家炕上勉强凑合了一晚；很多铁道兵在断壁残垣中熬过漫漫长夜。

第二天上午，在天耳山一处山坡前，铁路工程技术人员和铁道兵开始自己动手挖窑洞。他们抡起锄头，挥动铁铲，干得热火朝天。石光明说，刚挖的山洞小，有的山洞湿漉漉滴着水，但为防敌机轰炸，大家晚上都要窝在里面休息。当时大家穿的军棉衣单薄，感到非常寒冷；后来山洞越挖越大，在山洞里再挖拐洞，能放床板和办公桌。指挥局机关干部可以在里面办公和休息。挖的山洞还能通向山的背面。后来，洞外还用竹篱笆、茅草、黄泥及牛毛毡盖了多间简易房子，警卫人员和部分干部就住在这里。

新建铁路局指挥部各个部门各项工作都在紧张进行。石光明分在政治部、组织部当助理，主要负责援朝铁道兵党员关系转移；指挥部下属各单位联络需要公章，上级把这个任务交给石光明回沈阳军区办理。石光明乘坐汽车，冒着敌机追踪扫射的危险回到沈阳，他顺利完成了刻章任务后，立即扛着装有100多个公章（用硬质木材刻成）的沉重木箱，又乘汽车向朝鲜沙坞里疾驰。

半路上，石光明发现一架敌机追踪而来，敌机往下俯冲，准备低空扫射，情况万分危急。石光明立即抱起箱子跳下车，就地滚到路沟里，子弹从石光明身旁“嗖嗖”射过；等敌机飞远后，他迅速爬起来查看汽车受损情况，幸好汽车轮胎没有被子弹打穿。他赶紧把木箱重新放到汽车上，司机加大油门，汽车很快开进有树林掩护的路段，敌机又返回扫射，没能射中目标，便飞走了。

汽车开到中国人民志愿军在半路设的接待站后，石光明跳下车去吃饭，箱子也要扛下来，人跟（公章）箱形影不离。石光明说：“这些公章对志愿军铁道兵开展工作非常重要，是上下联络的重要依据。我执行任务，要人在公章在，一定要保护公章安全送到新建铁路指挥局！”

经过惊心动魄的一天一夜，石光明终于把一大箱公章完整地交给了新建铁路指挥局，圆满完成了任务。

石光明在新建铁路指挥局组织部做助理时，经常要到沈阳军区办事，有时要陪同郭维城局长去平壤汇报工作。他说，在朝鲜残酷的战争环境中，每次出差，每分每秒都可能遭到敌机扫射。有一天，他和几位工作人员走在路上，突遇敌机扫射，幸免于难。参加抗美援朝的每个人都是抱着为国捐躯的精神，坦然面对死亡；有一次，敌机在距离新建指挥局约10华里的山坡上丢下一颗颗炸弹，这里有机械处下属的修配厂，遇难人数不详。

夜深人静硝烟散去时，石光明会想念家乡的亲人，更挂念病重的父亲。他的思绪回到了1952年底，石光明从衡阳随抗美援朝的队伍出发时，来不及看望因病住院的父亲，怀着对父亲深深的爱和歉意，他义无反顾地登上了开往沈阳的列车，到援朝新建铁路沈阳办事处任组织干事。后来，石光明和铁道兵又集结在辽宁安东鸭绿江畔，准备奔赴朝鲜前线，抢修铁路……如今也不知道父亲的身体怎样？石光明把满腔的思念倾注笔端，写信问候父亲，也向家人报平安；过了一段时间，终于盼来了父亲的回信。父亲在信中说：“美国佬太狂妄了！侵略朝鲜，又炮击我国东北边境的城市和村庄。中国抗美援朝，保家卫国是正义的！你要修好铁路，保障军用物资和炮弹送到前线，要狠狠地揍这些野心狼……我已康复，切勿挂念。”父亲的理解和支持，字字铿锵，句句饱含着对朝鲜人民的爱和对祖国的深情，给石光明增添了无限的精神力量。

有一段时间，石光明和援朝铁路工程师一起检查球场至元山铁路的修复工作，他耳闻目睹了志愿军铁道兵抢修铁路那段血与火的淬炼岁月。龟殷铁路要穿过四座坚固险峻的大山，跨越六条大江，全长129公里。通车时间要求急，施工条件差，没有大型铺路架桥的设备，全靠小型工具和人力智慧克服重重困难。朝鲜的冬季寒冷彻骨，当时冰天雪地，温度经常在零下30摄氏度左右，铁道兵冒着被敌机轰炸和扫射的危险，争分夺秒修建铁路；夜间打炮眼，为防止被敌机发现，不能用照明灯，他们就在钢钎上绑条白毛巾，抡起锤子照样干；饿了就一把炒面一口雪，吃几口就赶紧投入抢修，没有人叫苦喊累；有些重要路段的车站、桥梁经常被敌机反复轰炸，许多志愿军铁道兵和铁路工人被炸伤、炸死；幸存的铁道兵和铁路工人从爆炸后掩埋的尘土里爬起来，他们冲向路基，继续抢修铁路。大家心里只有一个念头，誓死完成任务，绝不能断了前线战友们的后勤保障！石光明回忆到此，心情沉痛、语速缓慢，眼中有泪花在闪烁……

经过中国人民志愿军铁道兵和铁路工人的浴血奋战，龟殷铁路于 1953 年 4 月 5 日全线通车。其中，龟城至价川段比原计划提前一个月通车；价川至殷山段比原计划提前 25 天修通，为志愿军前线作战部队提供了有力的后勤保障。国内的武器、弹药、机车车辆和粮食、药品、服装等，通过新建铁路源源不断运往抗美援朝前线。中国人民志愿军铁道兵和铁路工人用血肉之躯修筑了一条“打不烂、炸不断”的铁路运输线！彻底粉碎了美军从朝鲜东海岸登陆的计划。

石光明至今清晰地记得 1953 年 7 月 26 日晚，即“联合国军”在停战协定书上签字的前夜，朝鲜天耳山沙坞里新建铁路指挥局背后的山谷突遭“联合国军”疯狂空袭，敌军投射的照明弹把整个山谷照得如同白昼一样，一颗颗炸弹暴雨般地落下，整整炸了一个晚上，他们是要把带到朝鲜的炮弹一股脑儿都扔到中国人民志愿军的阵地上。山坳里很多建筑物被炸坍塌，新建的野战医院也被炸成一片废墟，医生和伤员大部分遇难！有一处炸塌的房间里住着 8 位铁路工人，无一幸存！回忆至此，石光明表情凝重，声音低沉，叹气惋惜，举起的右手不停地在空中颤抖着，像是在召唤那些牺牲的战友……

敌军歇斯底里的疯狂轰炸阻挡不住中国人民志愿军和朝鲜人民军胜利的脚步，也无法挽回“联合国军”在朝鲜战场上的败局。

1953年7月27日，在朝鲜板门店，美军代表的“联合国军”不得不低下狂妄的头颅，在《朝鲜停战协定》上签字。

朝鲜停战后，石光明任新建铁路指挥局技术处秘书，与志愿军铁道兵和指挥局机关干部一起，继续为朝鲜战后修复铁路忙碌着……

1954 年 4 月，石光明和志愿军铁道兵从朝鲜天耳山沙坞里返回祖国时，大家默默地向那些在抗美援朝战争中牺牲的战友致哀！致敬！

回国的路上，没有了敌机扫射的枪炮声，没有了炸弹扬起的尘土和轰鸣，大家听到了鸟的欢唱和泉水叮咚，这才是和平的声音！和平是多么美好！为了朝鲜及世界和平，为了保家卫国，有许多志愿军铁道兵和铁路工人长眠在朝鲜战场！他们是保卫世界和平的英勇战士！他们是保家卫国赤胆忠诚的英雄！石光明一路上心潮起伏，感慨万千，这位意志刚强的男儿，也情不自禁潸然泪下……

采访后记

石光明：1932 年 6 月出生在湖南省宁远县清水桥镇百福营村；1949 年 5 月加入新民主主义青年团；1952 年 7 月正式加入中国共产党；1952 年 10 月参加抗美援朝；1954 年 4 月回国，曾在北京“抗美援朝功臣班”学习一年；先后担任广州铁路局政治部、组织部助理、广州客运段广沪线路党支部书记、广州铁路局援外接待站政工组长等职务，为新中国的铁路事业作出了积极的贡献。

我们采访时，抗美援朝的硝烟已远去 75 周年，93 岁的石老回忆起志愿军铁道兵在朝鲜抢修铁路这段血与火的艰辛岁月时，曾几度呼吸急促，停顿一会儿才能继续往下说：“我能活着回到祖国，可是许多志愿军铁道兵和铁路工人却牺牲在朝鲜战场！再也回不来了！”回忆至此，石老语言几度哽咽……

我们内心也波澜起伏，感动和热血上涌，眼前仿佛看到了中国人民志愿军铁道兵和铁路工人冒着敌人的炮火抢修铁路的场景。我们享受着和平时代的幸福生活，应该时刻铭记革命先烈和抗美援朝的英雄，继承先烈遗志，学习和发扬革命英雄主义精神和抗美援朝的精神，努力做好有益于祖国发展的事业，教育好后代把祖国建设得更加美好！以告慰革命先烈英雄之魂！

本文部分背景材料参考徐勤老师编写的《衡阳铁路往事》，在此致谢！

把忠诚融入血液里

——访广铁公安局广州公安处离休干部杨希堂

□ 徐晓辉

杨希堂采访视频

忠实记录历史，还原历史本身，讲好红色故事，传承红色基因。历史因铭记而永恒，精神因传承而不朽！

——题记

这个火红的夏天，我突然接到集团党委宣传部通知，要开展集团公司离休老干部红色故事创作采访活动，每个人采访一位老干部，讲好广铁红色故事。

我的采访对象是广州铁路公安局广州公安处离退老干部杨希堂。翻开一张张发黄的老照片，96岁的杨希堂老人双手微抖，努力让自己打开记忆的闸门，然而年纪大了，很多往事他都记不得了，老人有些事情似乎正在渐渐遗忘……

关东军仓库做小工

日本帝国主义对东北人民的掠夺和奴役是十分残酷的。日本侵略者在东北掠走大量的粮食和棉花，据统计，1940 年至 1945 年，日本从东北掠走粮食 3 600 万吨，棉花 150 万担。

杨希堂依稀记得，1944 年，那年自己 15 岁，在日本人铁蹄下的仓库里

做小工，具体工作是用电机做军衣。

刚开始对他们进行培训，学了几天就掌握了用电机做军衣的裁缝操作，一天 8 个小时，上午 4 小时，下午 4 小时，在机器上不能停下来，有时候手慢一点就被机器针扎伤。夏天还好，衣薄手指灵活，一到冬天寒冷，手指不听使唤，经常被针扎，痛也不敢叫喊，只能默默忍受，就这样干了一年多时间。

日本当局那时大量强制中国人民出劳工，或从华北等地招募劳工。驱使更多的人为战争服务，每年劳工均在 200 万人以上。再加上各种沉重的赋税，使得广大东北人民处在水深火热之中。

被国民党抓壮丁

1947 年的一天，杨希堂被国民党抓去当壮丁，每天负责修碉堡工事，天一亮就起来干，一直到晚上，浑身上下像散了架一样无力。从炎炎的夏日干到雪花飞舞的冬天，挖土、抬石头……又累又饿，四个月时间干着苦不堪言的活儿。杨希堂累得两眼发直，望着天空，这苦日子什么时候是个头？

后又被迫当了国民党士兵……

档案里记录，杨希堂在 1948 年 4 月参加国民党新七军，为搜索连二排三级兵。

成为四野部队侦察兵

1948 年 8 月，杨希堂离开国民党军队，加入了中国人民解放军第四野战军，骑上了高头大马，当了六个月的骑兵侦察兵，杨希堂在家就经常骑毛驴，所以对骑马并不陌生，很快就与马建立了感情。

他经常骑着马出去，到东北平原四处侦察，看地形、摸敌情、收集情报。1949 年夏天，他们摸到了一个敌团指挥部里，看到团指挥部没有几人，于是几个侦察兵一合计，穿上国民党军服，混进团指挥部里，把团指挥部五台汽车全给开跑了……等到敌人清醒过来时，他们早跑了几十里地了……

推倒团政委郭超，救了其一命

1948 年春天，人民解放军东北总部决定调四个纵队及五个独立师作为主力部队，先后抵达长春附近，做攻城的准备。至四五月份，长春外围的敌据点已被我军拔除，部队更逼近城区。同时，开始进行战前的政治动员及军事训练。要打大仗，政治动员是极其重要的，鼓舞士气，杀敌立功是中心思想。

1948 年 6 月，长春城外方圆 50 里的地面上形成一个封锁区。我军 10 万围城部队筑起一道坚固的“城外之城”，国民党军队成了“瓮中之鳖”。

一天，杨希堂随 43 军 127 师 381 团政委郭超到前线阵地，就在团政委郭超用望远镜查看敌情时，杨希堂突然发现前方有机关枪正对着他们，他连忙

一把把团政委郭超推倒在地，机枪子弹从他的帽檐边飞过，郭超倒地后头被碰出了血，气得当场破口大骂杨希堂：“你这个棒子”！

长春自 1948 年 5 月初被我军包围，至 10 月 19 日长春解放，围困时间长达 5 个多月。

给团政委当警卫员

43 军 127 师 381 团政委郭超事后认真向杨希堂赔礼道歉：“我以后再也不叫你棒子了，你救了我一命，干脆当我的警卫员吧。”从此，杨希堂就给团政委郭超当了一名警卫员。

当警卫员责任重大，要眼观六路耳听八方，什么事情都要走在前面，预想在前面。首长走到哪里就要跟到哪里。

第一要务是保证首长的生命安全，第二要务是保证首长的吃住安全，第三要务是保证首长的全面安全。

首长的警卫员必须保证是党员，要保证首长吃得安全，不能有半点儿差错。有时候，杨希堂还帮首长先试试菜，以保证首长的绝对安全！

1948 年至 1949 年期间，杨希堂都在给团政委郭超当警卫员，天天在一起，到阵地，到前线战壕，察地形、看敌情，从未出过任何差错，团政委每次都竖起大拇指称赞小杨好样的！

一路南下打进广州

档案上清晰地记录，1948 年 8 月至 1951 年 8 月，杨希堂参加中国人民解放军第四野战军六纵队 381 团任通讯员、警卫员，第十五兵团广铁军代处警卫员、副科长。

杨希堂慢慢回忆道，打完长春后，打江西南昌、打韶关……一路南下打进广州……

第四野战军在击溃国民党的“湘粤防线”之后，四野的十五兵团，指挥旗下的 43 军居右，44 军居左，齐头并进，继续南下。其势如破竹，所向披靡。先后解放了乐昌、南雄、翁源等地。

10月13日，43军128师在基本再无遇到敌人军事抵抗的情势下，已挺进到离广州城仅三十余公里的花县。而左路的44军则沿翁源公路南下，向从化、增城挺进。10月12日，44军132师到达从化的吕田、温泉地区。

当晚，132 师 395 团 1 营，在云台山与国民党军的两个主力营遭遇。解放军击毙和俘虏国民党军 500 多人，残余之敌纷纷向广州方向逃窜。但此战解放军也付出了牺牲 50 人、受伤 109 人的沉重代价。从化云台山之战，是解放广州的最后一战。

入职铁路公安系统

采访杨希堂老人是一件很困难的事，采访要求老人自述一段话，三分钟视频自我介绍，杨老表述、表达不清，我只好讲一句话先做示范，他跟着我复述一句话，如此反复录了多次，才完成他的个人视频简介。

无论我采取何种方法与手段引导他回忆过去，杨希堂老人总说自己这一年越来越不记事了，好多事情都记不太清楚了，为了还原他真实的人生经历，我只好翻开了杨希堂的档案，映入我眼帘的是一幕幕、一个个他入职铁路公安系统后生动的忠诚人生轨迹……

1952 年至 1954 年：广州公安段助理干事；

1954 年至 1957 年：广州工务段保卫室特派员；

1957 年至 1958 年：广铁公安分处二科队员；

1958 年至 1959 年：下放广州乘警支队乘警；

1959 年至 1961 年：广州铁路钢厂保卫室干事；

1961 年至 1965 年：广州铁路第五工程段保卫股股长；

1965 年至 1968 年：广州公安分处二科主任干事；

1968 年至 1969 年：广州石门学习班外调组组长；

1969年3月至1969年9月：路局“五七”干校学员；

…………

档案中记录杨希堂工作是积极热情的，能坚持党的领导、群众路线办案的原则，在学习中对不同的看法和意见大胆展开争论。工作中立场坚定，敌我分明，领导是满意的。

最难、最头痛的是学习文化

谈到学习，杨希堂老人非常激动，他说这辈子吃了没有文化的亏，深知没有文化的痛苦。他先后两次到衡阳集中学习文化知识，每次培训班学习时间是半年，还有两次到西安参加公安业务培训班，西安有铁道部的公安干校，也是每次培训半年时间，一共参加学习两次。

杨老这辈子都记得在衡阳培训班学习文化时的情景，听老师讲课非常吃力，认字、识字、写字老是记不住笔画，老师讲课时费了老大劲儿去听，听了认真去写，写好了记住偏旁结构，记住这个字怎么写，怎么读，是什么意思……学习成绩老是上不去，排名在班上靠后。经常急起来晚上睡不着觉，头非常痛，有时候在夜里放声大哭。

他痛恨自己文化底子太差，生怕自己跟不上。但经过一次又一次慢慢地学习，字越识越多，道理也越学越明白，好像心里一下子明亮了很多。

几十年大老粗今天把身翻……

杨老谈到这些非常激动，动情地说，是中国共产党教我认字学文化，让我这个大老粗在学习中慢慢明白了很多革命的道理。没有中国共产党就没有我幸福的生活。好多战友已经长眠地下，我今天依然活着，很幸福、很满足。他反复竖起大拇指说中国共产党好啊，中国共产党万岁！老人从心底发出对中国共产党的热爱之情，眼睛里放着光……

庄严站在党旗下宣誓

1956年6月这个夏天是杨希堂终生难忘的季节，他盼望已久的加入中国共产党的申请终于通过批准了！

入党那一天他很激动、很激动，想了很多很多……

想到了自己在关东军做军衣时的苦难……

想到了在国民党当兵时的耻辱……

想到了参加中国人民解放军的自豪……

想到了共产党教他学文化、明事理……

没有中国共产党就没有我的今天！

他来到了党旗下，庄严地举起了右手……

我志愿加入中国共产党，承认党纲党章，遵守党的纪律，服从党的决议，过严格的组织生活。学习马列主义毛泽东思想，克服一切非无产阶级思想意识。努力提高自己的阶级觉悟，团结群众，精通业务，在工作中积极带头，不怕艰苦困难，不屈不挠搞好工作，全心全意为人民服务，为共产主义事业奋斗到底。永不叛党。

1956年6月的夏天是红色的，杨希堂永远也忘不了！

保卫首长安全责任重大

谈到公安保卫警卫工作，杨希堂满脸兴奋，非常自豪，他由于是公安身份，多次参加过重要警卫任务、专运任务，他的体会就是责任重大，坚决保密。

警卫工作首先就是政治上要无限忠诚，而且立场要坚定，历史要清白。警卫人员要经过严格的保密教育，工作的原则就是七分保密三分警卫，坚决做到“知道的不说，不知道的不问”。

安全保卫级别分为安保一级、安保二级、安保三级，也就是一级警卫、二级警卫、三级警卫，是对于重要领导人和政坛人物的保卫措施和级别规定的名称，对程度不同和重要性进行分别对待的防范措施，分一、二、三等级别。

杨希堂谈到警卫工作深刻体会到，警卫人员需要有良好的观察能力和应变能力，更需要有不怕牺牲的忘我精神！

1953 年至 1955 年，杨希堂先后参加了很多次重要的警卫任务。见到了多位党和国家领导人。

“我全心全意为人民服务，人民不会杀我的”。周恩来总理当年对负责他警卫的人员说的话，杨希堂至今难忘。当时广东省公安厅厅长急得直冒汗，周总理就在广州白云路火车站与群众见面，周总理对普通百姓总是特别客气。

他先后三次见到周恩来，两次见到邓小平。邓小平来广州时总是亲切地说同志们好、大家好！

围捕破坏铁轨的潜伏特务

从 1956 年 9 月开始，台湾当局陆续派遣特务携带弹药潜入广州，预定在 10 月 10 日晚上 8 时，同时引爆 48 处炸弹，要使广州“火光冲天、陈尸街头”，并准备届时散发传单，还指派专人携带照相机现场拍摄，扩大反动宣传。

在这期间，广州市召开各种大小会议 100 多次，70 万名群众接受反特斗争宣传教育，4 万多人参加巡逻防范和协助破案；为发现和打击特务分子布下天罗地网。

1956年的韶关敌特情况十分复杂。这个时候潜伏在韶关的台湾特务也蠢蠢欲动。杨希堂所在的公安部门接到革命群众举报，有台湾特务想破坏韶关火车站铁路轨道，接到报告后，杨希堂会同韶关公安人员一起，在革命群众的大力支持下，周密布置包围敌特的行动计划。一个漆黑的夜晚，等到特务都熟睡之后，公安人员迅速包围了特务居住的房屋，一举将8名敌特分子抓获。

积极培养青年人入党

杨希堂无论是在广州站派出所当指导员时期还是在保卫室、乘警队工作时期，都十分注重发现青年、培养青年人入党，因为自己非常热爱中国共产党，总想为组织上多培养一些新人。

他经常找青年人谈话、谈心，讲中国共产党的故事，帮助青年人克服存在的问题，指出工作上、思想上的毛病，积极鼓励青年人要上进、要向党组织写入党申请书，要积极要求进步。

在他的认真培养下，先后有8名青年加入了中国共产党，其中有一个叫王战梯的同志入党后进步很快，后来到了公安局政治处当了副主任。

提起培养青年人入党一事，杨希堂满脸自豪，竖起了大拇指，比画着手势“八”说，我培养了8个人入党。青年人入了党，党组织就有了新鲜血液，党的事业才大有希望！

心中神圣的地方

杨希堂老人的家里有多张发黄的老照片，这是一段封尘已久的往事。有当中国人民解放军的军装照片，有当中国人民公安警察的警服照片，一张照

片就是一个故事，一张照片就是一段岁月，这些都是老人珍贵的记忆，难忘的记忆！

翻开这些老照片，老人的眼里闪烁着泪花，喃喃自语，我的好多战友都牺牲了，长眠在地下了，我还活着，感谢中国共产党啊！没有党就没有我的幸福生活。

他有时又会把一块块有历史印记的奖章拿出来！1950 年华北解放纪念章，1950 年解放华中南纪念章，优秀工作者纪念章……

慢慢抚摸这些奖章，慢慢回忆一场场难忘的战斗，杨希堂感慨万千！这是杨希堂老人心中最神圣的地方，这是他这辈子最宝贵的财富！

母亲生了我的身，党的光辉照我心！

烽火岁月淬军魂

——记广州局集团公司离休干部陈世纲

□ 万蕊新

陈世纲采访视频

光阴似箭，一路向前，万物亦如斯。

一段段红色回忆，从岁月的拐角处浮出，珍藏着陈世纲心扉深处，一生中最宝贵的记忆。

“世上没有从天而降的英雄，只有挺身而出的凡人”。陈世纲的一生，没有抛头颅、洒热血轰轰烈烈的壮举，他平凡的一生，却有着中国万千战士的缩影，在人们内心深处，留下了刻骨铭心的感动。也正是这身军装，见证着这位军人，在平凡中的伟大，见证着他与战友，成为峥嵘年代的经历者、记录者及红色文化的传承者。

采访陈老的那日，正值广东七月酷暑天，车子穿梭在广州越秀区东园新村街道，我同随行的工作人员前往老战士的住所，一缕缕晨曦，透过参差的树荫，光影交错间，婆娑着岁月斑驳的印痕。

“前面就是陈老家了。”陪同采访的工作人员指着车窗外对我说道，我特意看了下手表，生怕让老人久等，见时间尚早，心中便也踏实了不少。

透窗而望，打老远就可看见，身穿白衬衫的陈老，在女儿的陪伴下，早早在门口张望着，迎接着我们的到来。下车后，一路穿过庭院小巷，走进客厅，

一抹兰花的芬芳迎面扑来，屋内布局简洁明了，没有任何多余的装饰，一张老旧的书架上，罗列着老人经常翻阅的书籍及报刊，放大镜、报纸、笔墨等物品，井然有序地摆放在桌面，简朴的风格中，处处渗透着浓厚的军人气息。

虽退伍多年了，陈老的军人作风丝毫未曾改变。至今仍保持着昔日在军队里看报纸、早起的习惯，起床后，他都会习惯地将被子叠成棱角分明的“豆腐块”。自打当兵那年起，他就喜爱阅读报刊，如今，新闻联播、CCTV-7国防军事等节目，成了老人每天锁定的节目。女儿打趣地说，退休后的老父亲，可以不吃饭、不睡觉，然而关注新闻时事、看报纸，却是每日雷打不动的事情。人虽退休，思想上却一直保持“长青”，这是陈老给大家留下的第一印象。

采访中，我随手翻开一份《广州日报》，一行行刚劲有力的钢笔楷书映入眼帘，女儿见状说道：“老父亲年岁大了，现今，写字看报都离不开放大镜，即使成了老花眼，每天都会在关注的新闻上做标记，写自己的感悟，一次次在文字中，重温着曾经走过的岁月。”陈老则补充说：“我虽然退伍了，我的心却时刻牵挂着祖国。”我拿起放大镜，沉思了很久，耳畔久久地回响着老人说过的话语。

闲聊中，陈老见我们听得入了迷，赶忙又从卧室的抽屉里取出一叠码得整齐有致的照片，颤巍巍的双手将一沓厚实的资料，小心翼翼地递给我，直到放稳后，才松开手，那一刻，我手捧的资料似乎也变得沉甸甸的，这些珍贵的老物件，我寻思着，在老人心中，定是一生中最厚重的物品。

伴着陈老的回忆，徐徐翻开历史的扉页，时光穿越至波澜壮阔的烽火年代，走进陈世纲的革命人生。

陈世纲，1927年8月出生，河北昌平（今属北京）人。1948年10月1日参军，刚满21岁的他，从此走上革命道路，成为中国人民解放军42军155师战士。他先后参加豫西剿匪、解放华中南、解放西南及解放华北等战役，1950年10月，加入中国共产党。1951年转业至铁路，历任衡阳铁路广州公安处主任干事、广州铁路桥梁工程队保卫主任、海南铁路公安段秘书、广州铁路公安处民警大队书记、广州铁路中心医院保卫室主任，1987年10月离休，享受副处级待遇。

人生匆匆，当年的年轻小战士，如今已是有着近七十五年党龄的铁路离退休老干部，尽管年华垂暮，战场上那面迎风招展的五星红旗，在老人的心中，依然如热血般鲜红。这位从北平走来的老战士，回想着昔日当兵的日子，心中感慨万千。

北平萌芽的红色种子

陈世纲的老家，坐落于现今北京德胜门外清河镇，每当一个人独处时，回想起连绵起伏的山峦，横亘在山岭上的万里长城，一下子就将这位老人的记忆，拉回到北平的解放战争年代。

北平的秋来得早，刚入秋，八达岭周边早已漫山红叶，1927 年 8 月，陈世纲出生于燕京平原上的一户农家小院。三兄弟中，他排行老二，一家五口的重担都压在其父母种的几亩薄田上，母亲平日得空时，常为村里人抓药看病，父母仅靠着微薄的收入勉强维持家人的温饱，慢慢将家里的几个娃儿拉扯长大。

自打记事起，小世纲就帮着父母干农活，收割稻谷时，瘦小的身影，在田间穿梭，学着大人的模样，手持镰刀，弯着腰在稻田里忙活儿，一刀刀割下成熟的稻穗，麻利地用稻草绳，捆扎成捆，小小的身子轻盈、灵活而利索，北平天气风沙大，皮肤被风吹日晒变得黝黑，大伙儿常夸他是个懂事、能吃苦的好孩子。

陈世纲的老家北店村有着好几百户人家，生长在战争年代，在大多数人的理念里，饭都吃不饱的日子，能让一家人填饱肚子，比啥都强。然而，他的父母却十分明理，深知读书的重要性，再苦也咬着牙坚持让三兄弟上学。

转眼间，小世纲也到了上学的年龄。6 岁那年，母亲领着他走进了黄土北店村中心小学，一望无垠的平原上，几间红瓦平房，屋内几张简陋的桌椅，加上一块旧黑板，就成了教室，每个班的学生不多，只有五六个，整个教室看上去空荡而冷清，老师干脆将几个年级的学生集中在一间教室上课。

陈老说，那年代上课与如今比不得，教育资源匮乏，老师给高年级讲课时，低年级则自习写作业，即使这样，他却学得格外认真。上课时，一双炯炯有神的眼神盯着黑板，课堂上的每分每秒，他惜时如金，不愿错过任何学习的机会。

那年代，能进一所公立学堂念书，在一群同龄的村里孩子当中，陈世纲着实算得上是个幸运儿。

长城蜿蜒的脊梁之下，红色种子悄然地在小世纲幼小的心灵萌芽。

每当晨曦微露，嘹亮的军号声此起彼伏，划破村庄的寂静。天还蒙蒙亮，小世纲就独自去学堂，途经山路，从八达岭长城周边经过，高耸的松林，与轻纱般的阳光交相辉映，长城南墙下，晋察冀解放区部队的战士们在如火如荼地操练，他时常会看得入迷，久而久之，小世纲发现，操练动作虽简单，但真正要做到标准，并非易事。战士们听到“立正”口令时，脚尖向外分至60度，差1毫米都过不了关，拇指尖贴于食指第二节，中指需贴于裤缝，两眼向前平视，战士们在汗流浃背中训练，汗水顺着脸颊流淌，即使模糊了视野，烈日下的他们也纹丝不动。

一幕幕熟悉的情景，深深地印在了小世纲的脑海里。长大后能穿上军装，成了他从小的梦想。“要想成为军人，要有扎实的文化本领。”父亲常常教导他，每每想到这，他背起书包，加快了前往学校的脚步。

一谈及当年上学的经历，陈老仿佛有着说不完的话语。至今他都清晰地记得，当年的启蒙先生叫王景南，毕业于清华大学，孩子们每天跟着他学四书、三字经、百家姓、千字文等，得空时还教他们习字，大楷、中楷、小楷一样都不能落下。黑板上每天都是满满的笔记，先生巴不得将毕生学识都传授给他们才好。

陈老印象中，当年教书的先生要求很严，倘若没有达到要求，学生是要挨戒尺的。上课时，讲台上的那把戒尺摆放在最显眼的地方，再调皮的学生，只要看到那把威严的戒尺，人也会立马变得安静起来。

起初，陈老的字写得不好，也没能躲过先生的惩罚。骨子里好强的他，认准的事情一定要做好。“站如松，坐如钟”。每天坚持习字时，先生的教导入耳入心，他的腰杆挺得笔直，一练就是好几个钟头，即使站得腰酸背痛，也一遍接着一遍地练。遇到困难时，一想起长城南墙底下，战士们顶着烈日苦练的情景，他手中的笔，就变得有力量起来。

父亲常常教导他，只有学好文化，才能当一名出色的军人。幼小的他，一直将父亲的话语记在心底。

农村孩子上学，与城里娃儿截然不同，农忙时要干农活，只有农闲时才能集中上学，小世纲走到哪都带上课本。赶上农忙时，白天在地里忙了一天的他，顾不上休息，继续挑灯夜读。

知子莫若母，北方天气冷，天快黑时，母亲早早就从柴房搬来柴火，在炕洞内点燃生火，炕板渐渐温热了起来，屋内也跟着暖和起来。

记不清多少个夜晚，一盏煤油灯下，小世纲坐在炕桌前，学习着课本，练习着珠算，母亲坐在炕的另一头，挑着针线，缝补着衣裳，泛黄的灯光下，母亲的眼里沁满了慈爱与鼓舞。

书页，在指尖轻轻翻阅，每一字句都被赋予了生命，屋外，寒风吹得树叶刷刷作响，屋内，温暖的热炕上，小世纲埋头苦读的模样，墨香世界中，燃烧着他心中对知识的渴望。

每每提及母亲，陈老的眼里常沁满泪水。他选择走上革命之路，母亲对他的影响尤为大。除了在学习上对他的严厉，她对八路军，那份不是亲人胜似亲人的军民情，深深地印在了小世纲的脑海里。

硝烟弥漫的战争年代，八达岭长城及唐家岭一带，是八路军行军至北平的必经之地。那个年代，多数人家中穷得揭不开锅。记忆中，每当八路军经过自家门口时，母亲总会拿出家里为数不多的粮食及罐装咸菜，这些都是家里平日里舍不得吃的食物，但每当遇到战士们时，母亲却不假思索地用这些食材煮着高粱粥招待他们。

高粱在锅内翻滚，整间屋弥漫着沁人的芬芳，小世纲与兄弟馋得直吞口水，母亲也得先让战士们吃完，再轮到家人。母亲常和孩子们说，他们在前线战斗，常常食不果腹，我们理当尽些微薄之力，帮助他们。在父母的熏染之下，他从小就对那一身军装，充满了敬意与向往。

为了减轻家中的负担，16岁那年，陈世纲独自背着行囊，走出了平原，他先后到北京安定门南大街，一家名为公顺和的杂货店及德荣胜面粉厂当学徒。他除了帮东家打理日常的百货生意，还要承担东家家里的家务，挑水、洗碗、洗衣服……小世纲任劳任怨地做好每件事情，由于能吃苦，加上珠算功底扎实，他很快成了东家的得力助手，并与东家成了至交。

记忆中，当年的面粉厂是地下党组织的机密联络点，党组织常在这里秘密开展活动。陈世纲在这里能接触到爱国进步的思想，东家也常向他灌输一些救国救民的道理，“吾等所负之重任，百折不挠意坚”。他的心中，打开了一扇通往光明的道路。

学徒的5年，看似普通，却深深地影响着这位从大山里走出来的年轻人。人生中，陈世纲初次接触到了革命思想，他的命运齿轮亦开始转动。东家常与他谈论祖国前线的战况，士兵们的英勇，老家那边传来大哥参加革命的消息，更是让他点燃了心中的革命烈火，气血方刚的他，一心想着要像大哥一样去参军，成为一名真正的战士。

解放前夕的北平，随着解放军与国民党反动派的激烈斗争，街头巷尾开始流传着各种关于战争的消息。历经岁月的磨砺，陈世纲在思想上褪去了少年的稚嫩，他常关注国家军事与部队动向，每当看到街道上肩扛步枪行军的队伍，他们步伐坚定而有力地向前走着，他总是久久望着部队的背影，不舍离去，一种对军人的向往、保家卫国的使命感，深深地冲击着自己的心灵。

1948年10月，是陈世纲一生中最难忘的日子，他如愿以偿地加入中国人民解放军42军155师，成为一名真正的军人。

战火中的淬炼

山河虽辽阔，止不住行者之征程，路途虽险阻，挡不住志者之心向。

岁月如梭，陈世纲已年逾花甲，回想着革命历程，往事历历在目。摇曳的光影里，多少回忆伴着逝去的光阴，爬满了老人满头的银丝，流淌在记忆的河流里。

一枚枚闪亮的纪念章，老人将其摆放在红毡布上，挨个儿一字排开，从解放华中南、剿匪胜利、解放西南、解放华北，每枚纪念章背后，都还原并记录着属于战争年代的故事。他常会拿出来擦拭一番，端详着熟悉的老物件，仿佛又回到行军的山路上，透过那一抹抹光亮，回望着一段段不可磨灭的红色岁月。

古人云："前事不忘，后事之师"。一段段历史，一枚枚纪念章，串起了陈老走过的每一段革命历程。陈老参军的足迹遍及湖北襄阳、四川万县和乐山、湖南长沙、广州沙田等地，坐在我们面前的这位耄耋老人，向我们娓娓道来他印象最深的战事。

成都，对于陈老而言，同样是记忆中的一片红色热土。在四川开展的歼灭国民党军队之战中，一场九死一生的经历让陈老记忆犹新。

时光追溯到1949年11月，国民党军向川湘鄂一带逃窜，抵达成都时，原本的六个军，兵力剩余不到一半，解放军为了彻底摧毁国民党防线，陈老所在的部队解放军42军155师，在司令部的统一指挥下，以风卷残云之势，沿着襄樊、四川一带对敌军进行穷追猛打。国民党军被解放军打得节节败退。

回忆中，陈老向我们讲述起一次在乐山地段的暮色行军中与死神擦肩而过的经历。攻打国民党军的日子，正值暮秋时节，一到夜晚，风吹得有些凉意，月光下，收割后的稻田，挂起了一层层薄薄的白霜。

陈老与大伙儿随着部队来到了四川乐山，四川的地势极其险恶，地理位置特殊，江河阻隔、山路崎岖、沟深林密。行走在山间的羊肠小道，四面环山，周边都是陡峭的岩壁，松动的山石随处可见，万丈深渊就在身侧，人往下看都禁不住倒抽一口凉气。大伙儿艰难地走着，从一个山坡冲到另一个山坡。

1949年深秋暮夜，在机枪连的陈老扛着大机枪，与战友历尽艰难，夜以继日地行军。一次，走过一条悬崖旁的山道，朝另一个山头出发时，山道狭窄险峻，一侧是陡峭的山壁，另一侧是深不见底的峡谷。人在山道上行走，几乎是要将整个身子贴着山壁，手紧紧地攀附着岩石，才能勉强走得过去。

深夜的群山间，一片漆黑，伸手不见五指，大伙儿都在小心翼翼地往前走着，正当他踏过一段山路时，兴许是太过疲惫，脚下忽然踩到了一块松动的山石，双脚一滑，“噗”的一声摔倒，当他意识到危险，正想着快速地跨过险处时，由于惯性，松动的岩石，让他没有退路，他的整个身子彻底失去了平衡，一脚踏空，整个人沿着山坡滚了下去，他的全身都在冒冷汗，耳边的风，嗖嗖嗖地响个不停。

刹那间，脑袋一片空白的陈老，闭上了眼睛，由于惯性的原因，身体呈直线下落，他觉得自己已没有生还的可能。但他依旧用坚定的信念支撑着自己，告诉自己，一定不能倒下，革命的道路没有走完。

半空中，陈老本能地伸出双手，试图抓住任何可以抓住的东西。就在命悬一线之际，一棵树挡住了他，一根粗壮的树枝挂住了他的衣服，衣服瞬间被戳了个大窟窿，树的阻力让他停止了下滑，悬在半空中的他，低头一看，下面全是陡峭的山坡与无尽的深渊。一阵阵风吹过来，他禁不住打起了寒噤。

束手无策时，也正是这棵树，成了陈老的救命稻草。他借助树枝，整个人抱住了树，手指紧紧抠住树干，指间因用力而变得苍白，腰部的伤口如针尖在扎，一阵阵刺痛传来，他明显地感受到树枝在微微颤动，仿佛随时都有断裂的可能。心里一直给自己打着气，哪怕只有一丝希望，他也绝不能放弃。

“救命”。陈老本能地大声呼喊，喊声在山谷中回荡。

战友们顺着声音，快速地找到了陈老的位置 。

“一定要坚持住，我们来救你。”山谷间，战友们的声音坚定而有力。

千钧一发之际，战友们纷纷向陈老伸出援助之手，朝他甩出了绳索，大伙儿小心翼翼拉扯手中的绳索，每一次拉扯，陈老心底明白，离安全又近了一步，一番努力下，他被安全地拉回山道，战友们围在他身边，细心地询问着他的伤势，眼中闪烁着关切的光芒，这份生死之交的战友情，令这位顶天立地的汉子感动不已，泪花儿一直在眼眸中打着转转。

腰部的疼痛，如同炙火般灼烧着陈世纲的每根神经，额头上豆大的汗珠直冒，他艰难地站了起来，在战友们的帮助下，他简单地包扎了一下伤口，忍着伤痛，扛起机枪，继续与战友们并肩前行。

陈老说，在行军途中，受伤是司空见惯的事，每个人都是奋不顾身往前冲，谁也不愿意拉队伍的后腿，伤痛更是不值一提，交流中，陈老的语气平和，带着慈祥的微笑，一提及战场的事情，他的眼神，依旧坚定如初。

与万千军人一样，于陈老而言，每一次行军，皆是对生命的挑战与考验。如今，由于战争时期腰部受伤落下的后遗症如影随形，尤其在阴雨天气，就容易犯老毛病，然而陈老觉得一切都是值得的。那段战争的记忆，已化作了他生命中最重要的部分。

1949 年 6 月，正值解放战争期间，解放军面对的不仅有国民党部队，更有国民党特务所统率的一群土匪恶霸，给人们的生活安定带来了较大的威胁。就如黎明前的黑暗，越是接近胜利，局势愈发混乱。行军的步履日夜不停，陈老与战友们一路从湖北襄阳走来，途经四川石柱、万县，沿途彻底清剿土匪，消灭这些恶霸。

漫长的行军路上，部队面临着各种挑战，恶劣的天气、崎岖的地形。然而，正是在这样的环境中，战友间的手足情深，愈发显得珍贵与深厚。他与战友一起编草鞋、教战友识字、写家书，他们互相帮扶，共同面对生死，正是这份血浓于水的战友情，使他们坚持下去。

“那时，我们每天要走 100 多公里”。四川的炎炎夏日，火辣辣的太阳吐着火焰，地面都要燃起一般。沿着万县前行的部队，大伙儿身上背的干粮，夹杂着雨柱般的汗水，与衣服、皮带一起紧紧地贴在身上。

山林地带，天气时晴时雨，一日数变，一时阳光漫山，一时云雾四野，一时连日疾风暴雨，行走在崎岖的山路上，鞋子早已破旧不堪，灌满泥浆，时间久了，鞋底磨穿了，挂不住脚，脚底磨出一大串血泡，他们只好光着脚走路，每走一步，都伴着钻心的疼痛。一路行军，血泡破了又长，长了又破，他们每天咬紧牙关，向前走着。一双普通的草鞋，对于每位行军的战士都变得尤为重要。

夜幕降临，陈世纲所在的部队走到哪儿，就在哪儿暂时驻扎。由于走的山路多，一双草鞋顶多穿三天就报废了。由此，编草鞋成了战士行军的基本功，别看这群平日里五大三粗的汉子，编起草鞋来，个个心灵手巧。

暮色中，战士们围坐在一起，月色映照在他们坚毅的脸庞上。草鞋的编织声，战士们嘘寒问暖的低语声，使深山的夜色亦变得温柔起来。陈世纲与大伙儿拿着事先准备好的茅草，为了结实，陈世纲常与战友们将茅草、麻绳，一根根有序地编织在一起，压着绳结，一双双手在茅草、麻绳间灵巧地穿梭，不一会儿工夫，一双双草鞋大功告成。草鞋虽简陋、粗糙，但却承载着战士间的深情厚谊，陈老说，穿上草鞋的那一瞬间，一股暖流上心头，脚底仿佛有了无尽的力量。

行军的路途漫长且艰辛，朝夕相处的战友，陈老早已与他们结下了血浓于水的亲情。当年，陈老在部队里，一直保持着对学习的热爱，总会利用行军间隙，抽空阅读学习。按陈老的话来说，在战友中，他可以算得上是一个有文化的人，一得空，他就会教战友识字。

老排长陈乐平，由于不识字，自参军以来，没回过家的他，一直没能与家人联系上，更谈不上给老家写信。这一切，陈世纲都看在了眼里，每当夜里，在山林里扎营休息，他总是手把手地教着老排长陈乐平认字 ，老排长认真地听着，时不时用树枝在地上模仿着，随着时间的推移，陈乐平亦逐渐学会了写简单的书信，字虽不多，却充满了深情与力量。更多的战友，跟着陈老学会了识字与书写，战争年代，陈老用文字，架起了战友与家人之间心灵的桥梁，那抹温暖，浸润在每个人的心底。

复兴场战役，是中国人民解放军在解放战争中的一次大决战。战役胜利后，解放军对成都进行和平接管，加速了四川解放的进程，彻底歼灭国民党军队在大陆的最后一支主力，粉碎了敌军的西逃计划。

在复兴场战役中，陈老对行军中路过的石柱县印象尤为深刻。那时洗澡对于他们来说是一件奢侈的事，曾记得最长的一次是八九个月没洗过澡，翻山越岭的他们，胡子拉碴，头发长了，走出大山的他们，个个像“野人”。

翻山越岭的行军途中，带的干粮早已耗尽，时常扯点儿野菜充饥，陈老与战友们拧成一股绳，即使饿得肚皮贴脊梁，亦咬着牙坚持着，绝不允许自己掉队，食物匮乏成了他们最大的难题。

行军途中，走到石柱县，翻过一片山坡时，在丛林边缘发现了田地，一片接着一片，密集地覆盖着地面，而这些稻谷，在陈世纲与战友的眼里，是珍宝。

山林里，大伙儿一起生火，简单地将稻谷和着开水，加点盐煮熟，疲累交加的他们，早已饿得前胸贴后背，舀了一大碗，蹲在地上，狼吞虎咽地吃了起来，肚里吃下去未经加工后的稻谷，人很快就打起了饱嗝，一时解决了填饱肚子的问题，没走多久，肚子又重新唱起了“空城计”，由于稻谷难以消化，陈老与战友一样，食用后，肚子出现腹胀与疼痛，常常吃下去的是稻谷，拉出的还是稻谷，即使这样，为了增加体力，加快行军速度，他们一次次吞下去难以下咽的稻谷。

在每位战士的心中，行军路上，每粒稻谷，都是他们生存的希望，每一次咬紧牙关地前行，离黎明前的曙光又近了一步。

当提及42军解放安阳的战事，陈老陷入了沉思。刚想对我们说些什么时，声音突然哽咽起来。我一抬头，猛地发现老人不知何时起，眼眶红了一大半。

沉默了半晌，眼睛一直湿润着的陈老，再次缓缓地向我们打开了话匣子，这一次，陈老的语气中明显比先前多了一分沉重。

1949 年 5 月，陈老跟随 42 军攻打安阳城，安阳城是国民党残余势力的重要根据地，而这次 42 军的首要任务就是攻下安阳这座城池。

行军中，与其说是与敌军较量，不如说是与时间赛跑。

那个年代，为了尽快追上敌人，大路虽平坦，考虑到路途遥远，42军果断放弃大路，改从山间小道行军，当时正值雨季，头无伞，足无履，整个部队连日泡在暴雨泥泞的山路中，雨水在脚下翻滚，每一次抬脚，都是与阻力抗争，战士们的脸上写满了疲惫，任务的紧迫不容歇息，他们不分昼夜地行军，经受着一场生命的考验，眼神中却透露出坚韧。

回想起一场与战友生离死别的情景，陈老的心中久久不能平静。

当年，陈老在机枪班，有个机枪手战友，行军途中走着走着，大伙儿发现这位战友脸色苍白，额头上布满汗珠，走路也变得踉踉跄跄，还没来得及扶稳他，高个子的他，一下子栽倒在地上，口吐白沫，当战友声嘶力竭地呼唤着他的名字，想要抬着他走，他睁开眼，无力地摆了摆手，示意大家不用管他，继续前进，陈老与战友们紧紧地握住他的手，内心充满无尽的悲凉，战友的眼睛慢慢闭上。战友的离去，虽然每个人的心情沉重无比，但脚下的步伐却愈加坚定有力。

一路行军，前往安阳，穿过险峻的山地，跨越汹涌的江河。1949 年 5 月，南方一带正值洪水时期。在乐山到乐阳途中，遇到大河挡住了去路，天黑压压的一片，江面巨浪汹涌，我军必须赶在洪水来临之前，从乐河西岸过到东岸，江水已开始上涨，天空中的乌云越来越密集，一场更大的暴雨，即将来临。

危急时刻，在当地一位有经验的船夫的摆渡下，终于克服千难万阻，42 军到了对岸，来到了一片高粱地。刚一上岸，一股巨大的洪流便袭来，再晚一会儿，后果不堪设想。行军路上，不仅要面对残酷的自然环境，更要承受生命的挑战，这种考验，既锻造了陈世纲，也锻造了无数军人钢铁般的意志。

陈老是战争的亲身经历者，这段记忆，已刻在了心头，他颤抖着声音说道，希望更多的年轻人，要牢牢记住战争年代，记住幸福生活的来之不易。

从参加革命的第一天起，陈世纲历经了无数曲折坎坷，支撑这位老兵几十年风雨人生的坚实后盾，正是人民军队的淬火铸炼。

退伍不褪色

陈世纲在解放战争时期，从湖北襄阳到四川，经湖南长沙到达广州，1951 年，他作为一名退役转业军人，服从组织分配，来到了广州铁路公安处。铁路，半军事化管理的单位，与军队有着同样纪律与责任的地方，开启了他人生的新起点。

提及转业到铁路的那段岁月，陈老向我们讲述起 1953 年，他刚刚踏入铁路公安处的大门，就查获了一起盗窃案件的经历。

当年，作为一名退伍军人，他深知自己肩上更多了一份责任与担当。无论严寒酷暑，在熙熙攘攘的广州火车站，他忙碌的身影，经常出现在人们最需要他的地方。

印象中，1953 年 7 月的一天，一位抗美援朝的转业军人，带着双目失明的母亲来到广州火车站，母子俩站在排着长龙的队伍中，儿子准备掏钱买车票时，猛地发现随身携带的七千元现金不翼而飞，母子俩急得额头上直冒汗，焦急万分的他们，几乎要哭出声来，索性将所有的行李都倒翻在地上，找了个遍，钱却像蒸发了一般，不见了踪影。

七千元，在 20 世纪 50 年代初，对一个家庭来说，那可是一笔不小的数目，是一家人辛苦干了一辈子，才能积攒下来的积蓄。

陈世纲得知此事后，赶忙来到急得满头大汗的母子身边，他深知这笔钱对整个家庭的重要性，他安慰着母子俩，承诺尽快为他们找回这笔丢失的现金。

当年自己的工资才 30 元一个月，陈世纲却将这对流落街头的母子收留下来，主动掏腰包为他们买吃的，解决住的问题。

广州站客流量大，每天都有着成百上千的旅客来来往往，从密集的人群中抓住小偷并不是件容易的事情。希望虽渺茫，陈世纲却坚信，再狡猾的狐狸，终究有一天会露出尾巴。

那段时间，陈世纲日夜守候在车站，一双鹰一样敏锐的眼睛，搜索着车站的每一个角落，不放过任何蛛丝马迹。多日的观察，他留意到一个可疑的中年男子，手戴钻石手表、金戒指，身着尼龙白衬衫及笔直的西装裤，皮鞋擦得锃亮，走在人群中格外显眼。细心的陈世纲观察到，穿着时髦的中年人，时常在旅客进出站，人多密集的时候出现，东张西望，行为鬼祟，凭借多年参军的经验，一下子就锁定了目标。

陈世纲决定对这名男子进行跟踪，不分昼夜地在车站附近巡逻，密切关注这名男子的动向。经过多日的观察，他发现这名男子常在出站口、进站口、售票厅几个特定的地点徘徊，每次他装作若无其事地离开时，兜中鼓鼓囊囊的，比先前多了不少东西。

一天晚上，当这名男子再次出现在车站，试图从一名旅客的口袋中窃取钱包时，说时迟那时快，陈世纲一个箭步地冲了上去，将其当场抓获。带回派出所审问时，男子最终承认了自己的偷窃行为，并交出了之前偷窃的财物，包括那对母子的现金。

陈世纲以军人特有的严谨与细致，沿着万里铁道，绽放着军人本色，他的眼神，依然闪烁着军人的坚毅，他的步伐依旧坚定有力。

“我很平凡、很普通，比我贡献大的人，还有很多。”这句话，陈老在采访中，反复强调了几次，为人谦和的他，总愿把功劳推给别人。

天色渐晚，采访接近了尾声。闲聊中，谈及陈老在儿女心中的形象。女儿脱口而出一个“严”字，父亲对儿女的严，在街坊邻居中是出了名的。陈老在原则问题上是个铁面无私的人，对待子女的教育更是如此。

陈老的女儿向我讲起了她童年时代的一件往事，小时候生活在北京的她，八岁那年，父母将她接到了广州居住，每当在大街上看到琳琅满目的食品，其他同学放学后在校门口买零食，她都会馋得直咽口水。

一天放学回家，她看到桌面上放着一角钱，回想起同学们吃零食的情景，

心里便痒痒的，趁着大人不在家，小手攥紧一角钱，跑了出去，当年4分钱就能买到一碗粉，她来到离家不远的粉店，美美地吃完了一碗粉后，又将剩余的6分钱，买了一堆零食，饱餐一顿。

走在回家的路上，想着要面对严厉的父亲，女儿吓得出了一身冷汗。果不其然，前脚才刚走进家门，父亲便叫住了她，看着她躲躲闪闪的样子，心里便有了数。女儿支支吾吾地承认了自己趁着大人不在家，拿了1角钱出去买零食的事情 。父亲的脸顿时沉了下来，为了让女儿长记性，打了她一顿。女儿的眼泪在眼眶里打着转，父亲看着心疼，可对孩子的教育问题，自己绝不能心软。父亲耐心地向女儿讲着道理，脸上还挂着泪珠的女儿懂事地点着头，随着年龄增长，她愈加懂得了父亲的这份良苦用心。父亲虽然严厉，始终用军人的标准来要求子女，但却给予了儿女成长道路上最好的父爱。

已年过九旬的陈老，精神矍铄，虽记忆大不如从前，但谈及当年往事，眼眸中依然闪烁着激动的泪花，洪亮的声音回荡在屋内。

窗外的老松树，换上了新绿，而老人的发絮，早已爬满了银霜。

走过烽火岁月，战争时代早已远去，生活在和平年代的人们，大多数对革命战争的印象，停留在白纸黑字的记载、泛黄的老照片及影像资料之上。然而，对于年过九旬的陈老而言，七十年前的抗战经历，成了他一生不可磨灭的记忆，他只是解放军队伍中的一名普通士兵，他的一生，虽平凡，却承载着时光的厚重。

晚风悠悠，夕阳的余晖，透过窗轩，洒落在纪念章上，闪耀着璀璨的光芒，陈老凝望着珍贵的老物件，眼中饱含着热泪，一束束精神之光，照亮着过去、现在与未来。

老战士坚毅的眼神中，保持着独属于军人的执着，历经沧桑过后的乐观与豁达，一份永恒的红色传承。

自有青青松柏心

——杨春根同志的革命生涯

□ 孙学静

如果不是十六岁时遭遇的那次劫难，杨春根的人生或许将是另一种活法。时至今日历经九十六载春秋，他反而从心底里庆幸那次劫难。尽管他因此告别亲人远离故土，却从此在岁月的漫漫长河中蹚出了一条光明之路，活出了自己的理想人生。

农家娃儿要出走

一九二八年腊月初十，一名男婴诞生在江苏省如东县一户普通的农民家里。这户人家有房舍五间，农田十七亩和一头耕牛。这些资产，在和平顺遂的年月里维持一家六口的温饱生计不成问题，遇到收成好的年景，还可以供孩子去私塾里跟着先生识文断字增长见识。但时运不济，杨春根出生在一个兵荒马乱的年代。那个年月，所有的一切都潜藏着不安定因素和危险隐患，甚至会因某一次猝不及防的灾祸，而倾尽全家人辛苦努力挣下的家底。

那一天，似乎和往常没什么两样，十六岁的杨春根同平日一样帮家里放牛。刚刚走出三年私塾课堂不久的他，对世间事有了些许了解。中华民族波澜壮阔的浩瀚历史长卷先生经常提及，国难之时，岳飞“精忠报国”，文天祥“留

取丹心照汗青”，戚继光一生抗倭“但愿海波平”。环顾今时，日寇入侵，战火频仍，国家内忧外患。那段时间，他一边帮家里做农活，一边思索救国救民的道理和方向。那天，在他放牛回家的路上，突然窜出来几个国民党兵痞将他劫持，他被绑票了。家人收到消息后心急如焚，被逼无奈之下，卖掉家中仅有的一头耕牛和存粮，又东拼西借，终于在三个月后凑够赎金，将他救回。回到家后，他脑海中的信念逐渐成形：行动起来，去寻求解救广大劳苦民众的力量！

他苦苦寻觅，终于在十九岁那年，找到离家乡不远的一支共产党游击队伍，从此走上革命道路。不久后，游击队入编中国人民解放军华东野战军，他成为一名光荣的解放军战士。

记忆中，他参加过的一次最激烈战斗是 1949 年 4 月攻克江阴要塞的渡江战役。要攻下山顶有炮群，山腰有堑壕，山脚有地堡群，七千余名驻军把守、七十余门各种口径大炮防御，自古素有长江天险重中之重“江防门户”之称的江阴要塞，时任华东野战军铁道兵团特务连机枪班班长的杨春根，深知肩上的责任之重。战场上他率领全班战士，紧跟团部命令，在战火中浴血奋战，最终跟随大部队成功登陆“铁打的防线”江阴要塞，吹响了建立新中国的胜利号角。

杨春根同志在渡江战役中荣立三等功，光荣地加入了中国共产党。

严丝合缝的螺丝钉

中华人民共和国成立后，杨春根跟随部队一路南下至广东深圳，并随部队编制改编成为一名铁路警察，在深圳边防队任副分队长。那个时候，广东刚刚解放，深圳这个小渔村是中国人民警察守护祖国南大门的边防要塞，也

是不甘心失败的国民党敌特分子寻找反击破坏的突破点。敌特分子炸铁路，毁桥梁，杀人放火无恶不作，杨春根和他的同事们不分昼夜巡察线路、守护桥梁，保护一方百姓平安，与凶狠狡猾的敌人真刀真枪过硬招。有一次，接到上级指令，有特务分子要炸毁铁路桥梁。他们整夜蹲守在桥梁附近，终于在黎明破晓时分一举歼灭敌特分子。

江西南昌北站派出所副所长、南昌车站派出所所长、衡阳东阳渡派出所所长、长沙黑石铺车站派出所所长、长沙火车南站（老）派出所所长、长沙北站（老）派出所所长……沿着杨春根同志的工作履历，无论是战争年代还是和平时期，他始终立于守卫一方安宁护佑百姓平安的前沿。退休前在广州铁路局长沙生活段保卫室负责保卫工作的七年间，他也是忙于管域内沿线安全巡查，处理协调单位职工间矛盾，守护单位财产安全。

杨春根说，在工作中上级叫我干什么我就干什么，不打折扣不向困难低头，积极地去做。军人血脉熔炼锻造了他的成长，年复一年，他逐渐淬炼得如一颗螺丝钉，哪里需要就稳稳地嵌定在哪里。黑石铺车站有一间危险品仓库，仓库中存有弹药、武器和危险化学品等。他调任黑石铺车站派出所后，深入学习了解掌握危险品业务知识，合理安排巡防值守安保工作，在他管理的几年间危险品仓库从未出过任何纰漏。

胆大、心细、严谨、认真、执着，身边同事朋友都说他是个眼里容不得沙子的人。的确，“杨春根”三个字一度使他在管辖区域内如雷贯耳，成为令扒手闻风丧胆的存在。尽管声名在外，但在具体处理偷扒盗窃事件上，他也有铁汉柔情的时刻。长沙老火车南站有个大货场，当时正是国家困难时期，南站货场的偷盗事件频繁。偷盗货物者中有一部分是职工子弟，这些子弟家住货场附近，熟悉地形，熟悉货物，难抓，抓到了如何处理更难。每次抓到这些半大的孩子，杨春根的心里五味杂陈。孩子们的教育和成长，孩子家长（职工）的思想、情绪，职工队伍的稳定，他的面前犹如摊开了一道道没有标准答案的难题。每当此时，执法者的铁面与威严，父辈的严厉与慈爱，在杨春根的身上体现得淋漓尽致，在这些半大孩子们面前，他时常是白脸红脸一个人唱。任职长沙老火车南站派出所所长那些年，货场货物安全，职工队伍稳定，其中无疑凝结了杨春根许多心血。

就像一棵大树

1980 年，杨春根向单位提出申请，依照政策提前内退，告别了挚爱的工作岗位。在三个儿子的心目中，父亲是家里的顶梁柱，支撑起整个家庭。杨春根退休后不久，岳父中风瘫痪，在病榻上一躺就是八年。八年里，他尽心尽力床前侍奉，为岳父翻身、擦洗、喂饭等。在儿子们的记忆中，病中的外公心情一直不错，与父亲的照顾陪伴应该有直接关系。后来，杨春根妻子晚年时不慎摔了一跤，后期有五年时间瘫痪在床。那个时候，他已年逾七旬，家里便请了一位保姆照顾妻子，但许多事情他仍然亲力亲为。

几十年来，杨春根在儿子们的心目中是顶梁柱，更是一棵高大魁伟遮风挡雨的大树。儿时印象中，父母亲工作特别忙，父亲调回长沙后，经常出差，晚上还要巡查守夜，纺织厂上班的母亲是三班倒工作性质，与家人们的作息难得一致，但父母亲在三个儿子的教育上从未缺失。认认真真学习，老老实实做事，清清白白做人，做一个对社会有用的人，是夫妻二人简单质朴的教育信念。他们以身作则，三个儿子亦是受益终身。大儿子退休后在社区做志愿者，经常去社区做一些为老人理发、磨刀、维修小家电等服务，尽自己所

能多帮助那些需要帮助的人。二儿子和小儿子都是共产党员，小儿子子承父业，是一名光荣的人民警察。

他们不知道的是，当年与他们母子相隔两地，远在异地工作的父亲，曾经在一次民主生活会上做的自我批评是："有家庭观念，时常想老婆孩子……"这个在当年真诚深刻的"自我批评"，搁在今时今日恰是一个成熟男人的温度，他对家人的温暖令人欣赏，值得钦佩。

纵观杨春根同志近百年峥嵘岁月，性情刚正不阿，心境淡泊至简，内心有温度的他，更似一棵耿介挺拔傲立霜雪的青青松柏。

时光荏苒，光阴似箭。出生于动荡年代，经历过战火洗礼，和平年代继续致力于护佑百姓平安的杨春根同志，生命里程已跨越近一个世纪。百年沧桑，往事如烟，时光长河中的光辉岁月，那些曾经的艰难与辉煌，苦难与幸福，在眼前这位耄耋老人心目中，究竟是怎样的一番过往。或许，只有老人家自己清楚。

如今，杨春根同志在三个儿子的轮流照顾中颐养天年。

洞庭湖畔湘江人

——访长沙铁路实业公司离休老人陈国建

□ 张建华

陈国建采访视频

2024 年夏至后的一个下午，笔者到位于长沙市芙蓉区向韶村 70 栋 602 号采访了长沙铁路实业公司离休老人——93 岁高龄的陈国建。

作为 20 世纪 60 年代出生的我，直到此次采访陈老，一些鲜为人知的过去才得以知晓。下面就让我们跟随老人一道去感受一下当年那没有硝烟却依然充满刀光剑影的隐秘“战场”……

一

1949 年 9 月，长沙和平解放不久，就读于湘潭市第一中学的陈国建和同学们一道报考了“十二兵团军政干校”。那一年，他还未满十八岁。从此，这位与新中国同龄参加革命的莘莘学子开始了自己崭新的军旅生涯！

入校后，陈国建印象最深的就是隔三岔五、没完没了的紧急集合。

一天半夜，学员们睡意正浓，“嘟……嘟……嘟……”忽地又是一阵急促的哨音传来，跟着是压低了嗓音的呵斥声：“紧急集合，快快！”

“怎么又紧急集合，究竟发生了什么事？”有人小声埋怨道。

“少啰唆，不许说话……出发。”得到的回答同样是“呵斥”。

一时间，黑咕隆咚的大地上只听到齐刷刷的脚步声响，仿佛整个世界里只允许它的存在，“刷刷刷刷，刷刷刷刷……”

“向后传，枪下肩，提在手上，不许发出碰撞声。”队伍里传出低沉的传口令声……

不知过了多久。“向后传，上刺刀，分开行进”。

又不知过了多久，“快，抢占有利地形，进入临战状态”。

此时，天已微明，天边露出晨曦之光，有人认出是长沙的北山地界——也就是说，这次紧急集合行动他们足足走了四十华里的夜路。

“全体集合！”还没等大家缓过神来，又传来喊声。

等学员们排好了队，只听带队人大声说道，“昨晚接到通知，北山一带发生反革命暴乱，要我们配合地方部队平息暴乱，现暴乱已被平息，我们可以收队了。等下大家吃点儿东西，吃完后原路返回。”

到底是真发生了“暴乱”，还是临时找的“由头”，谁也无法甄别，反正学员们的神经已高度紧张，几乎到了“崩溃”的边缘。

当时十二兵团军政干校校长由赫赫有名的兵团司令员萧劲光兼任。不久，萧劲光调去刚刚组建的中国人民海军任海军司令员，接替萧劲光职务的同样是战功卓著、威名远扬的黄克诚将军。

黄克诚到任不久，据说发生了这么一桩事：

一个穿着气派，自称是黄克诚故交的中年男子来找黄克诚。见来人说是黄司令员的故交，专程来拜访老友，哨兵没有多问便予以放行。来人一连过了三道哨卡，直接到了黄司令员办公室。办公室里不见黄克诚人影，只见一个工作人员模样的人正在埋头打扫卫生。见此情形来人也不客气，大大咧咧亮着嗓门问道：

“你们黄克诚在哪？”

听到说话声，埋头搞卫生的人抬起头看了对方一眼，不紧不慢地回道：

“黄克诚不在，你——找他什么事？”

“哦，我们是故交，今天特来拜访一下老朋友，和他叙叙旧。”

“是这样。那你先坐一下，我去喊黄司令员来。”工作人员说完头也不回地走出办公室。出去后，他随即找到一处电话拨了过去，最后只听他说道，“……你们进去什么都不要说，直接把他抓起来。”

原来打电话的不是别人，恰恰就是黄克诚本人。因为来人说是自己的故交，既是故交，怎么会不认识自己。他断定来人有诈。到底是身经百战、枪林弹雨里闯过来的人，这点儿防范意识还是有的。于是，他巧妙地搪塞了对方，出去后立马拨通警卫部门电话，告诉他们，自己办公室来了一位“不速之客”，还自称是自己故交，可面对面却不相识，极有可能是反动势力派来搞暗杀活动的便衣“特务”。

放下电话，警卫人员立即冲到黄克诚办公室，二话不说将“不速之客”制服。

经审讯，来人果然是国民党特务，是来搞暗杀的……此事真假与否暂且不说，但敌特反动分子那段时间“摸岗哨”的事时有发生。

考虑到敌对势力的复杂严峻性，自那以后，司令部各岗哨一律由原来的单人岗，换成双人岗，而且子弹上膛……

长沙和平解放，这是不争的事实，可这“和平”背后的不“和平”，又有几人真正知晓？

在十二兵团军政干校读书时，一个和陈国建走得近又谈得拢的同学——王继初曾跟他讲过这样一件事：

长沙说是和平解放，但协议书上其实并非程潜本人签的字，而是由他人代签的，因为当时情况复杂，程潜本人实际上在邵阳。他之所以在邵阳是因为白崇禧虽然退守衡阳，但他的爪牙仍遍布整个长沙内外，他们随时随地都在监视、打探着程潜的行踪。

和平协议签完后，程潜不放心，决意亲往长沙，以便应对各类意想不到的突发事件，确保长沙“解放”进展顺利。

他先到了易家湾，到易家湾后，为防意外，决定先派自己的一个心腹到长沙打探情况，以便做下一步安排。就在派去的人刚刚离开不到十分钟，程潜仿佛预感到什么，马上改变主意——离开易家湾。就在他离开住处不到五分钟，便听到飞机的轰鸣声，跟着住处传来轰炸声。好险！准是白崇禧的密探监视到了他的行踪，并用电台及时告知对方。

程潜是脱险了，可易家湾那些冤死的百姓，却连新中国都没能看到便做了炸弹下的亡魂！

据说当时程潜望着被飞机轰炸过的地方默默地流下了眼泪，他告诉身边的随从：你们一定要记住，新中国的解放来之不易，它是千千万万革命先驱和无数平民百姓用生命和鲜血换来的。

“你是怎么知道的？”陈老说，当时听了王继初的讲述后，他由不得追问了一句，因为他觉得像程潜这样的高官，他的事应该只有高层人物才清楚，一个普通学员怎么会知道得如此详细。

“是我爸爸亲口跟我说的。”

王继初瞧了瞧四周，确定再没有多余的“耳朵”后，又告诉自己的同学：他父亲曾是湖南军事当局组建的洞庭湖剿“匪”指挥部的总指挥。还说当年贺龙在开创洪湖苏区时，曾精选一批水性好的红军精英以洞庭湖游击纵队名号，到华容东山、砖桥等地开展游击活动，基地就设在石君山。为应对声势渐大的红军游击活动，父亲被委任为所谓的剿“匪”总指挥，其实“匪”指的就是贺龙他们。父亲与红军游击队还交过火，为此，父亲损失了一条胳膊。但后来父亲渐渐认识到：共产党的队伍才是真正为劳苦大众谋幸福的队伍。他摒弃前嫌，背地里反而做些对解放新中国有利的事，与蒋介石反革命集团背道而驰……

“我报考十二兵团军政干校，可以说是我自己的想法，也是我爸爸的心愿。爸爸希望我不要像他，稀里糊涂过了大半辈子，要我趁着年轻多为新中国出些力……”王继初最后一本正经地说道。

二

“爸爸！”——这个在许多人来说再普通不过，甚至屡见不鲜的名词，对陈国建老人来说，仿佛“它”有一种难以形容的万般魔力牵动着老人的心。采访中，当几次提到“爸爸”一词时，老人总是会情不自禁地泪流满面，面部抽搐，言语哽咽……

原来，陈国建1931年11月28日出生于湖南省株洲县洲平乡一户普通人家，三岁那年父亲撒手人寰，新中国成立仅半年，母亲又离他而去。

回忆起自己的人生道路，这位失去父亲至今长达九十年的老人不无感慨地说，有一个人不可不提，因为他，可以说改变了自己的人生轨迹。这个人就是陈国建的恩师——同时也是母亲的老师——蔡超元先生。

陈老说：父亲去世后，母亲虽说也是个“教书匠”，但终因经年抱病，家境每况愈下，时常靠借挪度日。初中三年，年年都欠学费，而且越欠越多，对一个没有父亲，母亲又患病在身的孩子来说，学费犹如一道高墙，任凭我怎样使劲也攀爬不上去。那年，报到的日期已过，可家里凑集的钱却连上欠（三年一期）的空缺都填不满，万般无奈之下，母亲只好强撑病体，给自己的老师蔡超元写信求助，命我持信到学校（湘潭市一中）碰碰运气。像这种求助之事此前也有过几次，蔡老师都答应了，从未拒绝过。但这次太离谱了，新学期费用分文皆无，而家里更是徒存四壁，赤贫如洗。若是应允下来，势必牵连受累。作为从教20多年，社会经验丰富的数学老师，他会看不透、算不出？还会像以往那样有求必应，不推不诿？我真是一点底气都没有。递上信以后，就站在一旁默不作声，静听人家发落。看过信后蔡老师不冷不热地对我说：“既然人都来了，就先报个到吧。”

欠费生的求学经历，注定是辛酸、苦涩、揪心而不堪回首的。允许入学，并不意味着学费问题已经解决。没多久，事务员就敦促我给家里写信催款，并明确示意“半个月后，如果还是现在这个样子，学校就要除名！”届时名虽未除，但我的大名已上了停餐通告榜。榜下有人心怜作叹，有人揶揄讥讽：“学校又不是救济院，到学校里来讨救济，走错门了吧。”不让进食堂，我就在校外胡乱弄点东西充饥。有一餐没一餐地对付了几天后，已是头昏眼花，走路都抬不起腿。实在挺不下去了，便去央求蔡老师让我退学，他没答应，“你的事，我给你扛着，你还是到食堂就餐吧！”扛到期中时，学校又出了第二份停餐通告，我名列榜首。为落实通告要求，事务员对我作了非同寻常的特别指示：“蔡老师只是学校的事务主任，不是你的父亲，他既要为你的学费作保，还要管你的吃喝，你也该反过来替蔡主任想想，这——合适吗？”听了这话，我认定自己的书不能再读了，再读下去不仅仅拖累妈妈和蔡老师，还会给他们的人品抹黑。一个执掌教鞭的学校事务主任竟为一个外人供吃，为学费作担保，这算哪门子的事呀？一个老师为什么要充当不是父亲的父亲角色？其中是不是有什么不可告人的秘密？事务员的话虽然没有直接挑明，但言外之意已经昭然若揭。我立即将自己的看法想法告诉蔡老师，打算清点行装立即走人。蔡老师并不介意别人的言外之意，只是冷冷地对我说：“你浑呀！你怎么不冷静地想一想，如果你现在退学回去，你妈会怎么想？她停医停药支撑你读书换来的是逆意拒读，这就有如索命一剑，她受得了这一剑吗？你还年轻，有些事你不懂，长辈们的事你不要过问太多。”

我一直认为，我之所以能把书读下去，是母亲和蔡老师倾心关注合力促成的结果。直到几年后的 1956 年 10 月，我带着自己积攒多年的薪金对解放前曾资助过我家的乡邻师友做过一次报恩回访。看望数学老师蔡超元（时任湘潭市政府建设科科长）是此行的最后一站。

见到了蔡老师这位不是父亲胜似父亲的长者和恩师，我百感交集！没有他的提携扶助，我进不了湘潭一中这所颇具声望的学府；没有他那透现湘声楚韵的人品风范，我领悟不到人生的真谛；没有他那回应世事所折射出的光芒，我看不清前进的风向标，我站在他的面前，行了个军礼，把自己对他的尊敬和感谢之情，统统汇集在这军礼之中！在奉上他为我垫交的所欠学费后，也向他坦述了自己这几年的生活工作际遇，他听得很认真，还不时插言询问一些细节。尔后，展纸挥毫写下“不要轻言放弃”六个大字。“这几个字，当年我在你的留言簿上就题写过，你应该还记得。但从你刚才的叙述中，我觉得你现在仍然只知皮毛，没领悟其中深意。今天，我就利用这个机会再给你补一课。你是我的学生，你母亲也是我的学生，你冷静地想一想，你母亲当年为什么要把你推到我面前？是把你当作皮球踢给我吗？是把你当作包袱丢给我吗？不是，都不是。我毫不犹豫地就接了你这个‘球’，这个‘包袱’，心甘情愿地充当一个不是父亲的角色，是我同你母亲有过什么心照不宣的私下约定，是有什么不能公之于众的隐情吗？没有，完全没有！你母亲和我之所以这样做，都是源自同一个话题，这话题就是‘不要轻言放弃’。一个有责任感的老师应具有为人师表的品格，这个‘表’就是言行一致，就是表率！老师对学生提出的要求是对等的；要求学生做到、做好的，老师自己要首先做到、做好，成为学生的表率，这就是一种承诺，一种不须言传而能心领神会的承诺，而且这种承诺要经得起世态风霜雪雨的洗涤和时空流滢的检验。你母亲在那个特定时刻把你推给我，既透现她对这六个字真切深透的理解，也凸显出她对自己老师的充分信任和最大尊重。作为她的老师，我当然要履行自己的承诺，出手施援，而不会计较此举可能带来的后果。因此，从我答应为你扛学费之日起，我就不在意你们能不能还上我曾经垫支的费用，也不会在意自己周边的人会怎样嚼舌根，身正不惧影斜，目标一经锁定，就一往无前，决不推诿！”说着，蔡老师转身拿出一封信递给我说道：“这是你母亲当年给我写的信，你一看就会明白，这话不是我凭空臆造，而是确有其事。”我把信浏览了一遍，信中确有这样的话：

……老师，请您务必分心一察：如竖子是堪造之材，您就施以援手，让他读下去；反之，就让他回来做个原始人……

我当时迷惑不解，问道：“蔡老师，您察到了我的什么？”“就是你当年入学后的第一课：一次英语听写测试，你还记得吗？”“记得，当时英语老师把每句英语念三遍，叫学生听记下来，共十句，记全记准的得满分。这一课由于我入学迟了一个星期没赶上，不知道课文到底是讲些什么，没办法，只能就把听懂的单词记下来，不全的句子空格，并按英语语法填上我认为合适的词，这当然是文不对题，我没及格，只得 57 分。但那次测试全班及格的只有一个，按分数排位，我是第二名。”“这场测试表明你临场不慌、临难不乱，既具硬功，也施巧劲，以巧补拙，当为可育之苗。”也许，这就是当年蔡老师为我扛费、管我吃、斥我欲退学的缘故吧。

总之，那天与恩师蔡老师聊了很长时间。但蔡超元老师为我补的这一课，“不要轻言放弃”，透视着回应世事的人生哲理和进退有序的辩证思维。他那信义守恒，为人师表的品格风范，成为我此后图强奋进的动力，也成为我否定旧我，务实求新的力量源泉。“不要轻言放弃”虽然剖析的只是一时一事，但它对我的影响却是一生一世，像一盏绽放着强光的不熄航灯。

三

1951 年初秋，抗美援朝战争如火如荼。随着朝鲜战局的不断深入，国内各种反动派势力也开始蠢蠢欲动，甚至到了为所欲为的嚣张态势！

陈国建所在的益阳军分区受命：以自身为基础立即组建一个“空军师师部”。接到命令后，机关各部室人员争相应召。已是军区司令部参谋的陈国建也不例外，踊跃报了名。可就在整装待发之际，一纸命令将陈国建从新组建的对口科室岗位转入另册：出任沅江县大队参谋，为的是积极配合抗美援朝战局，营造一个稳定而坚固的后方。临危受命的陈国建深知肩上担子的分量。

来益阳军分区之前，记得在部队春节联欢会上，湖南省地方政府点名要十二兵团军政干校出一个与军事有关的节目，其目的就是要“敲山震虎”！

校领导反复斟酌，最后决定上一个“《刺杀歌》（歌名）”节目，而且还要压轴表演。出场、退场全都唱着雄壮、豪迈的《刺杀歌》：

刺刀闪白光，两眼盯前方，两臂靠紧，双手握紧枪，
来一个直刺，来一个直刺，杀！
要是敌人不缴枪，刺刀捅进敌胸膛……
…………

节目表演完，主持人站在台前声若洪钟地大声宣布：这首《刺杀歌》就是向一切反革命发出的信号，同时也是向全省广大军民发出的“动员令”！

到益阳军分区不久，陈国建就听说：与沅江县毗邻的汉寿酉港因久旱无雨闹春荒，发生过一起暴乱，一个区级政权被颠覆。为剖析暴乱缘由，评估

治安形势，商讨对应策略，洞庭湖区域各县公安曾在当地一个叫草尾的地方召开过非常会议，“大幕”刚一拉开，非常会议就出现“非常”情况：他们的“对手”也在同一时间同一地点开了个对等会议。并明目张胆递来一纸，上书：“你们不是天天叫喊要把我们一网打尽吗？你们来呀，我们就在隔壁候着，你们的网已经领教了，恕直言，不怎么样。你们如果没有像样的网，劝你们还是先别放大话。”嚣张的叫板气势表明，他们决意要制造另一个“西港”，而这个“西港”很可能就是沅江的“月湾”。其时，月湾有数百民众啸聚求雨，前往劝导的干部一个个遭受拳棒。县委书记侯鸿业深感事态严峻，责令县大队立即做好准备，并严正指出：“这极可能是草尾叫板的延伸发展！你们县大队务必要高度重视，迅速作出相应对策，确保事态不蔓延升级。尽快打开一个既承上托又孚民望的新局面。”

这就是陈国建出任沅江县大队参谋来到沅江后所面临的态势。当时和他一道受命的是一个叫张连贵的大队长。张连贵是个久经沙场、遇事沉稳的老兵。从前往劝导者接连遭拳棒迫退中他很快悟得些许玄机，于是找来参谋陈国建商量，看看他有何“锦囊妙计”。

陈参谋略作沉思后说道：“直接劝导，显然不行，倘若换个方式未尝不可一试。”

“快谈谈你的想法。”大队长来了神。

陈国建接着说：“二区中队有一四川老兵，此人见多识广，也很仗义。倒不如请他出面，以拜访把兄弟名义悄悄潜入人群，然后如此这般交代他，至于其他由他相机行事，见好即收。”

没想到陈参谋的想法与大队长一拍即合。他们即刻唤来四川老兵，如此这般交代了一番，老兵听后当即拍胸脯，跟着就出发了。去后不到半日，聚集求雨祈神的民众果然纷纷悉数散去。

原来，老兵离开后，拎着一瓶酒和一包“点心”就去找自己的拜把兄弟去了。到了聚集求雨的民众当中，他什么话也不说，还有意摆出一副不屑一顾的样子。见状，一老者上前主动与他“搭白”（讲话），

“你是搞么子的？”

“我来找我的好兄弟喝酒，看你们这好热闹，过来瞧瞧。老人家，你们这哪里是求雨嘛，简直是‘孙悟空闯龙宫’——瞎胡闹。”川籍老兵尽量把自己的乡音转换成易懂的“川普”。

听了外地人的话，老者一愣，示意对方讲讲清楚。

“老人家，我是四川人，我们家乡也干旱过，我们也求过雨。可是我们相当讲究……老人家，你说我说的有没有道理？”

老者听完，低下头想了想，跟着转过身去朝求雨的人群打望着：尽是一些上了年纪的歪歪斜斜的老倌婆婆子，细伢子更是满地追逐，嬉戏打闹，这哪是祈神求雨，极不严肃。老者觉得外地人不像卖狗皮膏药的江湖郎中，他在心里点点头，随即放开喉咙对人群里不知说了些什么，就离开了聚集的人群。见老者一走，聚集的人群中三三两两地也都跟着一走了之……老兵当然只好又拎着自己原封不动的“礼物”回去复命。

事后，陈国建向侯书记作了口头汇报，侯书记表明，他已得知了北洞庭湖一带有国民党的隐藏势力。他们相互见面，彼此招呼，从来不以对方姓氏或名字称喊，而是以对方的军衔或官职称呼，显然不是当地的土居湖民，很可能是一些训练有素而又经过刻意掩饰的神秘“群体”，并且极有可能在酝酿着什么不可告人的特殊行动。

果不其然，不久后，陈国建他们县大队与相关部门一道对那个300多人的“神秘群体”采取突然集中“隔离”，来了一次地毯式排查和过篦子似的梳理，凡能说出缘由的立马放人，比如：投亲靠友（要有真实担保人），说不出缘由的将进一步审查。经过缜密、严格的排查，冰山一角终于露出水面：他们当中仅国民党专员就有二十几个，师级以上官衔的四十多人。最终，他们去了他们该去的地方。“神秘群体”的清除还了洞庭湖百姓一方净土，也为抗美援朝奠定了坚实的后方基础，更为新中国的解放和红色政权的巩固扫除了障碍，挖掉了毒瘤！

在沅江县大队工作期间，由于表现突出，1953 年 7 月，陈国建光荣地加入了中国共产党！

四

在陈国建老人家里的客厅墙上，两幅长条的正楷书法墨宝格外引人注目。我们不妨将其抄录如下以供读者欣赏。

左副为：

满江红・畅叙霜天观落日

（纪念抗战胜利 60 周年）

小小瀛洲，曾有过，顽蟹蹦起。狂祭咒，噪嚣尘上，鬼神不及。铁骑一临天色变，东条剑下昆仑泣。膏旗展，满目尽凄凉，多茔地。

饮酸雨，揩泪迹，凌激浪，除顽敌。好儿郎慷慨，箭声如檄。畅叙霜天观落日，傲谈圣手穿牛鼻。看来日，何必问灵龟，民心析。

右副为：

高阳台・洞庭喜育金蟾

（茅草街大桥建成通车感怀）

山嘴承欢，洲头接笛。洞庭喜育金蟾。过客端详，谁家书此奇篇？河妖放逐浑流去，再从头，梳理炊烟。看青芦，起伏纷呈，否是狂癫？

林间走出超常客，导时人醒梦，析察周边。计塑明天，当需勇搏经年。潜心打点风尘景，可开门，引纳高贤。待回头，山绽时花，洲插名签。

两幅字的词作者落款均为陈国建。

老人告诉我，上面的词都是他本人所作，而墨迹则是他湖南省书法家协会会员的长子所书。陈老共有三个孩子，上面两个儿子，最小的是女儿，现均已退休。老伴是十年前离世的。老人还说，自1982年离休后，为了与时俱进，老有所为，1989年他进了湖南省老干部大学。大学里，他学习了摄影、园艺、舞蹈、古诗词、散文等，并有数十篇文稿及多张摄影作品在《广铁老年》《湖南老干部大学》及《摄影世界》刊物上发表，还多次获奖。

一个耄耋老人对文化如此地尊崇、痴迷，实属难得，更何况孜孜不倦、持之以恒。

五

1965 年深秋，陈国建到沅江赤山南咀搞社教时，曾听取过一个叫汤名新的老人的泣诉：

1944年夏，日军进占南咀，为了不步“厂窖惨案”的后尘——说到“厂窖惨案”，这里有必要交代一下：

1943 年夏季，即“长沙保卫战”之前，洞庭湖一带曾发生了一起鲜为人知的杀戮惨案，即“厂窖惨案”！历时三天。由于洞庭湖水域宽广，信息闭塞，这一杀戮惨案除当地人知晓，外界人极少耳闻，也没有太多确切的文字描述。据说事情的起因是这样的：

一天，一只由全副武装的日本军人押送食盐的船只在芦苇丛中行驶着，忽然，船帮四周几道白光猛然一闪，几个鬼子顷刻间便成了刀下鬼。

然而，那些“浪里白条”毕竟都是一些没有组织的当地百姓。就在他们杀得起劲时，有两个日本鬼子还是从他们的眼皮子底下偷偷溜走。

没几天，“厂窖惨案”发生了，死伤百姓无数……

那天，汤名新离“厂窖”不远的堂客屋里捎来口信说，岳母大人不熨帖（不舒服）。第二天一早，堂客（老婆）跟他打了个招呼说回娘家去看看，下午回来。

可直到第二天都不见堂客的身影，汤名新便出门寻找。结果，眼前的凄惨之状让他感到恐惧：到处是尸体。见此惨景，老人说，当时他就估计自己堂客再无生还的可能了（他过后到岳母家探问，岳母说没见着女儿身影）。

自己还好，可以苟且偷生聊度残年，只是苦了自己的一双儿女，大妹子那年才七岁，满伢子还不到两岁。几番寻找无果，老人只好将堂客曾用过的衣物葬于家宅近旁，以寄幽思……

1944 年夏，日军为分散第四次长沙会战国军战力，派出精干的水陆两栖队伍进入洞庭湖进占赤山南咀哨所，尔后挥兵指向沅江、益阳。汤名新家就居于赤山南咀。为了不步年前“厂窖惨案”后尘，乡人纷纷举家逃难。见状，汤名新祭别亡妻后，带上八岁的女儿与两岁幼子，驾着自家一叶渔舟乘隙横渡南洞庭湖，入资江，来到益阳“寡妇矶”。

刚上岸，他又一次听到悲壮揪心的抗战歌曲：

向前走，别退后，牺牲已到最后关头，

用我们的血和肉，去拼掉敌人的头……

…………

几天前，南咀驻军同日军搏杀时就唱过这首歌，汤名新虽然不清楚南咀驻军拼掉了多少鬼子，但100多号守土官兵没一个活着走出南咀他是知道的。在路过沅江县城时，他再次听到这首歌，还听说800多名将士血溅庆云山的壮举！而今“寡妇矶”的驻军也唱起了这首歌，“难道是日本鬼子要攻到这里来了吗？”

那日，汤名新捕获几条鱼拿到街市上换回一些生活用品。回到渔舟时，见儿女们在哭泣！再一看，船舷处有当地驻军书写的“征做军用”字样。正欲问个究竟，一旁有军人言道：“你的人船都征做军用，现给你一支烟时间，处理身边儿女。”便不再多言。

汤名新刚经过丧妻之痛，深知无国便无家的道理，他没有强拒，遂将一双儿女委托江边茶亭一女子，自己则二话不说随军人去到一处军事建设工地服役劳作……直到工程完工清场前夕，经他人关照好心打点，许其从“寡妇矶”跳下资江脱逃。一个四口之家转眼就只剩汤名新孤身一人了，回想起这些遭遇，他除了日复一日、年复一年地哭泣、悲号！别无他法。

巧的是当时陈国建主管的南咀一队队长是汤名新的堂侄，在其侄子家里，陈国建与汤名新有过简短交谈，觉得他所经之事，堪称国人在抗击日本侵略付出巨大牺牲的一个缩影！他又想到了汤名新两岁便失踪了的儿子，可他的父亲还在，只是……自己决不能袖手旁观，他决心伸出援手。

其时，涌现出很多新人新事，其也不能置身事外。于是，陈国建专门向益阳“寡妇矶”所在地的区、社发出了查询信，信中直述汤氏现今凄苦之状，并着重挑明，当年将儿女送给他人是为服役以建军事工程，实为舍小家为大家（国家）的义举，期望有关方工作人员仔细找寻，让汤氏父子再续亲缘。

庆幸的是，1966 年 3 月，陈国建终于收到桃江县双江公社的回信，信中回复：经他们甄定，汤子现名吴国才，住该社近仑大队和厅生产队。

两个月后，时年 24 岁的吴国才来到南咀，见到了阔别 22 年的生身父亲。遗憾的是汤名新的亲生女儿，吴国才一母所生的姐姐至今尚无下落，不知身居何处，流落谁家，命运又几何？

结束采访，告别了陈国建老人，此时的星城已是华灯初上，辉映交融！乍一看，那闪烁的五色斑斓、流光溢彩就仿佛洞庭湖上一颗巨大的珍珠——在时代进步，社会繁荣，科技创新的作用下绽放着璀璨的光芒……

一生平凡事，半世野战军

——长沙办事处离休干部赵文贵同志事迹

□邓 微 靳 莉

赵文贵采访视频

长沙市一个叫“二里牌”的老旧社区，是原长沙铁路总公司的单位和职工聚居地，毗邻华天大酒店，曾经热闹非凡。长沙总公司撤销以后，逐渐沉寂、破败、凋零，继续居住的基本上是一些“老铁路”们。

每天上午，92岁的赵文贵老人从四楼扶梯而下，他要去长沙老干办看报纸。下到一楼，保姆用轮椅推着他，或者推着轮椅陪着他走，看他的腿脚情况和他的意愿而定。赵文贵老人离休后定居长沙，他那双行走过大半个中国的腿脚有点儿乏力，但依然坚持每天下楼，看看报、聊聊天，交流信息，了解时事。

赵文贵1932年1月出生于辽宁省绥中县，中共党员。1947年7月入伍，1953年9月加入中国共产党，1992年10月离休，45年工龄，享受副处级待遇。现任长沙离休党支部书记。

2024年7月，为庆祝中华人民共和国成立75周年，由广州局集团公司长沙办事处离退休工作人员李鹏同志带领，我和靳莉同志走访了赵文贵这位为新中国成立和建设作出伟大贡献的老人。第一次采访地点就在老人“二里牌”的家中。8月，老人因腿脚不便住院，所以第二次采访和看望是在他工作了8年的原长沙铁路医院（现长沙市第八医院），还是我们三个一同前往。为尽量保持老人口述的原汁原味与情感，笔者采取第一人称叙述。也在此感谢李鹏同志细致、负责的工作作风，以及对离休老同志的关怀。

当兵，参加辽沈、平津战役

我从小失去父母，家里没钱，8 岁才读书，在绥中县十堰郭家屯小学读了三年多，没毕业。12 岁去吉林省开通县伯父家生活，住了一年多又去了大姑家。主要收入来源是卖豆腐和种地，日子过得很苦。日本侵占东北后，更难熬，没吃没穿。天天吃红高粱，半稀半饱，黄豆泡一晚煮熟，放点盐当菜。没有交通工具，去哪里都是走路，运什么东西都是用肩扛。我也不懂事，经常挨伯父骂。不会洗衣服，洗了也没衣服换的，长年就穿那一件，身上都长虱子了。裤子捡哥哥姐姐的穿，能捡到就很不错了。裤子接了一截又一截，鞋子脚指头都露出来了。

共产党来开通县了，来打小日本子（老人一直称呼“小日本子”——笔者注）。15岁那年我学邻居哥哥去当兵，去东北野战十四医院报的名，通过了，当勤务兵，做通讯员，还一边做见习护士。当兵有饭吃了，有口饭吃真是太幸福了。

没想到我小小年纪，当兵一年后就参加了几次大战役，比如塔山战役。

1948年9月12日，东北人民解放军发起了辽沈战役，对北宁路锦州至山海关段发起攻击。10月1日，攻克兴城、塔山、高桥和义县，孤立锦州、锦西与山海关的国军。塔山只是一个在锦西以东大约有一百户人家的小村庄，距离锦州15公里，距离锦西4公里，它的重要之处在于去锦州的路要从塔山穿过。塔山的东边濒海是打渔山岛，西面的白台山是塔山地区的制高点。为保障顺利夺取锦州，东北野战军在塔山仓促建立防御阵地，迎击援救锦州的国军东进兵团。塔山战役1948年10月10日爆发。最后东北野战军阻挡住国军东进援锦而取得胜利。

塔山战役时我已经是专业做护理工作的。

战斗很激烈，前线战友们打得惊天动地。伤员被不断抬下来，唉，各种各样的伤，痛到极点。

我们手忙脚乱。天天照顾病人，忙前忙后，清洗、换药、喂饭、消毒、处理伤口。战争很艰苦，缺药，有的伤员伤口化脓、长蛆，拿镊子帮他们挑。有的伤员伤口化脓了，心情很不好，又没止痛药，难免会拿我们护理人员撒气，甚至打人。我被打过几次，打得哭，哭完了就继续干活。看他们实在心痛，在前线打得那么激烈，甚至牺牲了自己的生命，你说我们挨几下打算什么！如果打几下能缓解他们的痛苦，我宁愿多挨几次打。我们千方百计地安慰他们，安抚他们，尽自己最大可能减少他们的痛苦。

我们还一个重要的工作是打地铺，稍有空闲就帮忙打地铺。没有床，地上铺几块砖就是床。伤员越来越多，需要不断打地铺。野战医院有几个朝鲜姑娘，她们用头顶砖头，满身汗和泥土。我没见过用头搬砖的，很新鲜，觉得好玩。那时我还是个孩子，这也是我工作之外的一点儿乐趣。现在想起来其实她们也挺不容易，到中国部队来做事，希望自己能帮点儿忙。

部队被轰炸，但战役进展还比较顺利，我们随部队一起从张家口、内蒙古转移过来，坐车到山海关。天气好冷，上级临时决定把缴获的国民党的被子、衣服发给我们御寒。衣服单薄得甚至需要抱着被子御寒，睡觉被子不够厚几个人挤一起也是常有的事。没有人叫苦，也没有人有意见，大家不停地忙，忙累了随便睡一会儿。战争环境，随时有可能丢掉性命，吃不饱、穿不暖没人当回事儿。

1948 年初冬，辽沈战役胜利结束，东北野战军挥戈入关，平津战役拉开序幕……

1949 年 1 月底，我军顺利进驻北平，北平宣告解放。进城后，部队做短暂休整。

往南，经历武汉、长沙解放

我们一直都是在边打仗、边行军、边实践、边学习。只要有一点儿空闲时间，部队就会安排我们学习。学如何抬担架、拆绷带、洗绷带。条件艰苦，物资严重缺乏，绷带要用了洗，洗了晒，晒了卷，这些都需要学习。需要学的知识多，需要学的人也多，不断有战争损员，又不断有补员，很少有学好了再去前线，一般都只能边干边学。

到了石家庄，再到河南，在一小镇（记得叫须水镇）稍作停留，部队又安排我们学习护理知识。学习主要靠自己，见缝插针抓住一切机会多学、多练。就是灯太暗，基本看不清字。说是灯其实哪来灯，只是把棉花条搓一下点燃当灯，只比萤火虫亮一点，条件好点儿的时候蘸点油，燃得久一点。

战争形势发展很快，部队从河南奔向武汉，这次坐的闷罐车。男女一起，累了相互靠着睡一会儿。车里虽然不见天日，环境也很差，但毕竟比走路轻松些，高兴的情绪灌满车厢。当然高兴还有一个原因，那就是战士们听说“南方有大米吃”！大家叽叽喳喳，都不像去打仗的，更像现在去旅游的，恨不得马上到达武汉。我高兴的同时心里有点儿怀疑：这么多人呢，哪里有这么多的大米吃？因为在我的人生中我没看见过什么大米，更不用说供部队这么多人吃的大米！我生怕希望会落空，不敢高兴得太早。

到达武汉后，真的有大米吃了！大家都好高兴，没有人去想明天累不累甚至会不会死。每人发一顶大草帽，部队还发了蚊帐，武汉有蚊子。这也是我饱受蚊子“袭击”的开始，后来到广州后蚊子更多、更毒，我很不习惯。

天气太热又潮湿，衣服都起霉，十分难受。

部队继续行军，1949 年 8 月到达岳阳。我接到任务去湖南军区卫生部护士学校学习半年，地点在湖滨中学。

学校来了一批学员一起学习护理，他们是从河南来的，有的年纪比我还小。湖滨中学破破烂烂，有次不小心地板起火了，毕竟是经历过战斗的人，我不慌不忙，指挥同学们找人、找水来灭火。学习结束，我拿到了湖南省军区卫校毕业证书，这是我的第一个毕业证，真高兴，我也有文凭了。

我们一路南下，准备解放长沙。

湖南省主席程潜深明大义，与守城将领陈明仁一起，促成了长沙起义，长沙得以和平解放。部队暂时得到休整。

野战医院撤销，我被分去常德第九野战医院。刚到几天，常德第九野战医院也被撤销。接部队指示我到蒲圻（今赤壁）接受训练，训练结束我回到武汉（卫生部在武汉）等分配。组织征求去留意见，我说留在武汉以北的任何地方都可以，不是因为想家，而是受不了南方的湿热和蚊子。结果我被分去了中南铁道运输司令部，司令员是郭维城，原铁道部部长。报到后分配到湖南衡阳。虽然我主观上想留在北方，但由于工作需要，后来组织让我留在广州，再后来调到长沙并定居长沙到现在，我也没有任何想法。工作嘛，组织让我到哪里就到哪里，没什么可以讲的。

变身，转战广东、广西从医

1950年抗美援朝战争爆发，我的很多战友上了朝鲜战场。抗美援朝战争的惨烈我们至今都历历在目，这一年3月我学习结束回到部队，分到野战十七医院、155师463团卫生队当卫生员，很快部队开拔，我们往南走。我18岁了，长成大小伙子了，这么多年的野战生活，腿脚也壮实很多，再不像以前行军得让老大姐拽着我走了，我可以照顾别人。在463团我还当过侦察连卫生所的卫生员。1954年10月，我被调到公安55团一营一连、公安内卫四团一连当医助，直到1959年1月。

这几年，我们转战在湖南、广西、广东等地。在广东待的时间久些，不断在广州、深圳等地穿梭。罗浮桥到天河、粤北源潭到广北那些路，来来回回不知走过多少遍。

记得我到广西黎塘去报到，不知道怎么走，跌跌撞撞沿途问。现在知道黎塘在宾阳县，随便在地图上就可以找到。可当时没有地图，交通不便，还没通信。我就拿着一纸命令一路找过去，好不容易坐火车到了黎塘。卫生所住的民房，房子破旧，晚上老鼠吱吱乱叫，追着打架，有时睡觉时会被掉到头上的老鼠砸醒。

入伍以来，一直都在行军、一直都在护理、一直都只能在战争的“缝隙”参加短暂培训。1959 年组织派我到江西医学院第一附属医院进修，真正坐下来安心学医，整整一年！这是我一生中最宝贵的学习时间，它也让我的人生有了质的改变，从此我从护理员变身为医生。进修回来去广东公安总队二支队，一报到就当医生了。在这个岗位我整整干了十年，医术也在工作中不断得到锻炼、提高。1969 年广东、湖南部队调防，我到了湖南，当年调任湖南省军区独立师二团卫生队队长，两年后当了湖南省军区独立师医院院长，那时候我还不到 40 岁。我是医生，在那个医生匮乏的年代，我是多么幸运能学习到医学知识，我得拼命把所学的用于部队医学事业。独立师医院院长我干了 8 年，抓医院全面管理工作的同时，从没懈怠过从医，努力治病救人和培养新人。

1979年中央指示撤减军队，独立师撤销成立武警总队。武警总队是师级，享受副军级待遇，单位很不错。我没能留在武警总队，部队让我转业到了铁路，后来有同事觉得可惜。我不觉得有什么可惜的，可惜的是我们那些冲锋在前线受伤甚至献出生命的战友们，他们没能过上今天幸福的日子。我搞卫生工作多年，见过太多不幸与伤痛，我活得好好的，还有工作，有不错的生活，我太幸运了，我非常满足。到哪里都是工作，到哪里都是为人民服务。

我转业到长沙铁路医院，在副院长的岗位上干了 4 年，1983 年调到长沙分局卫生科，当副科长，干了 8 年，直到 1992 年离休。

爱党，成就平凡、幸福孤儿

我没有爹妈，不知道爹妈长什么样（说着，老人哽咽了，抹了一会泪——笔者注）。我这样一个很可能会饿死的孤儿，当兵以后，生活有依靠，身边有亲人，部队有温暖。跟着部队走，苦一点儿累一点儿我从不怕，部队的同志们、老大姐们都很照顾我、关心我，比亲人还亲。

我15岁入伍，参加革命工作，在部队服役32年，45年工龄。从东北到中原，从中原到南方，用自己的脚走过大半个中国，参与过抗日战争、解放战争和国家建设。东北沦陷后，日子很难熬，人人都活得很短，好多三十多岁就死了。我的很多战友都牺牲了，尤其是参加抗美援朝战争的，他们大多牺牲了，我却还活着，能亲眼看到国家的变化和强大，我替战友们活了这么多年，我太幸运了。

我的工作是平凡的，一辈子没做过什么惊天动地的大事，就是做做护理，参加学习，当当医生，在后方做一些平凡的小事。党和国家却给了我家，给了我亲人，给了我荣誉，给了我好的生活。我，一个孤儿，享受到党的照顾、部队的温暖，我是很幸福的。从参加工作那天起，我就爱部队，慢慢懂事以后，我爱党、爱国。没有党就没有我的今天，就没有一个苦孩子幸福的人生，就没有一个穷孩子平凡而有意义的工作和美好的生活。

后 记

采访中，赵文贵老人不止一次讲过“我没什么好讲的，平凡的小事”，在他的意识中，觉得自己没做过战友们那样冲锋陷阵的大事，自己是微不足道的，不值得接受采访，不值得宣传。我们一次次跟老人说：革命工作是不分岗位的，什么工作都是需要人做的，您的工作虽然没有前线将士们的轰轰烈烈，但您同样是不平凡的。您是野战军卫生员和医生，南征北战救治伤员，这就是最伟大的战斗。您和您那一代的人从不考虑个人得失，党叫干啥就干啥，从来没有怨言，不管多苦、不管多累，都能毫不顾忌坚持踏实工作。天天如此，一生如此，这是老一辈革命家们留给我们后人最宝贵的精神财富。我们宣传是为了传承，继承老一辈革命者的红色精神，今天和今后都十分必要。解释了多次，老人才有些释然。

如今，老人精神还好，听力差一点儿，一般交流没问题。老人对党、对国家建设一直保持着高度的信心和热忱，感觉到时代的大变化，国家的昌盛富强；对长沙铁路医院的发展也一直关心，肯定成绩也表达了期待。比如老人认为长沙市第八医院（原长沙铁路医院）有短板，没有小儿科、传染科等科室，内科却有十几个，科室设立需要改革；比如手机挂号看病的问题需要区别对待，尤其需要照顾老年人就医，老年人不会手机挂号需要设立相应通道；比如老百姓希望的免费医疗，值得研究。但有三点现实问题：一是现阶段实现不了，需要跟老百姓解释国家暂时没有这么庞大的资金支撑；二是免费医疗要解决病人胡乱开药造成医药资源浪费等问题；三是要设立机制，防止免费医疗养懒医生，工作缺乏主动性、积极性，医术提高不大，等等。

写完已是夜深，星垂平野，月涌江流。

在这辽阔旷远的天地间，微尘浮悬，沙鸥云集。共同组成今天丰富而美好的世界。

附一：赵文贵同志简历及年龄

1940 年 3 月至 1944 年 3 月在绥中县十堰郭家屯小学读书；

1947 年 7 月至 1949 年 8 月东北野战十四医院通讯员、见习护士（15 至 17 岁）；

1949 年 8 月至 1950 年 3 月在湖南军区卫生部护士学校学习（17 至 18 岁）；

1950 年 3 月至 1950 年 11 月野战十七医院、155 师 463 团卫生队见习护士（18 岁）；

1950 年 11 月至 1954 年 10 月 155 师 463 团侦察连、公安 55 团一营卫生所卫生员（18 至 22 岁）；

1954 年 10 月至 1959 年 1 月公安 55 团一营一连、公安内卫四团一连医助（22 至 27 岁）；

1959 年 1 月至 1960 年 1 月江西医学院附属一医院进修（27 至 28 岁）；

1960 年 1 月至 1969 年 11 月广东公安总队二支队医师（28 至 37 岁）；

1969 年 11 月至 1971 年 4 月湖南省军区独立师二团卫生队队长（37 至 39 岁）；

1971 年 4 月至 1979 年 10 月湖南省军区独立师医院院长（39 至 48 岁）；

1979 年 10 月至 1983 年 3 月长沙铁路医院副院长（48 至 52 岁）；
1983 年 3 月至 1992 年 9 月长沙铁路分局卫生科科长（52 至 60 岁）；
1992 年 10 月离休。

附二：赵文贵同志主要荣誉及奖章

荣誉：

1948 年野战十四医院立小功一次；

1956 年在社会主义革命建设时期立三等功一次；

1958 年在公安内卫四团一营一连立三等功一次。

奖章：

中华人民共和国三级解放勋章；

中共中央 2021 年 7 月授予“光荣在党 50 年”奖章；

1955 年 2 月 10 日铁路纪念奖章；

解放东北纪念章；

1954 年 2 月 17 日全国人民慰问人民解放军代表团纪念章；

1950 年“八一”纪念章。

两次临战的洗礼

——记长沙办事处离休干部黎时若

□ 刘洪胜

黎时若采访视频

1931年，蒋介石对中央苏区进行过两次“围剿”，均被工农红军粉碎；这一年，日本侵略军发动了震惊世界的九一八事变，出兵强占东三省。也是在这一年的11月，黎时若出生在湖南省湘潭县杉木塘镇，开始书写他不平凡的一生。

童年变故

相较于西南国共两党交战的枪林弹雨和东北日寇铁蹄踏入的肆意妄为，地处湘江中游的杉木塘却如一个避风的港湾，远离尘嚣，安静祥和。杉木塘如今属株洲市，因彼时株洲尚未建制，故为湘潭县杉木塘镇。黎时若祖上是长沙市黎托乡人，以制作石灰为业，在当地小有名望，后来爷爷搬到株洲白石港，开了一间作坊，名为咸和石灰窑，又在杉木塘开创家业，建了一所平房，分作数间，日常以烧制石灰运营生计。其时石灰应用广泛，既可以作为建筑材料，也可用作农用杀虫，还能入药和食用（湖南有一道香甜可口的菜，就是石灰蒸蛋。因食用一词容易造成误解，特此说明），以故黎家在方圆数里算是个殷实之家，用老话说就是没断过炊。小时若衣食无忧、简单快乐。黎家门前有一口水塘，为了防止小时若跌落，爷爷还特意请木工在门口做了一排栏杆，方便小时若玩耍。

小时若的父亲黎曙明是个文化人，九岁读书，两年私塾，两年初小，一年高小，旧时称小学前两三年为初小，之后为高小，因地区与每个时间段体制有异，分界年限也各不相同。这在当时已经算是高学历，左右四邻有什么红白喜事，必请黎曙明来担任文书，写写礼簿，写写条幅什么的。按照习俗，也不收费用，两口槟榔一根烟便是报酬。黎曙明是其父经营的咸和石灰窑司营银钱出入，写字算账信手拈来。银钱出入也就是会计、出纳的旧称。俗话说“子从父业”，小时若从小耳濡目染，忙时也帮着记个账什么的，父亲的本事在不自觉中就学会了，也成为他日后的职业技能。

这种安宁在战乱环境下注定不会长久。七七事变之后，随着日军的大举侵华，烽烟弥漫在古老的华夏大地上，东南、华北诸省相继沦陷，大批难民涌入湖南。随后日军占据江西、湖北，把司令部建在武汉，将炮船开入长江，纠集海陆空三军出动，大战一触即发。湖南两面临敌，形势岌岌可危。中国守军聚集在岳阳、株洲并布下防线，坚守要地，严阵以待。

不巧的是，小时若的爷爷这个时候忽然患病，需要卧床静养。按照黎家传统，他们家族虽然五代单传，都是一个男丁，但却一直都延续着高寿“基因”。如果不是时局动荡，战火蔓延，这病养一养也许会很快好起来。日军很快发动了第一次长沙战役，由武汉、萍乡两面发动进攻，炮火在幕阜山响起，双方你来我往，战斗甚是惨烈。为了防止日军突破阵地，抢夺财物，伤害平民，民众在战火中被组织向山区转移。一时间四面锣声长鸣，忙乱不堪，而黎家因为小时若的爷爷病情加重，一时进退两难。爷爷焦急之下，急火攻心，撒手人寰。全家人来不及悲痛，不得不将尸首藏在后院，先随众人进山躲避，等到战事消停，回来时再做安葬。

看到疼爱他的爷爷永远闭上了眼睛，小时若眼泪夺眶而出，攥紧拳头，内心产生出一种对侵略者的仇恨和对和平生活的向往，他暗暗发誓：等我长大了，一定要参军卫国，让老百姓不受战乱之苦。

日军对湖南省会长沙前后一共发动过三次进攻，中国军队都进行了有力的抵抗，史称三次长沙会战。在这场浩劫中，日军所过之处，施展其臭名昭著的“三光政策”，黎家居住的房屋自然也不能幸免。即便日后日军撤走，黎家重返家园，赖以生存的家业早也荡然无存，一家人只得另谋生计。黎曙明先是与人合作开了一家名为七星斋的商店，因不善经营，无法重振原来的风光。后来又到株洲市永利化学公司及株洲市建设局测量队工作，虽然步履维艰，却也能用勤劳的双手将黎时若及三个姐妹拉扯大。

抗日战争胜利后，解放战争再燃烽火，中国人民解放军取得辽沈、平津、淮海三大战役的胜利，将国民党反动派的军队赶到了东南沿海，蒋介石仓皇之下，逃到台湾。蒋介石败走前，曾准备纠集残余势力“背水一战”。但湖南省主席程潜看到三湘儿女饱受苦难，渴望和平，毅然站在人民的立场上，说服了陈明仁等37位国民党高级将领，通电全国宣布起义，投入中国共产党阵营，湖南得以和平解放。1949年8月3日，解放军进入株洲，8月12日成立湘潭县株洲区人民政府，黎曙明一家历经磨难，终于盼到了人民当家作主的日子。

18岁的黎时若挤在群众的欢迎队伍中，近距离看到革命军人迈着整齐的步伐，英姿飒爽地前进，立刻从内心明白，儿时梦想即将实现。他找到家人，表明了自己渴望参军的意愿。黎曙明听后，也给予儿子大力支持。十余天之后，也就是1949年9月，尚在株洲董家塅读中学的黎时若毅然决然地报考了中国人民解放军中南军区军需学校并顺利入学，在中华人民共和国成立的凯歌声中加入中国人民解放军队伍，并于第二年光荣地加入了中国共产主义青年团。

鸭绿江畔

中南军区军需学校校址起初在株洲，后来搬到萍乡过渡了一段时间，再转至武汉罗家墩。黎时若进入军需学校后，取之所长，学习银行会计，后改为军队会计。黎时若努力学习，不断进步，作风严谨，一丝不苟，正直友善、乐于助人，逐渐成为一名合格的军人。朝鲜战争爆发后，国际形势突变，为了适应战时急需，黎时若这一批学员提前毕业，进入中国人民解放军第五预备医院，即中南军区第七十八医院前身，总部设在当时的河南省开封市。

1950年，美方悍然出兵朝鲜，战火烧到鸭绿江畔。中共中央作出抗美援朝、保家卫国的历史性决策，中国人民志愿军高唱着："雄赳赳、气昂昂，跨过鸭绿江。"奔赴朝鲜战场。

朝鲜战争发生的时间节点让刚成立的新中国面临严峻考验。其时国家百废待兴，疮痍尚在，没有充分的战前准备。但他既已兵临城下，将至壕边，我也箭在弦上，不得不发。战斗打响后，中国人民志愿军战士连战连捷，将美军赶到三八线以南。美军急调大军增援，双方激战，陷入胶着状态。

黎时若所在的中南军区第七十八医院接到上级进军的战斗命令，在开封全员会集，总部将所属的医护人员、工作人员分为两批东进，第一批直接进入朝鲜开赴前线，在炮火中救死扶伤；第二批则暂时在鸭绿江西岸扎营，接收过江回来的志愿军伤兵，并充分准备，随时入朝参加战斗，黎时若被分在第二批。

鸭绿江畔，可以听到远处隆隆的枪炮声，不时有敌机盘旋，对我方设施进行轰炸。七十八医院成员到达江边后，看到源源不断的运伤员军车涌来，大家不顾鞍马劳顿，开始对伤员进行接收和救治。身为会计员的黎时若不顾危险，积极与医护人员抬运担架。

一名断腿的伤员紧紧抓住黎时若的手臂喊道："赶快接好我的腿，我要回前线杀敌，为战友们报仇。"黎时若知道伤员的伤势已不可能再回到前线，恨不得马上代替他上阵厮杀，但此时也只能轻声安慰道："放心，我们会尽快治好你，很快你就可以回到前线了。"

另一面传来惨叫，黎时若循声一看，是一名腹部受伤的伤员，因为麻药失效，忍不住大叫。医师对黎时若喊道："小伙子，快来帮忙。"黎时若跑过去，看到伤口已经渗血。医师说："我需要止血带和麻醉针，快去。"黎时若赶紧急步跑到物品站找管理员。管理员说："止血带都用完了，用床单吧。"随手抓过一条床单，手脚麻利地撕成一条一条，塞了一把给他说："快拿去。"黎时若说："还有麻醉针。"管理员说："都用完了，新的还在路上，再等等应该会到。"黎时若一摆手说："谢谢。"便朝伤员这边跑，远远看见医师已取下帽子，站起身来。黎时若喘息着问："怎么啦？"医生默默地说："已经来不及了。"然后转身走向别的病床。黎时若站在原地，顿时伤感满怀，一条鲜活的生命就这样被战争无情地夺走。

一连几天，就这样在忙忙碌碌中度过。前线传来消息，七十八医院的第一批成员全部阵亡，第二批即刻做好战斗准备，随时出发去往前线阵地参战。黎时若知道战争的残酷，他给父亲写好遗书，打好背包整装待发。

不久后的战报让他无法评判，很难定性听到的是好消息还是坏消息。由于中国人民志愿军取得一系列胜利，战局日渐好转，已经控制了形势，后续部队原地待命，不必即刻渡江投入战斗，七十八医院第二批医护人员也将改为去丹东援助当地医院，暂缓入朝。

在救助伤员的过程中，黎时若看到了战争的残酷，明白了和平的宝贵，他日后在日记中写道："在鸭绿江畔这半年的时间，有遗憾也有收获。对我来说，参加了这次任务，救助了无数伤员，却没能够过这一条江，这条江成为我抗美援助的终点线。但无论如何，生命是宝贵的。我的同伴第一批过了鸭绿江，三天就牺牲了，他们都很年轻，小孩得不到父爱。如果没有战争，现在都一家好好享受着天伦之乐。我穿上这身军装，是医护工作者，要阻止伤亡，阻止流血，和平才是我穿上军装的目的。"

送信筹粮

1949 年 12 月，蒋介石命白崇禧、余汉谋残部退守海南，海岛上共有

5个军16个师，1个舰队共50余艘战舰，1个空军大队20余架飞机，外加10万地方保安部队，形成立体防御，可谓“兵强马壮”。但中看的不一定中用，仅仅56天，这批武装到牙齿的机械化部队，被只能采用木帆船渡海的中国人民解放军打得土崩瓦解、落花流水，最后全部退到台湾。

国民党海军虽然失败，但由于当时解放军没有真正意义上的海军，不具备强大的海上攻击能力，所以国民党舰只并未受重创，实力仍旧不可小觑。

党中央得到消息，迅速组织军队南下增援。黎时若所在的中南军区第七十八医院由辽宁丹东乘坐火车，经安奉铁路、京哈线、京广线、湘桂线，跨越河南、河北、湖南、湖北，到达广西宾阳县黎塘镇，再乘卡车进入徐闻县，在此接收过海作战的伤员和掉队人员。

人马驻扎完毕，院长把时任给养管理科助理员的黎时若叫来，对他说：“交给你一个艰巨的任务。”黎时若看到院长神情凝重，知道肯定不易完成，果断请示道：“请院长指示。”院长说：“我们部队已经驻扎，但粮食问题没有解决。”随后拿出一张绘制的地图，指着地图上标注的位置说：“现在海南部队的领导驻扎在这里，目前联系不上。只有派人渡海过去找到他们，医院才能安定。”

当时海南属广东省管辖，而广东省逐步解放，粮食机构尚未成型。战后粮食短缺、物资紧俏，各地都采取粮食限购政策，部队粮食也是定点供应，只有取得领导批示，才能得到粮食。而雷州半岛尚未开发，可以说是穷乡僻壤，人迹罕至。即便是有可能去借粮，也很难找到粮食供应点。

院长说明情况，把写好的信件递过来说：“我派一名通信员协助你，立即动身，不能耽搁。”黎时若听完，略一皱眉。他不是怕路途遥远，人生地不熟。筹粮重任是自己分内之事，必须无条件完成，但如果脱离部队单独行动，却是非常不安全。因为当时南海局势不稳定，国民党残余势力在沿海一带盘踞，到处都是土匪、路霸，路上很危险。院长看出了他的顾虑，说：“放心，这名通信员经验丰富，完全可以保护好你的安全。”黎时若说：“我不是担心这个，而是我没有武器，遇上敌人没办法迎战。”医院不是作战单位，除了院长和少数武装人员，其余的都不配备枪支。院长点点头说：“军粮是紧急事物，你必须马上出发，没时间去请示领枪了。这样吧，你先拿我的枪防身，完成任务再还给我。”说完把自己的配枪解下递过来。黎时若接过枪，向院长敬个军礼说：“保证完成任务。”出来后会合通信员出发，通信员是配有步枪的。

出了驻地步行二十几里地来到徐闻码头，在海边找到渡船，扬帆起航。他俩都是第一次坐过海的船，风浪打来，船只摇摇晃晃，坐都坐不稳。两个都是年轻人，当然不会觉得害怕，只是东张西望，一副很好奇的样子。船夫见是解放军战士，非常热情，把坐船要注意的事项，以及他们所去的地点位置都详尽告之。

上了岛后，还有几十里路程，也是靠两条腿步行。那个时候，海南岛很落后，没有几条像样的路，直到夜里才找到目的地，把信交到首长手里。第二天取得回执转来，再渡海的时候天色渐暗，回到徐闻码头，早已伸手不见五指。徐闻港回驻地这二十几里多是山路，来的时候是白天，一路还觉得没什么，但现在这个时候将近凌晨，回去就有点儿难了。

通信员问黎时若：“助理员，我们是不是在这住一晚，明天白天再走？”黎时若起初也很纠结，但考虑到敌人残余部队和土匪团伙也多是靠着月黑风高去干拦路抢劫、打家劫舍这些丧尽天良的勾当，不可不防。又想到组织上的任务，他马上将危险置之脑后，回答道：“‘一日无粮千军散’，粮食关系到几百人的生计，要尽快把回信交给院长，完成筹粮任务，一刻也不能耽误。我们还是趁夜赶路吧。”通信员也同意，说：“这一带山路很险，我们一前一后保持好距离，我在前面探路，你小心跟着我。”黎时若当然不会让同伴冒险，便说：“还是我在前面比较好，你经验比较丰富，走在后可以防止敌人的包抄夹击。”通信员点头，两人商量好了，拿出武器，一前一后开始赶路。

正是担心什么来什么，还没走出几里路，突然听到一声枪响，山上有人喊话，方言也听不太明白，大概意思是：“走路的，把武器放下，身边的东西留下，我们让你们过去。”两人闪身卧倒在草丛里，借着微弱的月光，隐隐约约看到山头有一些人影，举着枪朝这边大喊。通信员很有战斗经验，对黎时若说：“你把枪栓拉开，埋伏在这里，我去右边埋伏。我们不知道那边有多少人，都不要轻举妄动，看谁先沉不住气。他暴露我们就开枪打。”说完就转到十几米外准备举枪伏击。

夜深人静，对方听到这边拉枪栓的声音，也不敢轻举妄动。就这样对峙了很久。通信员通过观察，发觉得敌人分为几块，可以逐个击破，便由右侧匍匐前进，黎时若也悄悄跟了上去，二人占据了一个有利地势。这时忽然听到“哧”的一声，起了一束小的火光。原来是一名土匪，大概是在野地卧久了，犯了烟瘾，居然想抽两口。到底是土匪，无法对抗训练有素的解放军战士。通信员看准这个时机，瞄准敌人，刚要扣动扳机。黎时若伸手按住他肩头，对他轻轻摇了摇头，通信员只好停止射击。

又过了一会儿，身后传来“突突”的声音，回头一看，远处开过来一辆汽车。黎时若对通信员说：“你观察敌人，我去截停汽车，我们坐车回去。”通信员也很高兴。黎时若慢慢退下来，然后跑到路中央，挥手大叫：“停车、停车。”当时在这种偏远地区，没有烧汽油、柴油的车，基本上都是这种烧木炭的汽车，速度不是很快，就是汽车再跑一段路想要拦下来也能够及时拦截。司机吓了一跳，急忙停下问什么事。黎时若攀上车门，看到是两名司机操作，类似于蒸汽机车的司机、司炉。黎时若也是第一次见到这种汽车，他对司机说：“我们是解放军战士，路上遇到土匪，希望能坐你的车回徐闻县驻地。”司机是当地人，常跑这种路，也是见怪不怪，爽快地点点头。黎时若对那边挥手，通信员很快赶到，两人爬上车，司机起动前行。山上的土匪眼见解放军战士有武器又坐着汽车，也不敢再来阻拦，两人有惊无险，渐渐脱离包围。

等汽车驶离事发地一段距离，通信员长舒一口气对黎时若说：“助理员，谢谢你刚才提醒我。附近有好几个同伙，一旦交火，恐怕一时难以脱身。”黎时若摇摇头说：“我不叫你开枪的原因不是这个。这些与我们为敌的土匪，有可能只是受国民党反动思想的蛊惑才与人民为敌。今天我们杀了他，他的生命也就没有了。如果他的生命还在是可以被争取的，赶走蒋介石残部后，还会成为一个普普通通的农民，好好生活，养好自己的儿女。”通信员和司机听到，连连点头说：“是这样、是这样。”

回到驻地，任务算完成了，领导听到汇报，非常高兴，称赞二人不但及

时完成任务，稳定了军心，还处乱不惊，保护了自己，没有与当地势力发生不必要的冲突，给予大力表扬及嘉奖。医院之后顺利取得了粮食，全体医师、护士没有了后顾之忧，全身心地投入到救治伤员的工作之中。

此后，中南军区第七十八医院配合其他部队继续驻扎海南，更名为海南岛陆军第七十八医院。黎时若的军旅生涯便稳定在万泉河边。1954年，黎时若光荣地加入了中国共产党。在工作中，黎时若听从党的领导，响应党的号召，积极肯干，不计得失。受嘉奖两次，物质奖一次，1962年因特殊贡献荣立三等功。

1979年10月，时任海南军区汀迈生产基地政工科长的黎时若转业，投身铁路事业，1979年10月至1982年2月担任长沙铁一中副校长，1982年3月至1982年12月担任长沙铁二中党委书记；1984年1月担任长沙铁路分局教育办纪委书记。1991年12月离休。

快乐生活

黎时若与老伴陈淑花相识在部队，陈淑花是七十八医院的一名医师，转业后在长沙铁路医院工作至离休。两人育有一子一女，子名为天兵，女名为天军。黎时若的一言一行，一举一动，无时无刻不体现出他发自内心对中国人民解放军的忠诚和依恋。

如今，94岁的黎时若老人口齿伶俐、耳聪目明，健康快乐。他说："我一生走的都是正大光明的路，所以心情也很坦荡。但要说有什么遗憾？也有。抗美援朝战争、海南岛战争我都参与了，但没有身在其中，没有亲历炮火。中印边防战、抗美援越战争，我也都申请了，但我们医院名额有限，没有争取到。我争取了但没有得到，也就安心接受了。部队给了我很多荣誉，内心还是有愧的，因为没能做得更好。"

"我的家庭五代单传，除爷爷死于战乱，都很长寿。我父亲黎曙明也活到了92岁。有了经历，就懂得生活。我与老伴现在无欲无求，活得非常快乐！"

一颗闪耀的红心

——记原怀化分局医院院长张珉

□ 陈应军

张珉采访视频

从青春年少到满头白发，一生为革命工作48年，钢筋铁骨的身躯里，流淌着为祖国的解放事业贡献毕生的热血。

在解放战争中，在血与火交织的那个年代，张珉跟着红旗的指引，走出一条条通向胜利的路，而且向全中国延伸。

张珉，1947年10月成为冀东军分区野战52医院学员，后到华北军区第50医院，四野第9医院，中南军区铁道运输司令部门诊，护士；广州军区独立师二团卫生队、医师、军医，等等。

新中国成立后，张珉在他的工作岗位上继续为国家、为人民默默贡献他的力量。

从1947年开始，张珉由护理员晋级为护士，再任军医，卫生队队长，军分区卫生科科长。1952年张珉加入中国共产党。1978年转业后任怀化铁路医院院长，直到1994年1月离休。

走向光明的路

1933年3月，张珉出生在北京市顺义县小店乡小店村一个贫苦的家庭。本

本分分的家，吃苦耐劳的父亲，给了他健康成长的童年。

1947年，14岁的张珉在本村完全小学读书，课堂上，师生们每日都在狂轰滥炸的炮火中胆战心惊，备受煎熬，那琅琅的读书声，成了无奈的奢侈。

那时北京的老百姓说：抗日战争，赶走侵略者，本想安安静静地过几天太平日子，但国民党又发起不该发起的战争，弄得经济萧条，百姓生活堪忧，日子再一次过得异常地艰难。

老师说："国家想要太平，人民想要幸福，可是，人家不干，我们怎么办？"那一刻，同学们挺立起了少年的脊梁，握紧拳头齐声答道，"谁不给我们幸福，就和谁干。"掷地有声的回答声响彻整个操场，飘向蔚蓝的天空。

老师很欣慰："孩子们，你们每个人都是花朵，是撒向全中国的一粒种子，'少年强，则国强'，我们祖国的安全全靠你们了，迈开脚步，挺起胸膛，迎接这场战争，为人们想要过上安稳的日子的战争是正义的战争。"

1947年10月，由老师带着张珉和40多个同学转移到山里，加入了冀东军分区野战52医院，先是识别药物名称，再学习一些外伤包扎和简单的消炎处理知识，学期一年。半年后实习怎么换药、怎么包扎，等等。

到了部队，虽然条件艰苦，但小小的张珉，有股超于常人的顽强意志力，依靠“从严治军，守纪如铁”的军纪，随着部队走向光明的路，他的心中树立起一个愿望——好好学医。

张珉离开完全小学，因走得急，来不及回家告诉父亲。后来的那几天，妹妹张玉兰问父亲：“爸爸，哥哥呢，这些天到哪里去了？我老是不见他”。父亲回答说：“孩子，要相信，你哥哥有他的志向，等不久会回来的。”虽然父亲还不知道他的儿子已穿上解放军军装，但他相信自己的儿子有一颗光明上进的心。

张珉8岁时母亲就病故了。父亲张继谦也没有再婚，一个人既当爹又当娘把一对儿女拉扯长大。一家三口原本过着温馨的日子，但无情的战火毁掉了他们的幸福。

听女儿玉兰这么一问，作为父亲，怎能不担心自己的亲骨肉？为确认儿子是不是走在光明的路上，他四处打听，后来得到消息，儿子找到的是毛主席领导的队伍，他心里那块沉重的石头终于落地了。

父亲的胸怀不但装着儿子前进的方向，更装着可爱的祖国。

“自古英雄出少年”，像张珉这样有识有胆的年轻人，一批又一批地走上战场。张珉虽然年龄小，但他果断、勇敢，护理知识学得很快，经他护理的伤病员慢慢恢复得很好，一个个露出舒心的笑容。

1949年至1950年，张珉在四野第9医院三所当护士，1950年转为军医，副排干部。张珉在战争中不断学习、不断成长，进步很快。

嘹亮的军歌是力量

1948年，东北野战军入关，与四野第9野战医院会合后，因张珉的冀东野战部队与他们相近，东北战场的伤员便转到冀东野战医院治疗。张珉和他的军医战友们不分昼夜地为伤员们治疗。

张珉说：“在战争中，不但给战友治伤，也给国民党俘虏治伤，大家都是中国人。”

在张珉所在的冀东野战医院里，除了自己的同胞，还有日本人、朝鲜人。在那个文化欠缺的年代，张珉所在的部队培养了他大度诚实的风范，刚毅有为的气质，让战友们钦佩有加。

北平和平解放后，1949年3月，张珉随四野部队南下，经汉口进入常德，从常德再到辰溪。一路行军，张珉在辰溪给伤员处理伤口时不幸感染，加上过度劳累，两条腿都肿得十分厉害。祸不单行，又患上疟疾。在病痛期间，有首长的呵护，战友们的关爱，没过多久，张珉慢慢恢复过来，又生龙活虎地站在医疗岗位上。

有人说：张珉，在你病痛的这些日子里，你一遍一遍地唱咱们解放军军歌。军歌原来是这样的有力量，让你恢复得这么快。

是的，军歌是他的力量。这让他想起在1947年，野战医院被国民党围攻，部队被迫转移。那时候，他和班长为照顾七个重伤员，把他们安顿在一辆马车上，一前一后地护卫，边打边走；在战火弥漫的硝烟中和部队失去联系，他们只能在山里转，机智、勇敢、沉着、冷静地同敌人打起游击战。

他俩在山里带着伤员，来来回回地战斗了十来天，身上仅剩不多的干粮留给伤员们吃，转过身去挖野菜、啃树皮。这可贵的坚定信仰，给了他们取胜的力量。找到大部队后，班长在连队里和战友们说：别看张珉年龄小，但他机动灵活，让敌人摸不清咱们的位置，只能垂头丧气地走了。

张珉在与敌人的“捉迷藏”中险中求胜，使自己和战友们全身而退，赢得连队里的赞美。

1949年之前，张珉所在的冀东军分区野战52医院，多数时间是在兴隆、密云、阜平等地来回流动。

平津战役中，张珉在一线抢救伤员，这是他直接面对战火、面对冲锋倒下躺在担架里的战友。在给战友包扎时，看到整个被鲜血染红的身躯，紧握着拳头，仍然做着向前冲锋的姿势，他们视死如归的精神，让山河沉默、日月动容。

1950年，张珉的部队进行整编，调入中南军区铁道运输司令部门诊。

1953年，张珉又调入司令部52团卫生队任军医（驻地广州）。1959年在广州中山医学院进修，再后来，1961年任广东省公安厅警察纵队卫生队队长，因工作出色，1969年在湖南长沙曙光电子管厂任军代表，湖南省岳阳军分区担任卫生科科长。

勇敢的人才能拥有美好的爱情

1952年，经王文德介绍，张珉光荣地加入了中国共产党。

党，是他的依靠，是他的后盾。

1954年，张珉任广州军区独立师二团卫生队医师、军医。忙碌的工作，军医的风范，救死扶伤，妙手回春。他心里深知：在这个岗位上，每一件事都是一道题，要为党、为人民交上合格的答卷。张珉告诉自己：每一件工作，要像在部队里一样发起“冲锋”。这是职责，也是使命。

广州这座城市，和其他解放的城市一样，经历过战火的洗礼，依然像诗一样与人们生活在一起。

有诗的地方就有人文情怀。学校上课，师生风采，追风逐梦；军人英姿飒爽，日夜守护安康；大街小巷井然有序，灯火阑珊绽放靓丽与温馨……

有诗的地方就有执着与奋战。工人们通宵达旦地工作，筑路者们汗流浃背地修桥补路；“空中走廊”的电工输送万家灯火的光明；清洁工起早贪黑地劳作，把街道、城市打扫得干净、整洁……

有诗的地方就有劳模的“火车头”。飘扬的旗帜是前进先行的榜样：从苦难中站立起来建设国家，哪里需要就到哪里去，勇当先锋……那么多响亮的名字，张珉在其中，在他的岗位上默默地、勤勤恳恳地为新中国耕耘着。

血肉之躯，总有累的时候。累了，张珉站在窗前，“听雨声，看花影，夜幕中，广州恰似一座荷塘。”刘浚明的诗，是他的心声。

当年在与敌人鏖战中，张珉医治好的战友，不知他们现在何方，他的心里仍然想起那份战友情。“却嫌灯暖鸟声稀，愿借十泉冲砌归。”或许只有广州这一座“荷塘”才能明白他们的去处。

青山有花开，绿水映军姿。战争的硝烟散去了，百废待兴，军民联手，建设家园，安稳生活是头等大事，张珉和建设者们并肩前行。

“闻道今春雁，南归自广州。”在广州这座城市里，张珉只是一只暂时落户的“春雁”。多年没回家了，想起8岁时就失去母亲，父亲也老了，他该有个爱人来组建一个小家了。

如意清风牵线，花朵红艳为媒，张珉迎来了他的爱情。

她是1953年从哈尔滨铁路卫生学校毕业，分配到广州铁路中心医院的宋学文，张珉与宋学文在广州铁路局与部队的联谊会上相识。一个美丽大方，涵养有致；一个英姿勃发，艰苦朴素。他们一见钟情。

认识不久后，宋学文调到深圳铁路卫生所当医生，而张珉他们团正好在深圳也有一个卫生所，经常出差去深圳，这让他们走得更近。

张珉、宋学文相识在广州，恋爱在深圳。广州母亲河——珠江，连接双方清澈如水的爱情，他们在美好的情感中荡起彼此的涟漪。

宋学文1934年生于天津，1949年就读于天津北洋大学女子学院。在校期间接受革命思想，在地下党的带领下，她离开天津城，来到东北解放区，在哈尔滨重新上学，攻读医学专业。

宋学文不断地学习、深造，取得大学文凭，于1956年光荣地加入了中国共产党。

张珉和宋学文在相同的医学职业中，从陌生到相识、相恋，产生彼此爱慕的真情。他们携手共进，筑牢部队全方位的建设，也筑牢他们感情的根基。

张珉在广州中山医院进修时，恋人宋学文一边工作、一边支持他，两人一有空就一起散步，描绘未来。

1958年，她们喜结连理，广州这座城市，见证了他们琴瑟和鸣、举案齐眉的幸福。

婚后，张珉继续进修，1960年，获得大学文凭。他兢兢业业、开创进取，为国为民作奉献。

他乡是故乡

1969年8月，张珉从广州铁二团调到岳阳军分区担任卫生科科长期间，妻子宋学文一个人在广州一边工作，一边照顾三个孩子和年迈的公公。虽然生活过得非常辛苦，但她从没抱怨过丈夫。后来宋学文向单位申请工作调动，把年迈的公公安排好后，便带着孩子们来到岳阳与丈夫团聚。

1978年10月，张珉随着工作的调动，被分配在怀化分局医院任院长。用他的话说："我是党的人嘛，党安排我在哪，我就在哪。我大功没立过，但我踏踏实实地干。"笔者采访他时，他住在老干所的一栋四层楼上，90多岁高龄的老人，总不能长时间坐着不动，想下楼散散步，一上一下要爬那么高的楼梯，成了困扰他的难题。

爬楼梯之难，让张老回忆起在岳阳军分区工作的场景，那时军队干部要下放到农场锻炼，他在此期间患上地方病（吸血虫病），虽然得到及时治疗，身体好转，但却影响了后来的肝脏功能。如今住在四层楼上，尤其是在阴雨的冬天，身体负担加重，可他仍然没有向组织提过任何要求。

比起牺牲在战场上的战友，晚年有党照顾，有个安身栖息之所，这已经足够了。

在广州工作期间，和张珉一起共事的同事，有些调回原籍工作，而他把他乡当故乡，用赤诚工作的上进心，为单位谋福利，为员工谋幸福。

其实，张珉是有机会回到原籍工作的：那是1950年野战医院整编，分成两个医院，一个去北京，一个留在湖南，当时部队考虑他是北京人就安排他回去，恰好那时有个比他年长的战友是河北人，他结婚了，就找到张珉商量。张珉想都没想就和他对换，这难能可贵、为他人着想的大度胸怀，让人钦佩！

怀化铁路分局管理线路长，沿线卫生所的站点多，张珉为保障铁路乘务员有个良好的吃、住、行环境，常常出差到吉首、娄底、张家界等地方公寓检查工作，为了在第一时间赶到目的地，哪趟客运火车方便，他就乘坐哪趟客运火车，或者搭乘货运火车。在货运火车上，尽管夏天蚊虫多，冬天寒风

刺骨，但他依旧不减少检查卫生的工作。

张珉在铁路沿线检查工作之余，最让人感动的是：有时会跟随采购供应车到沿线小站，了解职工的生活需求，保障物资供应，陪他们拉家常，嘘寒问暖。

记得有一年春节，医院值班人员半夜给张珉打来电话，说是路外有伤情，急需人员去现场救护，他让值班人员正常值班，自己带着妻子迎风冒雪赶到出事地点。

张珉不但工作做得出色，更是同事们心中的老大哥。有些人出差路途不便，就留他们在家里歇歇脚，吃了饭再走。虽然条件简陋，粗茶淡饭，但热情招待，却胜过美酒佳肴。

无论是上班还是下班，张珉总是一身朴素的穿着，这是他给别人留下的第一印象。

在工作上，正人先正己。怀化铁路医院刚成立时，大多人员来自上海、南京、广州等地，有些人要求调回离老家近点儿的地方工作，这是人之常情。而同样身在异乡的张珉，很理解他们思乡的心情，在后续新来人员的补充下，有的被调回原籍。在他的带领下，怀化铁路医院成为第一批二甲医院。

用实际行动做出的成绩，就是闪光的“金子”。

张珉从参军起到离休后，总共回北京老家也不过三次：第一次是1955年，第二次是任怀化分局医院院长时，到北京出差顺路回过一次，最后一次是80岁那年。时间久了，生他的北京，随着新时代的变迁，在他的心中成为可贵的思念。

张老在退休的时间里，他仍然不闲着，除了看书、看报了解国家大事外，天气好的时候，他就约医院的老伙计们一起散散步、钓钓鱼，和他们探讨养生之道，再把经验传授给他人。

都说“叶落归根”，但张老的根，就在怀化。想北京老家了，就在地图上看看，960多万平方公里的土地上，每一处飘扬的红旗，都是他一生澎湃的热血。

想起老家，想起妹妹张玉兰成家后，父亲一个人居住，只能朝着北京的方向遥望。遥望那一片他离开多年的土地，心里只有默默地祝福……

张老一生为党，为人民作贡献，光明磊落、兢兢业业、无怨无悔。

在无数个繁忙工作的日子里，他舍小家为大家，顾及不到生病的老伴，一般都是儿女在照顾孩子的母亲。

老伴1986年去世，还没有抚平内心的伤痛，第二年父亲又去世，那些年交通不像现在发达，上了岁数，经不起长途颠簸，只有把失去亲人的痛，深深地藏在心底，用来回彳亍的脚步，一次次去化解心里的痛。对父亲来说，含辛茹苦把他养大，没有尽过一天孝，“子欲养而亲不待”是张老人生中最大的憾事。

他这一生中有两次痛，一次是在战场上失去战友的痛，再次就是失去亲人的痛。每一次痛，都痛穿骨髓。

张老接连失去爱人、失去父亲，夜间总有闪烁的繁星让他仰望；白天总有洁白的云朵给他们带去最深情的思念……

如今，满头白发的张老，仍有一颗闪耀的红心，献给部队、献给人民、献给党。

记录不完张老任劳任怨、可歌可泣的红色故事，巍峨的群山，可有他行走的脊梁！

转战南北　情定雁城

——百岁老兵徐世璋的烽火岁月

□ 梁雅白

徐世璋采访视频

引　子

1955年5月的一天下午，一个手提军用帆布包，身着崭新蓝色公安制服，英姿勃勃的年轻人出现在村口大杨树下，他把包放在大石头上，正了正大盖帽，整了整警服，敬了个标准的军礼！他就是阔别十年回到生养自己故乡的徐世璋。

良久，徐世璋缓缓放下右手，双手不停地轻抚这棵历经沧桑的大杨树，他徐徐抬头，新发的嫩绿在午后的阳光下熠熠生辉，清风徐来，飘舞摇曳。

徐世璋收回双眼，提包转身准备进村回家。就在转身的一瞬，那堵熟悉的矮墙转角的地方，一个熟悉却又陌生的身影闪现眼前。他忍不住大声喊道："爹！爹！儿回来了！"边喊边大步向前跑去。

老人也没想到自己日思夜想、时时等候、消失十年的儿子真的出现在眼前。徐元绍忍不住内心的激动竟然呆呆地站在那里一动不动，老泪纵横。

徐世璋跑到父亲跟前扑通一声跪在地上泣不成声，"爹！爹！……儿子回来了！儿子不孝，对不住爹和娘啊！"老人一下子瘫坐在地，父子俩抱头痛哭。闻声而来的乡亲们，将父子二人围了个水泄不通。听说儿子回来消息的，徐孙氏深一脚浅一脚地往村口跑，一边喊着“儿啊”一边拨开人群挤了进去，一把抱住儿子大声哭道：“我的儿啊！你可回来了！”

夜半出村　悄悄入了伍

岚桑村是山东莱西南岚镇唐家庄的一个偏僻村落，1927 年 12 月 26 日，徐世璋就出生在这里的一个普通农民家庭，是五个兄弟姐妹的老大，父亲徐元绍，母亲徐孙氏，都是贫苦农民，一辈子面朝黄土背朝天，辛辛苦苦连个温饱都混不上。徐世璋从生下来就没过上一天好日子，因为兄弟姐妹多，家里吃饭成了大问题，为了养活一家人，父亲除种地外还在地主家做短工，母亲就在家编苇子，每十天半个月父亲就挑着苇子到四十里外的集上去卖掉换点儿粮食回来。为了让弟弟妹妹能吃饱饭，徐世璋常常是饿着肚子下地干活。全村 300 多户人家，大多帮地主种地放羊，饱受欺凌，自家无地可种，买卖更是没法做。

到了读书的年龄，父亲硬着头皮把徐世璋送进学堂，但他常常受到几个地主家的孩子欺负。徐世璋越是被欺负就越恨他们，但又不敢跟他们打架，

不是怕打不过，而是怕回家挨父亲打，干脆就不再去上学了。

17岁那年，徐世璋觉得自己长大了，萌生了当兵的念头，但不敢把自己的想法告诉父亲。

村里的老老少少喜欢在农闲时到村东头大杨树下晒太阳，男人闲聊，女人织补，孩子们就围着村里的私塾先生听故事。不知道私塾先生哪来那么多的久远故事和新鲜事儿。老先生讲了许多像日本鬼子在皇姑屯炸死张作霖、卢沟桥事变、南京大屠杀等历史事件，以及莱西当地的渭田军民阻击日寇、花园头军民痛打鬼子、烟青公路智斗日本特务佐官、王占河桥歼灭日寇等故事。

几天前听村公所派去给日本人修炮楼、挖战壕的人回来说，离村十多里地来了专打日本鬼子和伪军的八路军，他们是穷人的军队，正在招兵，这一消息一下子点燃了几个热血青年的激情。他们从大人的口里得知，莱西县周边有三种部队，一种是日本鬼子，在中国到处烧杀抢掠无恶不作；一种是国民党顽固派军队，有衣穿、有饭吃，但他们打共产党，还不顾穷人的死活；第三种是老百姓的军队八路军，专门打鬼子、打土豪、分田地。

1945年6月的一个晚上，一弯新月逃离树梢的束缚升到半空，五个后生从村里的不同方向悄悄向村头大杨树摸去，村里的狗叫声此起彼伏。

徐世璋赶到大杨树时，徐学民、徐大牛、徐三更趴在大杨树旁的大石头上向村里张望，见徐世璋气喘吁吁地赶来时，三人一起迎上去异口同声道："大力呢？"徐世璋回过头看了一眼，"不会被他爹……"话没说完，淡淡的月光下一个小黑影从矮墙边一闪而出。

"大力！"四人小声喊道。

徐学民问："哥几个后悔不？现在后悔还来得及！"这一问，竟然一时没人回答，徐大牛忍不住说道："哥，昨天都说好了，男人说话要算数，生死有命，富贵在天，在家种地也吃不饱肚子，受人欺负，还不如出去闯一闯！我不后悔！"听徐大牛一说，其他人立马附和道："不后悔！不后悔！"

就这样他们摸黑出了村，沿着田垄深一脚、浅一脚向南一路狂奔。也不知跑了多远、跑了多久，远远地听到鸡叫声，东边天际慢慢露出一线鱼肚白。

"学民哥，歇会吧，有点儿跑不动了"不知谁气喘吁吁地说道。

“好吧！那就歇会！”

他们停下脚步，一屁股坐在田垄上喘着粗气。

“嘘！快听！”远处隐约传来“突出刺……杀……杀……杀”的声音。

五个人不自觉地猫着腰慢慢向前，趴在一堵矮墙上，不远处一个小村庄隐隐地出现在眼前，每个院子里都有一队队士兵在两个微弱的亮点映照下热火朝天地操练着。

突然两声枪栓上膛的声音在身后响起：“什么人？把手举起来！”

五个人被押到一个小院。一个身着灰布军装当官模样的人手提一盏马灯依次从每个人脸上扫过。徐世璋的心怦怦直跳，什么话也不敢说，借着马灯的光亮忐忑不安地看着这位“长官”模样的人，清瘦的脸上一双审视一切的眼睛里露出一丝严肃，然后慢慢露出淡淡的微笑。“哟，几个娃娃！”“长官”模样的人笑出了声，“你们几个深更半夜不睡觉，跑出来干什么啊？”

“我们想……”徐世璋脱口而出。

话没说完就被徐学民打断：“我们想出来躲一躲，白天打架被爹娘打了！”徐学军并不知道眼前这支队伍究竟是国民党还是八路军。

“长官”模样的人走到徐世璋跟前，把马灯照着他的左脸盯着他的眼睛问：“你告诉我，你们想干什么？”

“我们想当兵！”徐世璋不知从哪里来的胆子，竟然大声地说道。

“想当兵？为什么想当兵？”

“当了兵就可以报仇，就可以教训那帮欺负老百姓的人！”

“哦？那你们的父母知道吗？”

“我们偷偷跑出来当兵的！”

原来这支队伍果然是八路军，徐世璋五人误打误撞进入了莱西独立营驻地，加入了革命队伍，五人也被分别编入了不同区队。

1943年，世界反法西斯斗争取得了重大进展，在太平洋战场，盟军转入战略反攻阶段，中国的抗日战争不断取得胜利。1945年2月，胶东区党委按照中央和山东分局指示，对日、伪、国民党顽固派发动攻势，莱西南革命根据地面积不断扩大，胶东区党委派出开辟新区工作团到莱西南开展摧毁伪政权、建立民主政权工作，河汉、管村、曲店、孙家汇等村庄相继解放，除夏格庄日伪据点周围村庄外，其余村庄全部解放，人民军队不断扩大，一时间莱西南县各村镇随处可见八路军队伍。

1945年8月15日，日本宣布无条件投降。8月16日，胶东军区向胶东伪军发出最后通牒，缴枪投降听候整编。胶东部队分东、西、南、北四线同时向日伪军全面出击，此时的徐世璋被编入莱西独立营四区中队，正赶上了这次围歼战斗。17日，莱西县独立营和西海武工队在1 500余名民兵的配合下，包围南墅、日庄据点；北海独立团一个营在2 000 余名民兵的配合下，包围水沟头据点；莱西南县独立营和南海独立团一部在近2 000名民兵的配合下包围夏格庄据点。21日，向各据点日伪军发起攻击，于22日先后收复水沟头、南墅、日庄、夏格庄日伪据点，解放莱西南两县。刚参加部队两个多月的徐世璋根本没有战斗经验，但他知道老兵有，所以他只要没事就找老兵“取经”，“套取”战斗经验。每次打仗时，他就紧跟老兵及时跳入弹坑，躲过子弹扫射，避开炮弹的轰炸。

小小年纪的徐世璋经历了惨烈的战争，不断跟着部队东征西讨，目睹了战友一个个倒下，这使他更加明白了活下来的重要性并下定了打败敌人的决心。

挺进东北　险些葬身大海

日本投降后，国民党在东北抢夺胜利果实。东北土地肥沃，拥有全国90%以上的重工业、50% 以上的铁路，拿下东北便可建立一个稳定的后方，为了抢占先机，中央用了“以快为好”“务使每日不断，源源北运”“愈快愈好”等语句电告各大根据地进军东北。山东军区接到命令，迅速分陆海两种方式奔赴东北。1945年10月初，徐世璋所在的莱西独立营受命从海路火速奔向辽东。

按照军区指示，部队从莱西一路北上，经招远到黄县龙口登船渡海，但这200多里路上仍有不少敌伪军据点，为了避免交战，争取时间，部队只能绕开敌占区，选择山路或夜间行军。徐世璋虽然年轻力壮，但由于经验不足，加上连续数月的战斗和行军，双脚已有几处开裂，走起路来生疼难受，他咬着牙硬着头皮一路狂奔。为了赶时间，除了睡觉、临时隐蔽和休整，部队几乎不分昼夜连续行军赶路，经常连吃饭都是边走边吃。也不知道过了几个日夜，终于到达黄县龙口湾。

龙口是渤海南岸一个较大的港湾，先遣部队在这里征集了当地所有能用的船只，其中大部分是渔船、货船，还有部分小汽艇和机帆船，老百姓的积极性非常高，特别是船工，轮番往返于龙口和辽南之间。

徐世璋所在部队到达龙口湾已是半夜，按照军区指示，凌晨4点登船渡海。连长马魁立即召开渡海动员大会，宣布渡海计划、纪律要求，发放物资补给，命令就地休息待命。

几声刺耳的口哨惊醒了睡梦正酣的徐世璋，他揉了揉双眼，背上背包，提枪列队来到海边。星星点点的渔火随波摇曳，数百条船沿海岸依次排开，极为壮观。

随着一声“登船”号令，战士们有序登上船。徐世璋搓了搓双手，一手提枪一手拉着前面上船战友的手登上了一艘只能容纳数十人的木制机帆船，再伸出右手拉下一个战友上船。

听马连长说今天带他们渡海的船工个个都是渤海行船的老把式，船虽简陋，船工却艺高人胆大。船上有两个船工、三个班的战士，船老大开船前轻声说道：“同志们！我们马上要出发了！在渡海过程中可能会遇到海浪颠簸，大家一定要抓牢身边的绳子，不要害怕！我一定会保证大家安全到达东北！出发！”

大部分战士都是第一次乘船渡海，兴奋中不免有几分忐忑。机帆船的“突突”声冲破夜幕的封锁，扬帆北向，还没睡饱的战士们再次进入梦乡。

不知过了多久，船老大突然停了船把帆降了下来。这船一停，战士们一下子醒了过来，只听见船老大小声说，“请大家注意！前方有一艘军舰，不知是苏联的还是美国的，注意警戒！”战士们立马警觉起来，不约而同朝前方望去，朦胧中的海面上一个黑点带着一个小小的亮点由西向东快速而去，消失在茫茫的海面之上。

船老大果然是老把式，警惕性极高，他一边掌舵前行一边用望远镜瞭望警戒。船老大慢慢升帆继续起航，东方渐渐露出一丝亮色，天际线上泛起一线红晕，漂亮极了。

突然海面上升起了一层薄雾，薄雾越来越浓，一下子模糊了所有人的视线，前后左右的各种船只突然不见了踪影。本想好好再睡一觉的徐世璋，顿时没了睡意。没过多久，他突然觉得自己的船开始剧烈晃动起来，而且越来越厉害，他一手抱枪，一手抓住绳子，尽量保持身体的平衡。要命的是他觉得自己肚子里翻江倒海，头晕眼花，心里有说不出的感觉，他以为自己病了。船外侧风急浪高，船摇晃得越来越厉害，像是要被海浪掀起来一样。他还看见船老大再次熟练地快速将船帆落下，然后大声喊道“大家注意啦！大家注意啦！海上起风啦！大家抓牢坐稳！不要害怕！不要害怕！”徐世璋右手死死抓住绳子，心想：“难道我没有战死沙场却要葬身大海吗？”一个又一个大浪翻过船沿冲入船舱，原本就被寒冷折磨得难以忍受的战士们更是雪上加霜。排长一再给大家鼓气：“同志们坚持住！风浪很快就能过去！”不大一会儿，大雾渐渐消散，大大小小的船只再次出现在眼前。

船老大或许是对这样的风浪司空见惯了，他镇定自若地大声喊道：“同志们不用怕，风浪很快就会消失！我保你们安全到达东北！”说来也怪，船老大这一喊，风浪果然一下子就停了下来。船老大笑呵呵地说：“刚才我们是经过风浪区，这一带经常会起风浪，接下来的航程就顺风顺水了！”

不一会便风平浪静，海鸥忽高忽低飞越船头，一轮朝阳从海面徐徐升起，金色阳光洒在海面上波光粼粼。第一次欣赏如此美景的徐世璋有些陶醉，忘却了数日奔波的辛劳及刚才的惊心动魄，人一下子便松弛下来，不知不觉又进入了梦乡……

徐世璋一觉醒来，周围漆黑一片。他感觉自己身体发冷，恍恍惚惚，也不知道自己身在何处。他习惯性地摸了摸手中的枪，又摸了摸自己的脸，他确定自己还活着，心想：刚才激烈的战斗难道结束了？刚才中的一枪没要了自己的命？他一摸自己的胸口，不痛！再往身上摸，也没有痛的地方！这时机帆船“突突”的响声把他拉回了现实，他知道自己正在船上渡海北上，船上的战友估计跟他一样，实在是太累了，依然沉浸在梦里。

难道自己睡了整整一天？徐世璋心里想着，忽然听到自己的肚子咕咕地叫。他慢慢地从行军包里掏出一个馒头，硬硬的，用力咬了一口在嘴里慢慢地嚼，淡淡的香甜让他十分享受。海水拍打着船的两侧“啪啪”地应和着轮机“突突”的旋律，起伏的帆船如摇篮一般爱抚着这些饱经战争洗礼的战士。徐世璋心里在预想着迎接他们的又将是一场场怎样战斗，他一直记得营长的教导：“我们是在为解放全中国而战斗！是为广大劳苦大众而战！”

机帆船在轮机的带动下冲破夜幕的封锁，极速向北。没了睡意的徐世璋脑袋里放电影一样演绎着这惊心动魄的战争岁月，同来的四个小伙伴从入伍第三天就被分到不同的部队，现在也不知身在何方，一家老小也不知一切是否安好。想着想着竟然不知不觉地落下了眼泪，他悄悄擦干眼泪，用枪托撑着站起来想活动活动，却觉得两腿发麻，便不自觉地用右手使劲地揉了揉腿肚子，再伸了个大大的懒腰。深夜的海风吹在脸上格外冷，他看见船头的船工不时用望远镜探望前方，自己也踮起脚跟放眼望去，在漆黑的海面尽头，隐约可见星星点点的亮光。他一下子兴奋起来，禁不住喊出声来：“灯光！前面有灯光！”

被他这一喊，海面一下子热闹了起来。“快到了！快到了！”远远近近到处都传来兴奋的喊声。机帆船的“突突”声似乎比先前更大、更急迫了，船上所有人呼喊着：“到了！到了！”灯光越来越近，他看到岸上一个个被火把照得通红通红的脸。

大大小小的船陆陆续续抵岸登陆，战士们和船工紧紧握手告别，跳下船又和岸上的战士热烈拥抱、嘘寒问暖，不远处几个大锅正冒着腾腾热气。马连长兴奋地说道：“同志们，我们已顺利抵达辽宁庄河县，现在我们站在这个地方叫打拉腰！记住了，我们山东的好汉们是在打拉腰登陆东北的！”

岫岩告捷　一路直取丹东

在庄河休整数日后，部队浩浩荡荡向东北方向开进，在岫岩与国民党和日伪部队在城西南方向发生激烈交锋。

岫岩北依辽阳、海城，西临营口、盖州，南接庄河，东连凤城，自古为兵家必争之地。日伪曾在此驻有大军，日本投降后，日军撤出岫岩，只剩伪军驻守。独立营到达县城时伪军负隅顽抗，我军只好暂时退到县郊村庄驻扎。

经过几天的侦察发现，伪军人数不多，只是仗着日军留下的武器弹药才形成比较强大防御力量。独立营决定派出小股力量佯攻县城，大部队则在夜幕下潜入城内，分兵夹击夺取县城。

入夜，徐世璋在连长的带领下由一名当地百姓带路从县城东南进入城内与城外部队形成夹击之势，敌人一看腹背受敌，狼狈北逃，独立营乘胜追击，全歼岫岩伪军，一举攻占县城，成立民主政府后，宣传发动群众，百姓欢天喜地，青壮年踊跃报名参军。岫岩成为中共在辽南的政治中心和后方基地，因此也成为国民党进攻的主要目标，这一时期，双方交战互有损伤。

休整一段时间后，兵强马壮的独立营向凤凰山国民党守军发起进攻。到达凤凰山后得知敌人一个连守军尽在山上，易守难攻，两挺机枪守住南下咽喉要道，部队不敢贸然进攻。独立营经过几天侦察，摸清了敌军换防规律，决定天黑后派出侦察小队悄悄摸进敌营，干掉岗哨，然后发起攻击。

徐世璋因腿脚快、灵活应变能力强被马连长选为侦察兵，在副排长刘大个的带领下，七人小组小心翼翼向敌人山头摸去。小组轻手轻脚猫腰到达敌人营地，隐隐可见昏暗的灯光下两个哨兵裹得严严实实地靠在墙角一动不动，副排长先后做了几个手势，四名队员借着风声，神不知鬼不觉地来到哨兵后面，只听到“唔”的一声便将其轻轻放倒在地，四个机枪手居然还歪在战壕里呼呼大睡，对刚才的动静一无所知。徐世璋只见小分队六人悄悄靠近，以迅雷不及掩耳之势结果了四人的性命，看得他心都快跳了出来。

七个人环顾四周，除了风声别无异动，刘大个朝徐世璋做了个手势，他迅速从怀里掏出火石举过头顶在空中画了三个圈，山下的夜幕中跟着也画了三个圈。不到一刻钟，部队全部摸到山上，按照指引分别冲进国民党士兵营房，顿时到处都是“缴枪不杀”的喊声，只听到零星几声枪响，负隅顽抗者应声倒地，不到半个小时战斗结束，大部分国民党士兵还在床上就稀里糊涂地成了俘虏，徐世璋一枪未发，身上背的四个手榴弹也没有用武之地，他“从没打过这么漂亮的仗”。

凤凰山一战击毙国民党连长一名，俘虏官兵一个连，缴获了一大批先进的美式装备，极大地鼓舞了独立营的士气，原本对国民党不满的普通士兵纷纷要求加入独立营。

凤凰山战役后，部队装备、弹药、人数得到了极大改观，按照上级指示挥师东南，直奔安东（现丹东）。日本投降后，日伪眼巴巴地盼着国民党正规军的接管，但他们等来的却是共产党的大军。

原本以为安东是块难啃的硬骨头，没想到失去了靠山的日伪军警心神不定，士气低落，与解放军交锋一触即溃，不堪一击，安东被顺利拿下。

饱受日本鬼子和伪军欺凌的安东百姓敲锣打鼓迎接解放军的到来，几乎所有年轻人都报名参军，部队迅速壮大。1945 年 12 月，徐世璋所在的独立营被改编为辽东安东保安纵队一团三营，受命向营口方向进发。

独立营离开岫岩、安东后不久，国民党撕毁“停战协议”再次占领岫岩、安东等地。

再战岫岩　在战场中火线入党

徐世璋刚到岫岩小汤沟门附近时，正碰上从县城转移的辽南地委机关干部和游击队伍，因发现国民党主力，被迫退到大河南村一线隐蔽。未料一村民出卖了我军行踪信息，国民党新六军 14 师一个团悄悄绕道大河南村王家堡子南山后侧，准备抢占南山高地。

正在南山顶上值哨的战士刘大勇发现敌情立即鸣枪示警，但国民党军队已快接近山顶。

听到枪声的马连长迅速派出一排冲向山顶，与敌人抢夺制高点，由于敌人抢占先机加上火力强大，一排死伤严重，不得不退了下来。情况万分危急，一旦敌人大军压过来，后果不堪设想。

“共产党员和自愿跟我正面阻击敌人的请站到第一排！”连长一声大喊，

“其余人由指导员和副连长指挥分别从两侧袭扰敌人！”

徐世璋想都没想就站到了队伍的第一排。连长一挥手，战士们潮水般冲向阵地，已占领山顶的国民党军凭借有利地形火力全开向山下扑来，正面阻击的战士们奋不顾身猛冲，以巨大的牺牲将已经登顶的第一波敌军击退，重新夺回了制高点，还缴获两挺重机枪。

连长往后山望去，黑压压的国民党军队正在向这边移动。他转过身来大声说道：“同志们！你们看到了山下的敌人！接下来更是一场硬战！我们要做好牺牲的准备！请还没有入党的同志出列！”徐世璋等七位战士满脸尘土地站在连长的前面。

“我宣布，你们七名同志火线入党！如果你们打完这场仗还活着，你们就是真正的共产党员！请你们举起右手跟我宣誓！”

此时，敌军主力部队发起了第二波猛烈的攻击，步枪、机枪、冲锋枪齐射，顿时枪声、炮声、呐喊声大作，雨点般的子弹“嗖嗖”飞过头顶，打在石头上发出巨大的撞击声，手榴弹的爆炸声震耳欲聋。徐世璋看到敌人一片片倒下，身边的战友也不停有人倒下。越来越多的敌人不顾一切地冲向山头，双方纠缠在一起，扭打在一起，刺刀、匕首、枪托挥舞，满山都是枪炮声、拼杀声、惨叫声，整个南山硝烟弥漫，打成了一座“血山”。

徐世璋受伤晕了过去，等他醒来时，敌人已经退出了战斗，身边到处都是敌人和战友的尸体，满脸是血的连长正指挥打扫战场、救治伤员。这一仗双方死伤惨重，徐世璋所在连队全连仅剩40余人，但掩护了游击队和地委机关干部群众的安全转移。

团部送信　两次死里逃生

1946年，安东保安纵队编入辽南独立师，徐世璋被编入一团三营七连，连长还是马德发，指导员张继同。在新连队组建的第一天，徐世璋被任命为三排一班副班长。

6月2日，七连奉命经岫岩向大石桥国民党守军发起进攻，切断敌人补给线。战斗在拂晓打响，埋伏在东南方向的七连只见大石桥一带炮声隆隆，火光此起彼伏，守军在火光中东奔西突，有人在炮火中应声倒下，有人被炮弹抛得很高然后坠落在硝烟之中。徐世璋握着拳头在地上狠狠地砸下去喊道："打得好！打得好！"这时冲锋号骤然响起，清脆嘹亮，和着渐稀的炮声，"冲啊！""冲啊！"的喊声震天动地，战士们如脱缰的野马冲出战壕向大石桥方向冲锋，顿时枪声大作。

突然，大石桥敌人的工事里冒出几个火舌，机枪声大作，冲在最前面的战士一排排倒下，徐世璋顺势卧倒，他看见前方有几个战士匍匐着前进移动，然后从腰间取下手榴弹用力往前扔了出去，几声巨响后，一个火舌灭了。不远处又是几声巨响，另外几处吐着火舌的机枪也没了声响。战士们一个个突然跃起边打边冲，一直冲进敌人的第一道防线。

徐世璋猫腰靠近刚刚敌人射击的工事，一梭子弹从头顶飞过，他赶忙趴下，敌人占据有利地形，火力越来越猛。他趴在地上一动不敢动，心想这里必将是一场恶战。果然，之后的战斗更加困难，这一带地形相当复杂，敌人构筑了坚固的工事，火力十分强大，每向前一步都可能付出巨大的牺牲。马连长命令大家注意隐蔽，不可轻举妄动。

这时敌人突然也停止了射击，整个战场上安静得连呼吸的声音都能听得见，徐世璋慢慢抬起头来，他惊喜地看到东方天际露出了一线缤纷的霞光，好看极了。

还没来得及欣赏，东北方向突然枪声大作，喊杀声响彻云霄。马连长一听便知道一定是策应的兄弟部队来了。于是大吼一声："同志们，打！"只见一连串的手榴弹扔向敌方，接下来便是密集的枪声和喊杀声，守军见势不妙，仓皇向西边营口方向逃窜。

还没等七连打扫战场，就听到从西边传来剧烈的炮击声，接着炮弹呼啸而至，密集的炮弹雨点般砸向刚刚占领的阵地，不少战友英勇牺牲。"卧倒！卧倒！撤出阵地！撤出阵地！"连长和指导员声嘶力竭地喊道。徐世璋第一次经历这样密集的炮击，本能地趴倒在地，一大堆泥土哗啦一声盖住了他大半个身子，炮弹在自己不远处炸响，他趴在地上一动不敢动，炮声一停，他便听到连长的喊声：“准备战斗！准备战斗！”刚刚逃窜的敌人调转方向冲杀过来，没来得及隐蔽的几位战友应声倒下。战士们迅速利用敌人原有的工事发起反攻，战斗进入胶着状态，双方伤亡都很大。徐世璋抖掉身上的泥土爬到工事边，从缝隙中他看到敌人黑压压一片，边打边慢慢压过来，一摸自己的弹夹，子弹已所剩无几，只好把四个手榴弹全部取出摆在身边，解开保险，等待敌人慢慢靠近时，他使出全身的力气将手榴弹一个一个扔了出去，然后装上刺刀准备与敌人拼死一搏。突然战友们从内线一个接一个向他这边猫腰跑过来轻声喊道“快！撤退！撤退！”他提着枪跟着其他战友向外围撤去。因大家弹药即将耗尽，连长当机立断撤出了阵地，向大石桥钢都方向山地转移，敌人再次占领了阵地。

接下来的二十多天里，七连与团部的其他连队采用迂回运动战术不停地穿插移动，打击敌人的有生力量。终于在6月30日打败盘踞在大石桥一带的全部敌人，解放了大石桥镇。

在徐世璋的印象中，那一段时间每天都在不停地跑，不停地打，打一阵子又跑，跑一阵子又打，你打我我打你，转来转去根本分不清东西南北。

一天，徐世璋被马连长派到团部送信，但他根本不知道团部在哪里，连长用手指了指前面的山告诉他：“绕过这个山有一个小村庄就是团部，记住了，有二十来里路，你必须跑着去，不能停留，你跑得快，一定要以最快的速度把信送到团部，记住了!”

徐世璋从马连长的语气中可以感知到这封信的紧急性和重要性。当兵第一个认识的人就是马连长，他清楚地记得，当时五个人中，马连长就在他一个人的肩膀上拍了拍说：“好名字，希望你是一块好玉！”那天起，徐世璋就对马连长产生了莫名的好感，两年来转战南北，无数次战斗中，他领略到了马连长高尚的人格魅力和高超的战略指挥艺术。但他压根儿就没有想到，这一别竟是他跟马连长的永别。

徐世璋接过信放进口袋，立正敬礼大声回答：“是！保证完成任务！”转身向团部方向跑去。他刚刚跑到山的垭口时就听到连部方向剧烈的枪炮声，跑过垭口转入后山，枪炮声依然没停，他也无暇顾及枪炮声而一路狂奔，只想快点把信送到团部。虽说平日里行军奔袭不计其数，但一个人一口气连续跑二十多里路还是第一回。因为是山路，跑起来特别吃力，他跑到一棵大树旁实在觉得跑不动了，一屁股坐在一根长在地面上的树根上大口喘气，从腰上取下水壶，喝了一大口水，因喝得太急被呛了一口，猛地干咳了几声，又赶紧站起来继续向团部方向跑去。

终于他看到了不远处郁郁葱葱的大树下出现了几座民房，于是他加快了脚步，以百米冲刺的速度向前跑去。刚到村口，他一个趔趄栽倒在地。等他醒来时，听到有人在喊：“七连七连，听到请回话！听到请回话……”

从那天起，徐世璋再也没有回到他的七连。原来自己离开连部后，七连便遭遇了由美军训练的国民党新六军第22师，全部配备美式装备且数十倍于己的敌人，战斗异常惨烈，全连战士除自己之外全部牺牲。听到消息的徐世璋号啕大哭，然后像傻了一样，躺在床上不吃不喝，一言不发。

他的脑海里放电影一样把当兵以来的过往回放了一遍，马连长和战友们兄弟般的往事历历在目，而今却再也见不到他们了，战友们的情义他只能留在自己的记忆中了。迷迷糊糊中，他听到有人来到他身边轻声说：“徐世璋同志，政委和团长来看你了！”徐世璋一骨碌爬起来，鞋都没穿就给首长敬了个军礼，一句话还没说出来眼泪就掉了下来。他还没有接受这个事实，换作是谁也很难接受。

团长和政委都看出了他心里难受，政委拍了拍他的肩膀说：“小徐啊，战争总是有牺牲的，我们只有打败所有反动派才不会再有牺牲，你必须振作起来，否则你就对不起七连！对不起七连牺牲的战友！”团长走过来说：“徐世璋同志，从现在起，你就是团部的通讯员，我命令你马上到岗！”“是！”徐世璋敬了个标准的军礼，穿上鞋把两位首长送出了门。

通讯员的活儿可不是一般人能干的，得有两条能跑路的腿，还得有一个长记性的脑袋。徐世璋的腿绝对是一流的，又快又有耐力，但打仗东奔西突经常换地方，跑来跑去，晚上行军打仗那也是家常便饭，转来转去根本分不清东西南北，刚开始丹东、营口、海城、岫岩分别在哪个方向他都稀里糊涂的。

1947年，海城的冬天来得特别早，12月初的一天下午，徐世璋奉命到海城东部山区连队送信，没想到出发不到一个小时，漫天大雪不期而至，整个天空笼罩在一张灰蒙蒙的大网中，走出不到五里地便是白色茫茫一片，原有的道路已经完全被白色覆盖，他只能凭感觉沿着山谷一路向东北方向前进。进入山谷，风卷着雪花发出奇怪的叫声，打在脸上生疼，飘在帽子和衣服上的雪花很快就结成了冰，地上的积雪没过了脚背，他紧了紧绑腿继续前进，白茫茫的大地上唯有一个小点在缓慢移动。

大概走了两个小时，前方出现了一个三岔路口，这可难住了徐世璋，白茫茫的一片分不清西东，真是左右为难。他闭上眼睛，“男左女右”四个字从他的脑袋里跳了出来，这是老家的习俗，于是迈开步子从左边的道路艰难前行。雪渐渐小了，但天依然阴沉沉的，他判断应该还有一场更大的雪要到来，这时积雪已经快到腿肚子了，他每前行一步都在地上发出“咯吱咯吱”的声音。此时他想必须要加快速度，否则天黑找不到连队的话就会被冻死在这冰天雪地里，他第一次产生了害怕的感觉，他渴望连队就在附近，或是能够幸运地碰上一个老乡问问路，哪怕碰上敌人，战死在这片洁白的土地上也比孤独地冻死强。

也不知走了多久，天慢慢黑了下来，雪还在不停地下，饥饿和劳累感一下子袭来，生的欲望和通讯员的职责告诉他必须活着完成任务。他抓起一把雪塞到口里，一把、两把、三把，直到没有饿的感觉才停下来，也许是冰冷的雪在胃里起了作用，他突然感到腿上又有了一股劲儿，脚步比之前快了不少。

走着走着雪突然停了下来，天空也慢慢亮了起来。徐世璋的精神也为之一振，目所能及的前方，有两个人影在晃动，他不顾一切地向人影处艰难地走去，原来是两个老乡在搬移牲口草料，他像遇到救星一样跑了过去。

高兴的是终于见到了人，而且还喝上了热水，吃上了窝窝头。沮丧的是他走错了路，在三岔路口时他应该走右侧的道路。

好心的老乡告诉他抄近路可以少走两个小时的路，但要爬过一个小山坡。徐世璋谢过老乡，踏雪而行，没走多远便发现老乡追了上来说：“小兄弟，怕你走错误事，我还是带你走一段吧！”于是老乡走在前面帮他在厚厚的积雪上踏出一条新路，徐世璋走起来就轻松多了。两人一前一后走了差不多一个小时，爬上了小山坡。老乡拉着徐世璋的手说：“小兄弟，你看，山坡下的村庄就是部队的驻地，我就送你到这！祝你一路顺利！”徐世璋说了声“谢谢！”眼泪一下子就从眼眶里流了出来，紧紧地握了握老乡的手，然后挥手告别。他一边往下走一边回头，老乡一直站在山头目送他下到半山腰，然后使劲挥动着双手消失在山顶。

1948年2月，徐世璋被调到辽南分区三团一营一连，在三排担任班长。在与国民党争夺营口的多次战斗都十分惨烈，一连连长、副连长、一排排长、二排副排长英勇牺牲，8天8夜的战斗一连仅剩26人。

为了保证部队战斗力，补充连队兵力，副排长徐大勇和徐世璋、周小兵被派往大石桥接收新兵，从营口到大石桥一带还有零星地区依然是国民党的占领区。

徐世璋一行三人走到离大石桥不到十里地的一个小山村附近，突然有人大声喊道：“喂！你们是哪部分的？”三人急忙闪身躲在小路边的石头后，“辽南独立师的！你们是……”徐大勇话音未落，“啪啪啪”枪声就响了起来。敌人也不知道虚实，不敢贸然过来，只是在远处不停地开枪。徐大勇朝山上指了指，三人迅速向山上跑去。看到小动静的敌人一下子就冲过来朝山上开枪，徐大勇看到自己居高临下举枪还击，山下两个人应声倒地，但徐大勇也“啊”的一声趴倒在地，徐世璋大喊“副排长”就准备去拉，这时子弹“嗖嗖”从头顶飞过，他赶忙趴下身子抱着徐大勇，不停地喊“副排长、副排长”。徐大勇从口袋里掏出一个信封，用微弱的声音说道：“快跑……完成……任务！”徐世璋含泪丢下副排长不顾一切地向山上跑，在他右侧的周小兵也在密集的枪声中倒了下去。

第六天，徐世璋领着新兵含着热泪回到团部。团长和政委看到一身泥土的徐世璋久久没有说出一句话。

在战争的考验中，徐世璋慢慢地成长起来，不但自己会打仗还学会了带兵，半年多时间里成为副排长、排长。

1948 年 11 月，徐世璋接到团部“必须 10 分钟内赶到团部”的命令，他转身就往团部跑去，正站在桌子边比划着的团长和政委听到“报告”声，转过身来笑呵呵地望着他。

团长张学思说：“徐世璋同志，我们辽南分区三团现整编为辽南整训五师三团，经组织研究决定，任命你为一营机枪连副指导员。”

这突如其来的“任命”，让徐世璋有点儿不知所措。政委孟庆轩紧紧握住他的手语重心长地说：“徐世璋同志，机枪连的使命重大，你肩上的担子越来越重了，希望你勇挑重担，为解放全中国战斗！立功！”

“是！绝不辜负首长的信任！为解放全中国战斗！立功！”

转战湖湘 余生献给铁路

由于东北战事顺利，辽沈战役胜利，解放军挥师南下。为了保障部队调动、粮食补给和重型装备的运送，党中央提出“野战军打到哪里，就把铁路修到哪里”的口号，1949年7月，中国人民解放军辽南整训五师三团改编为中南军区铁道兵三团，从东北南下抢占铁路运输大动脉。

车到河北定州，刺耳的警报声把正在熟睡的徐世璋惊醒，他翻身起来与连长、指导员下车观察瞭望，此时两架敌军侦察机掠过头顶。三人迅速分头组织列车拆分隐蔽、做好防空战斗准备，果然，40多分钟后两架轰炸机便来到头顶，盘旋几圈未发现整列列车便胡乱丢了两枚炸弹飞走了。因河北以南多地还未解放，列车行进过程中经常遇到敌机轰炸、敌特破坏，机枪连全程高度警戒，每节车厢均配备一挺重机枪。

1949年8月，时任机枪连副指导员的徐世璋抵达刚刚和平解放的长沙，接到军区首长开赴湘西、贵州剿匪的命令。

湖南和平解放后，兵败如山倒的国民党一边在战场上负隅顽抗，一边派遣大批特务携重金在湘西、贵州接壤地带收编土匪武装十万余众，想利用山区复杂的地形打造“反共根据地”。他们经常破坏交通线路，袭击抢夺我军补给，抢劫村镇、商队，甚至攻打县城，阻挠山区的全面解放。

进入湘西，徐世璋发现，这里山高林密，地形复杂多变，道路崎岖难行，在与土匪的斗争中，在平原丘陵地带发挥了巨大作用的机枪连经常派不上用场，有时还成为负担和土匪重点攻击的目标。

连队立即向上级反映现状并调整了作战方案，机枪连负责剿匪大军沿线道路、部队驻地周边和重点部位的守护，土匪的每一次偷袭都遭到重创，彻底解决了匪徒的袭扰。

1951 年底，机枪连奉命调往衡阳。

来到衡阳，一直都居无定所的徐世璋第一次安稳地住进了楼房，他和副连长有了一个固定的住所。

1952 年 2 月的一个晚上，在衡阳铁路管理局铁警纵队的宿舍里，徐世璋和副连长赵长友躺在舒适的小木床上，仰望着屋顶的木梁和瓦片。

“副指导员，你说我们会不会从此就不用再东奔西跑打仗拼杀了？”赵长友问道。

“根据形势判断，全国基本解放了，土匪也基本消灭了，我们应该在衡阳长期驻守。”

“那你接下来最想干什么呢？”

“我还没想过呢！首长叫干啥就干啥呗！”

“你不想娶媳妇？”

赵长友这一问，两人不约而同哈哈大笑起来。

旧的世界被打破，新的世界百废待兴，敌特活动偶有发生，作为衡阳铁路公安分处衡阳驻在所政治指导员的徐世璋每天都忙得不可开交，娶媳妇儿的事儿早就抛到九霄云外，就连自己的父母都无暇顾及。

1954 年，一切工作走上正轨，下班回到宿舍的徐世璋突然觉得一身轻松，倒在床上便进入了梦乡。

梦里他依稀回到了久别的家乡，老杨树下年迈的父母翘首张望，声声呼唤自己的名字……

后 记

休假探亲回到岗位后，徐世璋主动提出参加铁路局干部文化学习申请。三年的文化补习，他不但学得到了文化知识，更懂得了做人、做事的道理。学习结业后他主动提出到铁路基层工作，从最基层的岗位干起，为新中国铁路事业作贡献。组织接受了徐世璋的请求，从1957年开始，他便在扳道员、行李员、列车长等一线岗位上默默工作，直到1980年因身体原因提前退休，1982年，中央落实参加革命的老同志待遇的政策，徐世璋由退休改为离休。

徐世璋年表

1927 年 12 月 26 日生于山东省莱西县唐家庄南岚村；

1945 年 6 月山东省莱西县四区中队当兵；

1945 年 9 月山东莱西独立营四连战士；

1945 年 12 月辽东安东保安纵队一团三营战士；

1946 年 5 月辽南独立师一团三营七连通讯员、副班长，辽南分区三团一营一连班长、四连副排长；

1948 年 11 月至 1949 年 6 月辽南整训五师三团一营机枪连副指导员；

1949 年 7 月至 1951 年 2 月中南军区铁道兵三团一营机枪连副指导员；

1951 年 3 月至 1957 年 1 月衡阳铁路管理局铁警纵队四大队十五中队副指导员；

1953 年 3 月衡铁公安分处衡阳驻在所指导员；

1954 年 4 月至 1957 年 1 月衡阳文化干部学校学员；

1957 年 2 月至 1963 年 2 月郴州站扳道员、列车长；

1963 年 3 月至 1979 年 12 月衡阳列车段行李员、列车长、指导员；

1964 年 6 月 1 日，衡阳列车段列车长；

1980 年退休；

1982 年 12 月改为离休。

北雁向南飞　一生献给党

——记长沙客运段衡阳片离休干部张云山

□ 曹国斌

张云山采访视频

湖南衡阳，又名雁城。传说：北雁南飞，至此歇翅停回。故有雁到衡阳不南飞之说。

在这座有着深厚历史文化底蕴、英雄辈出的城市里，伴随着新中国的成立，吸引了大批来自祖国四面八方的建设者，其中有许许多多操着一口浓重的乡音，克服各种困难，从遥远的北方，来到衡阳这片土地参与建设的人。他们犹如南飞的北雁，至此歇翅停回。

时光如梭，岁月流逝，几十年后的今天，这批来自异乡的建设者，有的为了衡阳的建设和发展，已永远长眠于这块土地；有的叶落归根，回到了生养自己的故乡；但他们之中也有许多人选择留在这里。他们在这里安家落户，繁衍生息。他们已经无法离开这里，这片热土是他们奉献青春和热血的地方。他们早已经将自己的身体和灵魂与这片热土融为一体，如果说，北方是生养他们的故乡，而这里，则是他们的第二故乡。

这是2024年一个寻常的夏夜。天空繁星点点，明月高悬，远方高楼林立，霓虹闪烁。雁城的夜晚，一如既往地美丽、安详。

此时，在铁路家属区一幢房屋的窗口，一位鹤发童颜、身板笔直的耄耋老人正不声不响地站在自家的阳台，他用深邃的目光静静地看着远方的一切。

不远处的铁道线上，飞驰过一列列火车，时不时地响起声声汽笛。老人一动不动就这么不声不响、静静地站在那里。

这段日子，只要是晴好的天气，吃完饭，看完新闻联播，家人们总是看见老人这样在阳台上站上好一会儿。他似乎在那里看着什么、听着什么、又似乎在想着什么。

家里没人去打扰他。他们知道，老人这两年变得格外怀旧了！此刻的老人不是在遥望他相隔千里、白山黑水的东北家乡，就是回忆他战火纷飞的军旅生涯，要不就是想起来到这座城市后，在铁路摸爬滚打，从青丝到白发，这数十年的点点滴滴！

从遥远的东北家乡来到衡阳，一晃儿就70多年了。虽然老人在这里成家立业，儿孙满堂，而且总是戏称自己“乐不思蜀”，早已变成衡阳人，可家人们知道，数十年改不了的乡音，那看到电视里有家乡报道就眼里放光的他，那思绪会时不时地飘向远方。

那片生他、养他的黑土地，他一生都在挂念……

听话的乖小子，做了件逆天的事儿

人的一生面临多种选择，关键的就是那么几步。这句话对张云山老人来说是再恰当不过的。他自己说，这一辈子决定最正确的一件事，也是人生中最关键的那一步，就是选择当一名解放军战士。他的人生轨迹从那一刻就被改变。

如果说他是一只北方的大雁，那么参军的那一刻，他就已经开始南飞了。

当年参军，他是一个人在心里暗暗做出决定，并偷偷出走。当时在家里和村里引起了不小的轰动。可以说做了一件逆天的事儿。

时间追溯到1947年7月的一天傍晚。在地里劳作一天的村民们已经开始三三两两往家赶，袅袅炊烟也开始在各家各户陆陆续续升起。村里平静祥和。一切显得那么自然。可是人们刚端起饭碗，平静的村子就突然被一阵哭喊声打破了，一个消息犹如平地响雷一般炸开——老张家的宝贝儿子张云山失踪了！

这还了得？老张家兄妹两个，这在当时村里是子女稀少的家庭。云山是家中的老大，在当时的大背景下，云山就是老张家里的独苗、宝贝疙瘩，这不是要老张家人的命吗？

村里人印象中的云山，老实本分，乖巧听话，人们管教不听话的孩子时，总会说，你要有老张家云山一半听话就知足了，听话懂事的他也是父母的骄傲。

白天还有人看见云山在地里干活，他本人也没有表现出什么异常。一个大活人，怎么会平白无故就不见了呢？

当时赶走日本的东北，虽有国民党残余部队存在，但在解放军的绝对力量打击下，早已不成气候。不再是过去那兵荒马乱的年月，现在村里哪怕一头羊，一只鸡丢了，都能找得回来，何况一个大活人，一个大小伙子了！

云山不见的消息像风一样，一传十十传百，听到消息的乡亲们，上上下下、老老少少一齐出动。他们几乎把村子和周边翻了个底朝天，可几天过去了，云山人还是没能找到，也没打听到他的任何消息。

就在人们万般不解，张家哭天抢地、一团乱麻的时候，一个消息传来：云山这小子瞒着家人和乡亲们，找到部队参军了！

如今说起那次偷偷跑到部队参军的事，张老连声说对不起父母和父老乡亲，让他们担惊受怕了。他说自己当时参加解放军的愿望在心里埋藏了很多年，而且他知道和父母商量就走不了。怎么办？自古忠孝难两全，最后只好咬咬牙跺跺脚，一狠心，来个先斩后奏！

当解放军是张云山一直埋在心里的愿望。

在那兵荒马乱的年代，由于家里贫穷，他几岁就不得不下地干农活。为了让他长大后有点儿出息，父母节衣缩食，拼命劳作让他读了个高小。后来，因为家里实在支撑不了，无力供养，各科学习成绩优异的他，不得不含泪离开了课堂，早早就辍学走上了艰难的谋生之路。

懂事的他不怕苦、不怕累、下地干农活、打短工、做长工，为了有口饱饭吃，他什么都干过，可这一切并没有改变家里的生活，依旧是吃了上顿没下顿。

目睹饱受日本欺压的屈辱，以及国民党反动派欺压百姓，与人民为敌的丑恶嘴脸，受过教育、听过革命宣传教育的他，坚信只有共产党才能救中国。

跟共产党走，当解放军，消灭反动派，让人民过上好日子。这个愿望在他心里扎下了根。只是考虑父母一定不会让他离开，加上妹妹年龄还小，听话孝顺的他为了帮父母减轻负担，他只好将这个愿望一直埋藏在心底。现在妹妹长大了，当得知解放军正从城里路过，他就毫不犹豫地追上部队，软磨硬泡地得到首长批准，成为一名光荣的解放军战士。

张老说，当时他心里别提多高兴了。沉浸在兴奋中的他直到穿上了军装，才想起来该向家里报个平安。可是当家人知道这个消息，匆匆赶来想见他一面时，他已随部队离开家乡辽宁海城，向前线开拔了！

战火的洗礼，收获了人生最大的财富

张云山参军的 1947 年，正是中国人民解放战争如火如荼进行的年代。在中国共产党的正确领导下，中国人民解放军一路高歌猛进，以摧枯拉朽之势，在全国范围内对国民党反动派进行彻底的消灭。大规模的运动战、歼灭战把蒋介石的队伍打得落花流水，捷报雪片一样从四面八方飞来。

参军后，张云山立即就随部队开赴前线，参加了这场载入新中国史册的、伟大的解放战争。

参军前的张云山除了摆弄过各种农具外，从来没接触过枪炮，甚至叫不出各种武器的名字。由于当时处在特殊的战争时期，他们新兵只经过简单的集训后，就凭着一腔热血，随着大部队勇敢地投入战斗。张老有些自豪地说，他们是在硝烟中成长，战火中淬炼，在生与死的考验中，从普通老百姓迅速成长起来的一代军人。

从南到北，从北到南。他跟随部队经历了大大小小无数次战斗。一个瘦弱的农村小伙，在短短的时间里，迅速蜕变成长为一个有着过硬的军事素质，面对生死毫无惧色，勇猛顽强的解放军战士。

作战勇猛，头脑灵活，素质过硬是当时所在部队对张云山同志的评价。短短的两年时间他就入了党，成为一名光荣的中国共产党党员。张老说，这是他在人生路上新的起点，当举起右手向党旗庄严宣誓的那一刻，他就决心将自己的一切全部献给党。

四年的军旅生涯，张云山先后担任通信员、文书、军械员。部队里每一项工作和战斗任务他都完成得非常出色。

张云山这个从枪林弹雨、炮火纷飞战场上走出来的军人。晚年后他很少提及他过去的战斗经历。

他说这一切都是作为一个革命军人义不容辞、应该做的。最主要的是自己一想起过去参加过的战斗，就会想起那些为了新中国解放事业牺牲的战友们。他说战斗的时候，看着身边一个个熟悉的战友倒下，更激发他们勇猛杀敌的勇气和力量。可是战斗结束，战场上的硝烟慢慢散去，在欢庆胜利的同时，他会想起在战斗中牺牲的战友，这让他内心十分悲痛。

时至今日，已经95岁高龄的张老谈起参加过的那些大大小小的战斗，谈起在战斗中牺牲的战友，依然面色凝重，眼里滚动着晶莹的泪花。

张老说，他在部队收获了一生中最大的财富。部队让他一个普通农民，成长为一个光荣的解放军战士，让他变得勇敢坚强，面对困难永不退缩，让他懂得了很多革命道理，明白了人生的意义。如果说军旅生涯中有什么遗憾的话，那就是没能去朝鲜，参加保家卫国的抗美援朝战争。

当美帝国主义把战火烧到鸭绿江边，他和战友们一个个群情激愤、义愤填膺。他们表决心、写血书，纷纷要求上朝鲜战场去，打败美帝国主义。

张老说，作为一个经历过战争的军人，他深知战争的残酷。可是，作为中国共产党党员，作为一名军人，他更知道，军人应在战场上体现他的生命和价值，在祖国和人民最需要的时候义无反顾，挺身而出！

后来，因为各部队执行的军事任务不同，张云山所在的部队最后没有奔赴朝鲜战场。他和战友们的请求也就没有得到批准。他说，这也成为他作为军人最大的遗憾。

铁打的营盘，流水的兵。随着解放战争的结束和新中国的成立。新中国发展和建设成了头等大事。1951年，张云山所在部队成建制转业，他光荣地结束了5年的军旅生涯。

转业分配时，组织曾征求过他的意见。说心里话，他也曾想回到自己日夜思念的家乡。离开家乡五年了，不说亏欠父母多少，单单是那对故乡的思念，就让他在无数个夜晚辗转反侧，无法入眠！

可是，作为一名中国共产党党员，怎么好提出这样的要求？革命者应当四海为家。所以，当组织征求他的意见时，他别的什么也没说，只说了一句：没什么要求，一切听从组织安排！

只是让他没想到的是，从此后，他头脑里一个陌生的，叫衡阳又叫雁城的地方把他拥入了怀抱，他与它从青丝到白发，开始结下终生不解之缘……

穿上警服，我是一名光荣的铁道卫士

二十出头，英气勃发的张云山脱下军装，从部队转业后，旋即被分配到了衡阳铁路局。

当时，作为铁路交通枢纽的衡阳，正面临恢复发展，百废待兴的局面，急需大批各类人才。张云山作为一个经过战火考验，政治上可靠，不到二十岁就入党的转业军人，是打着灯笼也难找的人才。分配到衡阳铁路局后，立马成了各单位争夺的“抢手货”。

由于新中国刚成立不久，前线的抗美援朝战事正紧，铁路治安形势严峻、复杂，确保铁路运输大动脉安全畅通责任重大，建立一支高素质的公安队伍任务紧迫，张云山报到后，正缺人手的衡阳铁路公安处慧眼识才，捷足先登，立马就将其招进公安队伍。

昔日戎装在身，今日头顶警徽。走上公安新岗位的张云山深知身上这身警服和头顶警徽的分量，警察这份高尚神圣的职业责任重大。它是公平、正义、威严、勇敢的化身；它是一切违法犯罪分子的克星，是人民群众生命和国家财产的保护神。这身警服和头顶的警徽，要让犯罪分子看见闻风丧胆，要让人民群众看见感到温暖安宁。

从布满硝烟的战场，转战到另一个看似平静，但暗地里充满刀光剑影新的战场，张云山激情澎湃、热血沸腾，他摩拳擦掌、跃跃欲试，内心充满了期待。

为了尽快适应新的工作岗位，培训期间，他发扬在部队打仗时那种拼命劲头，不怕困难，吃苦耐劳，除了必要的吃饭睡觉，他起得最早、睡得最迟。把身心全部扑在各种训练和学习公安业务上。他精力充沛，学习能力极强，大家看见他不是手上拿一本书，就是在训练场上挥汗苦练。

一分耕耘，一分收获。

新干警培训结束，张云山各项成绩优异。

勇敢、坚毅、沉稳、老练的军人素质，刻苦发奋、一丝不苟的工作态度，加上写得一手好字和文章，可谓德才兼备、文武双全。惜才、爱才的处领导立马把他调到公安处任助理干事。

只有经过千锤百炼，才能成为一块好钢。在公安处任助理期间，张云山以其出色的工作能力，过硬的业务素质得到了领导和同事们的高度评价。为了培养这棵好苗子，让其有更好的发展空间，经过商议，公安处把他派到基层派出所接受锻炼。在衡阳铁路沿线的冷水滩站，出任派出所副所长，后又代理所长。让年轻的张云山出任所长这个重要职务，是上级对张云山政治上的高度信任和各项业务能力的充分肯定。尽管从事公安工作时间不长，但勤奋努力的张云山，事实上已经具备了一名优秀公安干警的各种素质。

海阔凭鱼跃，天高任鸟飞。年轻的张云山没有辜负组织和领导对自己的信任、期待。上任伊始，他就带领所里的干警们在这座建于1938年的冷水滩车站，打了一场漂亮的治安攻坚战，短时间内就使车站治安形势大为改观。

不打无准备之战，打蛇就要打七寸。针对当时车站盗窃列车货物严重、车站治安案件频发的状况。上任后的张云山并没有急于行动，而是一头扎下去。他深入群众之中，广泛开展走访调查，听取群众的意见和各种反映，摸清和掌握各类犯罪分子活动规律，摸清情况后，张云山和干警们立即制定出周密详细的行动方案，他们以雷霆万钧之势，打团伙、擒主犯、抓现行，多管齐下，狠狠打击了各类犯罪分子的嚣张气焰。接着，他们又乘胜追击，发动和动员群众一起行动起来，织就一张警民联合、群防群治的治安安全大网。让犯罪分子无机可乘、无路可逃。

守一方水土，保一方平安。这是党交给每一位公安干警的神圣职责。为了肩负起这个光荣神圣的使命，张云山和干警们与各类犯罪分子斗智斗勇，付出了多少心血和汗水只有他们自己知道。

金色盾牌，热血铸就，危难之中显身手。不知有多少次，为了把盗窃团伙一网打尽，他们在冰天雪地里，狂风暴雨中，一蹲守就是几天几夜；为了抓获偷盗国家财产和旅客财物的犯罪分子，他们奋不顾身迎着拳头，甚至尖刀、棍棒勇敢地冲上去。为了保证铁道线路和沿线人民群众安全，他们走遍了沿线大大小小的村庄，宣讲爱路护路知识……

张云山从警九年，三千多个日日夜夜，他把全部精力都投入到警察工作中。他爱这个岗位，他和干警们一起抓罪犯、保平安，那三千多个日日夜夜，充满了紧张和挑战，也充满欢欣和感动。

辛勤的汗水换来丰硕的成果，由于成绩突出，张云山所分管的辖区多次受到上级的表彰和奖励。他们忠诚地履行了人民警察的职责，无愧于铁路财产和人民群众安全的保护神这个光荣称号。

正当年富力强的张云山在他热爱的公安系统岗位上大展身手的时候，突然有一天，一张调令摆在了他的面前。他被告知：即日起，调离公安队伍，到车站报到，另行安排工作。

这突如其来的调令，对张云山来说简直是晴天霹雳！

他依依不舍地离开他那么热爱、熟悉的岗位，望着曾经朝夕相处的干警们，这个在战场上都没流过泪的汉子，脱下还带着体温的警服，亲吻着警帽上的警徽失声痛哭……

用坚定的信念，跨过人生的低谷

离开公安队伍的张云山被分到沿线车站，当了一名补票员。

由于当时环境的影响，张云山因为远在辽宁老家家庭长辈为了生计而迁徙的问题受到牵连，他被认为不适合待在公安岗位上工作。

此时的张云山，心里波涛翻滚。在警察这个岗位，他出生入死，尽心尽力，没有犯过错误，也没有工作上的失误，这一夜之间就调离开来，犹如巨石突然重重砸在他的身上，他百口莫辩、欲哭无泪，只能痛苦地接受这个事实。

有好长一段时间，车站的同事们，发现刚来的张云山一点儿也不合群，他似乎总是闷闷不乐，除了默默地工作外，很少和大家一起开玩笑，说说家常之类的。不知内情的人，刚开始以为是他个人性格所致，等知道原委后，有些人开始同情和理解他了——这件事搁在谁身上都会想不开！

云山这下子垮了！没疯算是好的！有人这么说。

没个一年半载，谁能走出来？也有人这么断定。

听见同事们悄声议论，张云山知道同事们是在关心自己。他何曾想这样下去，可他一时半会儿真的无法改变、说服自己。

党组织伸出温暖的手，开导关心着他。鼓励他振作起来，在新的工作岗位，重新起航，再立新功。

人生的道路不可能一帆风顺，但不管如何，都要时刻牢记自己是一名共产党员。革命工作没有高低贵贱之分，自己的言行都要以党员的标准来规范。

此刻的张云山开始反省审视自己，他告诫自己，一定不能这样消沉下去，必须尽快走这种情绪，以新姿态面对未来。

他想起自己曾经在党旗下庄严宣誓的那一刻，想起在战火硝烟中和他曾经一起谈理想、谈未来、可还没等到新中国成立就牺牲的战友。他对自己的表现感到无地自容、羞愧难当。

公安工作是为祖国和铁路建设服务，车站工作不也同样是为祖国和铁路建设服务。它们只是工作性质不同，但奋斗目标一致。作为一名在解放军这个大熔炉里锻炼成长起来的共产党员，作为曾经的人民警察，如果仅仅因为工作调动的原因，就有抵触，陷入消沉的情绪而不能自拔，那是自私自利的思想作祟，那是忘了自己入党的初心！

仿佛一夜之间，张云山就如同变了个人一样。在新工作岗位的他不再彷徨和消沉，而是振作起来，和同事们在一起，他不再是刚来时那样沉默寡言，而是风趣幽默，有说有笑了。他学习努力，不懂就问，工作认真，一丝不苟。同事们都为他的突然转变感到有些惊讶，而熟悉他的人都知道，其实这才是真实的他，精神饱满，干劲儿冲天。

张云山相信党和组织，即使有各种委屈也不再放在心里。他愉快地服从组织分配，不管在什么岗位，他都爱岗敬业，严格要求自己，发奋努力把本职工作干好。他说，这是一个铁路人最基本的职业操守，更是一个共产党员最基本的标准。

雄关漫道真如铁，而今迈步从头越。31 岁那年从公安干警岗位调离后，张云山的工作岗位一变再变，但再也没有回到原来的公安岗位。他先后从事过补票员、客运员、列车员、列车长、值班员等多种铁路岗位，但不管工作岗位如何变化，张云山总是听从组织安排，立即转换自己的角色投入新的工作之中。他时刻用党员的标准来严格要求自己，每一次岗位调整，他都克服各种困难，以最快的速度和最大的努力，学习和掌握新岗位的各种作业知识和技能。他在新岗位一如既往地努力学习和工作。他吃苦在前，享受在后。在岗一分钟，干好六十秒。直到在客运段值班员岗位上光荣退休。

伉俪情深　最美不过夕阳红

这是一个风和日丽的清晨，公园里满是锻炼、休闲的人群。

在公园的林荫道上，走来一对手牵着手鹤发童颜的耄耋老人。他们步履稳健，脸上洋溢着幸福的笑容。一路上，或举目瞭望远处的美景，或驻足嗅嗅身旁的花香。

这对老人就是张云山和他的妻子唐福娣，只要天气晴好，他们就在家人的陪伴下来公园赏花散步。他们是这座公园里一道亮丽的风景线，是公园里的大明星，军人出身的张老依旧保持腰杆笔直，除了有些轻微的耳背外，走路沉稳有力，说起话来中气十足。他的老伴唐福娣满头银发，一脸慈祥，同样步履轻快。无论从精神状态还是外表来看，大家都以为他们顶多不过七八十岁的年纪，当知道张老95岁，老伴91岁，均已年过九旬，无不啧啧称奇。九十多岁老两口还能手牵手，悠闲地双双漫步公园，这是何等的人间幸事！这是要几辈子才能修来的福分！

有人说，人生之路就像一条流向远方的河流，不管你在不在意，时间在走，河水就在流。它有时平缓、有时湍急。有时流过的地方绿草茵茵，有时流过的地方一片荒漠，一路上有曲折、有风雨，也有光明和阳光。

张云山和老伴的人生之路也是这样。让他们无比欣慰的是：几十年来，他们凭着坚定的革命信念，凭着一生对党的无限忠诚，无论顺境逆境，无论遇到什么困难，在面对风风雨雨、坎坎坷坷时，他们都保持着清醒的头脑，坚定不移跟党走，让自己人生之路走得坚定正确。

对党的热爱、对事业的追求，使他们在那激情燃烧的岁月里，把满腔的热血和激情，化为新中国铁路建设的动力，他们永远把工作放在第一位，为

了搞好工作，他们牺牲自己，忘记小我。什么都能放弃，什么都能舍下。

为了工作，结婚第二天，他们就各自奔赴自己的工作岗位。

为了工作，儿子刚一岁，因为工作忙，两人又都是外地人，实在找不出既不影响工作又能照顾到儿子的两全之策，张云山和妻子就咬咬牙，狠心把儿子送到千里之外的岳母家抚养。

后来还是为了工作无暇他顾，加上两个女儿陆续出生，接回儿子的计划一次次落空，儿子就这么一直寄养在岳母家，长大成人，成家立业，直到儿子退休后，儿子才有机会回到他们身边。

他们是一对远近闻名的恩爱夫妻，也是一对患难夫妻。共同的革命理想和信念，使志同道合的他们走到一起。在几十年的工作和生活中，两人相互鼓励、相互支持、互相关心。他们风雨同舟、相濡以沫。妻子唐福娣在工作上从来未拖过他的后腿，不管是在公安系统，还是在后来的其他岗位，一直扮演着贤内助的角色。在张云山人生最低谷的艰难时期，是唐福娣这位知书达理、温柔贤惠的妻子，用中国女性的温柔和坚韧，扛起工作和家庭的重担。鼓励着张云山全心全意把本职工作干好，不管遇到什么风浪挫折，都要坚定信念，不忘自己入党初衷。

最美不过夕阳红，温馨又从容。

离休后的张云山和老伴依然保持着一颗火热的心。他们关心政治、不断进取、不断学习。虽然离开了工作岗位，但他们一直没有让自己的身心闲下来，他们关心国家大事、关心铁路的建设和发展，中央电视台新闻联播必看，铁路新闻必读。他们积极参加单位和社会上的各种公益活动，教育下一代，要记住党的恩情，永远听党的话、跟党走。

后　记

采访完张云山和他的妻子唐福娣，心中久久无法平静。他们是平凡普通的，他们又是伟大高尚的。他们是新中国和铁路建设、发展、壮大、繁荣的参与者和见证人。他们把一生最美好的年华献给了党，献给了铁路，他们是共和国的功臣。向他们致敬！

革命人永远是年轻的。祝福这对走过钻石婚，正拥抱白金婚的耄耋老人永远健康、快乐、幸福！

关于昨天的故事

——记长沙客运段离休干部赵瀚卿

□ 谭远华

有些故事，虽在岁月里轮回，却只能慢慢尘封，再也没有留下半点儿涟漪。有些故事，即使时光流转，仍会被传颂，穿越历史长河的风雨，记忆仍不能模糊。那些昨天的往事，依然被铭记，不是因为有多传奇，而是它们开启了走向未来的路。因为那些跋涉的足迹带来的星光，我们今天才能走得铿锵，未来才会更加辉煌。顺着星光投射来的光影，我看到了一位老人，从硝烟中走来，走在晨曦里，走在新时代的激流中。一路走来，他不曾刻意驻足，却留下一串串故事，在岁月里激荡，他就是长沙客运段离休老干部赵瀚卿。每当靠近他的时候，都能感受到他的故事悠远绵长。

铁蹄下的苦难

1942 年的东北，即使到了三四月份，厚厚的积雪迟迟都没有融化。从西伯利亚刮来的冷峭寒风，依然肆虐地呼啸着，吹过山尖、吹过屋顶，吹得树梢发出呜呜的凄鸣。

乡村路上，日本兵骑着摩托车成群结队地疾驰而过，嘴里喊叫着。城市里，穿得花花绿绿的日本人无处不在，旁若无人地穿梭。后面还跟着一屁股的伪

军汉奸，到处耀武扬威。这里是东北人民的“地狱”，却是日本人和汉奸的“天堂”。日本人在这片黑土地上到处开设舞厅、赌场，把盘剥东北人民的财富在这里肆意挥霍，享受着灯红酒绿纸醉金迷的奢靡生活。而被统治下的劳苦百姓，辛苦操劳却依然食不果腹。为了弥补家里的亏空，许多人在劳作之余，晚上也会来到这些娱乐场所，拉黄包车，做服务员，干着最底层的工作，赚取微薄的收入补贴家用。在这群人之中，有一个十来岁的孩子在路灯下端着一个货架，盛着香烟、火柴、零食在寒风中叫卖。瘦弱的身子十分显眼，那个孩子叫赵瀚卿。

赵瀚卿，1930 年出生在辽宁营口一户穷苦人家。那时家里人口已不少，等到赵瀚卿出生时，家里穷得连饭都要吃不上了。父亲为了生计，只得去给地主家做长工，勉强养活这一大家子。从小就感受家庭困难的赵瀚卿因此特别懂事，早早地就想出去干点儿力所能及的活，尽量为家里减轻负担。

都说穷人的孩子早当家，等到赵瀚卿12岁的时候，他就端上货架在市里面贩卖商品了。虽然卖这些也挣不了多少钱，他也想过干点儿其他什么活多挣一些，可他太小了，拉黄包车和当服务生这样的活儿他都干不了，他只得贩卖一些香烟、火柴、零食什么的，拿到赌场门口去叫卖。他在夜晚的风雪里不停穿梭，经常会遭到日本人和伪满汉奸的鄙视和驱赶，甚至有时还会遭到无端殴打。他是那么的弱小，面对这些欺凌无法反抗。有时候他会想，要是有人能帮帮自己就好了，可在这样的社会氛围下，谁敢与那些人作对？即使有人敢于反抗，那也是徒劳。因为这不但不能解救同伴，还会招来更加疯狂的报复。在赵瀚卿心里，他总会思索，我们穷人为什么要被欺负啊？难道

我们只能接受这样的命运吗？难道我们就不能过上好日子吗？然而现实总是那么地让人绝望，那满街的日本人，那不知廉耻的汉奸走狗们，为了他们奢靡的生活，注定是要剥削和压榨老百姓的，有他们在一天，老百姓就不可能过上好日子。

每当想到这些，赵瀚卿总感觉分外沮丧。然而，生活还得继续，谁会在意一个小孩的情绪？作为这个时代的底层人，活下去才是最迫切的愿望。所以，不管他受到过多少欺负，依然还得继续拉着香烟、火柴、零食在大街上叫卖，为了自己活着，为了一家人都能活着。小小的赵瀚卿在雪地里来回走着，在忽明忽暗的路灯下叫卖着，稚嫩的声音在夜空中回荡着。寒冷的北风把他的脸吹得通红，冻僵的手指头端着盛满了商品的箱子。叫卖了半夜，却没能卖出几件商品，他有些累了，于是停了下来，蜷缩在一面背风的墙下，眼神黯淡，痴痴地望着前方，无限迷茫，却也只得为了生活继续。

本以为他会一直这样，贩卖着香烟渐渐长大。可到赵瀚卿14岁的时候，也就是1944年，日本帝国主义这台战争机器已经开到了末路。日本国内的战略物资已经枯竭了，为了弥补钢铁的不足，于是在辽宁鞍山准备再建一座炼钢厂，取名鞍山制钢所。因为劳动力不足，日本人在辽宁鞍山一带开始强征民夫去进行炼钢作业，赵瀚卿的父亲就被迫上了强征名单。母亲知道这个事情后慌了，父亲是这个家庭的顶梁柱，如果把这一家之主强征了去，这一大家子可能就要饿死了。心急的母亲慌忙找到保长求情，请求能不能不让孩子他爹去制钢所，保长说这是日本人摊派的，不去肯定是不行的。母亲又说，如果一定要去，那让瀚卿去行吗？保长说瀚卿太小了，他还是个孩子呢，日本人到时会怪罪的。母亲只得再恳求道："瀚卿虽小，但也算一个人头啊！如果非让他爹去，岂不是断了我一家的口粮啊？那我家还怎么活啊？求求你帮我们通融通融吧！"最终好说歹说才让赵瀚卿替代父亲去了制钢所。

到了制钢所后，由于赵瀚卿比较小，得到了同是穷苦人的工友们许多的关照，他们总让赵瀚卿干一些轻松的活儿。赵瀚卿人也机灵，嘴巴也甜，受到了很多工友的喜欢。其中有一个日本工友也很喜欢他，经常和他一起吃饭聊天。通过了解，赵瀚卿发现这个日本人也是一个穷人，也是和他一样受日本帝国主义压迫的人。他才发现，可恨的不是所有日本人，是发动侵略战争的军国主义，而普通的穷人在那里也是会被欺负、被压迫的。

1945 年秋天，正在制钢所劳作的赵瀚卿忽然听到外面砰砰啪啪的乱响，以为外面又打仗了。他蜷缩着瘦小的身子，瑟瑟发抖，正不知如何是好，突然看见工友们都蜂拥着往外跑，他也不明就里地跟着一起跑。然而，他看到工友们脸上并没有半丝惊慌，而是满脸兴高采烈。他正奇怪着，已经跑到了外边，看到满街的人都在放鞭炮，他们说日本帝国主义投降了，人民再也不用受日本鬼子欺负了。

那年，赵瀚卿 15 岁，懵懵懂懂地并不知道这些到底意味着什么。从他有记忆时开始，日本人就一直在身边晃荡。他并不知道日本人到底给这片土地带来了什么，也不知道日本人离开了，这片土地会有怎样的变化。但他隐约感到，中国人的腰伸直了，中国人说话声音洪亮了。似乎能感觉到以后就能过好日子了。

离开制钢所，赵瀚卿回到了家。然而日子并没有好多少，随着一家人都渐渐成年，家里常常也是吃了上顿没下顿。单靠父亲做长工挣的那点儿粮食已经无法养活全家。懂事的赵瀚卿只得到处寻点零工做做。家里依然清贫，日子仍旧艰难。

为了幸福的战斗

1947年，村里来了一队外地人，他们带来了一面红旗，插在村子中央。

随着阵阵劲风吹来，红旗猎猎抖动，迎风飘展。赵瀚卿觉得红旗煞是好看，看着鲜红的旗帜飘扬，内心觉得格外亲切。他莫名有些好奇，好奇这些人是什么人，好奇他们要干什么。后来打听到这队人是中国共产党的宣传队，是来这里动员人民参加革命推翻旧社会的。他们告诉村民，老百姓的穷，是因为帝国主义的掠夺，是因为资本主义的剥削，是因为官僚主义的压榨。我们穷人要想过上好日子、翻身做主人，就要团结起来，拿起武器去推翻这三座大山。幸福是要靠自己争取的，反动派不会拱手把幸福送给我们，所以，让我们去参军吧！去战斗吧！去消灭反动派吧！

听着宣传队的演讲，他以前不明白的道理现在都明白了。他要为幸福去奋斗，为自己，也为天下穷苦百姓。他要去参军，要去打倒旧军阀，推翻旧社会，为建设新的人民政权去战斗。

赵瀚卿随着宣传队的指引，汇合着村里几个有同样想法的年轻人，朝着解放军的驻地走去。他们一行人来到了皮口，这里是解放军的新兵团驻地。除了他们几个，还有四面八方的其他有志青年也都会聚到这里，为了同样的理想他们都要当兵，去打倒反动派，建设新的人民政权。他们在招兵处登记上名字，换上军装，被编进了新兵团。第二天，他们就跟着新兵团开拔到了大连普兰店，在那里进行新兵集训。

集训进行了一个多月时间，部队就接到了上级的战斗任务。他们被编进辽宁独立三团的战斗序列，正式成为一名解放军战士。第一仗，他们要到铁架山去消灭驻扎在那里的国民党部队。赵瀚卿第一次来到战场，还处在半懵状态，看着硝烟弥漫，听着炮火轰隆，耳边子弹呼啸而过，说不害怕那是假的。但冲锋号吹起，所有人都在往前冲，赵瀚卿也只得壮着胆子往前冲，猫着腰，不断地边冲边开枪，边找掩体躲避对方阵地射过来的子弹。

赵瀚卿是幸运的，这一仗打下来，虽然弹片经常擦着头皮飞过，爆炸随时在身旁发生，他却一点儿伤都没负。与他同行的很多战友就没那么幸运了，在他们冲锋的时候，好几个同伴都倒在了阵地上，九月的铁架山早就下雪了，白茫茫的大雪把整个黑土地铺成一片雪白。战士们不断中弹倒下，再也不能起来，那殷红的血在雪地上慢慢流淌、慢慢凝固、慢慢冰冷。赵瀚卿看着战友们不断倒下，他切身感受到了战争的残酷。他知道敌人是残忍的，不把他们消灭，他们就会消灭我们。这激起了他的愤怒，越战越勇敢，他没有了开始的怯弱，失去战友的愤怒和仇恨让他一直往前冲着，直到最后的胜利。

战斗结束后，部队转移到了七岭子，他们在那里驻扎休整。清点人数时，发现和他一起参军的同村人，就剩他一个了。他有些悲伤，禁不住地难过。虽然他也知道，战争就会有牺牲，但身边的同伴一下子全没了，这种失落感让他心情很沉重，也感到无比的孤单。然而，还没等他从悲伤的情绪中缓解过来，新的战斗任务很快又来了。接到上级指示，他们要去攻打大石桥了。

大石桥战役打得很激烈。这是赵瀚卿参与的第二场战役，虽然有了铁架山战役的战斗经验，但战争的惨烈程度远超他的想象。解放军与国民党部队在这片土地上反复拉锯着，都无法完全占领对方阵地。防守在大石桥的国民党军是蒋介石的嫡系部队，他们装备优良，人数众多，拥有强悍的战斗力，我军很难在短时间内完全消灭他们。部队根据实际情况迅速调整了战略，要求同志们执行“不占据点，只求消灭敌方有生力量”的游击战略方针，开展运动战。

在白茫茫的雪地上，为了行进时不被敌人发现，战士们都反穿大衣在雪地里悄悄摸向敌人，趁其不备解决他们。那时候，战士们的大衣正面是灰色的，与白雪形成巨大的色彩反差，在雪地里行走远远地就会被敌军发现，成为移动的活靶子，而大衣内侧都衬着白色的兽毛，能与雪色融为一体。战士们为了迷惑敌人，都反穿着大衣悄悄向敌人靠近，等到射程之内就迅速开枪，打得敌军措手不及。就这样，为了消灭敌军有生力量，我军在大石桥据点三进三出，直到完全消灭敌军，取得最终的胜利。

在这次战斗中，赵瀚卿被分配到了机枪排，担任压弹手。有了第一次的战斗经验，这次作战赵瀚卿就非常勇猛了。他和战友们不断变化队形占据有利位置，逮住机会就向敌人火力输出。战场上争斗非常激烈，不断有人倒下又不断有人补充上来。战士们在不断向前冲，卫生员不断把伤员往后方抬。赵瀚卿正庆幸自己在这枪林弹雨中福大命大时，一梭子弹射了过来，他感觉屁股上一阵痒，用手一摸，满满的一手鲜血，才发觉自己中弹了。还没等他反应过来，一阵剧烈的疼痛，让他晕了过去。

等他苏醒时他已经在卫生员的担架上了，他被送到了战地医院进行包扎治疗，这时也传来喜讯，战斗胜利了。听到这个消息，赵瀚卿忘了疼痛，竟咧开嘴笑了。

由于赵瀚卿中弹位置比较深，战地医院条件有限，无法进行彻底治疗，只得将他转移到了后方医院。在后方医院治疗休养了六个月，他的大腿伤情终于痊愈了。他想回归部队，继续和战友们并肩作战，可战场推进太快，他原来所在的部队已经不知道开拔到哪个地方去了。赵瀚卿四处打听终究没有得到具体信息，他这才意识到，他掉队了。

无奈的赵瀚卿只得再次回到家里。一边帮着家里干些农活，一边继续打听部队下落。家里当时还没解放，他也不敢明目张胆地见人就问，只能悄悄地各处探听一些零零碎碎的消息，但都不能得到确切的消息。就这样过了半年多时间，这天村长晁大脑袋来到了家里，晁大脑袋既是村长，也是我党的一名地下工作者，他跟赵瀚卿说："你找不到原来部队，另外加入一支部队不就得了？"赵瀚卿说："不回原来部队，那不成逃兵了吗？"晁大脑袋又说："找不到原来部队你也没办法啊！再说在哪支部队不都是干革命吗？那怎么能算逃兵呢？"赵瀚卿听着似乎也有些道理，于是又疑惑着问道："这样能成吗？""成！只要是为了消灭敌人，到哪里都是革命。"晁大脑袋拍着胸脯说道。

听了晁大脑袋的话，赵瀚卿就像吃了一颗定心丸，接着又去找部队了。这次他来到了辽阳，这里驻扎了一支新的部队，番号为解放军辽南五师。赵瀚卿要求加入部队继续革命，很快得到了部队的应允。由于以前是一名机枪手，这次被分配到了机枪排，并担任了机枪排的通讯员。赵瀚卿重新进入部队，内心非常喜悦，他把这个喜悦的消息写信告诉了家里，父亲收到信件后，决定来辽阳看他。那时候交通不方便，父亲硬是从营口步行了两百多公里来到了辽阳。看到父亲站在营区门口，赵瀚卿热泪盈眶。父亲拉着他的手，拍着他的肩膀，深情地嘱咐着："共产党是咱穷人的部队，是替咱老百姓谋幸福的。你以后跟着共产党好好干革命，争取解放全中国，让全国人民都过上好日子！家里你不用牵挂，有我和你妈在，会照顾好家里的。”听着父亲的话，赵瀚卿哽咽了，他承诺着父亲：“爸，您放心，我一定会把革命进行到底的，让天下穷苦百姓都翻身做主人。”

父亲嘱咐完儿子就要回家了。虽有万分不舍，但父亲也明白，儿子大了，以后要走自己的路了。离开了家，他希望儿子要好好保重身体。赵瀚卿望着父亲离开的背影，泪水慢慢模糊了自己的眼睛。心中想着，从此革命道路上，定要多立战功，坚决打倒反动派，建设新中国，才能不辜负父亲的殷殷嘱托。

在辽阳驻扎了两个月，部队接到了去攻打营口的命令，那里正是赵瀚卿的家乡。得知要去解放自己的家乡，赵瀚卿非常兴奋。当部队经过自己家门时，他看见母亲站在自家门内正殷切地看着他，他想向前跟母亲说说话，可母亲摇了摇手，又用手指了指前方。他领会到了母亲的意思，母亲要他往前去革命，要以大局为重，不要为家人牵绊。母亲能看一看他就知足了。

他理解母亲的深情，也明白母亲的大义。他只得遵从母亲的意思，紧追几步跟上自己的队列。他知道，只有将革命进行到底，消灭所有压迫百姓的敌人，才能对得住母亲的良苦用心。如今献身革命，也是不能擅离部队，等

革命胜利了，再来跟母亲相聚吧！

在接下来的战斗中，赵瀚卿都特别勇敢，每一次都冲在最前面。他知道，早一天解放全中国，全国老百姓才能过上好日子，自己才能早日见到母亲，与家人团聚。

解放营口之后，解放军在东北已经取得了绝对优势，根据毛主席的指示，为全面消灭东北区域的国民党反动派，迅速开展了秋季大反攻。辽南五师这时也被整编入四野，开进了主战场，在这一地区进行了著名的辽沈战役。随后以摧枯拉朽之势，解放了全东北。

等东北解放以后，为响应党中央解放全中国的号召，稍作休整后部队紧急开赴关内，准备参与平津战役。当部队赶往平津战役战场时，先头部队早已在天津开战了。正当天津还在猛烈交火的时候，赵瀚卿所在部队迅速驻扎进了大葛庄，与其他部队形成了对北平的包围态势。经过近一个月的围困与斡旋，最后和平解放了北平。

经过辽沈和平津两大战役后，解放军已经在战略上取得了全国性的优势，解放全中国已是指日可待的事情。中央军委也对各个部队进行了统一的调整和部署。赵瀚卿跟随着四野部队开始南下，追击并消灭国民党剩余部队。从北平追到郑州，再从衡阳追到南宁，直至追到海南岛，全歼了国民党的整建制部队。

让赵瀚卿记忆深刻的是，1949年10月1日。当部队传达毛主席在北京天安门城楼上宣告中华人民共和国成立了，中国人民站起来了的时候，他的内心是那样的激动。当初参军是为了推翻三座大山，今天梦想终于完成了，理想终于实现了，从此咱们穷苦百姓终于要翻身做主人了。心里想着革命胜利了，他该回家去告诉母亲了。他依然记得母亲在家门口看着他时的眼神，有太多不舍，也有太多期盼。他要去亲口告诉母亲，我们盼望的好日子终于要来了，我们终于可以团聚了。他想着回家，并准备第二天一早就去跟连长请假。到了晚上，睡觉的时候怎么也无法安睡，翻来覆去地兴奋着。兴奋累了又冷静了下来。冷静过后又想，新中国是成立了，但反动派势力依然还存在，还得继续把他们完全消灭，不然还有其他的百姓遭受反动派的荼毒。而且，新中国才刚成立，还有很多工作要做，将来还要继续建设新中国。想到这些，他又有点儿犹豫了，他如果就这样回家去，是不是有些自私？如果每个人都想着回家，那后面的革命工作谁来做？没有大家哪有小家？想到这些他自觉有些羞愧了，人不能那么自私啊！为了全天下穷苦百姓的幸福，他还得要和战友们去为全面解放全中国而奋斗！有了这样的想法，心中瞬间又充满了斗志，第二天，他又拿上枪，继续踏上了征程。

拱卫新的中国

当赵瀚卿跟随部队踏上海南岛全歼了国民党残余部队后，国民党已再无回天之力了。但国民党是不甘心失败的，被打散的零星部队便躲进了深山老林，与当地土匪勾结，到处杀害南下工作人员和人民群众，妄想伺机颠覆人民政权。

根据毛主席的指示，我军战士又立即进行了剿匪运动。赵瀚卿所在部队迅速开赴贵州，驻扎在贵阳长安镇上，开展著名的湘西剿匪运动，负责剿灭盘踞在湘西、黔东等大山里的土匪。部队所到之处，不断地荡平着土匪和国民党残余势力。他们从贵阳一路剿匪，一路推进，从黔东到湘西，再来到了广西。

在广西，国民党部队败退之后留下了很多的散兵游勇和特务分子，他们大多极其顽固，与当地的土匪相勾结后，不断冲击新生人民政府，杀害工作人员和普通百姓，行动异常猖獗。那年赵瀚卿所在部队驻扎在南宁市外围时，目睹了被土匪杀害的五十多名干部群众惨死在村庄里的场景。这天，部队接到报告，说土匪在广安镇疯狂残害当地群众，给当地百姓造成了巨大的恐慌。部队接到命令后，迅速赶往事发现场，可最终还是晚来了一步。土匪听闻解放军战士赶来，纷纷作鸟兽散，隐入茫茫大山中去了。现场只留下五十多具血淋淋的当地群众的尸体，还有周边一些瑟瑟发抖的家属和百姓。看到这样的场面，赵瀚卿万分地震惊和愤怒，作为一名战士，即使经历过炮火硝烟的洗礼，见识过战场的血肉横飞，也没见识过如此的惨绝人寰。这些土匪竟然对手无寸铁的平民百姓如此残忍，简直禽兽不如。赵瀚卿看着这血淋淋的一幕，心中痛如刀割，发誓一定要歼灭这里的所有土匪，让他们血债血偿。

为了保护人民群众生命财产安全，部队决定驻扎在广安镇上。这样既能保卫这片土地的平安，一有匪情又能第一时间击毙匪徒分子。在接下来的剿匪时间里，赵瀚卿总是冲在最前面，不但积极剿匪，同时也对镇上的百姓做了大量的安抚和帮扶工作。广安镇周围都是大山，山与山之间都只有羊肠小道相沟通。为了深入剿匪，他们决定伐木修路，一是便于部队运输物资、快速进攻；二是也能将土匪分割在各个小山头，防止他们相互聚集。广安镇山多河流也多，他们砍伐的树木很难通过陆路运输，只能通过河流漂运。赵瀚卿总是带头进山，然后把砍下的木材捆成木排放入河中，再跟着木排漂流而下。有一次，水流湍急，赵瀚卿乘坐的木排在河中央散架了，他一骨碌掉到了河水之中，冰冷的河水不但未让他退缩，反而激起了他的斗志。他迅速游到岸边，砍了一根藤条，再次扑于水中，把木材一根一根聚拢捆扎，最后圆满地把木材运送到了下游的目的地。

类似的事情还有很多，赵瀚卿都能圆满地完成各项任务，拱卫着这方土地的安全。鉴于赵瀚卿的优异表现，部队领导给予了他多次嘉奖。也是在这一年，由于赵瀚卿一贯思想进步、工作积极，上级党组织批准了赵瀚卿的入党申请。在卫生班长王一东和文化教员陈玉锁的介绍下，他光荣地加入了中国共产党，成为一名光荣的中国共产党党员。

时至半个多世纪之后，赵瀚卿依然清晰地记得那个光荣时刻，那是1950年5月28日，经过组织的批准，赵瀚卿面对党旗，高举右手，庄严地诵读着入党誓词。那一刻，他感觉那么神圣、那么光荣，他的内心无比激动，感觉到无上的幸福。

1953年，全国剿匪运动基本结束。根据国家建设需要，赵瀚卿所在的连队整体转业到了衡阳，改编成了衡阳警察纵队十五中队。赵瀚卿担任警长职务，分配到了衡阳公安一处成了一名主任科员。在这里，他离开军营，不但成为新中国的守卫者和建设者，也遇到了他的人生伴侣——他的爱人郑秀英。

作为公安队伍里的一名警长，赵瀚卿需要在辖区范围内到处巡逻。特别是火车站周围，市民密集，人员流动性较大，他对这片区域特别用心。当时全国形势已经稳定，建设新中国的征程也如火如荼。但鉴于旧社会时期人们受教育程度普遍不高，大部分民众甚至连一个字都不认识。为了提高人民群众的识字率，全国各地纷纷开展了文化扫盲运动。衡阳人民政府在火车站隔壁的北站宿舍楼开设了多期文化教育扫盲班，召集附近的居民进行文化识字学习。赵瀚卿一次在教室外巡逻，透过窗户看到讲台上一个高高瘦瘦的姑娘，扎着麻花辫，在教学员们识字，看着非常让人喜欢。于是赵瀚卿悄悄地打听到了她叫郑秀英，是这里新聘的文化教员。他觉得这个姑娘很漂亮也很优秀，心里有了想要结识的想法。因此，每次巡逻他都会刻意经过这里，并在教室外久久站立，不忍离去。而他的这个频繁的行为也引起了郑秀英的注意。当她也情不自禁地朝窗外望去的时候，四目相对时便擦出了心灵的火花，经过多次的眼神碰撞，他们彼此都住进了对方的心里。可是那时候的人们恋爱观念还非常保守，没有介绍人是不好意思私下接触的。赵瀚卿于是找到了郑秀英的同事余妈妈，让她帮忙介绍认识，通过撮合他们就顺理成章地走到一起，后来组建了家庭，并先后生下了四个子女，开启了幸福人生。

1953年的衡阳，依然还有不少国民党特务在从事地下破坏活动。为了肃清国民党残余势力，警察部队最重要的工作就是查处打击特务分子。经过公安一处的组织部署，赵瀚卿担任了侦查敌特情报的外线队长，工作时需要乔装打扮成普通市民，监视已知特务，打探敌特行动消息。有一次，在衡阳同仁里，赵瀚卿监视的一个敌特活动异常活跃，根据经验他判断敌特分子近期有可能要有什么行动。于是他紧紧地守在敌特住所附近，时刻关注他的动向。为了不打草惊蛇，他又不能跟得太紧，避免被他们发现。可是不跟紧又怕跟丢而错过重要情报，赵瀚卿没办法，只得让老婆下了班就来给他打掩护。他俩分守在两个岔路口，当一个发现特务外出走出岔路时，就甩动毛巾或手帕，指引特务的出行方向，另一个就根据暗语绕到下一个路口去继续监视。经过夫妻俩的紧密配合，终于在敌特接头时及时发现并传递了消息，让公安行动组顺利将敌特分子逮捕。后来经过审讯，敌特任务竟是要在粤汉铁路线上炸毁一列运输军用物资的列车。通过赵瀚卿的机智和努力，成功地阻止了一起大型的敌特破坏行动。

新中国之初，敌特破坏依然是人民生活面临的重要威胁。作为公安战士，守护一方平安，长期奋斗在战斗一线，与敌特分子进行着斗智斗勇的殊死较量。从1953年到1957年，赵瀚卿一直在公安一处从事着公安工作。他破获了多起敌特破坏活动，也帮助了无数老百姓渡过了难关。在衡阳的这片土地上，无论是来往过客还是城市平民，赵瀚卿作为一名新社会的公安战士，都在尽职尽责地守护着他们的生命财产安全。

随着社会的发展，新的人民政权不断稳固，外部敌特妄想颠覆新中国的狂妄之心慢慢湮没，再也掀不起什么浪花。我党的政治任务也开始转换，主要精力从巩固人民政权转移到了建设新的国家上来。赵瀚卿为了响应中央大力建设新中国的号召，开始投入到了国家的基础建设中来。1957年，他开始慢慢放下公安工作，来到了铁路部门从事铁路建设工作。最开始来到了郴州工务段，在婆婆岩附近铁路沿线充当了一名养路工。1969年正式调入衡阳列车段从事列车员工作。本着建设好我们国家的初心，赵瀚卿在工作上总是勤勤恳恳、兢兢业业。在列车段先后从事着旅客运输工作和段内建设工作。也在多个岗位上担任过多种职务，从列车员到车长，从办公室科员到总务主任。每一个岗位都留下了他深深的足迹，每一个岗位都见证着他建设新中国的激情和热忱。任劳任怨、一如既往，直至1980年7月退休。1982年，中央落实参加革命的老同志待遇的政策，赵瀚卿符合优待条件，由退休改为离休。

今天的幸福时光

时光荏苒，岁月悠悠。时间来到2024年，赵瀚卿已经是一位94岁高龄的老人了，历经近一个世纪的风雨变迁，身体依旧硬朗，精神依然矍铄，只是腿脚有些使不上力了，需要依靠轮椅辅助出行。他喜欢有空就去户外走走，看看新时代的社会建设，看看现在人民的生活状态。看到当今时代天下太平、繁荣昌盛，赵瀚卿由衷地感到欣慰。他感慨于今天的一切来之不易，他们这一辈的血没有白流。如今人民富足、国家强盛，经过老一辈的薪火相传，经过新一代的奋勇接力，我们的国家正发生着翻天覆地的变化。历史的车轮滚滚前进，春去秋来，我们的民族始终在自强不息，我们的人民始终在阔步前进。

在赵瀚卿如今的离休生活里，他常常要到苗圃公园去晒晒太阳，到湘江河岸去看看江水，在人群中驻足，听新时代的回音。他会跟年轻人讲从前的故事，为烽火岁月里倒下的先烈缅怀，也会跟铁路新人讲铁路的发展，为自己曾经作出的贡献而骄傲。每次走在阳光里，走在草地上，岁月沉淀的厚重，并没有消减他的激情，他总是微笑着面对当前的生活，感慨着现在生活的美好。

他欣喜于中华儿女在轮回变迁里依然昂扬，欣喜于这个时代经历风雨洗礼历久弥新，更欣喜于新中国历经百年沧桑巨变更加焕发新生。回眸过往，仍有祈愿：愿中华民族富强，再不需经历任人宰割的苦难；愿祖国越来越强大，再也没有硝烟炮火；愿岁月静好，人民永远幸福安康！

迎春花的依恋

——采访离休干部曲贵东

□ 龚为希

庭院里，和风习习，清爽宁人。

一簇簇金黄的迎春花傲然绽放，清香四溢。

中等身材、面容慈祥、精神矍铄、乐观开朗的95岁离休干部曲贵东老人，胸前挂着东北解放勋章、湖南解放勋章等奖牌，深情注视着迎春花，沉浸在连绵悠长的回忆里……

决不为日本人做事

辽宁省营口县塔峪沟村是一个风光美丽的小山村，每当大地苏醒的时候，迎春花就撒欢似的开放。

曲贵东1929年9月就出生在这里。家人全是老实巴交的农民，为地主做长工、打短工，一年到头，辛苦劳作，却总是食不果腹，日子在苦难中煎熬着。

雪上加霜的是，东北沦陷后，家乡践踏在日本人的铁蹄之下。男劳力被日本人抓去服劳役，从此音讯全无。粮食被日本人抢去，日本人的解释是："不允许中国人吃大米和白面。"森林被砍倒、煤矿被掠夺、金矿被开采……山河在呜咽。

1938年，曲贵东9岁。他体形瘦小，面黄肌瘦。

春天来了，小路边、流水旁、山岩上，迎春花点点开放。那鲜嫩、金黄、极具生命力的颜色，冲击着曲贵东幼小的心灵！他拾起一朵，深深呼吸，闻着芬芳，顿觉心里亮堂。于是，他将迎春花种在房前屋后。他萌生了一个改变自己命运的想法：上学。

但家徒四壁，学费从哪来？

做小生意的叔叔看出了侄儿的心思，说："我们全家人全力以赴支持你！有了知识，咱中国人才不会被日本人欺负！"

就这样，曲贵东怀揣着梦想来到大石桥镇小学读书。他念完初小，念高小。一晃儿，6年过去了。

但是，读书生活并没有如他所愿。学校已被日本人控制，对中国人实行的是奴化教育。学校强制宣传"日中亲善"和"日本精神"……

曲贵东对此很愤怒："霸占我土地，抢夺我资源，奴役我亲人，还口口声声说亲善，这不是强盗逻辑吗？"他恨透了日本人！

他自学《三字经》《百家姓》《千字文》和四书五经，默默背诵唐诗宋词，偷偷看祖逖北伐、岳飞抗金、戚继光抗倭的故事……

1944年，曲贵东高小毕业时，已经15岁。未来怎么办？他不断问自己，但始终找不到答案。

日本人对中国文化人的控制向来是极为严格的。日本人找到曲贵东："你有高小文化，可以到日本企业就职，也可以到维持会工作。只要听话，好处大大的有！"

曲贵东心想："要我到日本企业去造枪、造炮，然后来打中国人？没门！要我去维持会当汉奸，祸害百姓？没门！"

“我宁可饿死，也决不为日本人做事！”他下定了决心。

于是，他隐瞒身份，躲了起来。谁也没想到，他来到大石桥镇的一个砖瓦厂，做起了卖苦力的小工。他起早贪黑，每天劳作12小时，但他无怨无悔。

不久，日本人霸占了砖瓦厂。曲贵东得知消息，拔腿就跑。

去哪里？曲贵东实在是走投无路。

他干脆躲到乡下，开始不分昼夜地劳作……

参加革命队伍

1945 年秋天，日本投降，东北又回到祖国的怀抱。

曲贵东心情异常兴奋，以为好日子就要来了，但他又一次失望了。国民党部队来了，抓壮丁、征口粮、服劳役，老百姓的日子照样苦不堪言。

好在，共产党在家乡建立了辽南部队。部队纪律严明，不拿群众一针一线，和国民党士兵形成鲜明对照。更令老百姓欣慰的是，共产党领导农民开展土改运动，农民不但负担减轻了，而且还分到了土地。

1947 年秋，辽南部队打败了国民党部队，家乡解放了！

老百姓欢呼雀跃。曲贵东和当地老百姓一样，打心眼里感恩共产党，心中不由得燃起了希望。

解放军就地扩编。“打倒蒋介石，解放全中国”“一人参军，全家光荣”等标语像金黄的迎春花一样耀眼，深深震撼着曲贵东的心灵。

曲贵东把自己想参军的想法告诉父母，父母毫不犹豫地支持他。

曲贵东邀约了两个当地的农民，于 1947 年秋，在家乡的瓦房店参加了辽南部队。他穿上淡黄色的军装，心中无比喜悦！

“还在长个儿呢。”连长拍着曲贵东的肩膀说，“多大了？”

“报告首长，我 18 岁！”

“为什么要参加革命？”

“我喜欢这里！”

“为什么？”

“因为这里不欺负人！”

士兵们听了，哈哈大笑起来。

“说得好！”连长向他竖起了大拇指。

曲贵东心里沉甸甸的，他感觉有了坚实的依靠和无穷的力量。他每天参加军事训练，虽然很苦，但从来没说半个累字。他性格慢慢开朗起来，每天笑呵呵的。部队领导和战士们都很喜欢他。

他结交了两个亲密的战友，一个叫陈玉锁（新中国成立后曾任广州铁路局长沙公安分处处长），一个叫吴经显（新中国成立后曾任广州铁路局株洲车站站长）。他们都是穷苦人家出身，年龄相仿，兴趣相投，常常互相帮助。

那是在一次执行任务的时候，曲贵东发现了一个可疑人员。曲贵东双手托枪押着那人向连部走去，正得意时，那人突然一个趔趄，反向一脚，将曲贵东踢向悬崖。正在这时，邓玉锁、吴经显赶了过来，制服了那人，救出了曲贵东……从此，他们的友谊更深厚了。

训练既艰苦又严格，和他一起来参军的那两个同乡，在信念上发生了动摇。

一天夜里，两个同乡慌慌张张地找到曲贵东。

一个说：“爹捎信来，病危，叫我回去……”

一个说："娘叫我娶媳妇……"

曲贵东很快明白了他们的意思，坚决地说："我希望你们意志坚定！我绝不当逃兵！"

曲贵东向指导员汇报了情况，指导员赶紧去找他这两个同乡。遗憾的是，那两个同乡跑了。

在迎春花开得正艳的1948年春天，在瓦房店，经指导员和连长介绍，曲贵东光荣地加入了中国共产党。同一批入党的，还有他亲密的战友陈玉锁。

曲贵东像那傲霜斗雪的迎春花，正顽强地生长着。

怀念大枣子

曲贵东永远不会忘记那个场面。

1947年12月，班长带来一个新战士。他瘦高个、大圆脸、爱笑，但怎么也掩盖不了孩子般的稚气。班长要他作自我介绍。

他像踩着风一样轻飘飘走上台，嘻嘻笑着，脸上露出两个大大的酒窝，说："我的家乡在河北沧州……秋天，大红枣子挂满树梢……我要请你们吃枣子！"

"枣树是你们家的吗？"有战士问。

他耷拉着脸："不是！是地主家的！"

"那你怎么叫我们吃枣子？"

"我是说，解放了以后……"

"哦——"全班战士都笑了。

"你多大？"

"十七岁半差一个月。"

"你叫什么名字？"

他红着脸："我叫……"然后说不出话来。

"你就叫大枣子吧。"曲贵东站起来，大声说。

"好！大枣子！大枣子！"大家齐声高喊。

气氛异常热烈。

从此，曲贵东和大枣子成了形影不离的好朋友。

大石桥镇战役打响了。就要上战场了！曲贵东和大枣子既兴奋、又紧张。

部队不分昼夜行军，在阵地之间反复穿梭。小规模的遭遇战时有发生，大枣子小腿挨了敌人的枪子，鲜血直流。班长要他到后方医院治疗，他不肯：

“我才上战场，怎么就叫我下去？我不会拖你们的后腿！”

班长只好同意他留下来，曲贵东就自告奋勇提出要照顾大枣子。

“你个子这么小，能照顾我吗？”大枣子开玩笑地说。

“当然行！我有的是力气！”曲贵东满怀信心。

夜，寒气逼人，伸手不见五指，部队正在急行军。大枣子虽然行动有点儿迟缓，但在曲贵东的帮助下，始终紧跟队伍。

“原地休息！”突然，班长下达了命令。

曲贵东扶着大枣子一坐下，就瘫软下，躺在地上睡着了。他实在太累了！等他醒来时，部队已经开拔，扶着他踉踉跄跄前行的，竟是一瘸一拐的大枣子。

曲贵东十分自责，对大枣子说：“是我照顾你，还是你照顾我？”

“革命同志就应该互相照顾！”大枣子大声说。

大枣子的话就像一股春风，温暖了曲贵东的心灵。他有千言万语要说，却说不出一个字来。这大概就是同志加兄弟的情感吧！

部队很快逼近大石桥镇火车站。广场上巡逻兵来回穿梭，岗哨上的敌人荷枪实弹……探照灯不停旋转方向，扫视着地面的一切。

“轰！轰！……”解放军的炮弹像流星一样落在敌人的驻点！总攻开始了！

班长率领战士们穿越一条窄窄的巷道。探照灯照过来，他们就隐蔽；探照灯照过去，他们就匍匐前进。曲贵东紧紧跟在大枣子身旁，大枣子早已大汗淋漓。

“哐当！”一声沉闷的响声传来。大枣子在抬起手臂擦额头上汗珠的一瞬间，借着探照灯照来的光亮，看到身后的一扇窗户破开了一个大洞，一挺机关枪管慢慢伸了出来。

说时迟，那时快。大枣子纵身一跃，拔出腰间的手榴弹，拉开引线，扑过去，扔向窗户里……

“轰！”一声巨响，火光冲天。大枣子一瘸一拐拼命向战士们跑来。火光中，深深的酒窝还在微笑，英武的身影却慢慢倒下……

“大枣子！”曲贵东和战士们喊声震天！

敌人很快被挤压到一座大院里。大部队赶来，迅速全歼了敌人，完全控制了火车站。

战后，曲贵东写了一首小诗，题目叫《怀念大枣子》：

那火光，
就像迎春花，
照亮我胸怀。

每天揽你入怀，
梦里，嚼着大红枣，
比蜜甜，
醒来，却泪流满面。

火线送情报

东北解放以后，曲贵东跟随部队一路南下。

1948 年底，部队来到湖南衡阳。春寒料峭，迎春花早已盛开，像在昂首欢迎战士们的到来。

团长把已是通信班副班长的曲贵东叫来，交代任务：“一天之内，将情报送到三营营部！”

当时，大战在即。国民党部队占据了交通要道和重要据点。三营营部在 50 公里以外，和团部失去了联系。情况十万火急！

傍晚，曲贵东化装成老百姓，出发了。

他来到一座桥边，天已经黑下来。桥头，国民党士兵荷枪实弹，正在搜查过往人群。河边、河上架起各种各样的铁丝网。怎么办？他当机立断，决定沿河边绕道而行。

他深一脚浅一脚爬行在一米多高的杂草丛中，手脚多处被划伤，河水早已浸透全身。他顾不得寒冷和疼痛，拼命前行。

突然，他发现了一点亮光。仔细一看，那是一辆军用卡车，车上有几个国民党士兵借着手电筒的光正在喝酒。几个士兵东倒西歪躺着，一个士兵在摇头晃脑。

“谁——”那国民党士兵大喊一声。

“老总，饿……饿……”曲贵东假装成要饭的，露出可怜巴巴的样子。就在这时，他眼疾手快，抓起一块鹅卵石，呼的一声，朝那士兵头部砸去。

“嘭！”那士兵一个踉跄，倒下了。

曲贵东立即使出全身力气跑出杂草丛……大约过了十分钟，“砰！砰！……”身后传来一排枪响，国民党士兵追了出来。可是，曲贵东早已跑得没了踪影。

第二天早上，衣衫褴褛的曲贵东必须经过一家市镇旁的路口。国民党士兵又在搜查。

路口很窄，人多拥挤，来来往往的老百姓像惊弓之鸟，很是慌乱。怎么办？曲贵东迅速警觉起来。他来到人群边缘，突然大喊：

“抢东西啦！抢东西啦！……”

人群立刻乱作一团，愤怒的群众像一股股洪流向国民党士兵涌过去……曲贵东趁乱冲过了关卡。

曲贵东因为这件事受到团部嘉奖，并升任为通信班班长。

后来，团长要曲贵东向全团官兵作报告。

曲贵东穿着威武的军装，神态严肃地说道：“……第二天太阳落山的时候，我来到一个小村庄旁。咦？怎么这么安静？我一放松下来，就发现脚上起了血泡，肚子饿得咕咕叫，实在走不动了。歇息一会吧。这时，我发现一个扎着小辫子的姑娘……可漂亮了！她提着竹篮，朝我这个方向走来。我慌了，赶紧躲到草丛里……然后，悄悄跟了过去。突然，一个声音传来：‘举起手来！’我抬头一看，这不就是我的战友吴经显吗？”

“轰”的一声，大家热烈鼓掌！

这时，一个战士站起来，问："你跟着那小姑娘，是不是想图谋不轨？"

"没有！……我想，部队应该就在附近了！"曲贵东双手叉腰，嘟着嘴巴，像个生气的孩子。

大家又一阵哄堂大笑！

接着，又有人提问："沿途你看到最美的风景是什么？"

"小姑娘和迎春花！"曲贵东毫不含糊地回答。

"哪个更美？"

"一样美！"

整个会场充满了欢乐的氛围！

新建通信线

1949 年 5 月，湘桂边界，战斗在激烈进行着。

团前线指挥所设在北面山坡上的一个小山洞里，能观察战场上的情况。一营、二营、三营分别在东、南、西三个方向向敌人发起总攻。团长密切关注着战场上的变化。

通信班在前线指挥所待命。

团长拿起电话："一营，一营……"

电话里没有反应，前线指挥所与一营的通信线被敌人掐断了。

团长立即下达命令："抢修通信线！"

一个通信员背着工具和一捆线圈，迅速出发了。他跃出壕沟，穿越左边的森林，跨越路基。敌人的子弹尾随而至，地面腾起一团团白烟。他纵身跳入一条壕沟，壕沟里有敌人的暗堡，响起了机关枪……

团长看到这一切，心如刀绞。

"团长，我请求执行任务！"通信班班长曲贵东向团长行了个标准的军礼。

团长紧盯着眼前这个小个子，心中咯噔一下。他沉思片刻，抬起头，凝视着他："你一定要活着回来！"

“保证完成任务！”曲贵东大声回答。

曲贵东一转身，背着一捆大线圈和工具，弯着腰，“蹬、蹬、蹬”出发了。

曲贵东来到壕沟出口处，纵身跃入右边森林。“嗖、嗖、嗖……”敌人的子弹像长了眼睛似的，尾随过来。

团长心揪起来：“方向不对呀！通信线在左边。”

曲贵东全身紧贴着一条田埂，右手夹着背包，左手用力向前爬行。巧的是，田埂正好挡住了敌人的视线和火力。

曲贵东身材瘦小，容易隐蔽，他把这一点恰到好处地用到战场上了。团长欣赏他的机敏，也明白了他的意图：他是要从左翼新建一条团前线指挥所到一营的通信线！

五分钟过去了，十分钟过去了，曲贵东终于爬到森林边缘，靠着一堵墙，用树枝顶着自己的军帽，慢慢向右边移动。子弹声“嗖嗖”传来，打得树枝急速地跳动。突然，他一转身，滚过左沟边的路基，然后俯冲下去……他背上的电话线像蛇一样蜿蜒滑行。

他成功躲过了敌人的暗堡。

团长向他投去赞许的眼光：“这小子真机灵！”

不过，团长心里还为他捏把汗，因为左边的山头也有敌人把守。

团长迅速派出一个小分队，从左翼支援曲贵东。

曲贵东来到一个小山坡下，他心里暗暗高兴：翻过这山坡，就离一营不远了。

“不好！山坡上驻扎着一股敌人！”曲桂东很快发现了敌情。

怎么办？闯是闯不过去了。他当机立断，掏出手枪，“嘭、嘭”，向天空开了两枪。敌人迅速被吸引过来，他拔腿就向后山跑去。他身上背着的电话线“呼呼”向前延伸……

很快，山的两侧都响起密集的枪声，紧接着，厮杀声不绝于耳。

前线指挥所里，团长嘘了一口气，自言自语：“这小子……”

曲贵东跑到后山，一营营长正带领部队在迎接他的到来。

新通信线建起来了。

“团长，请下命令吧！”一营营长声音十分洪亮！

…………

瑶山剿匪

1950年春天，部队进驻广西大瑶山，任务是剿匪。

曲贵东带领一个班的士兵，进驻一个小村庄。村子不大，只有20来户人家。周围地势险峻，悬崖险隘多，森林密布，道路崎岖。

曲贵东找来老村长，了解到土匪的基本情况：土匪每年都来村里一两次，抢劫财物，欺男霸女，甚至杀害百姓。村民们对土匪恨之入骨。

曲贵东联系县大队、区中队和民兵组织，在路口、渡口、隘口，布置岗哨，日夜执勤。同时，他派士兵四处张贴《告土匪书》《告同胞书》等传单，及时宣传党的剿匪方针、政策。

在强大的政策攻势下，部分土匪缴枪投降，那些冥顽不化的土匪，只好向大山腹地逃窜。

曲贵东找来老村长，问：“土匪会逃到哪里？”

老村长略加思索，说：“这里山洞多，一定是躲到山洞里去了！”

“他们常在哪个山洞落脚？”

“土匪很狡猾，经常变换地方。目前，很有可能躲到骷髅洞了。”

“骷髅洞？”曲贵东很好奇。

老村长继续说道：“此洞离这里近二十公里。要翻山越岭，过险峻隘口，爬悬崖绝壁……听说，洞里阴森恐怖，到处是人骷髅……”

“我们不信邪！我想去探个究竟！”曲贵东目光坚定地看着老村长。

“好！”老村长很兴奋，“我是没那个体力陪你们一起去啰。我派儿子给你们作向导！”

“谢谢！”曲贵东紧紧握住老村长的双手！

夜，淫雨霏霏，漆黑一团。曲贵东带领几名士兵和向导，借着山间飘起的一层层白雾的微光，悄无声息地出发了。沿途峡谷悠长，古木参天，鸟啼兽吼。他们经过两个多小时的爬行，才前进了五公里。

他们来到一处十几丈高的悬崖峭壁旁。他们踩着肩膀，搭起人梯，紧贴着光秃秃、滑溜溜的岩石，一点儿一点儿往上爬。

向导很警觉："下面是深渊，一定要抓牢，决不能松手！"

曲贵东回应："一个紧跟一个，大家互相帮助，决不能让一个人掉队！"

他们手脚划破了皮，头上、脸上撞出了包。衣服完全湿透了，汗水、雨水混合在一起，身上像裹了一层厚厚的冰……

一个小时过去了，他们终于爬上了悬崖。突然，电闪雷鸣，狂风大作，一眨眼工夫，瓢泼大雨倾泻而下。他们困在一条小河边。小河有十多米宽，急流汹涌而下，裹挟着树木、岩石，冲向深不见底的深渊。

原打算黎明前完成侦查任务并顺利返回驻地。现在看来，只得在山里再待一天一晚了。

夜，越来越深，寒风呼呼吹来，战士们打着哆嗦，簇拥在一起……

山里的天气真是变化莫测。天亮了，太阳出来了，气温迅速上升。他们穿着湿漉漉的衣服，全身感到燥热难耐。更难受的是，蚊虫成群结队叮咬他们，他们全身鼓起一个个大红包，又痛又痒，难耐至极。

终于熬到天黑，他们继续向前爬行。5个小时后，眼前就是那朦朦胧胧、神秘莫测的骷髅洞了，主洞口离地面约400米，离山顶约100米；要到达洞口，还得绕道3公里……

回到驻地后，曲贵东向连长详细汇报了侦察情况。

又过了两天。夜，皓月当空，连绵起伏的群山就像一幅幅水墨画，神秘、庄严而又美丽。

连长命令曲贵东带领一个班的士兵为先锋，任务是摸索敌情、清除路障。其余部队兵分三路，向骷髅洞的几个洞口处进发。

黎明时分，曲贵东和先锋队的战士们出现在骷髅洞主洞穴洞口旁，其他部队按时到达指定地点。按照约定，总攻开始了。

"啪啪啪……"

"嘟嘟嘟……"

“砰砰砰……”

几乎在同时，几个洞口处响起短暂、激烈的枪声。

之后，大山静默了！

“你们被解放军包围了！缴枪不杀！”

曲贵东举起喇叭，高声大喊。洪亮的声音在洞穴里，在山谷中，久久回荡！

狡猾的土匪负隅顽抗……

一连十多天，局面僵持着。

第十四天，弹尽粮绝的土匪们实在顶不住了，1个，2个，3个……50多个土匪排着队，举手投降了。

旭日东升，战士们精神抖擞，唱着凯歌，押着土匪，下山了……

一路上，那成群结队，生机勃勃，金灿灿、黄澄澄的迎春花，正向战士们点头致意呢。

献身铁路事业

1951 年 4 月，曲贵东从部队转业到铁路部门，从此，他开始了近 30 年与铁轨相伴的日子。

前期，曲贵东在衡阳、株洲、长沙从事铁路民警工作。

为粉碎国民党特务破坏湘桂铁路正常运行的阴谋，他深入铁路沿线，走乡串户，风餐露宿，与国民党特务进行不屈不挠的斗争……

为维护铁路治安，他参与反扒、防火、防暴，常常不分昼夜，奔驰在千里铁道线上……

他押解人犯、遣送收容人员、护送病人……

虽然艰辛、危险，但他义无反顾，乐在其中。

后期，曲贵东到岳阳工务段工作，担任保卫股股长、保卫室主任。

为适应铁路建设与新时代改革发展的需要，曲贵东在扎实开展常规工作的同时，全面推进保卫工作的整章建制工作，在安全管理、治安管理、消防管理、人员管理、突发事件应对、法律法规遵守和宣传教育等方面，制定了切实可行的制度，使段安全保卫工作迈上新的台阶。段保卫工作多次受到上级的表彰、奖励。

随着年龄的增大，曲贵东深感培养年轻干部的重要性。他按德能勤绩的标准举荐年轻干部，不遗余力为年轻干部创造成长的机会。他培养起来的一大批年轻干部，在后来岳阳工务段安全运输生产中发挥了重要作用。

1980年7月，曲贵东光荣退（离）休。从此，他过上了恬淡、自在的生活。

他在自家庭院里，修建了一个小花园，种植他喜爱的花花草草。当然，种得最多，花开得最艳的，自然是他日思夜想的迎春花。

家庭生活平静而又幸福！

然而，有一天，家庭气氛出现了异常。

读高中的小女儿放学回家，怒气冲冲地走到曲贵东面前，大声说：

“爸，我的同学到工务段上班了。我为什么不可以？”

曲贵东脸一下子红了，说：“这次招工，岗位少，竞争激烈……”

“竞争激烈？”小女儿生气了，如连珠炮似的说，“最起码，您得让我知道吧……您连名都不许我报。我可以去竞争！竞争不上，我认了……段里规定，对老干部子女，有加分项！”

曲贵东脸火辣辣的，他看着女儿，嗫嚅着说：“别人家里更困难！”

小女儿眼泪哗哗流了下来，带着哭腔说：“我们家就不困难吗？”

曲贵东一时语塞，竟说不上话来。

小女儿又说话了：“单位领导是您部下，您说句话，我肯定能招上。您耽误了我的前程！”

曲贵东心猛地颤抖一下，镇静下来后，小声说：“孩子，爸对不起你！”

小女儿愤怒了：“您就可以拿我的前程不当一回事儿吗？”

曲贵东拗不过小女儿，实在不知道怎么回答。

为这事，曲贵东一直觉得亏欠自己的小女儿。

多年以后，小女儿才释怀：“爸爸是个好人！我不怪他！”

回顾曲贵东在铁路部门的工作历程，有人为他赠诗一首：

初心不改心向党，
严谨细实树标杆。
清风两袖胸怀月，
心慈人和永驻春。

庭院里，和风习习，清爽宁人。

曲贵东老人满面红光，抚摸着那一丛丛盛开的迎春花，吟诵起自己创作的诗歌——《我的依恋》

我依恋着你，
你陪伴着我。
一路凯歌，
一路芬芳。

那金灿灿的黄，
是我燃烧着的理想。
那翠翠的绿，
是我心灵肥沃的土壤。
那昂扬、舞动的枝叶，
引领我奔跑。
那诱人的香啊，
令我心驰神往。

曾经，我酣畅淋漓成长，
为党、为国、为民心花怒放。
如今，我甘愿化作泥土，
为你生根、开花，蓄送养料。

曲贵东年谱

1929 年 9 月 12 日出生在辽宁省营口县；

1938 年 3 月至 1944 年 5 月辽宁省营口县大石桥镇小学读书；

1944 年 6 月至 1947 年 10 月在家务农；

1947 年 11 月至 1948 年 2 月辽南部队三团一营一连二排战士；

1948 年 3 月至 1948 年 4 月辽南部队三团一营通信连任副班长；

1948 年 5 月至 1949 年 6 月辽南部队整五师三团一营通信连任副班长、班长；

1949 年 7 月至 1950 年 8 月中南军区铁道兵三团一营任文书；

1950 年 9 月至 1951 年 3 月中南军区铁道兵三团一营任书记；

1951 年 4 月至 1952 年 3 月衡阳民警总队四大队任文书、书记；

1952 年 4 月至 1952 年 8 月衡阳公安分处任理助干事；

1952 年 9 月至 1953 年 11 月株洲公安段任理助干事；

1953 年 12 月至 1957 年 12 月株洲公安分处任干事；

1958 年 1 月至 1960 年 4 月株洲路石铺采石场团总支任副书记；

1960 年 5 月至 1961 年 11 月岳阳地工委组织部任干事；

1961 年 12 月至 1963 年 4 月岳阳公安段调研室任干事；

1963 年 5 月至 1966 年 4 月长沙公安分处任主任干事；

1966 年 5 月至 1980 年 6 月岳阳工务段任保卫股股长、保卫室主任；

1980 年 7 月至今退（离）休。

穿行三八线的蒸汽

——记志愿军特等司机苗润萱

□ 钟奋生

苗润萱采访视频

在抗美援朝那烽火连天的岁月里，有一位英勇无畏的火车司机——苗润萱。1951年5月，由皇姑屯机务段参加抗美援朝。入朝期间，他驾驭着钢铁巨龙，穿梭在枪林弹雨之中，肩负着运送兵员与物资的重任。他的每一次出发，都是与生死的较量；他的每一趟行程，都饱含着对胜利的渴望。让我们一同走近苗润萱的抗美援朝之旅，见证他在特殊战场上的不凡贡献！

朝鲜战场，火车一般夜行昼伏

在历史的长河中，总有一些英勇无畏的身影，他们以坚定的信念和无畏的勇气，在战火纷飞的岁月里书写着壮丽的篇章。铁路老战士苗润萱，便是其中一位令人敬仰的英雄。

1930 年 5 月 15 日，苗润萱出生。1947 年 7 月，年仅 17 岁的他便投身于大虎山机务段工作，从此与铁路结下了不解之缘。

1951年，苗润萱从皇姑屯机务段出发，奔赴抗美援朝前线。他当时比一般人能够更早一步认清国际形势，美国佬打过了三八线，中国与朝鲜接壤的边境，就会不得安宁，也会为我们国家的社会主义建设，埋下巨大的安全隐

患。因此，他报名参加抗美援朝，是完全自愿的，没有组织与个人动员他，他已经有了这个觉悟。我们这位火车司机，觉悟就比一般人高！

作为一名火车司机，他肩负起了运输抗美援朝物资的重任。在那个硝烟弥漫的战场上，每一次出行都是生与死的考验。为了躲避美国飞机的轰炸，火车通常选择在夜晚行进，白天则隐匿于山洞之中。然而，敌人的狡猾和凶残超出了想象。即使火车躲进山洞，目标仍有可能被发现。敌机低空飞行，疯狂地投掷炸弹，甚至将炸弹抛向洞中，给我们造成了意想不到的人员伤亡！

在这极度危险的环境中，火车上的工作人员有的负伤，有的壮烈牺牲。而苗润萱，在这惊心动魄的时刻，凭借着坚定的意志和幸运，躲过了劫难，幸存了下来。

每一次夜幕降临，当火车启动的轰鸣声响起，苗润萱的心中便充满了使命感。他深知，自己手中的操纵杆关系着前线战士的生死存亡，关系着战争的胜负。黑暗中，他全神贯注地注视着前方的轨道，耳边是呼啸的风声和不时传来的敌机轰鸣声。白天，当火车躲进山洞，他的心依旧紧绷，时刻准备着应对可能到来的袭击。

在那艰难的岁月里，苗润萱和他的战友们没有退缩，没有畏惧。他们用自己的生命和热血，为抗美援朝的胜利贡献着力量。他们是无名的英雄，是幕后的勇士，他们的付出和牺牲，为我们换来了和平与安宁。

他幸存下来了。他的幸存并非偶然，而是凭借着坚定的信念和顽强的意志，在生死考验面前，他没有被恐惧击倒，始终为了战争的胜利和国家的利益而拼搏，这种无畏和坚持令人动容。

苗老讲述在这战争环境下铁路工人参加抗美援朝的故事，笔者有四点较深的体会：

（1）他在年仅 17 岁时就投身于铁路工作，展现出了超越年龄的担当和勇气。

（2）在抗美援朝的艰险环境中，他作为火车司机，毅然承担起运输物资的重任，毫不退缩。尤其面对敌人飞机的狂轰滥炸，他选择夜间出行，白天躲进山洞，这种策略体现了铁路工人的智慧和适应恶劣环境的能力。

（3）更令人感动的是，即便火车躲进山洞仍被发现，面临极度危险，甚至有同事负伤和牺牲，他依然坚守岗位，毫不放弃。

（4）他的事迹让我们看到了普通人在战争中的伟大，以及为了正义和和平所付出的巨大牺牲。

火车司机，没枪与缴枪的故事

在抗美援朝的烽火岁月中，有这样一群特殊的战士——铁路工人苗润萱和他的伙伴们。

苗润萱作为一名火车司机，投身于这场伟大的战争。

他们虽未持枪直接冲锋在战斗一线，但肩负着运输抗美援朝物资的重要使命。日夜兼程，他们在铁路线上穿梭，保障着前线的物资供应。

而在战斗的间歇，他们还承担起打扫战场的任务。每一次打扫战场，都是一场震撼心灵的经历。中国人民志愿军的英勇作战常常取得辉煌胜利，战场上留下的步枪、机关枪、冲锋枪、手枪，各式各样的枪支让人眼花缭乱。他们仔细地收集着这些战利品，无一遗漏地上交，为志愿军的后续战斗增添了力量。

然而，在这一过程中，他们心中始终怀揣着一个渴望——拥有属于自己的枪。尽管他们明白自己并非直接参与战斗的人员，组织上没有给他们配枪是合理的安排，但这份对枪的向往依然在心底燃烧。

最终，他们将内心的想法反映给上级。中国人民志愿军领导在倾听了他们的诉求后，认可了他们的理由，为他们每人配备了一支步枪。当拿到那梦寐以求的步枪时，他们一个个喜不自禁，脸上洋溢着满足和自豪的笑容。

对于苗润萱和他的伙伴们来说，这支枪不仅是一件武器，更是一种认可，一种信任，一种力量的象征。在那战火纷飞的年代，他们虽未在硝烟弥漫的战场最前沿杀敌，但他们以自己的方式，为抗美援朝的胜利贡献着不可或缺的力量。他们的坚守、他们的付出、他们的渴望，都成为那个时代伟大精神的生动写照，永远铭刻在历史的长河中。

有诗为证：

战火中的渴望与荣耀

在朝鲜的土地上，
火车司机苗润萱驰骋战场。
运输的使命扛在肩，
间歇时打扫那浴血的疆场。
枪支散落，胜利的荣光，
各式武器见证激烈战况。
细心收集，无一遗漏，
为后续战斗增添力量。
心底有渴望，如火焰燃烧，
属于自己的枪，梦中的期望。
虽非前线战斗儿郎，
向往却在心底深藏。
诉求传向上级，理解的目光，
一支步枪，终握在手掌。
满足的笑容绽放，
自豪在心中激荡。
战火纷飞中，信念如钢，
为了和平，勇敢担当。
那支步枪，伴他们勇往，
胜利的曙光，在前方照亮。

默默奉献，默默回国的人

在抗美援朝的壮烈史诗中，有这样一群默默奉献的英雄，他们以钢铁般的意志和无私的胸怀，在铁路线上谱写着动人的篇章，他们就是像苗润萱一样的铁路工人。

“兵马未动，粮草先行”。这句古老的军事格言在抗美援朝的战场上得到最生动的诠释。苗润萱作为一名火车司机，深知自己肩负的重任。在战斗尚未打响之际，他们驾驶着火车奔驰在最前方，运送着粮食、军用物资及满怀报国之志即将奔赴前线的军人。他们是战争背后的无名英雄，用滚滚车轮为胜利的曙光铺就道路。

那漫长的铁路线上，每一寸都承载着他们的责任与担当。无论是寒风凛冽的冬日，还是酷热难耐的盛夏；无论是月黑风高的夜晚，还是晨曦微露的黎明，火车的轰鸣声从未停歇。他们的目光坚定，心中只有一个信念：保障运输的畅通，为前线的战士提供坚实的后盾。

当激烈的战斗逐渐平息，硝烟慢慢散去，朝鲜大地迎来了和平的曙光。而苗润萱和他的伙伴们仍未停下脚步，他们走在了最后面，迎接胜利的荣耀，护送着英勇的志愿军战士回到祖国温暖的怀抱。

他们见证了战争的残酷，也感受了胜利的喜悦。在漫长的岁月里，他们经历了无数艰难险阻，但铁路工人宽广的心胸和无私的境界让他们坚守岗位，不离不弃。他们不曾在战场上冲锋陷阵，却以另一种方式为国家和人民立下了不朽的功勋。

苗润萱和他的战友们，用行动诠释了什么是忠诚，什么是奉献。他们的故事或许没有惊天动地的壮举，但他们在平凡岗位上的默默付出，同样值得我们永远铭记与敬仰。他们是铁路线上的英雄，他们的精神如同璀璨的星辰，照亮了历史的天空，也将永远激励着我们在追求和平与繁荣的道路上奋勇前行。

有诗为证：

苗润萱之歌

在抗美援朝的硝烟里，
苗润萱驾驶火车前行。
运输线上他无畏无惧，
保障军需是首要使命。
夜晚穿梭，白天匿影，
躲避敌机轰炸的狰狞。
打扫战场，上缴枪柄，
胸怀大义，渴望和平。
战斗未始，他冲在前岭，
战争终了，他留在后营。
宽广心胸，无私之情，
英雄事迹，永载汗青。

入朝期间，思想观念发生转变

苗润萱，一个普通的火车司机，在 1951 年 4 月他作出了一个不平凡的决定——他自愿前往朝鲜，支援抗美援朝战争。在他的心中，国家的利益高于一切，他愿意将自己的生命献给这场伟大的战争。

初到朝鲜的苗润萱，充满了对未知的好奇和坚定的信念。他听闻飞机在战场上的威力，但他并未被吓倒。他坚信，只要心中有坚定的信念，就没有什么可以阻挡他前进的步伐。他选择了在甘江工作，那里离前线更近，他希望能更直接地参与到这场战斗中。

然而，随着时间的推移，苗润萱也开始产生了想家的情绪。他怀念家乡的亲人，想念那里的安宁和舒适。他听说三月会有换班，这让他回家的念头更加强烈。然而，上级的决定却打破了他的期待，他们决定让他继续留在朝鲜。

在对家的思念与工作压力的交织下，苗润萱曾一度陷入迷茫。他开始做起了买卖，希望能通过这种方式找到一丝安慰。然而，这样的行为并不符合他的初衷，他感到自己的精神在逐渐堕落。

幸运的是，苗润萱及时参加了三反学习。在那里，他深刻反思了自己的行为，意识到自己的错误。他明白了，作为一名战士，不能被私欲困扰，他需要坚定自己的信念，为国家的胜利而奋斗。

经过党的教育和培养，苗润萱的思想发生了巨大的变化。他打消了做买卖和换班回家的念头，重新找回了自己的战斗意志。他决定去安东党校学习，进一步提高自己的思想觉悟和战斗能力。

学习过的苗润萱，已经是一个坚定的抗美援朝战士。他表示，不打败美帝国主义，他就不回国。他将在实际工作中起到带头作用，不怕任何困难，勇往直前。他深知，这场战争不仅关乎国家的生死存亡，更关乎人民的幸福安宁。因此，他愿意付出一切代价，为国家的胜利而奋斗。

苗润萱的故事，是无数抗美援朝战士的缩影。他们用自己的实际行动，诠释了什么是真正的爱国精神和革命精神。他们的事迹将永远铭刻在历史的长河中，成为我们永远的骄傲和榜样。

革命征程，苗润萱的荣耀与奉献

在历史的长河中，有无数英勇无畏的身影，为了国家和人民的利益，义无反顾地投身于伟大的事业中，苗润萱便是其中一位令人敬仰的老革命。

1948 年 7 月 1 日，大郑线通车的那一刻，凝聚着无数人的心血与努力。苗润萱在抢修工作中，全神贯注，汗水湿透了他的衣衫，却丝毫未曾影响他手中娴熟的动作。他由于工作能力突出，组织奖励了他一套日本军用衣服。这不仅是对他个人工作的肯定，更是对他不畏艰难、勇于担当精神的赞扬。

1948 年 9 月，巨流河防水工程队的抢修管现场，苗润萱紧抿双唇，眼神中充满坚定。他的双手沾满泥土和油污，却一刻不停地忙碌着。连续三次的集体立功，每次五万元的奖励，见证了他和队友们的拼搏与奉献。他们用汗水和智慧，守护着工程的顺利进行。

抗美援朝的战场上，硝烟弥漫，战火纷飞。苗润萱目光坚定，身姿挺拔，他的眼神中透着无畏与决绝。每当冲锋的号角响起，他总是毫不犹豫地冲在前面，与战友们并肩作战。因集体的英勇表现而立功受奖，这份荣誉不仅属于苗润萱个人，更属于整个团结奋战的集体。

1952 年末，1151、1543 机车被评为二等模范机车组。领奖台上的苗润萱，脸上洋溢着自豪的笑容，那笑容里饱含着无数个日夜的艰辛付出。奖旗、奖状及人民币两百万元等物质奖励，是对他们工作的高度认可。苗润萱的经历，是一部充满奋斗与荣耀的篇章。他在革命的道路上，始终坚守信念，用实际行动诠释着对党和人民的忠诚。他的故事，将激励着我们在新时代继续勇往直前，为实现中华民族伟大复兴而不懈努力。

注：1955 年，中国人民银行开始新旧人民币兑换，当时 1 元新币兑换 1 万旧币，所以，当时 200 万元旧人民币如今约值两百元。

中朝情深，苗润萱的跨国友谊

中国与朝鲜自古以来就有着深厚的友谊。这种友谊不仅体现在政治、经济领域的合作，更在民间交流中得到了生动体现。苗润萱在朝鲜的日子里，与当地人民结下了深厚的情谊，成为中朝友谊的生动注脚。

苗润萱初到异国他乡，面临着语言不通、文化差异等种种挑战。然而，他并没有因此退缩，反而以更加积极的态度投入工作中，努力与当地人民沟通交流。

在朝鲜的日子里，苗润萱不仅认真完成自己的工作任务，还积极帮助当地老百姓解决生活中的困难。他帮助老百姓砍柴、送公粮、扛木头、背石头、盖房子。这些看似平凡的小事，却凝聚着他对朝鲜人民的深厚情谊。他的善举赢得了朝鲜人民的广泛赞誉和深厚友谊。

更令人感动的是，苗润萱还四次背着朝鲜老百姓的伤病员进医院。这些伤病员有的是在劳动中受伤，有的是因为疾病而痛苦不堪。苗润萱不顾个人安危，用自己的实际行动诠释了中朝两国人民之间的深厚友谊。

在苗润萱的眼中，朝鲜人民就像他的亲人一样。与他们共同劳动、共同生活，分享着彼此的喜怒哀乐。他用自己的真诚和善良赢得了朝鲜人民的信任和尊重。在朝鲜人民的心中，苗润萱就像一位亲人，他们共同书写着中朝友谊的佳话。

苗润萱的故事告诉我们，中朝两国人民之间的友谊是深厚而真挚的。无论是在战争年代还是在和平时期，两国人民都始终相互支持、相互帮助。苗润萱就是中朝友谊的杰出代表之一，他的事迹将永远铭刻在中朝两国人民的心中。

让我们共同祝愿中朝两国人民的友谊地久天长，祝愿苗润萱这样的跨国友谊之花在世界各地绽放！

在抗美援朝的烽火岁月中，无数英勇的战士和普通的民众，都以他们的勇气和智慧，书写着一段段不朽的传奇。

硝烟弥漫，伪装机头不被轰炸

1951 年 9 月下旬，战争的硝烟弥漫在朝鲜半岛的上空。一列火车正载着重要的物资，穿梭在崎岖的山路上。然而，就在一个平常的下午，敌机的轰鸣声划破了宁静的天空。一颗炸弹准确地落在了火车前方的路基上，巨大的爆炸声过后，火车瞬间脱线，脱离了轨道。

面对这突如其来的变故，火车司机苗润萱没有惊慌失措。他与另一位司机迅速将这个情况报告给了上级，并决定留在现场看守这台受损的火车。他知道，火车上的物资对于前线的战士们来说至关重要，他必须尽自己最大的努力，保护好这些物资不受损失。

为了躲避敌机的轰炸，苗润萱巧妙地对火车进行了伪装。他利用周围的地形和植被，将火车隐藏在山洞的阴影中，使其不易被敌机发现。每当敌机飞来时，他都会紧张地观察着天空，祈祷着炸弹不要落在火车上。幸运的是，他的伪装技术非常成功，敌机多次轰炸都没有击中火车。

在机头附近的山洞里，苗润萱坚守了整整三天三夜。这三天里，他几乎没有合过眼，时刻关注着火车和敌机的情况。他用自己的勇气和毅力，守护着这辆火车和上面的物资。

三天后，组织上派来了救援人员。他们将机头抢救上来，并将它拖到了附近的界川小站。在苗润萱的协助下，他们成功点火启动了火车，并将其开到了安全的地方。这次成功的救援行动，不仅挽救了火车和上面的物资，也为前线的战士们提供了重要的支持。

苗润萱的事迹很快在部队中传开。他用自己的实际行动诠释了什么是真正的英雄。他没有在战场上冲锋陷阵，但他用自己的智慧和勇气守护着战争的运输线。他的故事告诉我们：在战争年代，每一个人都可以成为英雄，只要我们勇敢地面对困难、用自己的力量去守护家园。

如今，虽然战争的硝烟已经远去，但苗润萱的故事仍然被人们传颂着。他用自己的行动，为我们树立了一个永恒的榜样。让我们铭记这位英勇的火车司机苗润萱，永远怀念他在抗美援朝战争中所作出的贡献。

晚年生活，平静而温馨的日子

1953 年 10 月，苗润萱带着胜利的荣耀从朝鲜回到祖国，来到山海关机务段继续奉献。

1960年1月，娄底机务段建段，苗润萱作为铁道兵投身其中担任司机，将自己的热血与汗水挥洒在这片新的土地上。

1976年7 月，他转任验收员，直至退休。

在生活中，苗润萱与妻子黄素琴携手走过风雨，共同养育了五个孩子。尽管妻子现已离世，但他们留下的亲情永远温暖着彼此。大女儿苗艳秋，74岁，虽无工作单位，却始终牵挂着父亲；二女儿苗艳丽和小女儿苗艳洁，分别从娄底车务段退休；长子苗丰志和次子苗丰全，均从怀化机务段退休。如今，苗润萱与长子苗丰志一同生活，日子平静而温馨。

多年的南方生活，并未改变他对饺子、馄饨、面条的喜爱。看报、看电

视新闻、养花草、维修小件物品，这些简单的爱好充实着他的日常。虽然高血压、高血糖、心脏病等疾病找上了他，但他每天按时吃药，以坚强的意志保持着良好的健康状况。

苗润萱，这位经历了风雨的老人，用自己的一生书写了对铁路事业的忠诚与热爱。他的故事，是一部坚韧与奉献的篇章。

如今，战火的硝烟已经散去，但苗润萱的英勇事迹将永远铭刻在历史的丰碑上。他的故事激励着我们在面对困难和挑战时，勇往直前，永不退缩。让我们铭记这位铁路老战士，传承他的精神，为实现中华民族伟大复兴而努力奋斗，激励后人不断前行！

胶片上的硝烟

——记抗美援朝铁路文职兵马汉德

□ 钟奋生

2024年7月1日，正是建党103周年纪念日，笔者从怀化乘高铁赶赴娄底，奉命采写怀化机务段两位参加过抗美援朝的老战士。

怀化机务段娄底整备车间党总支书记徐洪峰对此事非常重视，特地从他们车间选派出两位“精兵强将”配合我，全程配合拍照与摄像。她们是整备车间退管工作人员肖少军与整备车间工程师何慧珍。

我们为此还成立了“红色故事采访群”，有关人员全部集中在这个群里。根据笔者的建议与安排，7月1日下午，我们对原娄底机务段（现并于怀化机务段）企业办主任93岁高龄的马汉德老人进行了专访！

任务开始随即给我们来了一点小小的考验。马汉德家居住的那栋楼，这一天突然电梯坏了！我们带去厚厚的《纪念册》，还有花篮、水果等物，显然要靠我们步行爬上9楼去！每一层楼，都没有楼层的标记。爬了一阵楼，笔者想去看看到几层了？结果无功而返，除了两边紧闭的房门，真还弄不清到几楼了？其实不用我们操空心，9楼右边的门敞开着。马老他们在等着我们，在热情迎接着我们的到来！首先映入我们眼底的，除了马汉德胸前挂满的荣誉勋章，还有一只手，紧握着一根铜条匙，就像手上紧握一支枪。原来，这不是一根普通的铜条匙，而是马老参加抗美援朝战斗时吃饭用的铜条匙啊！

它没有半点儿损伤，有一定厚度，还有一定分量……正如眼下的马老，我们紧握着手，他的手掌显得那么温暖、显得那么有力量……

文职人员

在那战火纷飞的岁月里，马汉德见证了太多的生死离别，也经历了无数次命悬一线的危机。但他从未退缩，始终坚守在自己的岗位上，用自己的方式为战争的胜利贡献着力量。

1931年，马汉德出生在河北唐山。1949年，18岁的他毅然投身于中国人民解放军的行列，从此开启了他不平凡的军旅生涯。

1950年，他随部队奔赴朝鲜战场。在铁二师，他虽身为文职人员，未直接参与正面战斗，但他所经历的危险丝毫不亚于在前线冲锋的战士。他肩负着广播员、电影组织员、电影队长兼技师、组织助理员等职责，在战火纷飞中默默贡献着自己的力量。

作为文职人员，采购物资也是他们的工作范围之一。这看似简单的任务，在当时的朝鲜战场却充满了致命的危险。每次推着小推车外出，马汉德都紧绷着一根弦，他深知每一刻都可能是生死瞬间。用小推车去采购物资，显然比人拉肩扛要强，同时目标也是较小的。但敌机非常疯狂，连这样的小推车小目标也不放过，一旦从上空发现小推车目标，敌机就会俯冲过来，丢下炸弹！

当时中国人民志愿军战士防敌机轰炸已经有不少经验了。他们能精准地分辨出，哪个是侦察机，哪个是轰炸机。躲避敌机轰炸，哪里最安全，怎样前行最好隐蔽自己的目标等。

不过，反过来，敌人也有经验了。有时敌机很狡猾，看似飞远了，又会突然掉转头来寻找它们的目标，杀回马枪进行轰炸！中国人民志愿军战士往往能灵巧地快速闪开，躲过敌机的轰炸！但运送物资的小推车显然顾不上了。

炮弹往往会直接落在车旁，瞬间将小推车炸得稀巴烂！那一刻，他的心脏仿佛要跳出嗓子眼，但内心的坚定信念又让他迅速镇定下来，庆幸自己还能活着继续为部队服务。

在战场上，或在到达战场的途中，安全是相对的，不安全是绝对的。马汉德记忆犹新的是那次令人痛心的外出放电影的经历。

那天，他们电影放映队要到一个志愿军基地去，在一个山洞里为志愿军放映电影。他们出门时，晴空万里，四周静悄悄。他们沿着山路前行，不时侧耳细听与仰望天空，他们就怕遇到敌机。

在云层上空，敌机则在寻找与发现地面可疑的目标，一旦发现可疑目标，机舱门就开了，炸弹倾泻下来……

这一次，他们外出的行踪被敌人发现了！敌机俯冲而下，疯狂扫射。大家四散躲避，马汉德的大脑一片空白，恐惧和紧张充斥着他的每一根神经。

尽管大家快速隐蔽，还是没有躲过敌机的密集轰炸，他们放映队的队长当场壮烈牺牲！马汉德目睹了这一切，一个鲜活的生命，就这样瞬间在人世间消失了！

他不由心中涌起无尽的悲痛和愤怒，“为什么战争如此残酷？为什么要夺走我们的战友？夺走我们的领导？”他在心中呐喊着，同时也更加坚定了要为胜利坚持到底的决心。当时他们坚信一个朴实的道理，只要人活下来，就是胜利！只要人活下来，就能为战友报仇！就是在这一刻，他深切感到，生命的珍贵与敌机的无情！朝鲜战场残酷啊！志愿军战士英勇伟大啊！

放映队长牺牲了。他们为志愿军战士放映电影的使命，变得更加坚定！他们仍然坚持外出，在敌机的轰炸中前行！他们工作尽职尽责，在困难面前勇敢坚毅，在生活中懂得珍惜与感恩，以及在集体中发扬团结互助的精神。入朝作战的文职人员，以他们特有的方式，与敌人进行着较量！马汉德动情地说：我们的队长牺牲了，我们的工作要比以前干得更好！要让我们的战友含笑于九泉……

幕后英雄

在波澜壮阔的抗美援朝战争中，马汉德虽未在前线冲锋陷阵，但他以文职工作者的身份，在另一个战场上默默地奉献着自己的力量。

当时，部队的简报成为鼓舞士气、传递信息的重要载体。而这些简报，皆是由马汉德和战友们用蜡纸铁笔精心刻写，再亲自印刷而成。他们用文字的力量，在战火硝烟中筑起一道精神防线。

在抗美援朝那硝烟弥漫的战场上，激烈的战斗不仅在枪林弹雨中展开，还在一份份精心制作的简报中传递着力量与希望。部队的简报，成为鼓舞士气、传递信息的关键载体，而这背后是马汉德和战友们默默的付出与坚守。

马汉德与他的战友们肩负起用文字筑起精神防线的重任。他们手持蜡纸铁笔，每一个刻写的动作都充满着坚定，每一笔、每一画都倾注着对胜利的渴望和对战友的关怀。

为了印出一份高质量的战场简报，马汉德不知疲倦地用铁笔在蜡纸上书写。他精心构思排版，力求让每一个字、每一句话都能给予战友们力量和勇气。在他的眼中，这份简报不仅仅是一张纸，更是战士们心灵的寄托，是胜利的曙光。

在那战火纷飞的环境中，印刷条件简陋，困难重重，但马汉德从未有过丝毫退缩。他深知，每一份简报的及时传递，都可能改变战局，都可能让一位战友重燃斗志，都可能为胜利增添一份希望。

一份份印出的战场简报，犹如无声的号角，激励着战士们勇往直前。对于马汉德和他的战友们来说，每印出一份简报，就等于从另一条战线上参加了一次战斗。他们虽未持枪冲锋在前线，却以文字为武器，在精神的战场上奋勇杀敌。

马汉德和他的战友们用智慧和毅力，在血与火的考验中，为抗美援朝的胜利贡献了独特的力量。他们的故事，将永远铭刻在历史的长河中，成为后人敬仰的典范。

马汉德的才华不仅于此，他还掌握着照相的技艺。在那个物资匮乏、条件艰苦的年代，他能够在简陋的暗室里洗出黑白照片。那一张张珍贵的影像，定格了战士们的英勇身姿，记录了战场上的悲壮与激昂。

每一次按下快门，都是对历史的一次见证；每一次在暗室中的操作，都是对记忆的一次珍藏。他深知这些照片的价值，它们不仅是瞬间的定格，更是战士们无畏精神的永恒象征。

马汉德以自己独特的方式，为抗美援朝的胜利贡献了力量。他或许没有在枪林弹雨中浴血奋战，但他用手中的笔和相机，为那段烽火岁月留下了珍贵的印记。他是新中国第一代摄影师，用影像书写着战争中的坚韧与希望。

感叹平壤

在他的记忆中，平壤，这个美丽的名字，承载着无尽的英勇与坚韧。在那里，英雄们为了众人的幸福，与美帝国主义奋勇战斗。无情的战火给这座城市带来了极为严重的损害，到处是残垣断壁，满地的瓦砾触目惊心。

然而，平壤并未死去，它是鲜活的，永远在战斗着。大街上，来来往往的人群，没有丝毫被战争扰乱的惊慌，他们是那样的镇静、那样的从容。每个人都坚守在自己的岗位上，为了生活，为了未来，默默地努力工作着。

马路两旁，满是用木板搭建而成的板房，充满生活的气息。仿佛在向世人宣告，战争可以摧毁建筑，可以带来伤痛，但无法磨灭人们对生活的热爱，对未来的希望。

马汉德深深被这种不屈的精神打动，他在心中呐喊："平壤，战斗吧！"他知道，这座城市及这里的人民，会以坚定的决心，战胜一切艰难险阻，迎来最终的胜利与和平。

在那个战火纷飞的年代，平壤就像一座灯塔，照亮着人们前行的道路，给予无数人坚持下去的力量。而马汉德，也将带着这份感动与信念，继续投身于自己的使命之中，为正义与和平贡献自己的一份力量。

的确，平壤在抗美援朝战争中具有重要的战略意义和象征意义。

在战略方面，平壤是朝鲜的重要城市，具有政治、经济和交通上的重要地位。美军攻占平壤后，对中国人民志愿军和朝鲜人民军构成了一定的威胁。1950 年 12 月 6 日，中国人民志愿军帮助朝鲜人民收复平壤，意味着重新夺回了战略要地，打乱了敌军的部署，对战争局势产生了积极影响。这一胜利具有重要意义，它不仅在军事上打击了敌军的士气，还在政治上鼓舞了中朝人民的斗志，显示出中国人民志愿军的强大实力，扭转了朝鲜战局。收复平壤后，“联合国军”全线撤退至三八线以南，为我军后续的战斗创造了有利条件。

如今，那段充满硝烟与热血的历史已渐渐远去，但马汉德的英勇事迹和坚定信念，将永远铭刻在人们的心中，成为永不磨灭的光辉篇章。

奋斗之路

在中国的历史长河中，有无数英雄豪杰和普通人，他们的人生故事或波澜壮阔，或平凡无奇，但都是中国精神的重要组成部分。马汉德就是这样一位普通却又不平凡的人，他的人生经历充满了挑战与奋斗，彰显了中国人民坚韧不拔、自强不息的精神。

马汉德出生于一个贫困的家庭，他是家中四个孩子的老大，两个弟弟，当时一个在读中学，另一个在读小学，还有一个妹妹，家庭的重担沉重地压在每一个人的心头。

他的父亲在唐山开滦煤矿工作，每月微薄的工资是全家生活的唯一来源。在这样的环境下，马汉德从小就懂得了生活的艰辛。

马汉德的求学之路并不平坦。七岁时，他进入唐山市私立开滦小学，但由于疾病，他不得不停学两年。然而，这并没有击垮他求知的欲望。十五岁时，他成功考入唐山市市立中学，开始了他的中学生活。在初中时期，每当寒暑假来临，他都会到煤矿去做小工，用自己微薄的工资来补贴学费。

1948 年 6 月，他的人生迎来了一个重要转折。他成功考入北京市私立华北中学高中一年级，这是他人生中第一次走出唐山，来到更大的城市求学。然而，命运再次给了他一个考验。只读了半年高中后，由于家庭原因，他不得不放弃学业，回到唐山。

面对生活的重重困境，马汉德并没有放弃。一九四九年二月，他成功加入了铁路纵队二支队。这个决定，不仅改变了他个人的命运，也让他开始为国家的解放和人民的幸福贡献自己的力量。

在军队中，马汉德凭借自己的勤奋和毅力，逐渐成长为一名优秀的战士。他积极参与各项训练和任务，用自己的实际行动诠释着军人的使命和担当。在解放战争的硝烟中，他见证了新中国的诞生和崛起，也见证了自己从一个煤矿小工成长为解放军战士的奋斗历程。

思想转变

命运的转折往往就在不经意间。当他参军后，三个月的政治学习为他打开了一扇全新的认知之门。他开始初步认清了共产党的初心和使命，明白了劳动创造世界的真理，也懂得了土地的真正主人是广大辛勤劳作的人民，而非少数的地主。

在学习过程中，他积极进取，通过学习中国共产党革命简史及红军长征中的事迹，他更加深刻地认识到革命的艰辛与伟大。

随着时间的推移，他在学习中表现出色，被选为学习小组长，进一步深入了解了中国共产党革命的历史。在这个过程中，他不仅逐渐消除了之前的疑虑，还对共产党的理念和目标有了更清晰的认识。为了保卫人民的利益，为了实现国家的独立和富强，他们必须坚决反对那些损害人民利益的势力。

后来，他不再是那个迷茫的青年，而是一个有着坚定信仰和明确目标的战士。他知道自己的道路在哪里，也知道如何为实现自己的理想而奋斗。这段思想转变的过程，不仅见证了他的成长，也为他未来的奋斗之路奠定了坚实的基础。

在部队的这段时间，他的世界观发生了翻天覆地的转变。曾经的迷茫与怀疑被坚定的信念取代，他成为一位矢志不渝的无产阶级革命战士。

立功受奖

在漫长的历史长河中，有无数英勇的战士为了国家和人民的利益，付出了巨大的努力和牺牲。总有一些身影闪耀着璀璨的光芒，他们以无畏的勇气和坚定的信念，书写着属于自己的传奇。马汉德，便是其中一位令人敬仰的英雄，一位值得我们铭记的战士。

朝鲜战场，硝烟弥漫，炮声隆隆。马汉德在这片战火纷飞的土地上，展现出了英勇无畏的精神。他冲锋陷阵，毫不退缩，将生死置之度外。他的卓越表现为他赢得了两次小功，也获得了部队的物质奖励。这不仅仅是荣誉的象征，更是他为国家和人民英勇奋战的见证。

1952 年 11 月 5 日，一个普通的日子，对于马汉德来说，却是他人生中的一个重要转折点。那一天，他怀着满腔的热忱，成为中国共产党的预备党员。这个决定不仅标志着他个人信仰的坚定，也预示着他将为了党和人民的事业，奉献出自己的全部力量。

经过一年多的考验与磨砺，马汉德于 1953 年 12 月 25 日正式成为一名光荣的共产党员。他深知，这个身份不仅仅是一种荣誉，更是一份沉甸甸的责任。他要用自己的实际行动，践行共产党员的初心和使命。

1953 年 2 月，马汉德凭借出色的能力和卓越的领导才华，被提拔为正排级。他深知这一晋升是党和人民对他的信任，也是对他工作的肯定。他明白，自己必须更加努力，以更高的标准要求自己，才能不辜负这份信任。

1955年10月10日，是马汉德生命中又一个值得铭记的日子。这一天，他站在了荣誉的巅峰。由彭德怀亲自授予他中尉军衔，并晋升为副连级。那一刻，激动与自豪溢满了他的心头。他知道，这是党和人民对他工作的最高肯定，也是对他未来工作的殷切期望。然而，面对这份殊荣，马汉德没有丝毫的骄傲自满。他深知，所有的成就都离不开党的培养与引领，离不开人民的支持与信任。

马汉德的故事，是一个普通战士成长为优秀共产党员的缩影。他立下铮铮誓言，要在党的旗帜下，全心全意地为人民服务，矢志不渝地做一名彻底的无产阶级革命战士。他决心将自己的全部力量奉献给祖国和人民，为实现共产主义的伟大理想不懈奋斗。

他的经历告诉我们，只有坚定信仰、勇于担当、不断进取，才能在党和人民的事业中取得更大的成就。同时，他的故事也激励着我们每一个人，要为了国家和人民的利益，不断努力奋斗，为实现中华民族伟大复兴的中国梦贡献自己的力量。

马汉德的故事，是一部忠诚与奉献的篇章，激励着我们在新时代的征程中不忘初心，砥砺前行。

生活浪花——马汉德抗美援朝时期日记点评

马汉德在抗美援朝期间，有写日记的习惯，在这里，我们不妨摘抄他几篇日记，透过日记，品评一番！

一九五二年三月十五日

晚十点于病房中

三月十五日（补记）

三月十五日，我的病已经完全好了，但身体弱得很，消瘦了许多。这一天，我向医生建议，经他批准，我得以出院了。这真是一件非常愉快的事情，心里非常爽朗，沉重的包在肩上压着，像散步一样地向前移着脚步，道路慢慢向后边逝去，小河边的冰还没有化完，我在一个小洞里把碗洗干净了。亲爱的收音机呈现在我眼前，心里非常高兴，抚摸了一会，但它并没有什么感觉的。

笔者点评：

在那个烽火连天的抗美援朝岁月里，1952 年 3 月 15 日的夜晚，十点的钟声敲响，病房外风声呼啸，高悬的月亮洒下清冷的光辉。

马汉德在这一天终于迎来了病愈时刻。身体虽还虚弱，消瘦的模样是病痛留下的痕迹，然而他的内心却充满了喜悦。医生的批准出院，如同春风吹散了阴霾，让他的心情无比爽朗。

他迈着沉重却坚定的步伐，仿佛肩上仍压着无形的责任，却又如散步般悠然地向前移动。脚下的道路缓缓向后退去，小河边的冰尚未完全融化，他在一个小洞里仔细地洗净了碗。

当那亲爱的收音机呈现在眼前，他满心欢喜，轻轻抚摸，尽管收音机并无感觉，但那是他与外界相连的珍贵纽带，是心灵的慰藉。

在这场保家卫国的战争中，哪怕是病愈后的片刻宁静与喜悦，都显得如此珍贵。马汉德深知，前方还有更多的挑战在等待着他，可这一刻的轻松，让他重新积聚了力量。

他会带着这份乐观与坚强，继续投身于战斗，为了祖国的和平，为了人民的安宁，无畏地前行。那风中的身影，那抚摸收音机的温柔，都将成为他在这场伟大战争中的独特印记。

三十日下午四点到达铁指，一日修收音机两台（下午四点）收音员训练班结业。十二点三十分，由新安州出车。

七月三日，由铁指出库回师部。七月五日早九点三十五分，由师部出库至新安州车站，到车站后参观了志愿军铁道部队的烈士纪念塔，下午三点乘志愿军专车，晚九点十五分到达安东，七月六日将由安东出车至北京。

自六月底收音员训练班将要结业起，直到目前为止，心里老是不能安定下来，每天都在回忆着这三个月可贵的学习时间，虽使用了极大的理智，但也不能完全控制下去，我想只要工作忙起来，就会完全好起来的。

七月六日下午五点于招待所

笔者点评：

这篇日记，实际是几天的记事。在抗美援朝的烽火岁月中，时间紧、任务重，中国人民志愿军指战员几乎都是在生死线上度过，马汉德尽管有写日记的习惯，特殊时期间隔几天再补上，也是很正常的事。

马汉德的这篇日记如同一束微光，照亮了那段充满热血与奉献的岁月。

日记开篇，他详细记录了工作的进展，修理收音机的数量及收音员训练班的结业情况，这不仅是简单的工作陈述，更反映出志愿军在艰苦条件下，依然注重技术能力的培养和提升，为保障战争中的信息传递和宣传工作不断努力。

而他对学习时光的回忆和留恋，让我们看到了战士们在战火纷飞中对知识的渴望和珍视。这种对学习的执着，不仅仅是个人的追求，更是为了更好地服务于战斗，为胜利贡献更多的力量。

尤为可贵的是，当内心因为即将结束的学习时光而无法安定时，他能够清醒地认识到通过忙碌的工作来调整自己的状态，这展现了他坚强的意志和高度的自律，也体现了中国人民志愿军战士在面对复杂情感时，始终以战斗任务和集体利益为重的高尚品质。

这篇日记虽简短，却蕴含着丰富的情感和深刻的意义。它让我们看到了中国人民志愿军战士在战争中的坚守与奋斗，他们不仅在硝烟中英勇作战，还在后方不断学习、成长，以坚定的信念和顽强的毅力，为祖国和人民的和平与安宁奉献一切。

它不仅是个人的心路历程，更是抗美援朝时期无数中国人民志愿军战士精神风貌的一个缩影，让我们对那段波澜壮阔的历史有了更深刻、更细致的理解和感受。

从这篇日记可以反映出以下几点：

（1）展现了中国人民志愿军战士在抗美援朝期间的工作内容和成果，如修理收音机和完成收音员训练班等。

（2）透露出中国人民志愿军战士对学习时光的珍视和留恋。

（3）即使面临内心的波动，仍积极思考如何通过工作来调整状态，体现了坚强的意志和积极的态度。

七月七日早，坐在正在向北京奔驰的火车上，火车以很平稳的速度在东北大平原上飞奔着。

晚间十点三十分，火车到达了北京站，十一点以后才找到旅馆进行休息。

笔者点评：

在马汉德这篇简单而质朴的日记中，我们仿佛跟随他一同踏上了归乡的路途。

日记起始，他描绘了火车在东北大平原上平稳而快速地奔驰，这不仅是对行程的客观记录，更仿佛象征着他那颗急切盼望归家的心在朝着祖国的方向飞驰。平稳的火车，或许也让他在战火纷飞后的归途中感受到了一丝安宁与平静。

晚间十点三十分火车抵达北京站，时间的精确记录，显示出他对这一刻的重视和铭记。而直到十一点以后才找到旅馆休息，这背后或许有着初归故土的陌生与忙碌，但更多的应是那份终于踏上祖国大地的踏实与安心。

这篇日记虽然简短，却饱含深情。它没有华丽的辞藻，却用最平实的语言传递出一位抗美援朝战士对祖国的深深眷恋和对归家的渴望。在历经战火洗礼后，祖国的土地、祖国的站台、祖国的旅馆，一切都显得那么亲切和珍贵。

这简单的文字，是马汉德归国之旅的真实写照，也是无数抗美援朝战士归心似箭的缩影。它让我们看到了战士们在抗美援朝战场英勇奋战后，对祖国母亲怀抱的向往，更让我们深刻体会到和平与团聚的来之不易。它不仅是个人的一段经历记录，更是那个时代英雄们爱国情怀的生动见证。

从这篇日记可以反映出以下两个重点：

（1）记录了马汉德回国途中的行程和经历，体现了行程的顺利和对时间的清晰感知。

（2）字里行间透露出对回到祖国怀抱的期待和即将到家的激动心情。

晚年时光

马汉德，这位经历过战争洗礼和岁月沧桑的老人，在晚年拥有着一份宁静而充实的生活。

早年，他曾投身于抗美援朝的战火之中，虽从事文职工作，却也在枪林弹雨中坚守使命。回国后，1965 年 7 月至 1980 年 10 月，他担任娄底机务段总务主任，1980 年 11 月又任娄底机务段人事主任、企业办主任，直至退休。在工作中，他兢兢业业，尽职尽责，为铁路事业奉献了自己的青春和热情。

他与妻子林美珠携手走过风雨，共同养育了三个优秀的女儿。如今，大女儿马丽军 65 岁，已从娄底车站退休；二女儿马丽华 63 岁，也在娄底车站安享退休生活；小女儿马琳 52 岁，从长沙电务段退休。如今，他与妻子和小女儿一起生活，享受着天伦之乐。

值得一提的是，马汉德的小女儿马琳，她的爱人也是退役军人，儿子则是现役军人。至今马老非常喜欢跟小女婿聊天！都是军人，有共同语言啊！马汉德非常怀念他抗美援朝时的军旅生涯！

平日里，马汉德喜爱看报纸，时刻关心着国家大事。他对维修小电器有着浓厚的兴趣，通过自己的双手让一件件小电器重新焕发生机，从中获得满足和快乐。一直以来，他保持着节俭的生活习惯，这是他一生坚守的原则，也是那段艰苦岁月留下的深刻印记。而写日记的习惯，更是他记录生活、抒发情感的方式。

尽管身体状况一般，但他生活基本能自理。在饮食上，他保持着口味清淡的习惯，依旧保留着北方的生活习俗，那是他对家乡的深深眷恋。

马汉德的一生，有战火中的英勇，有工作中的勤恳，也有家庭中的温馨。他用自己的方式，继续书写着生命的篇章，成为家人心中的依靠和榜样。

马汉德的英勇事迹，对当代社会具有多方面的启示：

他展现了坚定的使命感和责任感。尽管身处文职岗位，未直接参与战斗，但他始终坚守职责，为部队的正常运转和战士们的精神需求努力工作。这启示我们，无论在何种岗位，都应秉持敬业精神，明确自己的责任，为实现共同的目标贡献力量。

他在极端危险的环境中毫不退缩，多次与死神擦肩而过却依旧勇往直前。这种无畏的勇气告诉我们，面对生活中的困难和挑战，不能轻易放弃或逃避，要用坚韧不拔的毅力去克服。

马汉德经历过战友的牺牲，将悲痛化为前进的动力，继续坚守。这提醒我们要珍惜当下的和平环境，铭记历史，同时也让我们懂得在面对失去和挫折时，要学会化悲痛为力量，积极乐观地面对生活。

他的故事还体现了团结协作的重要性。在采购物资和执行任务的过程中，与战友们相互支持、共同面对危险。这启示当代社会中的人们，在团队合作中要互相信任、相互帮助，以实现更大的目标。

道　钉

——记娄底工务段离休干部祝树荣

□章　剑

祝树荣采访视频

要不是知道他出生于 1929 年 12 月 29 日，真不敢相信站在我面前的竟然是一个耄耋老人。打量着老革命祝树荣，我心里不由得暗暗佩服……一米八零的个子，腰背挺直，说话声音洪亮，精气神十足，带笑的脸庞虽然有些细细的皱纹，但依然透露着年轻时的那股子坚毅和英气。

对于我的到来，祝老爽朗地一笑，说：“我没有什么好采访的呀，平凡得很呢！”我说，你们这些老革命，是我们铁路系统的宝贵财富，我要把您的光辉历程记录下来让后辈们好好学习，我也请祝老慢慢回忆一下自己的经历。“老了，好多事情都记不清了！”祝老坐下来，神情变得有些严肃起来，思绪回到了那个硝烟弥漫的战争年代……

一

位于华北滨海平原的河北省盐山县圣佛镇祝南良村是祝树荣的家乡，由于交通便利，驻盐山县城和路过的日本鬼子、伪军经常到村子里烧杀抢掠。1940年春，漳卫新河上的冰还未完全融化，河堤边的柳树也才刚刚冒出鹅黄

色的嫩芽，正在村头和小伙伴们玩耍的十岁的祝树荣，突然发现一队手里端着长枪的鬼子和伪军杀气腾腾地向村子里扑来，那明晃晃的刺刀闪着吓人的寒光。“鬼子来了！”他惊叫一声，赶紧拔腿就往家里跑。

“爹，娘，鬼子来了！”

听见儿子的喊声，树荣娘赶紧拉着生病躺在炕上的树荣爹往村子外面跑，还没跑出院子，就被几个鬼子和伪军堵上了。

“苦力的干活！”鬼子哇哇叫着，指使两个伪军将树荣爹用绳子捆了起来。

“你们干什么，他还生着病呢！”树荣娘上前拉扯着伪军。

“皇军需要挑夫，识相点儿，否则对你不客气！”一个伪军恶狠狠地说。

小树荣也上前抱住爹的腿不让走，一个伪军举起枪托就要砸他。树荣娘一看不好，赶紧护住儿子。

“他娘的，滚开！”伪军的枪托还是对着树荣娘的后背砸了下来，一口鲜血涌出。

“我跟你拼了！”一见娘被打，小树荣不要命地扑上去，要跟伪军拼命，娘却一把死死地抱住了他。

眼睁睁地看着爹就这样被抓走了，从此音讯全无，生死不知……

娘的身体一年比一年坏，在祝树荣十五岁那年，撒手人寰。临死之前，娘用尽最后的力气，拉着祝树荣和妹妹的手说：“照顾好……自己，我……找你……爹……去了……”

从此，祝树荣兄妹俩跟着爷爷、奶奶过日子……

转眼到了 1945 年秋，盘踞在盐山县城的日、伪军在共产党领导下的八路军和人民群众的打击下，仓皇而逃，我党军政机关进驻县城，饱受蹂躏的整个滨海平原随即获得了解放，并广泛建立起了人民政权。

祝树荣挺直了腰杆，加入到了村里的民兵队伍中，每天站岗放哨，十分积极。

1948年，又一个春天来到了漳卫新河畔。祝树荣感觉这一年的春天格外暖和，他兴冲冲地跑到正在招兵的区政府门前。

“我要参军！”

“你多大了？”

“满十八了。”

“你为什么要参军？”看着这个人高马大的小伙子，招兵干部立刻喜欢上了。

“打敌人！”祝树荣语气坚定地说，“我爹被日本鬼子抓走了。”

“日本鬼子不是已经被打跑了吗？”招兵干部逗他。

“不是还有国民党反动派嘛！”

区委书记老刘正好路过，祝树荣家里的情况他十分清楚。树荣爷爷奶奶年纪不小了，还有个比他小两岁多的妹妹。于是他把树荣叫到一旁，对他说：“树荣，要不你再等等，等你妹出嫁了再去参军？”

“我……”祝树荣犹豫起来，自己真要是走了，家里留下老的小的还真有些不好办。

“要不，你先留下来给我当通讯员吧？”老刘也非常喜欢这个老实勤快的小伙子。

“发枪不？”

“暂时没有。”

“那我不干！”

老刘没好气地轻轻敲了他一下：“你这个小鬼头！”

就这样，祝树荣成为区委区政府的一名通讯员，可是干了没几天他就不乐意了，找到老刘发牢骚：“天天不是送信就是叫人开会，太没劲儿了！”

老刘严肃地说：“虽然只是跑跑腿，但这也是革命工作，意义重大得很呢。”老刘连骂带哄地做了一通思想工作，祝树荣才又勉强地答应继续干下去。

半年后，妹妹出嫁了。祝树荣这下再也忍不住了，又缠上老刘，非要老刘让他参军去不可。

“你那未过门的媳妇儿同意吗？”老刘半开玩笑、半认真地问他。

从小家里就给祝树荣说了一门亲，对象叫刘桂荣，比他小两岁。

祝树荣不好意思地笑笑，连忙说："同意、同意，她同意的。"

"真的？"

"当然，不信你去问她呀！"祝树荣有些急了。

见他这么坚决，老刘也没办法，只好同意了。正好中国人民解放军华东野战军发起了济南战役，需要大量兵源。于是祝树荣成为华东野战军渤海纵队新 7 师的一名战士。

临走之前，老刘关切地嘱咐祝树荣："到了部队好好干，既要不怕死勇敢战斗，同时也要保护好自己，将来还要建设新中国呢。"

祝树荣点点头，说："刘书记放心，我命大，敌人的子弹怕我，会绕着我飞。"

说来也怪，从渤海之滨出发，战淮海、渡长江、进上海，直至跨过鸭绿江抗美援朝，在以后四年多的作战生涯里，祝树荣经历过无数炮火，竟然没受过一次伤，不能不说是一个奇迹。

走的那天，对象刘桂荣泪眼婆娑地来送祝树荣。

"树荣哥你不会忘了我吧？"刘桂荣有些害羞地问。

"看你说的，我怎么会忘了你呢！"祝树荣说，"等全国解放了，我就回来和你成亲。"

"真的？"

"我发誓！"

新兵队伍走了老远，刘桂荣还站在村头挥手。祝树荣暗暗地说："等着我，我一定会回来的！"

新兵连半个月的集训很快结束了，祝树荣下到了3团2营1连，领到了日思夜想的枪，而且是一挺机枪。原来连长一眼就看中了这个身材高大的小伙子，说："你应该是块当机枪手的料。"

能当上机枪手，祝树荣也很高兴，他觉得机枪打起来痛快，比步枪更能多地打死敌人。可惜等祝树荣这些新兵赶到济南，济南战役却已经胜利结束了。没能赶上上战场，祝树荣正有些遗憾的时候，部队突然接到命令，立即南下徐州，参加淮海战役。

二

1948 年 11 月 21 日，渤海纵队新 7 师和新 11 师两大主力全员登上火车，日夜兼程南下。坐火车，祝树荣和许多战士一样，也是大姑娘上轿——头一回，既好奇又兴奋。虽然坐的是个闷罐车，大伙儿拥挤在小小的、几乎不通风的车厢里，并不那么舒服，可比走路省劲儿多了，而且还快许多。更令他没想到的是，自己从此会与铁路结下不解之缘。

尽管战斗激烈，但进展却非常顺利。没几天，在我军强大的攻势下，敌军弃徐州城南逃。按命令，渤海纵队新7师于1948年11月30日20时第一个进驻徐州，并留下执行警备任务。

当时的徐州也算是大城市了，从小在农村长大的祝树荣觉得一切都是那么新鲜。但他没有忘记自己的职责，守卫好徐州，保卫好刚刚获得解放的老百姓，别人站岗两个小时一换，他可以连站两班四个小时，都不觉得累。

1949 年 2 月，渤海纵队新 7 师、新 11 师奉命开到安徽灵璧县，与淮海战役贾汪地区起义的原国民党 59 军一部合编为中国人民解放军第三野战军 33 军，隶属九兵团战斗序列。

祝树荣在97师290团当战士，整编以后，部队接到的任务居然是进行水上练兵，学划船、划竹筏等。祝树荣和大多数北方战士一样，是个十足的旱鸭子，别说划船，连“狗刨”都不会。这是要打过长江去吗？祝树荣兴奋地猜想。

北方的早春，依然春寒料峭，河面上的冰刚刚融化，寒风直往脖子里灌，冷得让人直打哆嗦。祝树荣打起精神，带头爬上船跟着老乡学划桨。平时握惯了枪的手，一天下来居然被木头棒子磨出了几个大血泡，他一声不吭，用布一裹，第二天继续练。

1949年4月初，部队开始了战前动员，动员会上大家振臂高呼：“打过长江去，解放全中国！”“打倒蒋介石，建立新中国！”口号声此起彼落，让人心潮澎湃，大伙儿恨不得立即冲过长江去。

1949 年 4 月 20 日晚，兄弟部队攻下江浦、浦镇、浦口，打开了解放南京的北大门，祝树荣所在部队随即进驻到了浦口。

33 军 99 师作为第一梯队，开始从南京浦口渡江，规模巨大的渡江战役就此打响！1949 年 4 月底，祝树荣所在部队 290 团作为第二梯队随兵团总预备部队也有惊无险地渡过了长江。部队登岸后，当地老百姓热情地为战士们腾房子、送食物、准备生活用品。可是部队顾不得休息，迅速沿着上海至南京的沪宁铁路线一路前进，风卷残云，势如破竹。

1949 年 5 月 27 日，枪声停止，上海终于回到了人民手中。走在繁华的南京路，漫步在美丽的外滩，祝树荣不禁百感交集，许多战友牺牲了，但他们的鲜血没有白流，换来了上海的解放！他坚信不久也将换来全国的解放！

上海战役刚刚结束，祝树荣所在部队又接受了新的改编。

1949 年 5 月 30 日，为了尽快恢复上海周边被敌人破坏的铁路线，祝树荣所在连队编入了渡江战役前夕就已经组建的中国人民解放军第三野战军铁道工程团，任务是配合上海铁路管理局立即投入到津浦路南段及沪杭、浙赣线桥梁线路的抢修。当时，由战斗部队一下变为铁道兵部队，很多战士想不通，产生了不安心于工作的思想。有的战友还发起了牢骚："当初要是知道参军要来修铁路，还不如叫我爹来算了。"祝树荣就给他们做思想工作："首长会上不是说了劳动光荣、劳动神圣吗？我们是革命战士，就要服从命令听指挥，叫干啥就干啥！"

"我们不会干啦！"

"不会干就学，我就不信一个铁路修不好。"

部队里有一些从上海铁路管理局派来指导战士们的铁路专业技术人员，祝树荣虚心地向他们学习，从打道钉开始。这活儿看着简单，但要想将道钉直直地打到枕木里去，光有力气不行，得用巧劲儿，不然不是将道钉打歪，就是打飞。祝树荣聪明，很快就摸索出了方法：先用左手扶着道钉，右手用大锤轻轻地将道钉尖儿敲到枕木里立稳，然后再双手持锤用力，几下就将道钉直直地打进枕木里去了。

见祝树荣表现好，班长杜少善就问他："小祝，你想不想入党？"

"想，怎么不想！"其实祝树荣心里老早就有了加入党组织的念头，可是他又有些担心，"我可是个文盲。"

在进攻上海的路上，连队遭遇到了敌人一个火力点的负隅顽抗，一挺机枪喷着火舌阻挡着部队前进的步伐。当时连续两名战士不仅没有爆破成功，反而一死一伤。这时，连长大喊一声"共产党员站出来"！顿时七八个战士挺着胸脯站了出去。"跟我上！"在连长的指挥下，这些共产党员从几个方向冲了上去。不一会儿，"轰隆"一声巨响，敌人的火力点被炸上了天。祝树荣看得热血沸腾，当时就想，这些共产党员真的是不怕死！自己什么时候也能加入共产党就好了！可是他又觉得自己没文化，不够条件，一直不好意思向组织提出申请。这下听班长主动说起这事，他赶紧表态。

"文盲有什么要紧？只要不怕死，坚定不移地跟党走！"杜班长鼓励他，"再说，没文化可以学嘛。"

在杜班长的帮助下，祝树荣第一次拿起笔来，在纸上歪歪扭扭地写下了一行字"我要加入中国共产党"，算是自己的入党申请书，并上交给了连队党支部。从此，祝树荣工作更积极了，还经常向指导员汇报自己的思想情况。1949 年 7 月 1 日这天，祝树荣终于达成了自己的愿望，被批准加入了党组织，成为一名光荣的中国共产党党员，杜班长自然成为他的两位入党介绍人之一。在鲜红的党旗下，祝树荣举起右手，庄严宣誓："……为共产主义事业奋斗到底！"

也是在这年的 7 月份，中国人民解放军铁道兵团缩编为三个师、一个桥梁团、一个独立团。祝树荣所在的三野铁道工程团被合编为铁道兵团直属桥梁团，继续担负铁路、桥梁的修复工程和湘桂、陇海等线的续建、改建任务。

1950 年 6 月 25 日，朝鲜战争爆发。10 月 9 日，中国人民解放军铁道兵团改称中国人民志愿军铁道兵团。接着直属桥梁团从上海移师天津，整训了半个月后，又挥师北上，到达与朝鲜隔江相望的边境辽宁安东（今丹东市）。

11月6日，铁道兵团第1师作为第一批入朝的铁道兵部队，迅速抢修被"联合国军"炸坏的铁路。但当时朝鲜的铁路通车里程只剩107公里，干线全部瘫痪。因此，要想大面积修复，力量明显不足。为加强力量，12月22日，接军委命令，铁道兵团直属桥梁团由安东跨过鸭绿江，沿新义州到汉城的京义线前进。入朝的第一个任务就是抢建清川江便桥。原来的铁路大桥已经被敌人炸毁，为了快速恢复运输，搭建便桥是最好的办法。战士们在零下30多度的严寒中，凿开冰层跳进江中，在冰冷的江水里施工。由于清川江大桥靠近海岸，受海潮影响，江水时涨时落，落差高达1.5米，给施工带来很大困难。有时战士们衣服被江水打得透湿，冷得上下牙齿咯咯作响，却没有一个人退却。实在冻得受不了了，才跑去简单烘烤衣服继续干。1951年1月14日便桥提前修通，京义线迅速南伸。

当时，抢修部队在地理不熟、资料不全、材料奇缺的情况下，边学习边抢修，使铁路运输线不断向前方延伸。在茫茫雪地里，战士们都将棉衣棉裤反着穿，把白色的里子露在外面，和雪地一个颜色不容易被发现。敌机袭来，大家赶紧隐蔽，等敌机一走，哨子吹响时，队伍立刻像海浪一般涌上了路面……由于表现积极，不怕苦、不怕累、不怕牺牲，祝树荣被部队评为三等功，这也是他荣立的第一个军功。

1951年1月27日，铁道兵团直属桥梁团等铁道兵部队越过清川江抵达顺川，接替铁1师平元线东大同江第一便桥和平德线防务。

到 1951 年 3 月，铁道兵团前进抢修 923 公里，初步扭转了铁路运输的被动局面，对改善作战部队的物资供应起了很大作用。

1951 年 4 月 22 日，第五次战役拉开了序幕。直属桥梁团和兄弟部队一起，开到江原道铁原郡保证铁路畅通。由于战略位置十分重要，铁原成为敌人重点轰炸的目标之一。祝树荣清楚地记得，敌人轰炸几近疯狂，白天几乎没有什么空当，即使是夜晚，有时敌机也要来轰炸，好几个战友就是在这时候牺牲的。为了保证战役胜利，铁道兵们和前线的战士们一样和敌人展开了殊死搏斗，始终维持着一条打不垮、炸不烂的钢铁运输线。

1951 年 6 月 20 日，根据中央军委指示，铁道兵团以直属桥梁团为基础组建第 4 师，下辖第 4、第 14 桥梁团和第 24 线路团。祝树荣连队就在线路团，主要任务是维护平元线东大同江桥。大同江桥是东线运输的咽喉，也是中国人民志愿军的生命线，必须全力以赴保证畅通。可是，“联合国军”实施了以分割中国人民志愿军前线与后方、切断中国人民志愿军运输线为目的的大规模空中封锁战，也即“绞杀战”计划。

部队群策群力，利用日落前敌机活动减少的机会抓紧施工准备，入夜突击抢修；抓住白天敌机轰炸间隙小兵力分散作业，晚上再重点突击。战士们几乎每天连续作业 12 小时以上。同时，在抢修现场设防空监视哨，发现飞机来袭，鸣枪为号，施工部队迅速疏散隐蔽。

轮到祝树荣放哨，他扛上自己的机枪，站在地势较高的哨位上，仔细地观察着平时敌机来袭的方向。上午九点多，他隐约听到了敌机的轰鸣声，而且越来越近，赶紧鸣枪示警，部队立即四散隐蔽。

两架敌机“大摇大摆”地飞过来，朝大桥扔了一串炸弹，其中两颗命中目标，将部队昨夜修好的桥梁又炸垮了一段。祝树荣气得跳起来，顾不得隐蔽，端起机枪对着一架从面前掠过的敌机猛扫，“砰砰”，敌机吓得赶紧爬升，躲进了厚厚的云层里。“可惜！”祝树荣有些遗憾，也只能眼睁睁地看着敌机一溜烟逃跑了。

老这样被敌机轰炸也不是个办法，斗争出智慧。抢修部队就采取多修便桥的办法与之斗争，这桥炸断，那桥开通。也不知是哪个战士还想出了一个迷惑敌人的办法。白天，用废旧枕木胡乱堆放在桥面上，远远看上去就像桥被炸烂了一样，果然起到了作用，好几次，敌机盘旋了两圈，都没有将炸弹扔下来。

“绞杀战”原计划 90 天结束，结果 90 天过后，敌人惊讶地发现“朝鲜一直有火车在行驶”。而且铁路运输量还节节攀升，1952 年 1 月比 1951 年 1 月同比上升了 2~3 倍。敌人的“绞杀战”收不了场，便从 90 天一直拉长到了 300 天，最终也没能打垮中国人民志愿军的运输线，铁道兵功不可没。彭德怀司令员曾经这样说过：“朝鲜战场打胜仗，一半功劳归前方浴血奋战的同志，另一半功劳归负责维护交通、保证供给的同志，他们也是在冒着敌人的狂轰滥炸，天天在拼搏呀！”

想到这里，祝树荣无比自豪地说：“敌人有钢铁炸弹，我们有钢铁意志，不惧世界上任何凶恶的敌人！”

三

毛主席说：没有文化的军队是愚蠢的军队，而愚蠢的军队是不能战胜敌人的。1950年8月1日，中共中央军委发布了由毛主席亲自撰写的《军委关于在军队中实行文化教育的指示》。根据当时形势，我军面临的任务，以及广大指战员文化偏低的实际情况，指示决定部队“必须在今后一个相当时期内着重学习文化，以提高文化为首要任务，使军队形成为一个巨大的学校”。因此，部队下决心，在朝鲜战争中抽调部分工农干部战士，轮流进学校学文化。

一听说自己要被抽下来准备回国补习文化，祝树荣就有些不愿意。他跟指导员说：“我是个文盲，字认得我我认不得它，学起来肯定费劲得很，不如让我留下来抢修铁路吧。”

指导员开导他：“将来胜利了，我们要回国参加社会主义建设，没有文化怎么行！”

“我怕学不好，还是派别人去学吧。”

“人人都要学”，指导员鼓励他，“你死都不怕，还怕学文化？”

从 1952 年 4 月开始，祝树荣回国到铁道兵在沈阳成立的速成中学补习小学文化，着重学习语文、算术两门课程。

第一阶段的学习，是从注音字母学起的，但由于干部战士口音的差异，很难读准。而且过去从未接触过，常常是头天刚学，第二天就全还给老师了。为了增强记忆，祝树荣想了一个办法，制作了许多小卡片，写上拼音字母，有空就拿出来认，这个办法得到了队里的推广，课余时间大家相互间随意抽出一张，进行辨认，很有效果。

除此之外，还要学习3 000多个常用生字。独立的单字，是要熟读硬记的，为写作奠定基础。偏旁部首、上下左右组合的、繁杂的字体，不知从哪下笔。祝树荣刚开始练习写字时，手中的铅笔一点儿也不听使唤，写起来东倒西歪，密密麻麻，模模糊糊，字不是字，画不像画。但祝树荣沉住气，按照教员教的方法，横、平、竖、直地一笔一笔地练习。为了掌握写字要领，祝树荣反复练，踏实刻苦地写。为了节约纸张，祝树荣和战友们经常蹲在地上，用树枝在地上练笔画。熄灯号吹响过后，祝树荣就躲在被子里练习，有时要练一两个小时才睡觉。

第二阶段是学习写作，要把学习的单字结合组词、组句、顺成文章。字形音义的区别运用，也有一定难度。在写作过程中，有时遇到一个字写不出来，祝树荣也不纠结，先用拼音符号代替，或者跳过格子继续写下去，过后再弄清那个字该怎么写。有的战友遇上了拦路虎，就急躁起来，发脾气、摔课本、撕本子。祝树荣就告诉他们自己用的方法，帮助战友们树立信心，克服困难。大家互帮互学，进步很快，一两个学期下来，掌握了许多文化知识。有的战士能将自己亲身经历的战斗故事写出来，有的甚至能大胆地写出“我爱你”“我们结婚吧”这样的情书了。祝树荣就是其中一个，他第一次写出了这样的一封情书，寄给了家乡的未婚妻刘桂荣。参军快五年了，他心里可没有忘记过还在家乡等着他的刘桂荣。接到他的来信，刘桂荣很快回了信，还是找人代写的，字数不多，但意思很清楚，就是，你回来吧，我同意结婚！

1953 年 7 月，经组织批准，一放假，祝树荣就回到老家和刘桂荣结了婚。

两年很快过去，在沈阳的学习结束了，毕业考试时，祝树荣成绩优秀，再次荣立三等功，并被学校推荐到石家庄铁道兵学校继续补习初中文化和学习铁道专业工程技术。

1954年8月，祝树荣来到了石家庄铁道兵学校，开始了新一轮的学习生活。为了不辜负组织，他依然非常刻苦用功学习，不仅将教员要求背诵的课文背下来，就连那些不要求背的他也全部背下来。一个学期下来，他的眼睛出现了严重问题，突然看不清东西了。经医生诊断，说是用眼过度造成的。经过一段时间的治疗，视力虽然有所恢复，但看东西依然模模糊糊的。无奈之下，学校领导决定让他退学，到干部大队当司务长。祝树荣虽然百般不甘，但也没有办法，谁叫自己不注意保护眼睛呢！

1957 年 3 月，铁道兵临管处组建铁道兵第 1 军新线管理处，执行包兰线新管。组织上安排祝树荣军转工，到包兰线新管处当随军职工。与他同行的还有他的妻子刘桂荣及刚出生的大儿子祝德昌。就这样，祝树荣依依不舍地离开了自己学习、工作了快三年的石家庄铁道兵学校。

四

铁道兵新线运输管理处，属于编外单位。铁道兵将一条铁路建好后，要有人来经营和管理，这个重任，就落在了新管处人的肩上，他们是铁道兵历史上一支鲜为人知的特殊部队，按军队要求，服从命令，听从指挥，以新线为家，哪里需要就到哪里去。

包兰铁路是中国第一条沙漠铁路，全长 990 公里。东起内蒙古包头，西至甘肃兰州。由铁道兵三个师和铁道部两个工程局共同承建。其中，公庙子至银川段 434 公里由铁道兵负责。

报到以后，处里本来想照顾祝树荣，将他分到货运室。祝树荣不愿意，他诚恳地请求："我在部队是干线路的，在学校也学了一些线路知识，还是让我到线路上去吧。"于是，祝树荣就到了临河工务段兰台子工区担任工长，管理同是兵转工的 20 多个职工。

沿线生活十分艰苦，常年伴有十级大风。风起时，黄沙漫天，昏天黑地，咫尺不能相见，行动十分不便。就是在这样恶劣的自然环境和生活条件下，祝树荣硬是坚持下来，带领职工配合铁道兵修建线路。1958年8月1日，包兰线提前五个月全线通车。祝树荣继续带领职工维护着新线的临时运行工作。

两个月后，包兰线全面移交呼和浩特铁路局和兰州铁路局接管运营。铁道兵第1军新建铁路管理处随包兰铁路移交撤销，骨干分别输送铁道兵第1师、第3师、第7师、第9师、第10师、第11师，组建六个师的新线铁路管理处，作为各师的队列编制。组织上一纸调令，又将祝树荣调到了在广州的铁道兵7师新管处。还没安定下来，处里又把他派到海南去参加改建安游至黄流段铁路施工。几天后，祝树荣又带着妻儿从广州乘船到了海南三亚的安游，担任线路队的党支部书记，主要任务是带领职工和民工将日本人统治时期铺设的窄轨改换成标准轨。安黄段全长108公里，条件非常艰苦，穿越热带丛林地带，蚊虫肆虐，还经常遇到台风。但仅用一年时间，到1959年9月30日，换轨全线完成。1960年春，安黄段由广州铁路局接管，祝树荣又回到广州。

1960 年 6 月，湘黔线白马托铺（今向韶站）至谷水（今棋梓桥站）57.7

公里铁路竣工并投入运行，由铁道兵 2 师代管。祝树荣从广州被调到铁 2 师新管处线路段娄底领工区任党支部书记。

从 1964 年四季度始，铁道兵从全国各地陆续开向成昆铁路沿线，铁 2 师也挥师西行。1965 年 10 月，湘黔线移交广州铁路局长沙分局运营。祝树荣服从组织安排，留了下来，从此离开铁道兵，被安排在娄底工务段棋梓桥领工区担任党支部书记。

1968 年，祝树荣调到娄底工务段担任工会主席，走上了领导岗位。祝树荣全身心地投入到新的工作中。十年后，陪伴他风风雨雨二十六年的年仅四十八岁的妻子刘桂荣因病去世，他十分悲痛，身心再难坚持下去了，他不得不向组织打报告，退出领导岗位，提前休息，并得到了组织批准，这一年他才刚刚五十岁。

1983 年，组织上认定祝树荣为离休干部，享受离休待遇。对此，他始终心怀感激，觉得自己为革命工作的时间还是太短了，贡献太小了！

“比起那些牺牲的战友”，祝老不禁感慨万分，眼圈有些发红，“自己能活着已经算是万幸了！”

仔细梳理了一遍祝老革命工作的历程，我发现他的足迹所至有十四五处，短的两三个月，长的十年多，前半生几乎都是在东奔西走，马不停蹄。

“您觉得累吗？”我不由得问道。

“不管累不累，我就是一颗道钉，哪里需要我，我就钉在哪里！”祝老坚定地说，仿佛这一刻，他又回到了年富力强的时候。

和祝老畅谈了差不多整整一个下午，怕累着了他，我结束了采访。临别时，同样作为退伍军人的我，情不自禁地举手向祝老敬了个军礼，祝老连忙回礼。我俩会心一笑，彼此都读懂了对方眼中对军人的那份崇高的敬意与自豪。

附祝树荣年谱

1929 年 12 月 29 日出生于华北滨海平原盐山县圣佛镇祝南良村；

1948 年 3 月中共盐山县第十区委通讯员；

1948 年 9 月华野渤海纵队 7 师 3 团 2 营 1 连战士（机枪手）；

1948 年 11 月参加淮海战役；

1949 年 2 月 16 日中国人民解放军第三野战军 33 军 97 师 290 团战士；

1949 年 4 月参加渡江战役；

1949 年 5 月 30 日中国人民解放军铁道兵团第三野战军铁道工程团战士；

1949 年 7 月 1 日加入中国共产党；

1950 年 7 月下旬中国人民解放军铁道兵团直属桥梁团战士；

1950 年 10 月 9 日中国人民志愿军铁道兵团直属桥梁团战士；

1950 年 12 月 22 日入朝参战，荣立三等功；

1951 年 6 月 20 日铁道兵团第四师第 24 线路团战士；

1952 年 4 月沈阳铁道兵文化速成中学补习小学文化；

1953 年 7 月结婚；

1954 年 8 月石家庄铁道兵学校补习初中文化和铁道专业工程技术学习荣立三等功；

1955 年 4 月石家庄铁道兵学校干部大队司务长；

1957 年 3 月包兰线铁道兵第 1 军新管处临河工务段兰台子工区工长；

1958 年 10 月铁道兵 7 师新管处海南安游（港）– 黄流段线路队党支部书记；

1962 年 6 月铁道兵 2 师新管处娄底线路领工区党支部书记；

1964 年 12 月广州铁路局长沙分局娄底工务段棋梓桥领工区党支部书记；

1968 年广州铁路局长沙分局娄底工务段工会主席；

1979 年退休；

1983 年至今离休。

从戎装到工装

——记广深铁路股份有限公司离休干部周润

□ 胡福祥

他曾是军人，保家卫国。在军营里，他学会了团结协作、勇往直前的精神。这些品质在他的职业生涯中得到了体现和传承。从“部队坚守者”到“铁路建设者”，他的身份发生了转变，但初心不变。他脱下了军装，却从未褪去忠诚和坚韧，他兢兢业业坚守在铁路建设的最前线，以匠心筑梦、以品质造福人民。

一日不打通大瑶山，那就决战到底

杉树、楠竹，林海一望无际，灰暗的天空下，一个精瘦而矫健的身影，正卷起泥泞的裤脚快步穿行在机器轰鸣的大瑶山中，沿途不时跟相熟的工人们挥挥手……

这条位于广东省北部韶关市西北坪石至乐昌间的京广铁路衡广（衡阳—广州）复线上的隧道，全长14.295公里，施工难度大，被列为世界第十大双线铁路隧道之一。广大建设者们呕心沥血，夜以继日，不怕苦、不怕累，用汗水和智慧精心浇灌着它长长的身躯，上演了一幕幕“为绘山河挥彩笔，为建四化苦也甘”的动人故事。蓦地抬头，偷懒的阳光打在出口洞门上那副“早

日打通大瑶山，振兴中华作贡献”的标语上，让人心潮澎湃。

“周科，您一来，工友们就更有力量了。”

“这个时候，我来就是给工友们打气的。目前施工已经进入了关键阶段，只剩下不到 1 000 米了，我们再坚持一下，咬咬牙，这条双线隧道就要打通了，届时好好让世界开开眼吧！”

这是 1986 年 8 月 8 日，一个值得被记录的日子。透过热火朝天的施工现场，大瑶山隧道沉浸在欣欣向荣中，仿佛在诉说着一代人的使命与责任。担任广铁分局衡广复线分指挥部政工科科长 7 个月的周润也成了这里的常客，一路奔波着、忙碌着。深入推动分局各运营单位和施工单位的协调配合，把强有力的思想政治工作做到工作岗位上去，大力宣传复线建设中的英雄、模范事迹，做到两个文明一起抓，两个成果一起拿。

随着施工不断向前推进，困难也在一次次增大……

“现在隧道里面情况不妙，周科您还是先在外面等待消息吧！”

“我要同大家共进退，第一时间把这里的情况了解清楚并向上级汇报，这是我的责任。”话音刚落，工人们口中的周科就奋不顾身地与工人一起用拖拉机内胎及木板捆制成一条筏子，随即向隧洞深处划去，细心察看出水点的情况。1986 年秋汛期，大瑶山地区雨势绵绵，河水猛涨，隧道内也水患泛滥。一天，隧道进口端一处涌水，出水量超过 10 000 米^3/天，泥沙含量也越来越大，隧洞被淹没 600 余米。为了不使灾情继续蔓延，危及竖井井下重要机器设备，周润决定进一步向前探明情况，并与工人们在出水点适宜位置做好抢险工作。

“周科，小心。”一声尖锐的呼喊传来，在隧道里显得格外响亮。当时，水最深的地方长杆已不能探底，只能撑着洞壁前行。在接近出水点三四十米的地方，已是扇形淤积的沙滩，一条条溪流在上面排列着。周润仗着自己经验丰富、会游泳，决定冒险上滩试试看，可脚还没有站稳两腿已经下陷，好在赶紧把长竿伸向工友，并一跨步上了筏子才安全逃脱。

参与衡广复线建设后，经常穿行在工地上的他，目光如炬，瘦削的脸上始终挂着一丝威严，一说话，又能让人感受到亲和、鼓舞，做起事来雷厉风行。扎根大瑶山三年多的时间里，回家的次数屈指可数，大山尘土、日月星辰和着他的脚步声，翩翩起舞，谱写着奋斗者之歌，用他二儿子周志坚的话来说，就是闲不住，对工作有着极高的热情。“一次，父亲突然出现在客厅里，我都没认出来，面色黝黑，人瘦得跟麻秆一样，我看着都心疼。”

大瑶山隧道一日不通，他的脚步就一刻不停。

奔波着、忙碌着……

“前期那么多坎儿，我们都闯过来了，说明我们的建设队伍是有力量的，绝不比外国人差！”

“我们遇到了一些前所未有的技术难题，但每个人都没被吓倒，反而开拓创新，创造了一个又一个新纪录，可喜可贺！”

困难最怕英雄汉，心坚气壮挖无止。周润一遍又一遍地给运营单位、施工单位、工友们加油鼓劲……人心齐，泰山移。

最后一段隧道位于地质情况十分复杂的9号断层。这里岩石破碎，涌水量大，是整个大瑶山隧道施工中最大的障碍。为了打好最后一仗，每个人都铆足了劲，1986年7月1日，担负隧道出口端一侧施工任务的第三工程处调兵遣将，迅速组成了一支130人的平导突击队。周润也时刻与工人们一起战斗，密切注意着这关键施工的每一个变化、进展，像上了发条的时钟，一刻都不停。

平行导坑施工时间紧、任务重，风钻工常常冒着涌水打炮眼，全身湿透，一干就是四五个小时。一天，周润来到现场，看到工人们的汗水和涌水交织在一起，颇为感动，二话不说，拼接起钻头也打了起来，在他的带动下，工友们热情高涨……

大家只有一个信念：

早日挖开平行导坑，为下一步施工打下基础。

1987 年 3 月 5 日，国务院副总理李鹏在丁关根陪同下来到大瑶山，他看到工人们在极其艰苦的环境中英勇奋战的情景，就问道：“你们靠什么？”

在场的人都回答：“我们靠献身精神。”

李鹏说：“你们讲的献身精神非常重要。”

而周润也跟这些人一样，早上一睁眼，夜里十二点，身上闪耀的就是这种献身精神。“一日不打通大瑶山，那就决战到底。”周润信念坚定。

1985年12月，中央领导视察衡广复线时提出了新的要求，即“两个文明一起抓，两个成果一起拿”。1986年4月，铁道部衡广复线指挥部经过试点全面推开。119个工程段、队一级单位中，已经有50个单位签订了“双承包”责任状。这次签订责任状的单位，不仅要包物质文明建设，而且要包精神文明建设。物质文明中包工期、质量、安全、降低成本、文明施工。精神文明中包干部作风、“四有”职工队伍建设、团结协作、“职工之家”建设。而周润所在的单位荣获双文明建设“四连冠”，他更是在1988年7月1日被评为“分局优秀共产党员”，同年12月被评为“双文明先进个人”。

“通了，通了，通了……”

“同志们，我们胜利了！”周润同工友们一起欢呼雀跃，奔走相告！

1987 年 5 月 6 日，衡广复线大瑶山隧道胜利贯通，时任国务院副总理万里同志亲临现场祝贺。

1988 年 12 月 16 日，第一列火车呼啸着通过大瑶山隧道。打破了中国长期因技术条件限制不能修建超过 10 千米长大隧道的“禁区”，在我国铁路建设史上写下光辉一页。这条重要的交通线路不仅极大地促进当地经济的发展和人民生活水平的提高，还将为国家的交通事业发展作出重要贡献。这些建设者们的付出和努力也得到了人们的认可和赞扬。

此时，周润紧绷的神经才稍微放松了一点儿……

几千个日夜，无数个“周润们”展现出了他们卓越的风采和勇气。他们团结协作、顽强拼搏、精心设计、匠心施工，战胜了重重困难，安全、优质、高效地实现了开通目标，创造了铁路技术的新经验，坚持既建路又育人，加强精神文明建设，谱写了铁路建设史上的新篇章……他们是真正的英雄和楷模，值得我们学习和尊敬！

星光渐逝，残月将隐。此时，巍峨的大瑶山正从列车轰鸣的夏夜之梦中日复一日地幽幽醒转。晨光熹微中，一些美丽的蝴蝶扑扇着斑斓的羽翼在林间的花丛中往来穿飞，无数晶莹的露珠凝结在花间、柳梢、叶脉、草尖，仿佛十万颗闪亮的珍珠一同点缀着繁忙的大瑶山。“记得当时很多年轻的工友刚过来时，很不适应，尤其不能忍受蚂蟥叮咬后的奇痒难耐，我就告诉他们，在出工前要将鞋袜穿得严严实实，再把裤脚扎紧。”年过89岁的周润，回忆起那段峥嵘岁月，思绪万千，眼眶泛红，一条条皱纹时而舒展、时而拧紧，仿佛在讲述着酸甜苦辣，荣耀与梦想。

投身军旅，是共产党改变了我的命运

周润，出生于战火纷飞的年代，是广东省开平县圹口区西成里村人，他的童年时期是在穷困清寒中度过的。回忆起过去，他感叹道：“我们家只有几间破房子，打出生起就没见过自己的爷爷和父亲，印象最深的是过年时有大红薯吃。”7岁的他开始给人放牛，学理发，后来也上了几年小学，一步步走过来，他表示：“是共产党改变了我的命运！”

一次，刚放完牛回来的周润看到部队里的党员和军人们在帮助村民干农活、修房子，他深受触动。“以前别的军队不搞破坏就已经烧高香了，主动帮大伙儿干活，那真是头一回！”后来，他时常跑到这些与老百姓一起干活、打成一片的军人中去，看他们操练，听他们讲共产党的方针政策、共产党员的故事……

每次他们操练时，他都在旁边有样学样，俨然一副小战士的模样。立正，即头要正，颈要直，两眼平视，嘴要闭，上颚要收，两肩持平，双手自然下垂，手指并拢，中指贴于裤缝中……说起这些操练的要点，周润布满皱纹的脸上顿时来了精神。

“听着解放军的宣传和看着他们的实际行动，我感受到了这支队伍的不一样，他们的心与老百姓是连在一起的。”这支队伍里的每个人都知荣辱、讲正气、作奉献，关心群众，深入了解群众，点点滴滴，深深打动着周润，对党的敬仰和向往就如同一颗小小的种子埋在了他的内心深处，慢慢地生根发芽，“我也想成为这样的人，为劳苦大众闯出一片天！”这是年少的周润心中唯一的想法。于是在 1949 年，年仅 14 岁的周润报名参加了解放军，成为家乡游击队的一名通讯员，后转至粤中军分区后勤部任通讯员，正式开启了他的革命事业。

“我去，我能完成任务。”一天，游击队接到上级命令要经过一片密林去绘制地形图，大伙儿一听山里面滑鼠蛇很多，且地势险要，容易迷路，不免心里发怵，就在这时，周润斩钉截铁地接过了任务。仔细做好准备后，周润出发了，可惜天公不作美，进入山林不久，天就下起了大雨，周润只好放慢脚步，一边把绘制工具保护好，一边寻找方向往前走，手臂划出血了，鞋子被挤破了，咬紧牙，继续往前走，仿佛一支离弦的羽箭，射向目标靶心。凭着这股狠劲儿，他穿山越岭，风雨兼程，小小年纪硬是迸发出了巨大能量，交出了一份满意的答卷。

16岁那年，他又在粤中军分区后勤部立小功一次，因为有一定的文化基础，尤其擅长侦察、战术、地形、校图等技能，常能圆满完成各项任务。1953年12月，在广州防空军高炮535团三营部被介绍入党，随即又被提拔为指挥连副指导员。

步履不歇，行动不止。1959 年 7 月，周润从空军第一文化速成中学毕业后来到了广空直属飞行中队独立飞行大队任职，尽管已经过去了六十余年，但谈起这段经历来，这位老党员仍激动不已。“那会儿，能看到每一架飞机平安起落就感到很自豪，虽然比不上现在阅兵时的大规模，但每个人都很爱护每一架飞机，精心养护，在那里执勤有一种深深的归属感和使命感。”说到兴奋处，周润开始手舞足蹈，眼中闪烁着兴奋的光芒。

在他看来，这支独立飞行大队的壮丽历程不仅仅是一段历史的记忆，更是一种精神的传承和激励。

从戎装到工装，在铁路扎下根来

国家有号召，党员有作为。

1971年，周润转业至广铁分局政治部组织科部任干部，一干就是6年多，正式完成了从戎装到工装的转变。

“建起来了，太好了，住宿环境改善了，干起事来也没了后顾之忧。”

“这些宿舍楼关乎我们职工的生存空间，我们克服万难也要把它建起来。”20世纪80年代在广州环市西路克山地区建起来的一栋栋五六层楼的铁路宿舍，正是由周润一手主持修建的，现在还在使用。“那时条件差，资金不足，设备跟不上，每天不是跑相关部门协调，就是在工地打转，伤透了脑筋。”每次，周润都会熟悉施工图纸，了解设计要求，做到了然于胸，既提前准备好施工所需的各种材料、设备和工具，也对施工人员进行技术培训和安全教育，制订好施工计划和施工进度表……在他的组织协调、精密调度下，一座座大楼拔地而起。

时至今日，周润每次路过这里，总会不由自主地停下脚步，出神地思索着，不知不觉眼中已蒙上了一层泪光……

1978年，周润来到了广铁分局建筑工程队任党支部书记，在群众中有很高的威信，经常与工友们同吃、同住、同劳动。他在这里爱学爱干，能吃苦，理论知识跟实践结合得很好，真正做到了干一行、精一行。“总是切不好怎么办？”一次，工人们正在根据已确定的电器位置和线路走向，进行切槽工作，但就是做不顺畅，焦急万分。他看到后，立马上前示范，只见他俯身勘察，目光坚定，沿着标记线使用切割机进行开槽，下沉重心，身体微转，保持槽口平直，深度适宜，很快就做好了。照着他的方法，工人们不断加快着施工进度……

“在混凝土搅拌机中以1∶2的比例调制好混凝土。应确保水和水泥的比例适当，以保证混凝土质量。”

“每层砖都要拉线看平，使水平缝均匀一致、平直通顺。”

据他大儿子周华坚回忆，当时父亲经常教导他们一些干建筑的要领，时不时也会亲自上手教一些不熟练的工人倒水泥、砌墙。

当时，周润的工作地是在广州梓元岗，火车站后面，环境很差，泥土地，四面没墙，但他做起活来却总是活力满满。平时，他关心职工，每当过年时要是有慰问品，他都是一家一家地给职工送去，有的还要爬楼梯，亲力亲为，在他的带动下，整个队伍的凝聚力很强。

后来他也历任广铁分局建筑段、建筑工程公司党委书记，直到1986年被选派参与衡广复线建设。

“进入铁路工作后，父亲的案头始终放有广州铁道报、参考消息、广州日报等资料，空下来就会翻阅，有一次我随手拿了一张来给小孩画画，被他看见了，好一顿骂。我们三兄妹，都以父亲为荣，从小他就对我们很严厉，在他身上学到最多的是责任、务实、正直。

岁月如梭，如今周老已年近九旬。距离那一段光荣而又艰辛的经历已经越来越远，但每当他向人们讲述着那些难忘的瞬间、那些英勇的工友、那些惊心动魄的建设场面，不禁让人备受鼓舞。他的故事让人们感受到了那段历史的残酷和艰辛，也感受到了这些铁路建设者的坚韧和勇敢。

岁月流转，他的身影依然挺拔而坚定。从戎装到工装，他的故事仍在继续。退休以来，他时常关心铁路的发展，“我坐过好多次现在的高铁，那是真的快，比我们那会强太多了，又舒服、又方便，你们赶上了好时候啊。”聊起高铁的四通八达，周润满眼欣慰。

现在的他，精神矍铄，身体健康，喜欢骑自行车在小区转悠，透露出一种不屈不挠的斗志与活力。虽然耳朵不太好使，但眼睛还是明亮的，一眼认出广深铁路股份有限公司离休干的同志后，他声音洪亮地说：“要记得帮我交党费啊。”

方寸之地　笔下乾坤

——王桂芬的机要人生与家国情怀

□马　鑫　向丽艳

王桂芬采访视频

童　年

1943年仲夏的一个傍晚，暑气未消，蝉鸣渐弱。起伏的远山遮住了太阳，如黛眉，勾勒出华北平原上婉转舒缓的地平线。

河北定兴的一个村落外，有一条坑坑洼洼的泥路。由于久旱未雨，车辙、脚印、弹坑的痕迹坚硬干脆。风一过，尘土飞扬。路的两旁，除了弹坑，便是一片片荒草。草尖没过墙角，随风摇摆，像柔软的披肩。临道一块块尚未熄灭的灰烬，仿佛棉被上被烫出的烟洞。

“桂芬，快趴下。”

此时，刚满9岁的王桂芬，正跟着父亲一起，匍匐在草丛里。眼前，日军的探照灯来回扫描，远处的炮楼影影绰绰。月光下，哨兵步枪上明晃晃的刺刀，绽放刺目的寒芒。

泥土的腥味，青草的甜味，身上的汗味交织在一起，钻进王桂芬的鼻子。她呼吸急促，手心微汗，剪短的刘海，贴在了前额。“咚咚”，心跳声清晰可闻，一张一翕间皆是命运。

他们要绕过炮楼，穿越敌军的封锁线，侦察对方的人员数量、火力配系和军事交通等情报，然后带回抗日根据地……

每次随父亲执行完任务返回均是深夜，王桂芬都会疲惫地躺在炕上，却舍不得闭上眼睛。在被家包围的安全感中，她望着从窗前筛下的一缕柔光，带着对白昼的美好想象，缓缓进入梦乡。

“你听到昨晚打仗放枪的声音没？”

“我听到了，就在西边山脚下，好像还有大炮的声音。”

…………

到了白天，大地恢复宁静。村子里的孩子，三三两两地聚在一起，激动地交换昨夜的见闻。他们的声音，穿过长长的小巷，透进青灰色的砖瓦，吵醒了从前线回来的王桂芬。此时已日上三竿。

揉一揉惺忪的睡眼，捋一捋蓬乱的短发，她穿好打满补丁的衣服走出门外，却发现早已没了父亲的身影，知晓他来不及睡觉，就去向组织汇报了。

时值战乱，百姓大多流离失所。打小，王桂芬就寄宿在父亲战友的一家党员家庭里。后来，父亲战友家的孩子，还介绍她加入了中国共产党。沐浴在“红色光辉”下，一颗忠于人民、忠于党的种子，很早便根植于王桂芬的心里。至今，她已有72年党龄。

掀开锅盖，吃一碗粥，“吱呀”一声，王桂芬推开大门，沿着贯穿村子的东西向大道，朝村头跑去，开始了一天“抗日儿童团”的工作。

街上往来的独轮车，运着一个个叠起的麻袋，车轱辘发出“嘎吱嘎吱”的声音，带起一缕缕灰尘；村民散养的母鸡，伸缩着脖子，来回踱步，不知在寻觅什么；“嗤嗤，嗤嗤”，旁边院墙内，有人开始拉风箱煮饭，一缕缕烧着柴火的青烟，从烟囱里冒出，飘向村外……王桂芬仔细观察着身边的一切，生怕漏掉任何一个细节。

“抗日儿童团”常利用自己年纪小，不被注意的特点，负责站岗放哨、捉汉奸、送情报，甚至深入敌后刺探军情。他们年龄虽小，却立场坚定，满怀正义。遇到从未谋面、行踪可疑的人，他们坚决做到不带路、不说话、不吃递来的糖，并第一时间向村里报告……一双双纯真的眼睛里写满了热忱和对这片土地赤诚的爱。

太阳一路向西，房子的阴影逐渐扩大，天色暗成淡蓝，远处星辰逐渐清晰。透过墨色林道，能看到村子灯光依次亮起，炊烟熏红了晚霞。王桂芬知道，这一天的站岗任务已经结束；却不知道深夜，是否还要跟着父亲一起，穿越敌人的封锁线，徘徊在生死的边缘。

机 要

少言寡语，勤学不怠，慎之又慎的习惯，是王桂芬从小就养成的。

由于父亲是侦察兵，童年时期的她便深知对组织的秘密要守口如瓶的道理。

读小学时，王桂芬除了参加革命，其他时间都用在学习上。她给自己买了一个小字典，时常预习，用了三年时间，便完成了五年的课程。

“它就是我的老师。”如今，已年满89岁的王桂芬依然保留着这个字典，看书读报时，遇到不认识的字，依然要翻一翻。

书写快速，字迹娟秀，表达精准……从事机要工作，仿佛命中注定。

绒布封窗，不分昼夜，在部队时，这就是王桂芬的工作环境。隔壁的报务员，头戴耳机，手敲键盘，“嘀嘀嗒嗒”的电报声，密集如雨。他们收到电报后，就会交给机要员王桂芬和她的战友们翻译。

由于表现出色，王桂芬被分到当时军务最紧急的水上机要组，每时每刻都在与密码打交道，一年到头无休息，把那些特定的符号，精准转化为汉字，给一墙之隔的作战处，提供第一手资料。

回忆起当初的情景，王桂芬开起了玩笑，脸上的皱纹舒展开来，荡起了阵阵岁月的涟漪：“我们机要员是‘哑巴’，不能说；报务员就是‘瞎子’，不能看。”

在这句看似轻巧的“玩笑”里，其实有千钧之重。为了恪守对党忠诚的承诺，王桂芬和她的战友们把这些电报的内容深藏在心底。

那时候，从事机要工作不分昼夜，更没有节假日。有一次，凌晨时分，刚翻译完一份电报的王桂芬，又接到一个紧急任务。搁下的笔尚未碰到桌面，又被她捏了起来。就着昏黄的灯光，她对照烙在脑海里的“字典”，逐字逐句地翻译。一想到自己的工作关系到前线战士的生命，关系到战争的导向，她的心脏就像火上烤的栗子，热极要迸破了壳。

当顺利完成这项工作后，她长舒一口气，疲惫感潮水般涌来。此时，她蜷缩在长凳上，不知不觉间睡着了。

在高强度的工作环境下，王桂芬还有一个习惯，那就是睡在天台上。她喜欢看宝石般纯净的天宇，横贯着一条璀璨的星河。那里有数不清的金屑，东一堆，西一堆，密密匝匝，铺成绚丽的缎带。不时有流星，“嗖”地一下，像箭一样射向银河，拖着蝎尾似的光带，消失在耀眼的金粉堆里。传说，对着流星许愿，就有希望实现愿望。于是，王桂芬经常望着夜空，祈祷战争早点儿结束，然后，带着希望，进入梦乡。

机要这条路，不管什么时候，都是崭新的路，今天是，明天也是。得益于儿时养成的学习习惯，王桂芬记忆力强，学习迅速。为了确保信息绝对安全，密码本经常变换；每变一次，机要员就必须重学一次。

学习、工作，在彼此交替中，构成了王桂芬这段岁月的全部。数十年的机要工作生涯里，她实现了零差错。

1950 年，已记不清具体哪一月，哪一日，当王桂芬翻译完最后一份战事电报时，她走到宿舍阳台的窗扇前，推开它，黎明的天空，全部涌入。

传 承

世界上所有川流，最后总会汇集在一起。极地的冰山与浩瀚的南海，终会一起，转为潮湿的云，是谓缘。

1953 年，王桂芬与她的爱人相识。她与他，同在机要科。

伏案从早到晚，整日做译文，吃饭有人送，困了睡板凳，写信先送审，活在方寸间。她与他除了日常工作，几乎与外界隔绝。

他高中毕业，谈吐不凡，在她听来，字句如金如玉。她明眸皓齿，秀外慧中，在他看来，佳人钟灵毓秀。

那时，机要部门与住宅用的家属区，同在一院，中间隔着一株老海棠树。到了夏季，在这株树上，蜻蜓找到了午间的安歇地。一只只蝴蝶在院中飞舞。彼时，蝉歌如潮。这是他们闲暇时看到的最为动人的风景。

“即使是夫妻，我们之间也从没有透露过彼此翻译过的电报。”当她和他在一起时，她的心依旧是个冰冻的池塘，在摇曳的灯盏下闪烁，理性中绽放出感性的光辉。

后来，由于工作需要，他们举家南迁，定居岭南。

王桂芬的孩子们都是党员。外孙女更是青出于蓝，读高中时就凭借优异的表现入了党。对于他们一家人来说，“对党忠诚”四个字，已经成为一种刻入血脉里的传承。

二女儿赵净现在与王桂芬生活在一起，照顾老人的起居。说起自己的经历，她印象最深的就是父母的谆谆教诲。

刚工作那会，赵净在车站从事卸货工作。手提肩扛，灰尘漫天，冬寒夏热……但艰苦的条件并没有使这个花季少女产生怨言：“受父母的影响，我的潜意识认为，应该一切行动听党指挥，绝对服从组织安排，吃苦耐劳是基本品质。”

后来，赵净被调到了货运员岗位，开始与算账经营工作打交道。起初，以为是文职。然而，嘈杂的环境，让她觉得自己有些异想天开。

“吱吱呀呀”的吊扇，布满灰尘的桌凳……让她的心里缠起个疙瘩，一种看到云朵却没盼到雨的落差感。

这时她听从父母的建议，像做一名机要员一样，排除外界干扰，工作之余，认真学习业务，时刻保持专注。

挺好的，他们在“遥远”的时空里打发时间；而她会钻进知识的国度，做个熠熠生辉的“公主”。

学习永远在路上。随着年岁的增长，赵净也逐渐明白自己的母亲为什么年近九十，遇到生字，依然要翻阅字典。原来，学习这种习惯，从母亲王桂芬当机要员需要不停掌握新的密码时起，就已经成为她人生中不可或缺的一部分。

如今，王桂芬早已生活在繁华的城市里。也许，她会忘记泥土的脚感，忘记曾经纷飞的海棠，但她不会忘记，那刻进血脉里的一抹鲜艳的红。

王桂芬和她的爱人，同为机要员，有恪守对待恪守的嘴唇，有忠诚对待忠诚的心肠，这是他们一生永恒的旋律。只有捧起玫瑰花束的时候，才弯下脊梁，嗅一嗅花香。

一片丹心为国护路

——记江村站离退休干部苏少庭

□ 王之慧

苏少庭采访视频

有一个人，他从不为权，只为报效祖国，在北平起义积极作为，在南下工作团表现突出，为国、为路奉献大半个世纪。有一个人，他从不为利，从不走后门，在反腐败斗争中勇当先锋，将腐败分子抓进监狱，将土匪绳之以法。有一个人，他从不为名，只为了人民的安全和铁路的安全，面对烧着的板房，他主动调车，扑灭了火灾却鲜为人知；面对对越自卫反击战中的紧急任务，他临危不乱，圆满地完成任务。

他就是记江村站离退休干部苏少庭。他先后获得了中共中央、中央军委和国务院颁发的“光荣在党50年”纪念章，广东省委颁发的南粤七一纪念章等。

参加北平起义

冬天的北平，菊花如同一群群金黄色的蝴蝶，在微风中轻轻舞动，散发出清新淡雅的香气；如同一颗颗闪烁的繁星，在各个角落为祖国发出微亮的光。

1949年1月，一场起义似离弦之箭，即将拉开帷幕。这就是规模巨大、影响深远的北平起义。这场起义创造了解放战争期间单次起义人数最高的纪录，共有25万名国民党官兵放弃武装抵抗，统一以起义的形式转换阵营。

而在这场战役中，无数爱国青年纷纷加入。

此时，正值 20 岁的苏少庭听闻，带着他的报国志，不远万里，先从揭阳老家到广州，又从广州到北京，参加了这次起义。

看到儿子背井离乡参战，母亲林惠芳到码头给他送行。他看到母亲白发苍苍，眼里噙着泪，脸上露出依依不舍，万分担心。

母亲林惠芳看着苏少庭，牵着他的手说："少庭，你离开家乡，记得照顾好自己。我们都很支持你，希望你能实现自己的理想。如果没实现理想也没关系，回到老家，老家还有我们。"她心里虽然不舍得苏少庭离开家乡，但果断地支持他去参战。

"母亲，您放心，我一定会照顾好自己的。现在正是祖国最需要人的时候，我作为青壮年，一定要带头参加。母亲，您照顾好家里。"苏少庭看出了母亲的担心，笑着安慰母亲。

母亲离开时，一步三回头，泪水止不住地往下流。看着母亲慢慢离去的背影，苏少庭感到母亲确实老了。他心里暗自下了决心：我一定要干出一番成就，不能辜负父母和无数人的期待。

他有一颗拳拳的爱国之心，从小立志报国。这份爱国情怀像心中的一盏明灯，照亮着他前进的道路。无论风雨多么凶猛，他都坚守在这片土地上，甘愿为祖国奉献一切。

在北平起义，他负责协助地下党保护好民用设施，让水厂、电厂正常运作，不被破坏。

"前方发出警报，我赶紧进去检查一下电厂。"苏少庭听到"嘟嘟嘟"的警报声响起，立马警觉起来。

他带着手电筒和对讲机，迅速跑到电厂。电厂里非常黑暗，他的心跳如同战鼓，激烈而快速地跳动着，充满着紧张和不安。

苏少庭心想：是不是有人偷偷潜入，准备破坏电厂。

苏少庭用手电筒照亮了前方的路。忽然，一个人影迅速闪过。苏少庭立马快步追上去，并拿着对讲机通知警卫。

追得越来越紧了，苏少庭看清了对方的样貌。对方发现有人紧追其后，跑得更加快了。对方非常狡猾，训练有素，左弯右绕。追赶之际，苏少庭发现歹徒手里居然拿着一颗定时炸弹。

顿时，紧张和恐怖的气氛就像一张巨大的网，罩住了苏少庭。他心跳加快，喉咙似乎被什么东西卡住了，呼吸变得急促。

苏少庭心想：万一炸弹爆炸了，后果不堪设想。在电厂里工作的人就会有生命危险。

苏少庭深吸一口气，试图让自己冷静下来。他立马通过呼叫机，通知警卫：歹徒手上有定时炸弹，请迅速抓捕和防护。

苏少庭奋力猛追，警卫队合力出击。

汗水顺着苏少庭的脸往下流，顺着脊背往下流，顺着肚皮往下流。他闭紧嘴巴，从鼻子里发出短促的喘息声。

他们和歹徒斗智斗勇，一路充满刺激和惊险。

警卫队队员堵到歹徒前面，双手叉腰。由于跑得太猛，警卫队队员喘着粗气，大喊：“停下来。”

警卫拿出手铐，迅速套在歹徒的手上。

在前后围攻之下，歹徒不到 10 分钟就被成功抓住了。

看着歹徒被捕，自己和同事成功地保卫了电厂，苏少庭在日记本上记录下来了这件事。

他写信告诉母亲林惠芳：“妈，我立功了，太高兴了。我终于实现我报效祖国的理想，为祖国做了实事。”

母亲林惠芳回信道：“你是好样的！你一个人在外，要照顾好自己。”

苏少庭回信道：“妈，我会谨记您的教诲，国破家何在。没有国，哪有家；没有公，哪有私；没有集体，哪有个人。我觉得老一辈革命者之所以值得尊敬，就在于他们把革命利益始终放在第一位，从不计较个人利益和得失。青年时期是报效祖国、建功立业的最好时期。只有青年人像老一辈那样有革命志气，有远大的抱负，才能兴旺老一辈所创立的事业。”

北平起义，最终吹响了胜利的号角，画上了圆满的句号。这场起义没有发生暴乱，大部分该处理的处理，该遣返的遣返。

由于工作出色，苏少庭得到了组织认可。北平和平解放后，苏少庭马上被吸收加入中国人民解放军第四野战军南下工作团。

在南下工作团中展作为

秋天的英德，油菜花似初升的朝阳，将田野点亮，一片片，一簇簇，宛如黄金般闪耀，散发着浓郁的春意和生机。没人想到，这里也曾一片荒芜。是他们的到来，让这片土地焕然一新。

1949年4月到9月，苏少庭在中国人民解放军第四野战军南下工作团工作。经过学习培养，他顺利毕业。

第四野战军南下工作团是新中国成立前中共中央为夺取全国政权、解放中南城乡担负接管任务，开辟新区工作准备干部而成立的。

南下工作团团员包括在平、津的大中学生和知识青年，还有讲师和教授，不少是党的外围组织"民主青年联盟""民主青年同盟"成员或中共地下党员。

1949 年 9 月， 干部接管政权，南下工作团的成员作为军事代表被分配到企业，随大军南下。苏少庭跟着团长陶铸一起来到广州军代表团。他南下要从北京坐火车到武汉，坐船到九江，再从九江到广州。

苏少庭先后任军代表、联络员、干事等职务。

当时，苏少庭参与了清除敌对分子、改造旧警察作风和反对贪污、反对浪费和反对官僚主义的"三反"运动，参与了执行侦察、保卫、剿匪、反霸、镇压反革命和治安管理等任务。

1949 年 10 月，英德、马坝出现了大量的土匪，烧杀抢掠，危害一方。更可怕的是，当时土匪竟然大量输送金钱勾结公安系统的个别人员，个别警务人员存在贪污、腐败的行为。

英德、马坝弥漫着浓浓的骚乱和恐怖气氛。人们纷纷逃难，心里好像浇上了一块铅。街上店铺都纷纷关了门，只有几个带枪的警察在巡逻。不断的犬吠声，更显得"山雨欲来风满楼。"

"砰砰砰"，不断传来枪声。原来，有家人不愿意交出钱财。土匪把这家人的妻子和女儿当场开枪打死。鲜血缓缓流出来，伴随着家人窒息的悲痛。

土匪盛行，整治行动刻不容缓。单位领导再三斟酌，究竟该让谁成为这次行动的军事代表人选，配合总指挥开展工作。

“我觉得苏少庭可以担任这次行动的军事代表。他不为权、不为利、不为名，只为国、为民，能抵挡住诱惑，能与恶势力斗争到底。”有一个领导举荐苏少庭。

“这个同志我也了解。他对贪污、腐败深恶痛绝。”另一个同事也推荐苏少庭。

就这样，大家一致推荐苏少庭作为军事代表。

苏少庭接到任务后，欣然接受。他协助警察，开始剿匪行动。他精心谋划方案，周密部署，准备在冬瓜铺展开行动。

苏少庭说：“我们此次来的目的就是抓捕危害人民的犯人。我们不要有怕被报复的心理负担。”

苏少庭和警察敲响土匪窝点的门，听到房间里有人应答，立马表明身份，让土匪开门。此时，房间内突然没了声音，再也没人应答。

苏少庭和警察手持枪立马破门而入。土匪们的反应极快，转身就想往门外逃走。

苏少庭立马快步向前，钳住土匪的手腕，土匪拼命反抗，拉着苏少庭的手。在拉扯中，苏少庭摔倒在地，膝盖上流着血。他忍着剧烈的疼痛，死死钳住土匪的右手手腕不放。

土匪用左手掏出枪，准备朝苏少庭开枪。苏少庭发现后立马夺过枪。

几个土匪向苏少庭开了几枪，苏少庭立马躲闪。

“哒哒哒”，两把盒子枪开枪的声音在敌人背后响起。为了保护苏少庭，几个警察立马向土匪猛烈扫射，像疾风暴雨一般，还有几个警察站起来，拿着刺刀，呐喊着冲了上去。

“缴枪不杀！缴枪不杀！”警察嘴里喊着。

土匪乱了阵脚，滚的滚，爬的爬，乱挤乱撞。

这时，好几个土匪意识到快战败了，“咕咚咕咚”跪下来，把帽子转到脑后，举手投降。

渐渐地，枪声越来越少了，直到枪声都不响了。村民们开始走动。

原来，经过一番猛烈的搏斗和枪战后，土匪们最终被苏少庭和警察制服。

土匪受到了严厉的惩治，犯罪头目还被枪决。

优先把职务和待遇让给他人

夏天的风吹到广州，白色紫荆花、紫色紫荆花，紧紧地簇拥在树上，尽情绽放。

1954 年 2 月，苏少庭服从组织安排，转业至广州北站任调车员。

由于刚接触铁路行业，苏少庭白天跟着师傅到现场学习，晚上自己钻研业务书籍。深夜拂纸笔，灯下细沉吟。他边学、边思、边悟，很快就熟悉了铁路业务。

苏少庭认为要习得一技之长，做个有用的人："只有在学习中不断更新知识和思想，一个人才能不断取得进步。一个人既要学习科学文化知识，掌握一技之长，又要学习思想理论，改造世界观、人生观和价值观。"

从 1957 年 2 月到 1982 年 12 月，苏少庭先后任广州西站调车员、广州西站车站值班员、广州北站值班员、值班主任。

1958 年 6 月，组织考虑到他的突出表现，准备提拔他。

"老苏，您为国家和铁路作了很多贡献，组织想让您担任广州西站装卸作业所所长。想征求一下您的个人意见。"领导问他。

"我不需要干部身份，把职位让给年轻人，他们更需要。我在一线，为组织做实事就行。"苏少庭婉拒。

"您是众望所归！"领导说。

"前人种树，后人乘凉。我在一线岗位，就是种树，可以让更多的人乘凉。我很满意这一岗位。"苏少庭坚定地说。

"调车员这个岗位又辛苦、又危险，而您新换的岗位相对轻松一些，这也是组织对您的关爱。"

“谢谢组织的关爱！当调车员确实要经过冬冷夏热、日晒雨淋等考验。你们考虑到我的年纪大，怕我跟着火车跳上跳下太辛苦，我真的很感谢。但是，我是上过战场、当过兵的人，我经受得住。脏活儿和累活儿总要有人干。我不干，谁来干呢？”

“有的人年纪大了或是身体不好，会主动申请换到相对轻松的岗位。老苏呀，您怎么就想不通呢？！”领导反问。

“我心意已决，谢谢组织和领导的关爱！”苏少庭继续坚定自己的立场。

领导看苏少庭那么坚定就不再相劝。握着苏少庭的手说：“您是值得我们尊重的人！我会把您的意见向组织反馈。”

他优先把职务和待遇让给他人，自己却在基层岗位勤勤恳恳、踏踏实实地工作。他淡泊名利，严于律己，清正廉洁，为人民办实事，为铁路作贡献。

调车扑灭车站旁居民房火情

夕阳西下的广州，七彩的晚霞犹如一位温文尔雅的艺术家的作品，给天空涂抹了烈日红、橘子橙、牵牛紫等艳丽的色彩。晚霞下，广州北站却有一抹红，让人们陷入悲伤的情绪之中。

原来，住宅楼失火把广州北站站台旁的木板房烧着了。

居民楼的窗口冒出阵阵浓烟，火光闪烁。

“楼上着火了！大家先下楼。”居民边大喊边跑下楼。

居民纷纷匆忙逃出楼道，有的紧闭房门等待救援。

火势迅速蔓延到其他木板房，几十间房屋被烧毁。

苏少庭了解情况后，担心沿线的居民楼密集，老年人居多，一旦火势向周边蔓延，后果不堪设想，损失惨重。

于是，他立即打通了电话。“把蒸汽机车调过来，在路边进行喷水。”

“收到。”调车员接到指令，立马通知调出蒸汽机车。

蒸汽机车到火灾现场后，苏少庭命令司机打开蒸汽机车的阀门。20 米的水柱似洪水猛兽，迅速冲出来对大火进行猛烈浇灌。

10 分钟后，大火就被扑灭了。

这场大火的扑灭，带给了二儿子苏建伟极大的震撼。“我看到爸爸这么用心救人，内心非常感动。我觉得我要向爸爸学习，做个好人，受到大家的尊敬和爱戴。”

同事们得知此事后，纷纷赞扬苏少庭：“他就是这样一个人，心中装着人民，践行着人民铁路为人民的宗旨”。

在对越自卫反击战中临危不乱

旭日东升的广州，驱散了一层层迷雾，犹如一部无声的诗篇，静谧而深邃。每一寸土地，每一缕风，每一片树叶，都在诉说着人们对和平的希冀和对祖国深深的爱。

20世纪70年代末，中越关系急剧恶化，中国边疆的和平、安定和人民的生命财产受到严重威胁。

1979 年 2 月 17 日，遵照中央军委指示，中国人民解放军广西、云南边防部队对侵犯中国领土的越南军队进行自卫反击作战。

在这场对越自卫反击战中，铁路系统能否合理、妥善地安排车，考验着作为广州北站主任的苏少庭。

2月18日12时，“嘟嘟嘟”，电话铃声响起。

苏少庭接过电话，接到军运处的通知：“大量军列需要进入广州北站，数辆军列需要正点前往对越自卫反击战前线。”

“收到。”苏少庭立马查看情况，思考如何安排。

他需要记下列车入股道的时间、车里装载的物资等信息。像个“总指挥”，需要正确指挥、妥善安排；像个“蜘蛛人”，需要织密行车调度的安全网。

“苏主任，吃饭了，再不吃饭就凉了！”同事关心道。

“等我安排完就过去，你们先吃。”苏少庭一边从容不迫地安排一边说。

13 时，苏少庭的盒饭依旧动也没动。

14时，苏少庭终于忙完了才打开盒饭。刚吃了两口，苏少庭又接到命令。

苏少庭把盒饭扔到一边，又开始紧锣密鼓地工作。他临危不乱，运用多年的经验和熟练的技术，及时、正确地调车。

3月16日，中国人民解放军全部撤回国内，完成作战任务。

在此战中，中国达到了预期的作战目的，打乱了敌人的战略部署，对保护中国国家主权和领土完整及东南亚地区乃至世界的和平与稳定有重大意义。

教育孩子传承红色家风

夜幕降临的广州城，华灯初上，高楼林立，霓虹闪烁，马路上车水马龙，行人熙熙攘攘，构成一幅繁华的城市画卷。

1972年9月20日，这天对于大儿子苏建伟来说，是艰难的一天。这一天，他感到深深的无助。原来，他梦想中神圣的铁路职工工作，竟然是要与脏活儿和累活儿相伴。

苏建伟内心隐藏着不为人知的秘密和复杂的情绪。“爸，当司炉太辛苦了。温度太高，煤炭太脏。”苏建伟和父亲抱怨道。

“儿子，铁路工人是很辛苦的。以前，爸爸一直没和你讲铁路工作的艰难，不是因为爸爸不知道工作的艰苦，而是爸爸有个乐观的心态和坚定信念：脏活儿和累活儿总要有人干。我干了，别人就不用干了。我相信我做的每件事都是有意义的。铁路工作再苦，也没像上战场那么苦。那时，我们随时要付出生命的代价，都是在枪林弹雨中熬过来的。你要珍惜和平的年代，做个甘于奉献、积极进取的青年。你做司炉的同时，可以学习理论知识，做个向上、向善、向美的青年。铁路在不断发展，你也可以考取你心中理想的岗位，成为一名优秀的铁路人。”苏少庭耐心地劝导儿子。

苏建伟听后，一扫心中的哀伤，决定像父亲一样，在苦难中磨炼自己。

“父亲，我都不知道你经历了那么多苦难。我会向你学习，努力为铁路做些实事。”苏建伟从和父亲的谈话中汲取了前进的力量。

在之后的工作中，他主动承担重活儿、累活儿和脏活儿，不断地磨砺自己。

他服从组织的安排，到各个岗位历练，成为经验丰富的铁路职工。

1981 年，铁路迎来了新的发展，急需一批司机驾驶新型机车。

“这考试太难了，还要考理论知识，我哪有时间背啊！上班都累得不行，下班就想休息。”一个同事说。

“就是啊！我们别凑这个热闹了！”同事议论道。

“我想去试试，就当作一次学习！”苏建伟的话打破了热闹的氛围，让大家陷入了一片宁静。

此时，苏建伟在副司机岗位上已经历练了 4 年。他想取得更大的进步，成为一名光荣的司机。

“我陪你一起去考！”沉默了一会，苏建伟的挚友说道。

“你们行不行呀？”有个同事带着质疑的语气说。

当第一缕阳光洒到锅炉上，苏建伟与脏活儿、累活儿相伴。当如水的月色照到窗前，苏建伟对着书，在笔记本上做摘要。

苏建伟的口袋里还装着各种书册，方便随时可以拿出来背诵。他见缝插针，一有闲暇时间，就抓紧时间看书，复习考试内容，刻苦学习。

在备考学习的那段时间，单位很多人都不敢报名，很多人即使报名了，也因为考试没过被刷了下来。功夫不负有心人，苏建伟最终成为第一个考上司机的人。

得知考上司机后，苏建伟非常高兴。他兴冲冲地告诉父亲：“爸，我考上司机了！”

“非常好，爸爸替你感到高兴。我们今晚一起庆祝一下！”苏少庭说道。

“感谢爸爸对我的教诲，不然我也不会考上司机。”苏建伟说。

“你要戒骄戒躁，坚持学习，不断进步。学海无涯苦作舟。要活到老，学到老，为人民服务到老。我们要为铁路、为人民多做一点儿工作。当人民坐上你开的车，称赞你的技术好，你就是个好司机，你就实现了为人民服务的价值。”父亲谆谆教导道。

“好的。爸，我从小就看到你对铁路工作尽职尽责，也感受到成为铁路职工的骄傲。那年，我毅然决然地报名加入广州机务段，成为一名总调度，就是受您的影响。”苏建伟说道。

“爸，牛肉丸好吃，有家乡的味道，您多吃点。才加了两个菜，他们三个都不够吃了。”苏建伟夹完几颗牛肉丸到父亲碗里，又夹了几颗牛肉丸给母亲和弟弟妹妹。

“两个菜够吃了，不要浪费。艰苦朴素、勤俭节约是中国共产党人的优良作风，要多想想人民的困难，少考虑自己的享受。以后，你也时刻要提醒自己和弟弟、妹妹保持优良的作风。”苏少庭看到儿子取得了成就，仍不忘谆谆教诲。

此时，苏建伟看了看父亲。父亲高高瘦瘦，斯斯文文。他长得一双狭长的丹凤眼，瞳孔深邃，仿佛能看透一切，显示出一种别样的魅力。他的眉毛粗壮而弯曲，像是两把钩刀，为他的脸部增添了几分坚毅与刚强。嘴唇的弧度流露出一种独特的韵味，是时间、经历、智慧的印记。父亲身穿有点儿褪色的蓝色条纹衬衫和灰色的长裤，神态自若、平和。

苏建伟心想：父亲这件衬衫已经穿了很多年了。他是那么俭朴，却又那么讲究干净整齐。

苏建伟说：“爸！我给您买件新衣服。”

“不用了，衣服能穿就行。”苏少庭说。

“真为你感到高兴，再接再厉。”母亲伍文舫说道。

“哥，恭喜你！”二弟苏铁铭说。

“哥，你真厉害，我要和你一样。”三妹苏绮丽说。

“我们干一杯吧！”四弟苏宏伟说。

杯子触碰的一瞬间，一家人都笑了。欢乐的气氛让家庭显得格外温馨。

苏少庭家连续5年被评为广州北站“五好家庭”。当时，为了陪伴苏少庭，妻子伍文舫参加了广州北站的招聘考试。她成功考入广州北站，之后担任妇女主任。

无论条件多么艰苦，他们都相亲相爱，温馨和睦。当时，他们6口人居住在12平方米的房子里。家里虽然很小、很挤，但是伍文舫每天都会把家打理得井井有条，房间干净整洁，摆设让人赏心悦目。

大儿子苏建伟先后担任机车乘务员、司炉、副司机、调度员、总调度。在不同岗位工作期间，苏建伟都无条件地服从组织的工作安排，谨记父亲的谆谆教诲。

由于表现突出，苏建伟先后获得分局技术比武调度员第三名、广州机务段“技术能手”“青年标兵”“安全标兵”等荣誉。他从未出过事故，防止事故不计其数。同事对他称赞不已，开玩笑地说：“他防止事故的经验都可以写到教科书里了。”

不仅苏建伟这样，他的三个弟弟、妹妹也这样。组织安排他们到农村工作，他们二话不说，服从安排。

二儿子苏铁铭说：“在我心中，父亲是一个老老实实、喜欢钻研业务的人，组织安排的任务都能圆满完成，对党非常忠诚。”

三女儿苏绮丽说：“在我心中，父亲非常低调，永远保持革命本色，对我们几个严格要求，督促我们好好做人，服从组织安排。”

四儿子苏宏伟说：“父亲从小告诉我们不能不劳而获，要脚踏实地，做好手头上的每一件事。”

1982 年 12 月，苏少庭办理退休。

1988 年 4 月，在领导和同事们的关心下，苏少庭离职休养。

“革命第一，工作第一，他人第一”，这是苏少庭一生的真实写照，也是苏家家风传承的精髓。他认为要从思想上、学习上、生活上等各方面来关心和帮助子女。在生活上，他让子女吃得饱、穿得暖，精力充沛地去学习和工作。他更关心子女的思想状态，他培养子女坚持学习、艰苦朴素、大公无私的品质。

他的一生始终保持爱国、爱民、爱路的赤诚之心。他一生不为权、不为利、不为名，只为国、为民、为路。他用赤诚丹心书写了普通人的传奇，用脚踏实地、积极进取、无私奉献描绘了共产党人的精神图谱。

传承红色基因，聆听抗战老兵的故事

——记广铁抗战老兵徐依双

□ 吴小英

徐依双采访视频

徐依双，男，中共党员，1931 年 2 月出生于湖南，醴陵人。13 岁参加国民党 71 军（传令兵），1948 年 2 月在东北四平解放加入十纵队二十八师解放团，1951 年 1 月参加抗美援朝战争，1952 年 9 月入朝，1954 年 7 月回国（历任通讯员、战士、警卫员、警卫、班长）。1959 年 9 月在衡阳铁道学院学习，1961 年 3 月直至离休在第四线路工程队、韶关生活段、广州生活段工作。

岁月无声，英雄有言

不老的英雄赞歌，永远的家国情怀。70 多年过去了，一个个中国人民志愿军老兵的背影渐行渐远，但他们谱写的英雄赞歌，却永远激励着后来人，在新时代的征程上，向着新的胜利再冲锋！

我第一次听到“南下干部”这个词汇，要追溯到20世纪70年代初，一晃已是50年前的事情了。“南下干部”作为一个深深打上时代烙印的名词，随着时间的流逝，仿佛已留在历史记忆的深处，可它却承载着这一段不可磨去的历史记忆。“南下干部”，作为新中国历史上的一个特殊群体，诞生于

人民解放战争的烽烟战火之中，开启了后人对一段红色历史的回味。当年，那些年富力强的“南下干部”，大多成为新中国建设的栋梁之材；如今，他们大多已是八九十岁的年纪。“南下干部”作为一个特殊的群体，被永远记入了共和国的建设史，他们“献了青春献终身，献了终身献子孙”的南下精神，已然化作一座丰碑，永远铭刻在祖国人民的心中，永远激励后人昂扬奋进。在庆祝中国共产党成立100周年之际，让我们一起回眸“南下”那段激情燃烧的岁月，追寻这支数量可观的“南下干部”大军的光辉足迹，重温那段难以忘怀的特殊记忆。

“南下干部”，一个熟悉而又陌生的名词。以前在电视情节里看到过，黑色提包，一件白衬衫，白背心，一身正气，感觉被称作“干部”的人很不一般、很威严。从大人嘴里听说，这公社干部（工作组）官比大队干部、小队干部大，待遇更是有差别：大小队干部“不脱产”，平日需要干农活挣工分。公社干部拿薪水，吃商品粮，不用干农活。跟好多在乡村长大的同龄人一样，孩提时便听惯了人群中“小队干部”“大队干部”“公社干部”这些称谓。这一次能亲自见到“南下干部”，源自我们广州局集团公司广州房建公寓主任徐老的一本回忆录。我心存敬畏，迫不及待地翻阅“尘封”的历史。仿佛穿越着时空，披历凄风苦雨悲欢怨怒，也回溯“南下干部”的风雨历程。

接到文联通知，要我去采访徐老，我心里七上八下的，我怕我稚嫩薄浅的文字载不动这份荣光的沉淀与厚重。老红军、抗美援朝老兵、老干部、“南下干部”的威武和伟岸无数次在我脑海里折叠、涌现、交汇……夜灯下我掩卷凝思，眼前浮现像父亲的老人把包在布里的勋章摸了又摸的情景。徐老颤抖的双手，温和的目光，恬淡安然，如同以前老父亲看着我的目光。他和我说话时的神情，是那般深沉庄重，让我感受到老党员、老战士几十年丝毫没有消融的情怀。

昨晚手掌感觉特别疼，以为是自己娇气，关上电脑才发现是拖鼠标来回摩擦，起了两个水泡。这种疼痛让我清醒、让我更加深深地觉得惭愧，任何行动都不足以偿还欠“南下干部”的一份歉疚，抱歉了，各位前辈，久等了，我终将写下只属于你们的诗篇。

拂去岁月尘沙，我依然被他们当年金戈铁马、气吞山河的勇气震慑；丈量人生足迹，徐老，我依旧能触摸到他那时铸剑为犁、改天换地的心跳和脉动。虽然他正在逐渐衰老、黯淡、消隐，逐渐向我们这个时代谢幕，但我们没有理由忘记他们，而且我们也不可能忘记他们。是的！他们就是被称为“南下干部”的这群人。他们当年飘篷万里、夙兴夜寐、励精图治，把一生的热血和智慧都浇灌在江南那片炽热的土地上，融汇在共和国那部金色的史册里。我们是他们用北方的血脉和南方的水土养育的儿女，当他们把自己像种子那样播种进南方那片热土，也把像我这样的后代们培植在他们郁勃的人生叶脉里。我听着他们的故事，听着徐老爽朗的湖南口音讲述，这是我的荣耀，如果我可以成为他们留在这个世界上的一面行走的碑石，那么讲述他的功勋，复原他的业绩，讴歌他的伟大和崇高，便是我最愿意做的一件事。带着敬畏、敬仰之心，把老干部们生命的血，生命的火，生命的光荣与不朽全部写下。

我不能想象，一个94岁的老人，是怎样的赤诚，怎样的坚守才可以始终如一……我恨自己太自私了，奔着资料目标去，我应该更多地了解他内心的感受，跟他更多地聊聊天……2024年7月4日，我和徐老所在单位，广州房建公寓党办的同志前往徐老家中。一进门，我就被一种朴素而庄严的氛围包围。墙上挂着的老照片，记录着老兵年轻时的英姿与战时的艰辛。徐老乐呵呵迎我们进门，脸上刻满了岁月的痕迹，但那双眼睛依然闪烁着光芒。一屋子老家具，干净、整洁、简朴，桌子上摆满了水果，踏实、温暖的感觉扑面而来。交谈不仅是场简单的对话，更是一次心灵的触碰，让我深刻体会到了历史的厚重与老兵的坚韧。徐老穿一件白衬衫，外面套一件老式铁路制服，笑容满面，慈爱温和，眉毛刚毅浓郁，衬托得整个人很有精神。身上穿的衣服非常整齐，风纪扣也扣得一丝不苟，岁月在他脸上刻下了深深的痕迹，但眼神中却透露出不容置疑的坚定与威严。即便年岁已高，他的身姿依然挺拔，仿佛随时准备迎接新的挑战，展现出“南下干部”不屈不挠的精神。我坐定之后，徐老递杯水给我，这双手布满了厚实的茧，那是多年从事粗活的手和革命斗争的见证，它依旧有力，能够扛起建设新中国的重任。徐老很认真，还没等我问，他就开口了：“我出生在湖南醴陵的一个小山村，家里很穷，10岁时我母亲就去世了，我放牛啊，给别人做事啊，一个弟弟也养不起送给别人了……”徐老表情很凝重，不时又抽动一下嘴角，停顿一下，他继续说：“哎哟，那时实在太苦，没得办法的啰！”在一旁的女儿徐姐也在随声答道“我父亲那时那么小，要承受那么多，真的好可怜，现在日子好过了，我们要爸爸好好享福，爸爸身体好是我们的福气，我都要奔70的人了，回家有一声爸叫就很幸福，爸爸在，家就在。”说起过往徐老十分激动和高兴。这就是名副其实的老干部，还是新中国成立前的老干部，为数不多的离休干部。他个子很高，身材很高大。略微瘦削的脸上没有多少皱纹。两道剑眉，眉毛泛着灰白，但不失英气。我面前这个老兵不像武将，更像文官。徐老清晰的表达和讲述，让我走进历史深处，那些悄然隐没的身影，逐渐让我清晰可触。“雄赳赳，气昂昂，跨过鸭绿江；保和平，卫祖国，就是保家乡……”每当雄壮的歌声响起，徐老就会思绪万千，回忆起那个战火纷飞的年代。

徐老坐在三人沙发的一头，这边空出的地方像是给我留的，我侧过脸看向他。我很奇怪，第一次见面，竟然没有陌生感，就像见到父亲一样亲切自然。特别是那一件邮电绿的老式铁路制服，是不是因为他起身的那个动作呢，我说不清。大概天下父亲都有相同的一面，特别是晚年的父亲，让我没有距离感，愿意亲近他。徐依双是历史的见证者。徐老回忆说，“刚入朝作战时虽然是后勤工作，但还是免不了经常打仗，三五天就会打一场，有时候半夜就得出去应敌。参与了很多次战争，但都是小范围的战争，和前线的将士们比起来，这样的战争牺牲是很小的。”徐老回忆说：“他所在的营地，主要是负责保障后勤畅通，确保战备物资能运输到前线。晚上都在山洞里休整，白天才能出去活动。”抗美援朝战争是出国作战，远离后方，部队前线作战，后勤力是战斗力的重要组成部分，如果后勤保障不及时，战斗力就会下降。这时候，后勤保障显得尤为重要，部队机动开进、粮弹物资补给、伤病员转运救治等后勤力，是部队战斗力持续生成的重要支撑。在战斗中保障，在保障中战斗，是中国人民志愿军后勤保障的真实写照。就这样，在朝鲜待了一年多的时间，徐老所在的部队接到命令回国了。回国后，徐老从部队复员被分配到了食品公司。1955年，徐依双复员回乡，徐老说当时他所在的军队47军还没回国，他不想去45军，他说叔叔在部队那么多年还是一个兵，所在的部队也回不去了，干脆直接选择复员。复员后的徐依双分配到信用社做主任，每个月工资12元。还记得徐老的话："复员回到老家，那时很穷，个个都要借钱，3元5元的，不借不行，头都是大的。"1959年，铁路局大修队衡阳一线队正好在萍乡施工，徐依双有了进铁路的念头，他毅然地去找了县劳动局，由于徐依双是复员军人，优先招进做临时工。由于工作突出优秀，很快转正，1959年9月在衡阳铁道学院学习，1961 年3月直至离休在第四线路工程队、韶关生活段、广州生活段工作一年后，积极响应干部支援农村，徐老无论在哪个岗位上，他都全心、全情投入，时刻保持着共产党员和革命军人的本色。回顾那段峥嵘岁月，徐老感慨地对我说："战争经历磨砺了我不忘初心的意志，经历过战争就会更加热爱和平，经历过风雨就会更加欣赏彩虹，受党培养70年，就会更加感觉党的伟大。"那片被战火洗礼过的土地上，有像徐老这样的人，他们用血肉之躯筑起了民族的脊梁，用坚定的信念书写了不朽的传奇。他们就是抗战老兵，历史的见证者，民族的英雄。烽火岁月，青春无悔。

时间回溯到那个风雨飘摇的年代，日本侵略者的铁蹄肆意践踏中华大地，山河破碎、生灵涂炭。面对强敌，无数热血青年挺身而出，投身到抗日救亡的洪流之中。他们中有农民、有工人、有学生也有商人，但在这一刻，他们只有一个共同的身份——抗日战士。徐老，便是这群勇士中的一员。年轻时，他在乡间过着日出而作、日落而息的生活。然而，当战争的阴霾笼罩中华大地时，他毅然决然地放下了锄头，拿起了枪杆，加入了抗日的行列。在枪林弹雨中，他学会了坚韧与勇敢，在生死考验中，他坚定了保家卫国的信念。徐老翕动着嘴唇，缓缓地讲出他大半生的故事。徐老说："我从来不觉得我是英雄，真正的英雄是那些长眠在战场上的战友们，是他们用鲜血和生命换来了和平。我要替牺牲的战友们好好地看看新中国、看看他们用鲜血灌溉的土地，如今已是何等辉煌的山河！”老兵们最大的期盼不是自己健康长寿，而是抗美援朝精神薪火相传；他们期盼“最可爱的人”永远活在国家和民族的记忆中，像红色基因一样代代相传。

抗战老兵：用生命书写民族记忆

1931年，在醴陵的一个小山村里，一间四处漏风的茅屋里传来了一个男婴的第一声啼哭。徐依双10岁那年，母亲病重离世，弟弟送人寄养。年幼的徐依双很懂事，哪家有活儿干就去哪家帮忙。因为懂事，乡里乡亲都喜欢他。13岁那年，村里回来了一个军官——李振，他是国民党71军的副官。村里的人见徐依双聪明伶俐，大家合计着，找村里的老人去说服李副官，把徐依双带出小山村。在乡亲们的再三恳求下，李副官答应了乡亲，于是，年仅13岁的徐依双离开了家乡醴陵，参加国民党71军。因为年纪小，徐依双只能打打杂、送送水，做一个小勤务兵。1950年10月，中国人民志愿军应朝鲜的请求，入朝参战，抗美援朝战争正式开启。在战争中，中国人民志愿军与朝鲜人民军并肩作战，最终成功地将敌人赶回到三八线以南，为朝鲜半岛的和平稳定作出了巨大贡献。这一历史事件不仅彰显了中华民族的英勇和决心，也进一步巩固了中朝两国的深厚友谊。年过九旬的徐老聊起黄继光、邱少云，这是我在小学课本上读到的英雄人物，今天我在徐老的故事里听到他们。徐老一边说，一边深情地擦拭着那一枚枚勋章，又掏出手帕擦眼泪，战争结束后，祖国人民慰问团曾给我颁发了一枚“抗美援朝纪念章”，称呼志愿军是“最可爱的人”，这是我一生最光荣和自豪的事情。为什么祖国人民称呼志愿军是“最可爱的人”，我觉得，这是因为所有参战将士把祖国和人民的利益看得高于一切。在艰苦的战争环境里，战士们不讲任何条件，作出了巨大贡献：战士们决不会因为没有空中支援而放弃进攻，决不会埋怨炮兵火力不够而退缩，决不会因为没有足够的给养而懈怠……一口炒面一把雪，战士们依然冲锋在前。只要有一丝希望，就决不放弃自己的阵地。战士们身穿单衣，在朝鲜长津湖零下30多摄氏度的严寒中整夜埋伏；战士们在烈火中一动不动，宁可牺牲自己，也不暴露目标；在残酷的战斗中，战士们拿起爆破筒和敌人同归于尽……正是靠着这种大无畏的革命英雄主义精神，志愿军战士们用简易武器打败了武装到牙齿的“联合国军”。安静的小屋，空气像凝固了一样，我只听到自己的心跳和呼吸，我感觉到了脚下土地的厚重，头顶蓝天的纯净，田野阳光的和煦、祥和与温暖。

1953 年 7 月，抗美援朝战争终于迎来停战。徐老说：“抗美援朝是立国之战。那么薄弱的国力，那么差的装备，就凭‘一不怕苦，二不怕死’的精神，就能打垮强敌，打出国威军威，打出70多年和平。”回首这场战争，不禁想起那些和徐老一样勇敢的战士，他们用鲜血和生命捍卫了正义和自由，也为我们这个国家赢得了尊严和安全。抗美援朝战争是中国人民为维护国家主权、安全、发展利益，保卫世界和平而进行的正义战争。抗美援朝使我们深刻认识到和平的可贵。铭记历史，不忘初心，为中华民族的繁荣富强而努力拼搏。

湘西剿匪，记忆里的烽火传奇

1950 年初，中国人民解放军第 47 军，自重庆挥戈回师湘西，奔赴大规模剿匪斗争前线。1 月下旬，47 军 139 师 415 团驻军火马冲。一方面，开始对匪暂编二军石玉湘长田湾部进行武力围剿；另一方面，展开政策宣传，招安土匪归降。在武力打击及政策感召的双重作用下，匪暂二军土崩瓦解。然而部分流散股匪，仍然利用山深林密，流窜犯案，屡禁不绝，进行一次次垂死挣扎，负隅顽抗。被漏剿的土匪，时而分散，时而聚集。他们杀人放火，袭扰新生的人民政权。根据剿匪的新变化，驻火马冲的 415 团，加速了对股匪实行分兵合围，重点清剿。1950 年 2 月上旬的一天上午，直属侦察班班长唐凤山，突然接到上级领导命令，令其带一名侦察兵，马上前往大江口方向，执行侦察任务。出发前，首长反复叮嘱道：侦察沿线地形复杂，时有股匪出没，千万要提高警惕，注意安全。 班长唐凤山和侦察兵小赵，朝首长敬了一个军礼说：“请首长放心，我们坚决完成任务！”然后检查佩戴武器装备，挎上冲锋枪策马出发。唐凤山，祖籍山东临沂，18 岁参军。在“打过长江去解放全中国”的号令声中，于 1949 年 4 月随 47 军跨过长江进入湖南，后转入大西南作战。据徐老回忆：这个小伙子个子高大，长相英俊，与大家关系相处得很不错。上级交给的任务，他总是冲锋在前，每次都能出色地完成任务。

1950 年 4 月 5 日，湖南省军区召开会议，确定暂时放弃湘西边缘区，集中优势兵力对中心区的土匪进行重点围剿。47 军 141 师 422 团 1 营、423 团 2 营，奉命对潜藏在永顺松柏场的五连洞暂编第 6 师李兰初所部土匪进行围剿。说到这次剿匪，确实很罕见。李兰初进洞前，已经命岩匠整修石洞一个来月，不但用坚硬的大石头给每个洞门砌成数米高的岩墙，而且墙上还有射击孔，5 个石洞已经变成悬崖绝壁上坚不可摧的 5 个碉堡。上级要求在 4 个月内，消灭湘西绥宁境内五人以上股匪，发动群众，建立政权，完成征粮任务，安定社会秩序，建立地方武装。最终，突击队攻进了钉岩洞、五连洞，所有土匪全部被俘。到 1950 年 12 月底，湘西剿匪基本结束。

今日，当我们回望那段岁月，仿佛还能听见山间的枪炮声、闻到硝烟的味道，感受到那些岁月里的英勇与悲壮。

倾心为民，大公无私

2024年7月20日那天，我再次打电话给徐老，一开始我担心徐老耳会背，没想到电话打通，老人家中气十足、声音洪亮、思路清晰，半个小时的交谈，徐老还没有想挂电话的意思，挂断电话前，再三叮嘱我，说我要是有不明白的地方，随时可以打电话给他。我一边敲字，一边想，徐老一定是热情洋溢，独自坐在沙发上，他喜欢在万籁俱寂的时候，望着天空中的那一轮残月，想起曾经的战争岁月。此刻，他记忆中装载了他对过去所有的思念和深沉的寂寞。他为人处世的胸襟、大公无私的精神实在令人敬佩。

采访时，徐老年近 60 岁的女儿说，父亲对她们很严，公私分明。“父亲一生任劳任怨、廉洁奉公、艰苦朴素、作风正派，身教胜于言教，对我们影响非常大。作为子女，我们要传承好父亲的家风，让好家风源远流长。”

徐老在韶关生活段做公寓主任时，那时物资紧缺，行车公寓肉食都是徐老做计划按量采购，那时能吃上肉都是很奢侈的，早就听说过那个年代，很多人想吃肉，会特意买张车票去车上吃，这真不是笑话，而是铁的事实。徐老的女儿徐姐说："哎，那时候别人总说，我爸爸在生活段公寓工作，大把吃的，但我爸从不会在单位给我们带回来一丁点儿东西让我们吃，我们家还在公寓买猪油渣吃。我记得上学那会儿，我看到爸爸单位那一笼笼的大肉包子，馋得我直吞口水，我恳求爸爸给我吃一个都不行，我清楚地记得，我就要咬下去的包子，一下子被爸爸抢走，还恶狠狠地冲我吼："要是每个职工家属都这样拿，那成什么样子了。"在场的饭堂阿姨们看到我哭得稀里哗啦，谁也不敢塞一个包子给我，因为大家都知道我爸爸铁面无私，公家的东西从不拿。单位发放福利，爸爸总是把自己那份分给困难户职工。有时看到家属区的小朋友都有单位发的糖果，我却没得吃，每次都是眼巴巴地看着别人吃。有的职工家属是乡下的，每到季节出来新的农产品，他们都会送到家里来，特别是花生、玉米之类的，我们看到就喜欢得不得了。因为我们在城里，没见过这么新鲜又大的花生，我们围着一筐花生、玉米高兴地转圈圈，正沉浸在喜悦之中，就听到爸爸进楼道的脚步声，门一开爸爸问怎么这么高兴呢？当他看到花生、玉米时脸色瞬间就变了。"我说过好几次了，职工家属送来的东西不能收，别人多不容易，面朝黄土背朝天，这些东西是一颗颗汗水换来的，给我送回去。"每次听到，我们都是小心翼翼地低下头，妹妹偶尔会噘着嘴说，"送都送来了，下次不收就是了。"爸爸还是不依不饶，让妈妈把花生、玉米给职工家属还回去。徐姐说，爸爸对我们很严，我们都怀疑过，我们姐妹到底是不是他亲生的。我爸爸的大道理我只能听从，不能违抗。后来长大参加工作，想让爸爸托关系给我找一个轻松点儿的岗位，爸爸还是铁面无私没有帮我。后来妈妈工作调动，我爸爸也没有去搞特殊。从徐姐的口中我们看到的是一个公私分明的徐老，是在工作和生活中始终坚持原则的徐老。徐老在面对权力和利益时，始终保持着清醒的头脑，严格区分公与私的界限。他深知，权力的本质是服务于人民，任何形式的权钱交易、以权谋私都是对公职的亵渎。因此，他在行使权力时，始终以人民的利益为出发点，确保每一项决策都符合公众的利益，而不是为了个人私利。

徐老是“南下干部”中的杰出代表，他的一生，是对公私分明原则的生动诠释。徐老在担任生活段主任时，不仅在铁路工作上取得了显著成绩，而且在个人生活中也严格遵守公私分明的原则。他的家风故事中，强调了作为人民公仆的责任和义务，以及对于廉洁自律的高度重视。他的言行一致，为后人树立了榜样，使得他的子女在发扬继承他的作风的同时，也能够保持清廉，不谋私利。此外，徐老还通过实际行动践行了“三严三实”要求，即在用权上做到廉洁不越轨，依法不出格，用权为民不偏向。他明白，权力的边界就是法制，任何领导干部都没有法外之权。因此，他带头遵法、学法、守法、用法，自觉在宪法和法律范围内活动，不断提高了运用法治思维、法治方式解决问题的能力，筑牢依法用权的屏障。徐老的这些行为和态度，不仅体现了他对公职的忠诚和对个人原则的坚守，也为后来的干部树立了榜样。他的故事告诉我们，无论时代如何变迁，公私分明、廉洁自律的原则永不过时，是每一个公职人员应该坚守的底线。

采访后感

结束与抗战老兵的深度访谈后，我的心情久久不能平复。眼前的这位老人，虽已年迈，但眼神中依然闪烁着光芒，那是岁月无法磨灭的坚韧与荣耀。他的话语，如同历史的低吟，每一句都承载着沉甸甸的重量，让我仿佛穿越回了那个烽火连天的年代，亲眼见证了那段波澜壮阔的历史。在访谈的最后，徐老轻轻拍了拍我的肩膀，语重心长地说：“年轻人啊，要珍惜现在的和平生活，不要忘记历史，更要传承我们民族的精神”。这句话，如同一股暖流涌入我的心田，让我深刻感受到了作为后辈的责任与使命。走出老兵的家门，夜幕已悄然降临，但我的内心却异常明亮。

这次采访，不仅让我对那段历史有了更加深刻的理解，更让我对生命、对责任、对家国情怀有了全新的认识。在未来的日子里，我将带着这份沉甸甸的收获，继续前行，努力成为一个对社会有用的人，为祖国的繁荣富强贡献自己的一份力量。几天的采访每一次都被感动着，这不仅是一次简单的采访，更是一次心灵的洗礼和灵魂的触动。想着徐老墙上挂着的老照片，斑驳的军功章，都在无声地诉说着那段峥嵘岁月。徐老用平实的语言，向我们讲述了那段惊心动魄的战争经历。他回忆起战友们在战场上的英勇无畏，也谈到了自己亲历的生死瞬间。每一个细节都如此生动，仿佛将我带回了那个战火纷飞的年代。我被徐老的坚韧和勇敢深深打动，更被他那份对国家和民族的忠诚所震撼。

这次采访，让我更加深刻地理解了“国家兴亡，匹夫有责”的道理。在那个战火纷飞的年代，无数像徐老这样的抗战老兵们如同璀璨的星辰，照亮了民族的暗夜，用血与泪书写了不朽的篇章。他们的身影，虽已斑驳于岁月的风霜，但那份坚韧不拔的精神，却如同烈火磐石，永远镌刻在每一个中国人的心中。每当夜深人静，星辰点点之时，我仿佛能听见那些遥远战场上的炮火轰鸣，看见他们浴血奋战的身影，在枪林弹雨中穿梭，用血肉之躯筑起了一道道坚不可摧的防线。他们的每一滴汗水、每一声呐喊，都化作了今日

和平之花的芬芳，让我们得以在这片土地上自由呼吸，追逐梦想。

岁月悠悠，山河无恙。抗战老兵们用青春和热血换来了今天的安宁与繁荣，他们的功绩将永远被历史铭记，被后人传颂。让我们向这些最可爱的人致以最崇高的敬意，愿他的精神永远照耀着我们前行的道路。在未来的日子里，无论风云如何变幻，我们都将铭记历史，珍惜和平，传承老兵精神，为实现中华民族伟大复兴而不懈奋斗。

走向光明

——记广州车务段离休干部杨绍庆

□范 恒

杨绍庆采访视频

采访一个96岁高龄的老人，去之前我是有点儿心理压力的。听说他耳力不好，我不禁又联想，他记忆力还好吗？说话清楚吗？认识字吗？等等，很多问题在我心里百转千回，毕竟这是一次非同寻常的采访。

见到杨老，所有的疑惑不问自解。老人鹤发童颜，说话声音洪亮，笑起来慈眉善目，是一个很和善的老人。他告诉我们，自己心脏做了搭桥，血压有点儿高，但身体没有太大问题，老人一口纯正的东北口音，他说：“我现在生活不但能自理，还能帮忙照顾老伴，老伴中风卧床两年多了。”

老人慢慢走向窗边，推开玻璃窗，外面刚刚下过一场大雨，天晴了，夏日的阳光穿过窗户，落在洁净的桌面上，我们就坐在窗前，用平板电脑打字跟他交流，听杨老缓缓说他过去的故事，回忆他艰难困苦、勇敢战斗的经历。说到高兴时，他呵呵笑着；说到痛苦时，他忍不住伤心落泪；说到自己很幸运地走上革命这条光明道路时，他有点儿兴奋，激昂陈词，铿锵有力，似乎忘记了自己的年龄。

苦难出身

1929年10月，杨绍庆出生在辽宁鞍山一户农民家庭。那时的东北三省，战乱四起，饿殍遍野。

杨绍庆兄弟姐妹六个，他排行第五。杨绍庆的父辈有三兄弟，他的父亲排行老二，因老大身体不好，父亲就是实际的当家人，支撑着一个贫困的大家庭。杨老回忆说，他6岁的时候，父亲和邻居一同去卖香瓜，半道上被坏人打劫，父亲因受到惊吓回家后就病倒了，因家里没钱请大夫治疗，导致越来越严重，没过多久就过世了。

“我父亲没有大病，要是放到现在根本死不了。”杨老说到这里，哽咽得说不出话，豆大的泪珠夺眶而出，我和摄像的小张顿时沉默了，即使过去了将近90年，杨老仍忘不了失去父亲的锥心之痛。

父亲不幸离世，是杨绍庆苦难的开始。

父亲去世后，叔叔闹着分家，生病的伯父分到杨绍庆家，等于叔叔把他们这一大家包袱甩掉了。杨绍庆一大家住着一间破破烂烂的房子，穷得揭不开锅。有一次，母亲买了两个柚子，借此想去亲戚家借点钱，结果柚子坏了不能吃，只能丢掉。亲戚家里也穷，钱也没借着，只能饿着肚子回家了。这样的日子实在过不下去了，不久之后，母亲无奈之下带着年幼的妹妹离家出走了，留下他们几兄弟和叔叔过日子。叔叔家的日子也过得很艰难，那时哥哥给地主家放牛，混口饭吃。小绍庆心里很痛苦，在屋里躺了两天，不吃不喝。虽然他年纪小，但个性很强，因觉得自己被叔叔家冷落忽视，跟叔叔闹了点儿小情绪，叔叔把他狠狠地打了一顿，杨绍庆便离家出走了，从此开始了流浪飘零的日子，有时给地主家放牛做零工，有时乞讨，在风餐露宿、饥寒交迫中，小绍庆渐渐长大了。

有一天，杨绍庆在一个叫腾二堡的镇上乞讨，满街都是当兵的。当时正是部队吃下午饭的时候，一个通讯员打饭时，遇见了站在街边面黄肌瘦的杨绍庆，问他："你要到哪里去？"

"不到哪里去，我没地方去。"杨绍庆饿得有气无力，老实地回答。

"那你在这里干什么呢？"

"我想在这里讨口饭吃。"

"你想不想当兵呢？"

"我想是想，但不知道找谁去。"杨绍庆眼睛里露出一丝欣喜。

"你跟我来吧。"通讯员说完，领着杨绍庆进了部队大门。

杨绍庆居住的村子离腾二堡很近，中间只隔了一个飞机场，这是一个日本人修建的飞机场。当天，连长带着通讯员到杨绍庆的村子里向村民了解他的情况，了解完后，就带着杨绍庆到了部队，原来这是中国人民解放军的队伍。

1947年，杨绍庆参军入伍，被编入辽南独立二团一营三连，正式参加革命，走上了光明大道。

据资料记载，辽南独立二团属辽南独立师，师长吴瑞林，政委林一山，下设五个团。二团是1945年9月在鞍山由工人组建而成，团长叫王国治，驻扎在鞍山市以东山区达连河一带。二团的作战能力很强，几次以两个营的兵力将国民党打退，让国民党始终无法进入辽南解放区。

"我就是这样参加革命的。"杨绍庆激动地说，"是部队让我吃上第一顿饱饭，穿上了第一件新衣。部队冬天发棉衣、夏天发单衣，我从此再也没有饿过、冻过了。”

革命的脚步，犹如一道光芒，照亮了杨绍庆的人生道路，引领他走向光明。

南下剿匪

1951年初，杨绍庆跟着部队南下，到郑州后，改为铁道兵团。

“抗美援朝战争爆发时，当时很多战友报名去参战，我也报名了，没有得到批准，心里还很失落。”杨绍庆遗憾地说道。

杨绍庆参军前没上过一天学，不认识一个字，到了部队才开始学文化。部队南下途中，也没放松学习，一边行军，一边学习。那时每个连队配有一个文化教员，他把生字写在一张纸片上，要士兵各自贴在自己的背包上，行军时，你看我的包，我看你的包，能随时随地互相认，当天全连士兵都学这一个字，直到所有人认识为止。

“有时候一个字要学两三天，学会了，才教新字。”杨绍庆笑呵呵地说。教员文化也不高，不讲解字的意思，只教一种读音，不讲一字多音、多义。比如“银行的行，不知道能读xíng”。

“其实，我一辈子都在学习，从未间断。后来到了公安部门，也学文化，并学了拼音，每个人发了一本字典自学。”杨绍庆说，“这是后话了。”

杨绍庆学了文化，当上了连队的通讯员。

在南下过程中，杨绍庆跟着部队走，很少仗打。他们部队的主要任务就是安定社会治安，稳定局面，防匪、保障运输。

那是1950年的二三月份，杨绍庆的部队进入广西。有一天，他们团接到一个任务，当地区政府被土匪围困，需要他们去解救被围困的政府人员。

解放初期，广西各地的国民党残余武装纠合地方恶霸、土匪等反动势力，挑动群众与人民解放军和人民政府对立，匪患遍及城乡，新生的人民政府遭到严重威胁。

区政府位于山脚下。据报，土匪有五六十人，武装力量雄厚。

团部接到任务后，派了几个连的兵力前往解救，并派了一个团参谋跟随队伍指挥作战。打前锋的任务就交给了二连，二连是打仗厉害、最有名的连队，还另派了一个加强排（加强排就是原来的基础上再加一个机枪班），加上原来的两挺机枪，共有三挺机枪，由连长王学甫带队，王学甫后来也进入铁路系统工作，当然这是后话了，山上还留有一部分人留守。

王学甫带着队伍，爬过大山，到了区政府，带着队伍冲进去，很快就把区政府的人员解救了出来。土匪知道部队来围攻，就跑进了山里，他们在深山里筑有防御工事，熟悉深林里的路况。王连长的意思是人救出来了就撤退，但参谋指挥他们去追击土匪，结果在山林里被土匪埋伏，造成一个班被土匪围困在山里，当时队伍里还有一个战士负伤了，伤情严重，连长派两个人抬着他撤退，在途中三个人居然都消失不见了，连长猜测，很可能被藏匿在深林里的土匪抓走了。

这时天渐渐黑了，王学甫带着队伍边打边撤退，他们从早上天不亮就出发，翻山越岭，打到天黑，一天没吃饭，士兵又饿又乏，跑出来的士兵爬到山顶都不能动了。王连长回来跟团部汇报战斗情况，副团长是四川人，外号“伙夫”，听说情况后，二话没说，带着队伍冲进山林，人没救到，反而又跟土匪干起来了，这一仗就打得非常艰苦，损失了不少兵力。

被围困在山里的这个班里，有个副排长，叫姜念增。他打仗很有经验，指挥能力强，胆子大，原是正规部队骑兵连的连长，上过战场，因犯错误降职到这个部队当副排长，他带领这个班，在晚上趁着天黑突围出来了，一个兵都没损失。

“我当时是连队通讯员，跟着队伍进山，在撤退途中，被陷入深山，连队跟上级部队联系不上，又有土匪围堵，我们的队伍差点儿全军覆没，在连长的带领下，我们还是跑出来了。”杨绍庆说。

上山后，王连长发一顿脾气，对参谋的指挥失误有意见，其实团参谋没有作战经验，当时接到的指令，他们是救出区政府人员，并没有剿匪的任务，土匪不了解山上的兵力，是不敢上山的。后来团部向上级汇报，姜念增从副排长提拔成排长，指挥失误的人员受到处分。

解放初期，广西土匪猖獗，不断骚扰百姓，严重影响社会稳定，不久中央颁发指令，指派中国人民解放军正规部队，派遣近20万人剿匪，历经近两年时间的大规模军事围剿，才将土匪和反动势力全部歼灭，还了老百姓一片安宁。

杨老回忆这段特殊时期，他感慨道，在革命的过程中，会有许多挫折和失败，只要坚持不懈，勇往直前，就一定能迎来胜利的曙光。

入职公安

剿匪结束后，杨绍庆给一位叫邹本荣的首长当警卫员。邹本荣到了柳州铁路局后担任分局长，杨绍庆没跟他过去，在1951年底跟着部队到了广州，进入公安部门工作，在英德公安所担任所长和教导员等职务，一直到1977年。

英德站是铁路中心站，北至韶关站（今韶关东站），南至源潭站，管153公里长的线路。

“那时候的群众觉悟很高，消息很灵通，治保委员也很管事，一个民警能管三个车站，就靠群众的力量。”杨绍庆说。

有一次，一个广东省通缉的杀人犯，跑到沙口火车站，被群众发现了，立即给杨绍庆报告，他带两个治保委员就去了，那个时候的治保委员很起作用，很勇敢，杨绍庆和两个治保委员，加上热心群众联合围捕，很快就抓住了这个杀人犯。因为成功抓捕，没有伤及群众，杨绍庆荣立了一个三等功。

杨绍庆是一个爱才、惜才的人，尤其是对有文化的人特别厚爱。

他当所长时，有一个叫林锦的民警，有点儿文化，字写得很漂亮，但好像人生没有方向得过且过，杨老想要他进步，私下指点他。每天饭后，杨绍庆带着他散步聊天，叮嘱他要加强学习，多看有益的书，慢慢地，林锦思想进步很大，工作更加积极踏实，杨老就向支部汇报林锦的进步情况，介绍他入了党。后来公安改制，林锦转入机务段，当上了干部。

“我当警察时，遇到嫌疑人，从不骂人和打人，坐下来问话，倒一杯水给他，他们也不敢调皮，没有危险。”杨绍庆又说起他当公安的工作方法。

有一次一个民警，对一个态度蛮横的旅客动手，杨绍庆在旁边看见了，走过去问清楚情况，就从中调解，让旅客走。旅客不知道杨绍庆是什么领导，但认为他处理问题很公正、有水平，回头对他说：“你肯定是大领导。”杨绍庆笑了。采访中，杨绍庆告诉我们，处理问题时，必须坚持原则，对于那些特别捣蛋的人，调解的时候，力争不激化矛盾，尽量不把事态扩大，大事化小。

1956年，对于杨绍庆来说，这是他双喜临门的一年，他不仅结婚了，还加入了中国共产党。说到这里，杨老呵呵地笑了，这是他一生最幸福的时刻。

“那个时候不要说入党，就是当一个工会会员都不容易。”杨老说到这个，声音有点儿高昂了起来。

杨绍庆回忆他入党的过程，呵呵笑着说道“我的思想汇报写不出来，由我口述，找有文化的人代写。”一共写了三四次，经过两三年考察，终于在1956年正式加入中国共产党。

“您为什么想要入党呢？”我在平板电脑上打出这一句话。

杨老看了看平板电脑上的这句话，有点儿激动地说道：“我整天都在学习，觉悟比较高，就想为革命尽自己的力气，按照毛主席说的，要为人民服务，要革命到底，不能对自己有利的时候就革命，没有利的时候就动摇思想，对我来讲，思想很简单、很单纯，我没有家，也没什么顾虑，在生活上，那个时代都很困难，大家都一样，相比之下，我受共产党的恩，有饭吃、有衣穿，已经很好了。一直到现在，我从来不给组织找麻烦，要说有困难，谁没有困难？这还能有满足的吗？我就一个思想，知足者常乐，我心里总是泰然处之。”

说这段话时，杨老有点儿慷慨激昂，他年轻时正气凛然的形象立马浮现在我眼前。

幸福的晚年

杨绍庆到2025年已是96岁高龄，老伴也93岁了，老两口育有两子两女，现在是四世同堂。子女都在铁路系统工作，现在都已退休，老两口一直跟随小儿子杨志刚生活。孙辈里有两个进入铁路系统工作，这份铁路情怀得以传承了下来。

杨老和老伴于素兰是辽宁老乡，从小就认识。回忆他们从相识到结婚，他笑了笑说：“我们那时很简单，没有举行结婚仪式，我写封信给她，她来广州登记完就算结婚了。”结完婚，因没有房子住，妻子就回东北了，直到几年以后，她才到南方跟杨绍庆团聚。

“那时候不管年龄大小，结婚没结婚，单位都没有房子分，没谁能在单位安家，职工就自己动手在铁路附近搭棚子，一个接一个地搭，所以防火是最重要的，一旦遇到火灾，一烧就是一片。”杨绍庆回忆过去的艰苦生活，依然记忆犹新。

杨绍庆是个懂得感恩的人，他特意提起两个东北老乡，在那些艰苦岁月里、在危急时刻，他们曾出手帮助了他。

那时杨绍庆的工资只有40多元，妻子没有工作，他一个人要养活一大家人，家庭生活很困难。杨绍庆有一个老乡是英德县委副书记，对他很关心，帮忙给他的妻子找了一份临时工作，增加了一份家庭收入。在那时，这是一份很大的恩情。

另一个对他有恩的人是一家医院的院长。特殊时期，杨绍庆被拉到石门“学习”。这期间，大女儿在英德病了，高烧不退，大夫没查出来生病原因，当作普通感冒治疗，等到人昏迷了才送到广州铁路医院治疗，后又转到第八人民医院，最后诊断是脑膜炎，昏迷了三个月不省人事。

杨绍庆得知女儿生病，请假回了一次广州。但医院不让他进门，因为他没有证明，他好不容易请假回来却看不着，正着急时，一个中年男人经过问他有什么事，杨绍庆说女儿重病在这里住院想进去探望，但不让他进。这个人马上说“你跟我来”，并打招呼以后都让他进去。杨绍庆非常感谢这个人，事后得知这个人是这家医院的院长，还是他东北老乡。在院长的关照下，医院全力以赴地治疗，妻子也始终不放弃，衣不解带地悉心照料，在医院住了半年，一次都没回过家，女儿能救治过来，虽然留下后遗症，但在当时也是个奇迹。

杨绍庆谈到过去的苦难，一笑了之，他对现在的生活很满意，很认真地说道："我最要感谢的是组织，是共产党。"

杨绍庆原来在公安部门工作，当了二十多年的所长和教导员，那时公安、卫生、学校工资都很低。恢复正常后，后来公安改制，工资比车站多了，级别也高了。离休时，他实际是股级，但对于他的问题处理很难。因为同时期是公安所长的，最后是处级退休。但后来他到了车站，变成了股级。离休时，单位打电话问杨绍庆怎么处理这个级别问题，征求他的意见，他很为难，他说："我能说什么呢，不能给组织提要求啊，最后单位按科级给我办的离休"。杨绍庆反复说道："这合适吗？我现在也不是科级干部啊！"

杨绍庆是一个性格很耿直的人，他说："我没有的荣誉，不能过分吹嘘我，我不能接受；没有的错误，要是胡编乱造，我也不能接受。"

"如果我那时坚持争取，也能争取过来，但我不计较，很知足，有饭吃就行，人想得开，心情总是好的，所以我身体还过得去。我总是想，对比小时候，生活天差地别，这多亏了共产党。离休时，以为自己能活到六七十岁就差不多了，没想到还活到了这个年纪。"杨老真诚地说道。

"我的小孩都很孝顺，尤其我这儿子不容易，照顾他母亲很难，小子当姑娘使，帮他母亲冲凉换衣，端茶送水，伺候大小便。"杨老说起小儿子，很是满意。

杨志刚说，他一天的生活是从早上5点开始的，一早起来料理母亲，倒大小便，洗洗涮涮。退休前是姐姐杨洪霞回来帮忙照顾，他去年退休后，就担负起照顾母亲的重担。

杨志刚不善言辞，问及他父亲的老物件和革命勋章时，他说小时候不懂事，拿着爸爸的勋章当玩具，有三四十个，用一条红领巾串起来玩，勋章有铜的、有铝的，全给他玩丢了。

我们正聊得热烈时，小女儿杨洪霞回来了。杨绍庆笑呵呵地跟女儿说："去跟你妈聊天吧，别耽误我们谈正事。"

杨洪霞是个爽快人，说话干脆利落，一边跟爸爸笑着说好，一边跟我们说他爸爸的故事。她回忆起儿时，感动地说道："我家是慈父严母型，父亲脾气性格好，从没打骂过我们。母亲很能干，能吃苦，在家能当家做主。母亲在外干活时，是姐姐负责照顾我和弟弟，打理好所有家务，洗衣、做饭、打扫卫生，姐姐都是一把好手。那时候我们也不知道爸爸去哪里了，姐姐病了后，妈妈在医院陪姐姐，我跟弟弟读书和生活就没人管了。"

说到父亲的性格，她说父亲很正直，不争名利，不攀比富贵，豁达乐观，这也许就是他长寿的原因之一。

"我们下一辈里，我大侄儿长相和性格最像爷爷，修养也很好，从小读书厉害，现在是一名优秀的人民教师。"杨洪霞骄傲地说。这份为人民服务的革命情怀，在时光和血脉相传的长河中生生不息。

采访结束，我们走出杨老的家，他站在门口跟我们挥手告别，这个历经苦难、饱经风霜的老人，一脸笑容、慈祥和蔼，笑呵呵地目送我们下楼，我们回头向杨老挥手，默默地祝福他老人家身体康健，福寿无量。

我们走出楼梯，大雨过后，路面被雨水冲刷得干干净净，走在上面很踏实，信心满满。雨过天晴，阳光穿透云层，洒向大地，眼前一片光明。

一片赤心付碧海

——记海南铁路离休干部王普生

□ 陈骏伟

王普生采访视频

时序七月，南海翻火。我与梁文卫同志接了采写离休老同志王普生的任务。王老年龄近百，我们不忍多扰。于是，采取阅卷，看老照片、老物件，登门拜访了解，实地踏勘，知情人互证的方法，多方钩沉、请教。

现以背景介绍与自述、考证为依据，以非虚构体例，用起承转合四章综述如下。

起：一生有三个光荣

王普生，山东淄博人。父亲是乡村教师，母亲在家操持家务。共有五个兄弟姐妹。

老人说：我生时，东北、齐鲁不靖，兵马交杂。1932年8月，我生于桓台县张店镇。1948年12月16日，考入华东军区白求恩（山东省立）医学院护士科就读。1949年11月至1950年6月，在山东省立医院见习。1950年6月至1959年1月，在山东省立第一医院工作，任眼科护士、医师。1959年1月27日，调入铁道部广州铁路局海南办事处海南铁路卫生所，参与开展八所医疗站创建工作。1985年12月，光荣离休。我一生有三个光荣：一是1948年参加

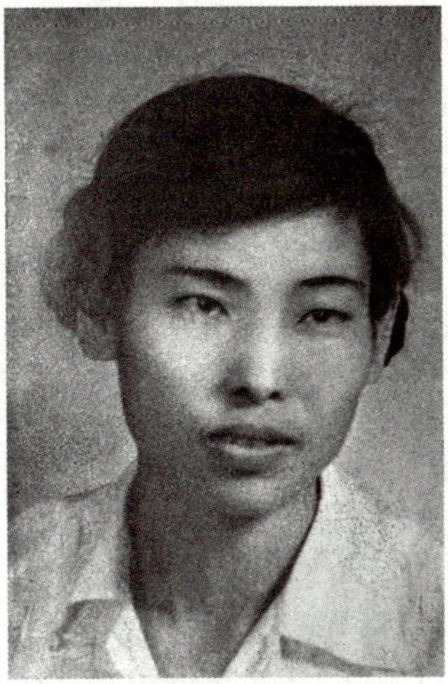

伟大的解放战争的预备工作。进入中国共产党和中国人民解放军主办的医学院校学习，成为共和国最早期的医疗卫生人才，并得以长期从事医疗卫生事业。二是1959年渡过琼州海峡，参与海南铁路医疗卫生事业的创制，并长期工作、学习，参与、见证广州局集团公司、海南铁路、海南铁路医疗卫生事业的蓬勃发展。三是成为一名光荣的离休同志，得到党和政府、广州局集团公司党委、海南铁路各级组织的长期关怀。

承：火一样的战斗和青春岁月

老人出生时，日军已经从东北进入华北，侵扰山东大部。侵略者更在老人三岁时制造了“华北事变”，要求包括山东在内的华北五省“自治”，当时，共产党人强烈反对。一方面积极抗日，另一方面，以“西安事变”为标志，极力策蒋抗日。小普生就是在这样的环境下度过童年。

王普生说：“这样子，我上学上了好几个地方。上上停停，中间病了一年。我8岁考入山东省桓台县张店镇中心国民小学校读小学，中间休了一年。到15岁才小学毕业。我的童年，虽然算是有我父亲的工资可以勉强维持生活，但很不稳定，心里总担心害怕。桓台，古时候是齐桓公养战马的地方。地理上，属于半平原半山区，是历史上的兵家重镇。那时候上课，上着上着就要拉警报、跑警报。那情形，与一些老先生写云南的情况一样。但我们那时更小、更怕。就想什么时候太平了，日本走了，就好了。”

上完小学，也不知还有没有中学上。好在那时山东师范学院附属中学还招生。我就去考，结果还真考上了。不想一下子附中又不办了，我又停了学。后来才辗转找到张店镇临时中学、扶轮中学，在战火中边逃难边读书。扶轮中学是个抗日时由交通部成立的、主要解决铁路子弟流散学生上学的学校，我这辈子也确定与铁路有缘分。这个学校就是现在著名的重点中学——济南中学。

到 1948 年一切就好转了。我上到初三上学期，解放军进入我们镇。我听同学讲，自己又看到了报纸，得知消息，就与同学结伴报考华东白求恩医学院护士科。我从此由一名总是担惊受怕的女中学生，进入中国共产党和中国人民解放军的专科大学来接受光荣的教育、锻炼。我爸爸、妈妈、姐姐都不敢相信，别提多激动了。

入校动员时，我好紧张，我见到了穿军装的校长。他热情地欢迎我们，说我们穿上军装，从今往后就是一名战士了。要我们雄赳赳、守纪律、学好医，勇敢地迈向更大的胜利。

听到这些，一方面，我热血沸腾，另一方面，也担心自己比较弱小，怕学医的苦坚持不下来。因为校长和老师告诉我们，我们护士科虽然算中专部，但我们也是用伟大的共产主义国际战士白求恩同志的名字来命名的，我们学

校培养的学生是要投入伟大的解放战争的。我们入学就是入伍了，成为光荣的战士。每天要穿戴整齐的军装，扣好风纪扣，早晚出操、操练、跑步，全军事化管理，还进行了为期四个月的政治动员和教育。我与同学们经常一起高声地、热泪盈眶地背《纪念白求恩》：

白求恩同志是个医生，他以医疗为职业，对技术精益求精；在整个八路军医务系统中，他的医术是很高明的。这对于一班“见异思迁”的人，对于一班鄙薄技术工作以为不足道、以为无出路的人，也是一个极好的教训……就可以变为大有利于人民的人。一个人能力有大小，但只要有这点精神，就是一个高尚的人，一个纯粹的人，一个有道德的人，一个脱离了低级趣味的人，一个有益于人民的人。

我读了毛主席的文章，感动于自己已经是一名战士了。我们一个班的同学，流着泪记日记，决心做白求恩式的共产主义战士。

校长和老师说，虽然山东解放了，但全国还没有解放，我们这些同学今后要去战场，去解放全中国。我于是激动地连夜给我父母写信：

“王普生，现在是一名光荣、坚决、勇敢、不怕牺牲的战士、医生了。我要去战场，去冲锋，去南方，去解放全中国……”

但是现实的生活十分艰苦，生活条件不好。说是医学院，实际上只有几间平房。学习、教学条件也不好，老师要求却非常严。早上要吹哨子，起床、跑步、操练，各方面情况还不稳定，往南的战斗还在打。而且我的文化知识并不好，身板又单薄，学习起来很吃力。不久，我又写信给家里，再次流泪了，心里冰凉。

寄了信，我一个人站在学校外的田野上、沙路上，远远地有个物体在移动。天越来越黑了，又冷。我正要转身拐去进学校的路，突然，那移动的抬架近了，一个人跑在前头，边跑边哭喊：晕死过去了，快来救人啊。我忙跑过去，边辅助着往我们学校走去，边了解情况，发现抬架上病妇在家已经打摆子、发高烧，就忙将包着的棉衣解开，松开胸口的扣子，为她用湿毛巾降温，降低病人体表温度。这样进到学校时病人就醒了。家人、乡亲忙不迭地称我为救命恩人。原来，这名年轻的女乡亲是郯县村的一名民兵队长，她未婚夫参加淮海战役，她与乡亲参加民兵组织，为前线送衣、送被、送物，参加工事施工，参加伤员救护，她从一个腼腆的准新娘子，到什么事都冲在前面，甚至用嘴为伤员吸脓水，最终累趴下了，再加上前线传来她未婚夫受伤的消息，就彻底生了病。我一面安慰她，一面为她讲解为什么打摆子不能用老办法捂，反而要散热，用凉水擦身体的臂窝、脚窝来降温，再找出病因消炎、治疗。这一次，我用专业知识救了人，更加坚定了我学医为革命、为解放事业的决心。

我父亲回信也给我鼓励。父亲说："普生儿，你们是光荣的，你要咬牙坚持，学好每门课，保重身体，不用惦记我与母亲。要听党和部队、学校的话，做坚定、勇敢的好战士。"父亲还寄来他用的字典，叫我各门课要先自学。

在父亲的鼓励、指导下，我的学医之路像堡垒一样一点点地攻下来。我们当时的条件虽然不太好，但这是为大决战做专业的医疗救护准备。战场上，争分夺秒，每天，甚至每时刻都有伤亡，医疗抢救护理也是一种战斗力。所以，我们按现代医学的要求来，政治内训用了四个月，我抓紧学英文和基础课，学专业课。我们更用心、下功夫。我甚至与同学们在晚上熄灯后不顾学校和教导员让我们按时睡觉的要求，摸黑、光脚到解剖房去观摩、学习。刚开始是有些怕，但一想，很快就要上战场，要在前线保护、抢救战士、伤员，就当练胆、练技术、练意志和练方法了。我对自己说："王普生，你不是怕吗，越怕越要上。"我想，是我骨子里有一种坚持、不认输。在学校，我还是一名运动员，我平时说话、走路，总是最快的，同学和老师们总说我是一阵风。我当时就想，我以后在战场上也要雷厉风行，勇敢地做事、工作、战斗。总之，要有一股气、一种胆、一种使命，一颗勇敢和精细的心。一年后，我生物解剖、英文、内科学、外科学、皮肤病学、细菌学、公共卫生、实操、政治都得了"乙"，是同学中成绩较好的，毕业时，还受到了表彰。

回忆在医学院学习时，还有一件事让我觉得激动和光荣。那就是我们参加过几次黄河水害的治理、抢险。那时我们首先是一名战士，然后才是一名学生。黄河水情紧急，有预警时，学校就要通告、值班，随时出战。我到了黄河边，看到满滩四野都是战斗的、勇敢的战士、干部、群众，十分感动，随即不顾一切地投入各种工作。扛沙包，推车子，打夯，挑担子，救护伤员，疏导人群，领导指挥到哪里我就干到哪里，一点儿也不觉得干不下来。这与我在军事化训练和管理中的锻炼有关。所以，到现在我身体还是挺好的。

由于是战时教学，我从 1948 年 12 月 16 日入学，到 1949 年 10 月完成理论课毕业。1949 年 11 月，我们班除少部分同学继续跟随部队向南方移动，大部分，包括我，转入山东省立教学医院见习、实习（至 1950 年 6 月）。

党组织十分重视、关心、爱护我，在刚解放各方面条件还一般时，就培养我、栽培我。让我在 1949年11月至1950年6月期间，边在医院实习、见习，边参加山东省立医院社会高中的学习，继续学政治、学文化、学医疗技术、学社会经验。1950年2月22日，还发展我加入山东省立医院工会组织。之后，组织上又培养我任工会小组长、劳保委员。

从1950年6月开始，我正式在山东省立第一医院工作，任眼科护士、医师。从工作第一天起我就下决心，这辈子要用白求恩精神做人、做事。我在学习中实践，在实践中精益求精，努力做到：先学一步，多做一点，想多一点，做好一点。

为了先学一步，我利用身在省立教学医院的优势，在组织的关心下，1958 年 1 月至 1959 年 1 月，我在山东省立第一医院进修眼科医师 1 年。

20世纪50年代，群众用眼卫生知识少、营养不好、卫生条件不好。一度红眼病、结膜炎、夜盲症多发。我在医疗工作中把病人当亲人、当学生，除了治还教，教卫生常识，教预防方法，教利用生活中的常用物品来防和治。经常医了一次，好了一生；医了一个，好了一家；教了一家，带好全村。取得宣传、治病、防病，以及促生产、促卫生的双“丰收”。经常得到乡亲、病人、群众的感谢、好评。

1957 年，我先后被评为山东省立第一医院医务先进生产者、山东省济南市医务先进生产者、山东省医务先进生产者，并出席了省、市卫生部门代表大会。

出席山东省表彰大会时，卫生厅领导为我戴奖章，颁发奖状，我一下想起了我父母，眼泪就下来了。我本来是张店镇一名在抗日战争、解放战争中居无定所、学无定所的普通女子，经过党和政府、部队、医院的培养，成为新中国第一代医疗卫生专业人才，并能在祖国各项事业大跨步前进中有所为、有天地，得到组织和人民的嘉奖，多么幸福啊！

转：跨过大海和苍山

据海南铁路博物馆馆长兼离退休管理所所长赵兴杰和当过头批驻港兵的转业军人、馆员吴惠红介绍：海南铁路建设，清代有议，民国时期曾计划并进行初步勘测，但未能实施。1940年6月，日军为掠夺海南铁矿等资源，建成田独至河口10公里长的窄轨简易铁路。这是海南岛历史上第一条铁路。1940年到1943年间，日军在海南修石八线等窄轨简易铁路254.2公里。日本投降后，国民政府接收矿山和铁路，但无能力维护管理，至海南解放前夕，已严重毁损，完全停运。海南解放后，人民政府开始进行海南铁路建设，20世纪50年代先是逐段、逐条线路地修复并改善，20世纪60—70年代进行扩轨改建，到1990年建成达到国家铁路技术标准Ⅱ、Ⅲ级的干线、正线长238.2公里，营运里程214公里；建专用线16条，共长28.6公里。王普生同志参与、见证了新中国成立后海南铁路建设发展的艰苦光辉历史。

为采写王普生老人的人生史、光荣史、奋斗史，三次进入史志馆、档案馆的海口房建公寓段陈小静科长利用休息日修订了老领导的生平、年谱，感慨颇多。老领导生于日寇横行的山东革命老区，经历了抗日战争、解放战争，在三年困难时期从中原平原腹地，横渡海峡，进入南疆小镇，开始海南铁路史的重新书写。她光辉的一生，正好是海南革命史、铁路建设运营史、医疗卫生史、改革开放史的真实见证。她是行走的博物馆、证明人、奋斗者先驱。我作为土生土长的海南人和铁路二代，要学习她、感恩她，向她致敬。

人事档案，苍黄久远，笔迹斑斓，有岁月、历史的厚重。老人年轻时的证件照清晰，面庞清秀而坚毅。黑框眼镜后坚定的眼光看着我，显示出一代知识分子的智慧、刚强、笃定。

然而，当我们带着集团党委委托送上门的历史图册时，老人好像从铜版纸上一张张黑白、彩色的照片中看到历史的惊涛、静波、细浪，看到自己驰骋南北奋斗的一生，时而沉默静思，时而言辞、神采飞扬，回到生命和理想、革命热血燃烧的年代。

数十年，遗珠细说。我和同行的梁文卫、彭育奇，本来不敢打扰，但见到老人后，不知如何对话的担心全然消去，心绪随前辈的回忆、叙述，以及七八十年的照片、证书、奖状、奖章，情思飞远。面容、神情与老人及家人一起神驰、起伏。今日记写：

八仙过海

老人手抚广铁历史画册，说出这个词。她眼光看向远方，向花都居处的窗外田野、树木，深情回忆。新中国成立初期，海南石八铁路原归港务管，后才划入铁路局。我爱人是广州客运段的，叫胡必安，做财务。他与先期前往海南的路局干部职工漂洋过海，到了岛上。这批先行军，其中就有姚明信主席的父亲姚光夏，他们八个人，我们那时就说他们是：八仙过海。

进一步退三步

20世纪50年代，山东的生活工作条件还是比较好的。王普生已经成为济南一所医院的眼科医师，专业上也干出成绩，受到培养，年富力强，正处于一个医生的上升期。但是，她毅然南下，从中原腹地奔向南海，奔向海南岛西岸的小镇。

老人说：我爱人要到海南岛去，我自然也要去。但医院说我是专业人才，根本不放。不得已，我找了路局组织，直接下调令，但医院还是等到当年麻疹病大面积流行得到控制后才放我走，心里急，我深知，按理我应先到广州铁路局中心医院报到，只身一人，从山东济南直奔广东，到雷州半岛，过琼州海峡，好不容易到海南。那时，局势紧张，在海口时，还时不时地拉警报。接我的人，我们又互相没找到（那时没有电话），我就一人坐了一日一夜车，山路颠簸，不时总连人带东西颠到地上去。而且汽车总是开着开着就不走了。就这样，隔了一天才到三亚。三亚那时是一个小镇，铁路在那里有个办事处。

我报到后就又急忙往东方赶。到八所港已经是夜里了，海边有巨大的装卸桥带，看起来灯火辉煌，椰风阵阵，好美。天一亮，我起来一看，到处是沙滩和仙人掌，除原来的局部是瓦房，其他到处都是茅草房，与济南比条件是很艰苦的。再有，我从北方来时已是寒冬，到这却是30摄氏度以上，热，要穿裙。我一个北方人，气候反差、湿热风沙对我也是一个考验。

未来海南时，常听人讲，海南香蕉、菠萝、杧果多，吃不完。实际上，我在山东没饿过肚子，来海南却没东西吃。吃米、吃水难，最困难时，每人每天一把黄豆，又没油。大家先是煮汤，因为这样扛吃，饱肚子一点儿。但长时间吃，就呕酸水、拉稀，大家病了，我作为医生，就在看病、治病之余，想法子来预防。要求职工、家属，将黄豆炒着吃。可是新问题又来：好多人便秘，但便秘总比上吐下泻脱水好。

海南的蜈蚣大又多，刚来时好怕。后来学了中医，捉了蜈蚣晒干、泡酒，为职工和家属治病。蛇也多，这就吓人了。有一次，我去茅草搭的棚子里洗澡。衣服都脱了，一看，棚顶上盘着一条蛇，我喊都不敢喊，披上衣衫冲了出来，幸亏那时那里只有我一个人。

这样的事多了，有些同事竟有了经验。一次，我们在住的茅屋边的草丛里，发现一条手腕粗的大蛇，一个本地职工家属大喊，但没人来，她发现是一条大蟒蛇。就大着胆子，脱下件黑衣服包住蛇头。这时，又来了几个人，与她一起拉出蛇身。带到公社去，卖蛇肉，得了些钱。

那时人少，职工、家属也少，到处是剑麻、荆棘、仙人掌、杂刺丛。有时赶路，走着走着，一下子就让刺丛划了。所以，我们感叹，这海南八所，看起来绿树绿草成片成荫，但你去上班、出诊、工作，要小心。要进一步，退三步。万不可鲁莽。

二马当先

海南这边，铁路建设、建制多变，起步晚，人员少，条件艰苦。据海南铁路博物馆主任赵兴杰介绍：1959年1月1日，广州铁路局海南铁路办事处在海口成立。1月10日，接管榆亚铁路保管站，办事处设于三亚。6月1日，办事处迁往八所，接管石八线。1959年4月29日，广东省在海南钢铁公司召开石八线移交工作会议，决定石八线由广州铁路局接管。9月，东方县由汊河搬迁到八所，八所成为海南岛西部一个新兴的城镇。

而相应的海南铁路卫生事业的创制更是从零开始。

王普生说："我们卫生所主任先我一个月到达海南。1959年初，就我们俩。我们俩，一方面开辟医疗卫生用房，因陋就简，准备消毒棉签和其他有限的药品、备品；另一方面想法子报路局卫生主管部门，在农场那边先招了4个人，组织培训。海南全省的铁路医疗卫生事业就是从这里开始的。

刚开始，职工、家属少，本地人不会讲普通话。我看病还要有同事或家属来当"翻译"。但这怎么行？我一个部队出身的，从小还是个运动员，走路出名得快，是急性子，索性就学起海南土话。我记全笔记，用自己的方法。比如，海南，头痛，不讲头痛，发音近似：头爹。我就画个图，注：头爹。包括：食妹食bèng，就是吃粥、吃饭，我也连画带注音，询问病人时，客气、耐心、慢一点儿，大胆讲、大声讲，加一些比画。很快，我算过了语言关。

但生孩子关，真是"鬼门关"，我差点过不去。那时，海南铁路卫生所和八所地方医疗卫生所并没有产科，没有接生的条件和能力。我从山东省最好的医院来，知道这里面是有危险的，我打算好自己临盆前，回济南婆家去生产、坐月子。但在海南的卫生所里，真正专业的医疗人员只有主任和我，从海南农场来的新人还无法独立工作。这样子，一天一天拖，那年大旱转大涝，特别湿热，得传染病、蚊虫病、皮肤病、热射引起的病、因食物匮乏吃不饱而缺乏营养的病的人很多。这些今天看起来很容易很简单的病，有的甚至只要吃糖水、吃饭菜就能好的病，那时却是可以要人命的。你想，三年困难时期的最后、最艰苦阶段，我不仅没办法解决充足的营养，又因为从小在北方学习、生活、工作不适应岛上湿热交替的气候，加之日夜工作。下班还得挺个大肚子，与同事、工友、家属去港口车站清理装卸带下的矿砂。一天，太累了，晚上回屋，去打开水时，连人带壶，摔倒在地，幸亏有人看见，扶起我，但我的羊水破了。

这还不足日子，怎么办呢？况且出黄水，胎头更难转身，更没有办法也不敢转内地医院，心里极怕。这样子在卫生所一连七天，有经验、好心的护士长姐姐安慰我，一点点按摩我的胎盘，调正胎头，后来果断地进行简易的侧切手术，缝了七针，生下了一个 6 斤的孩子。

隔壁的工友，她来生孩子才半天，好顺利，她老公又开火车，想法子从外头带东西给她吃，我很羡慕。我爱人在海口，帮不上，没什么有营养的东西吃，只能喝点儿糖水。好在同住茅屋的邻居阿姐，她想法子去食堂打饭给我吃，照顾我。后来住的房子漏水了，又有个邻居来帮我修。我九十多岁了仍记得她们，感谢她们。

因为这些，我从此不敢生了。你看，我这代就一个儿子。1960 年 10 月 10 日生的。我为何记得这么清楚，因为太难了，要人命的。

“王普生”凉茶

少生有好处，会让我更加全身心地扑在工作上。老人讲：1961年到干校。那里来自各地的人都有。老姚是鸡倌，他后来做办事处书记；老马是羊倌；老陈是猪倌；我要负责去插秧种稻，播种、浇灌、收割，到地里挖野生的药材，羊生仔时我还要负责为羊接生，我白天连黑夜不停地干，人又黑又瘦。别人下工可以休息，我下工还要为人看病、治病。我那时要为当地的少数民族乡亲出诊，出诊时听不懂本地话，好在同去干校有单位的会计，她是本地人，她总跟我去。

那时住的地方流行起钩端螺旋杆菌传染病。这种病来势凶，易引发身体器脏并发症状。有个单位已经死了2人，一个并发肺病，一个并发肝病。那种条件下，就算诊断出传染病和并发病灶，也没有足够的药和器械、隔离条件！况且干校那么多人，日夜吃住干活在一起，卫生意识、条件差。全地区没有一个铁路防疫站，当时真是十分危急。

怎么办？我凭借自己掌握的医疗卫生知识，凭比初来时更加了解海南气候病理的特点，凭对同事、同志的感情，凭在医学院校学习，有中西医和大小医疗机构工作过的底子，也因为没有退路，我果断组织开展全干校采用土法抗疫。我首先找几个海南本地人，与我一同到山冈、河沟田野、丛林里去采地胆头、雷公根、蛇舌草、四方苦楝、水猪母菜等凉血解毒的青草药，加上制过的干茇茇草，每天用大锅熬，让每个人喝。有些人不信，不习惯，不想喝。我就揪着、劝着，甚至哄着、骂着，几乎硬灌。大家笑着说我到处推销“王普生”凉茶。

但我是学西医的。从细菌病学、传染病学讲，仅仅靠“王普生”凉茶是不行、不够的！我再次与同事们一起，上土法，上蛮法。土法就是发动组织收集草木灰，加上石灰，地毯式地对农田、山坡、洼地、垃圾场、墙根进行消毒。反复做，大水漫灌式来进行，不留死角。改变一些不好的卫生习惯，清除、减少积水，艾草灭蚊、灭蝇、灭蟑，宣传、引导、改变个人卫生习惯。

这样一整个疫期下来，除几个发烧的，我们没有重症、死人。行署和海口市还组织人来干校考察、总结、推广经验。

手工救人

“老领导，我到海南采访至今，仍有年轻人讲您救人，立了个三等功。”我说。

“哦。那是电务段的工人邱胜湘。他挤脸上“危险三角区”，感染了，脸肿、昏迷。我与海南医院科室的其他同事，在医疗条件有限的情况下，及时验血，确认是得了败血症，我们奋力抢救。三个人用了一天一夜，才使他恢复神志和生命体征。在那样落后的条件下，救醒他，我们都流下了激动的泪水。经过一段时间的治疗、康复，他痊愈了，能正常参加工作了。”

老人感叹，时代、条件不同。那时没有好的化验设备、人才，要确诊很困难。再加上又是三年困难时期，药也是一大难题。抢救条件、器材、病房条件更有限。那时氧气瓶都没有。是针式的氧气管。我要去工厂，排队买氧气。给病人供氧，要手工打，打一个通宵。

那条命，是人工、手动、大家合力救的。三等功也是集体得的。

这一经历，是我在华东白求恩医学院，在山东省立医院不可能有的。这对我一个医生来说是一笔人生财富。你想，有什么比救人性命更令人欢喜的。立不立功，根本没什么想法，那是组织上了解情况关心我，救人时，想都不会想。但这奖章，你看，依然这么新，我平时放在里屋，自己保管，不让他（指儿子）动。我们这代人，组织上给予肯定、光荣，看得血一样贵重、珍惜。

捡来的荣誉

上门拜访那天，老人前天牙模出了点问题。我与蔡文卫从单位叫了车去探望。老人精神头很好，连声感谢路局集团公司党委和海口房建公寓段站领导。她从房间庄重地拿出来一个盒子，里面装的证书，有一份是我阅读档案时没有掌握的，那是由国家民族委、国家人事劳动部和中国科学技术协会颁发的，上面写着：王普生同志被授予少数民族地区优秀科技工作者。

我高兴地请教：老领导，您跟我们讲讲这个国家级的荣誉怎么个来历?

“我也不知怎么得的。我没做什么事。”老人谦虚地说。

“您慢慢来想嘛。”同行来采写做专题片的年轻人彭育奇说。老人慈祥地看着我们，思绪飞向了自己奋斗几十年的海南岛的沧桑岁月。

我来海南，也是为当地乡亲服务的。海南远离大陆腹地，我们铁路系统还好，有路局关心，定期运来生活物资。岛上山地多，黎族、苗族、瑶族、畲族和客家人，靠山生活得多。近海的汉族人，在风浪中讨生活。这里虽然绿水青山，但一年台风天多，人民生活来源不丰富。文化教育、卫生知识、卫生习俗与内陆不同。我来这个岛，就是岛上的人。几十年来，我在祖国最南、最热的地方工作，经历了饿肚子的三年困难时期，虽然树根没吃过，但难的时候一天一把黄豆。我从小因为父亲有工作，十几岁参军进部队主办的医学院，山东比较早解放，加上早年在省城大医院工作，日子没这么苦，委屈也不是没有。海南实际上到后来包括铁路医疗条件仍是相对落后的。但我从未想过调离。因为我与这片土地，以及乡亲、同事、工友，是从无到有，从几间茅草屋顶的用房，从挑井水来用，一点点从艰苦日子过来的。我一生是要有点儿精神上的追求的。我长期劳累，后来得了眩晕症，总治不好，但我一直坚持在医疗第一线。

1967年以后，我负责机务所医疗站工作。我为自己和同事定了三条纪律和要求：第一、要坚守专业。开火车有开火车的专业，医疗卫生关乎人命和安全。我们是后勤服务，但要有精益求精的专业精神，与火车准点安全一个样，马虎不得。所以，我坚持做到终身学习，到五十岁还晋升专业技术职称。另外，带动全站年轻医护人员，培养了多名骨干，成长为更高专业技术职务和管理岗位的人才。第二、医德第一。要将治病救人放首位，以病人和安全为中心。多问一句，多看一眼，多核一次，多笑一点，全心全意为铁路事业，为职工群众服务。做白求恩式纯粹的白衣天使、卫生战士。第三、不贪不拿。我们有工资，够生活，要感恩组织和人民。医务站一切东西，不可贪拿小便宜。我甚至拉开包检查过医护人员，这一点每个刚来医院的人，都有领导向他们讲我这事。表面上我得罪人，但拥有一个好医风、好人品是会有好处的。

我在海南黎乡，结识了许多少数民族的好姐妹、好朋友。八所这地方久经日寇的侵略剥削，生活、生产条件落后，卫生、健康条件极其不利。我常怀念住矿区平房时，与民族兄弟姐妹血肉相连的岁月。

我们几乎紧挨着住，互相离不开。我们生活上离不开村寨、乡村，孩子们一起长大、玩耍、上学。乡亲家有病痛，也时常深夜敲开我家的门。最难忘是20世纪60年代初，八所附近的少数民族妇女的卫生习惯不好，许多人总包条粗布，内衣不常换甚至没有，没有厕所妇女会就地解决，而且有些人不会种麦、种稻，又很少吃甚至不吃叶子菜。我们卫生所就配合公社，拉标语，广播宣传，上门谈心，结对指导，组织帮助改进。我在山东和干校得来的种麦技术，手把手地教人。成了一个会种田的医生。这样经过几年，公社的传染病、慢性病、皮肤病、红眼病大幅下降，培养的一些赤脚医生，因为有中医的底，再加上我们教，都变成骨干，有些后来还走上了医疗卫生的专业道路。

我年内回海南，村民有人还知道我。给我唱儋州调歌。好欢喜。回想起来，我为海南人民服务，她们也给了我一股海南精神。

合：人总是要有一点儿精神的

老人1985年光荣离休，同年享受处级待遇，转入干休所，晚年定居在广州花都，与儿孙共享天伦。老人身姿矍铄，眼睛有光，讲话没有口音，有底气又干脆，没有转承添加的重复和语气词，证明头脑很好。某天上午，为时80多分钟的拍照、采集老物件和访谈，多次要老人休息，她都讲不用。中午，休息到两点四十分，我们又补充拍了些日常的生活情况，至下午三点多离开，老人精神头仍然很好。

这是我们年轻一代的福气和财富。她的精神对我们、对时代的见证启示是什么呢？

近四十年，我们看见了什么？

相信的力量

老人是平凡的。她在一些岁月里是艰苦的，甚至是委屈的。但她也努力发出自己的光辉，她是一个纯粹的人。她的一生，一次次地坚定地选择，无怨无悔。第一次，18岁，一个从小在战火中长大的女生，毅然投身艰苦卓绝的革命事业。第二次，选择了医疗卫生专业。这一点，也许好理解，因为新中国成立前后，能读医从医（甚至到今天）都是少数，令人羡慕。但是，她无论在条件好的大医院大科室，还是八仙过海、二人先行，全单位初期只有两人，要在茅草屋里居住、工作，她也能无愧于自己的选择，取得成绩。第三次，选择天涯海角的艰苦地方，一扎几十年，身上一身泥土、伤痛，甚至吃不饱有之，水土语言不服有之，下放劳作有之，生孩子出现危险有之。然而，她一辈子，身影穿梭在矿港专用线，简陋的医务室，刺丛边的稻田麦地，黎乡、苗乡、瑶乡、客家山乡和海乡，平凡的铁路灯火中。因为她相信党。老人说：我想不到党和政府、铁路局，给我这么多关怀、光荣。我本来身体有多种病，现在九十多了，精神还好，一靠党的关怀，二靠信念。

人不能瘫倒

老人的日常生活很规律。她每天六点起床，打开门窗，用多功能健身锤做保健，浇花草，看报、看电视新闻，收拾物件，再下楼与儿孙聊天吃饭。

老人的儿子儿媳孝顺。“我用个电饭锅，母亲24小时总有温软的东西吃。”老人62岁的儿子说。

“我是个医生，知道科学起居、平衡心理、清淡饮食、精神建设、适度锻炼、家风和美对一个人健康的重要性。我从小走路极快，我现在仍在坚持好习惯，合理运动。人不能瘫倒的。”我说：“您精神头很好，走路身体比年轻人好。”老人笑笑说：“这也是相信的力量，相信科学，相信自己。当然，也是一种意志、努力和坚持。”生命是最宝贵的。特别是离休这一代，她们已是英雄的，成功的。这也是组织和后代最看重、欢喜的。

“身体不瘫倒才能精神不瘫倒，反过来说也可以。”老人说，她觉得，铁路人在一个地方久了也会学习一个地方的精神。海南人民是奋斗吃苦的、革命的，我现在看《红色娘子军》依然很激动。而且我们这一代，还受苏联文学和革命精神的影响，我年轻时经常看《苏联妇女》杂志，就想医疗系统不能没有女医师、女护士，我要做海南的妇女红旗手。

像对待粮食一样珍惜

老人每天看报、看新闻。她说，洞庭湖决堤二百多米，官兵群众上堤，没日没夜地用轮船运砂石回填抢险。

她说：现在的战争很令人恼火。世界不和平。

她说：这么多问题，我最关心粮食。我饿过，也种过稻麦，一定要重视、珍惜。要保证粮食生产，几十年革命工作和生活，我觉得，做人、做事，要晓得珍惜，像对待粮食一样。

我说：您老人家对年轻人有什么要求？对现在铁路事业有什么希望？

老人说：我还想去坐高铁。

老人的儿子说：我年内带母亲去八所，去海南铁路博物馆，她动情了。他还说：我妈妈平时对自己的物件、照片，很小气，不让我们动，要自己保管，但你们来，她却说什么都可以捐给博物馆。

老人真是个谜吗？

她其实是有回答的。她说：“一个人不可以离开时代，我经历了革命年代、建设年代、改革开放和新时代，我就是跟着时代前进的。时代会给人力量，让人精神好、身体好、状态好，精神食粮和稻麦粮食一样养人，一样重要”。

是啊，一颗赤子心，向党、向人民，在所不惜。老人的一生，一片赤诚之心、赤子之心付予了苍天和碧海。她是平凡而伟大的，她的身躯有热血、意志和活力，永葆一名解放军战士的坚韧和奋斗。我们要学习她，学习她像珍惜粮食一样，珍惜精神和风骨，珍惜新时代和新气象，珍惜老一辈人性和事业的光辉。

诗云（仿海南儋州调歌词，C 调）：

齐鲁旧日哩翻火焰，
杏林磨剑哩指向前。
泉城奋斗哩有十载，
白衣苦干哩得两章。

转战南海哩几多艰，
乌丝白发哩三十年。
黎歌苗词哩又瑶曲，
写就卫生哩多二篇。

可喜九秩哩坐银骑，
探得旧园哩千转异。
报道环岛哩高铁好，
高歌时代哩新业绩。

祈请后生哩多珍惜，
立业广铁哩有何奇。
全因党的政策好哩，
扬鞭快策哩万里地。

他将岁月赠铁路

——记长沙电务段离休干部徐文仲

□ 漆玉先

徐文仲采访视频

离　家

1950 年 10 月，为支援南方的铁路建设，党中央决定由沈阳铁路局选调一批年富力强的技术骨干南下，沈阳电务段的技术员徐文仲就是其中一员，时年 27 岁。徐文仲身材修长而不粗犷，眼睛深邃，五官帅气，还有小麦色一样的皮肤，给人一种非常阳光的感觉。

这是他第一次离开沈阳。他的家在辽阳，离沈阳仅 70 多公里。他有一个幸福的家庭，有爷爷奶奶、父母和兄弟姐妹，他排行老四。每周末或节假日都可以回家看看父母和亲人，可眼下，他要去南方，要独自去离家千里之外的江西萍乡工作了。临行前，父母含泪叮嘱他好好工作，爷爷奶奶老泪纵横地拉着他的衣服不肯松手，兄弟姐妹们依依不舍地说常回来。他擦了把眼泪，什么也没说，扛着行李走了。

磨　炼

萍乡电务段当时属衡阳铁路局所辖，处于建设阶段，只有 30 多人，什么

都得从头开始，条件十分艰苦。

徐文仲第一次接受的任务，就是负责一百多公里的通信线路的架设，以及建设中途通信工区。那时的萍乡铁路所遭到国民党的破坏颇为严重，铁路通信几乎全部被毁。徐文仲没有半点儿犹豫就接受了任务，开始了他新的征程。那年代没有车，抬电杆、埋电杆、架电线，搬砖、搬瓦，全靠人力。而且大部分都是山路，荆棘挡道，杂草丛生，山里蚊虫也特别多。身为技术员的徐文仲和工人一道起早贪黑，一天往返几十里，衣服被撕烂，鞋子被割破；累了就倒在地上休息一会，饿了就吃俩红薯，渴了喝几口山里的泉水。阳历十月，在南方正是暑季的末尾，人称“秋老虎”，很热。徐文仲是北方人，累他不怕，生活苦他能克服，可工作环境实在令他无所适从。几天下来，他身上被蚊虫咬出一个又一个的“碉堡”，奇痒无比，常常抠得一身稀烂，他顽强地坚持着。转眼又是冬天。南方的冬天是湿冷，寒从脚起。徐文仲这北方汉子的脚生冻疮了，两只脚肿得跟包子似的，又痒又痛，恨不得将它剁掉才好。他抹上冻疮膏，跛着脚一直和大家紧张地忙碌着。在这里，他遇见了他人生中第一位良师益友王者江。王者江是本地人，是萍乡电务段的段长兼党支部书记，据说还是当年安源铁路的地下党员。每当徐文仲遇到困难的时候，王书记开导他，鼓励他，使他在艰苦的环境下经受住了考验。他常说，要不是王书记，我可能经不住那种磨炼。

不到一年的时间，在徐文仲和全体同事们的努力下，他们克服重重困难，不仅完成了通信电线的架设，而且完成了20个通信工区的建设。那年，萍乡电务段也被评为路局的红旗段。

工作狂

1953年，衡阳铁路局撤销，成立广州铁路局。徐文仲被调到株洲电务段工作，仍任技术员一职。那时正是株洲铁路大发展的时期，大批新工人进入到电务段，徐文仲接受了培训新工人的任务。新工人大多文化程度不高，讲课时很多人听不懂。一天，徐文仲在回家的路上，见路边有个看小人书的店，许多小朋友捧着书坐在门口看得津津有味。于是徐文仲灵机一动，以后就每天提前一小时去教室里，在黑板上画图并写上与图相关的词，用以图代文，图文结合的办法进行授课，通俗易懂，大家很喜欢听。回到家，他常常备课到深夜，酝酿明天的课程。就这样，一批批新工人陆续走上了岗位，而且基本上都能胜任工作。

有段时间，徐文仲对机务段的“位子”十分敏感。所谓位子就是当时机务段锅炉房拉的汽笛，分为救援、火警和上下班几种：急促的两短一长声为救援，急促的三短声为火警，一长声为上下班，声音尖厉，那时株洲城市不大，几乎整个市区都能听到。那是个冬天的夜晚，外边刮着风，下着雨。徐文仲正在酣睡中，突然，位子拉响，他一个鲤鱼打挺，从床上弹了起来，仔细听：是救援！他立刻爬起来，穿上衣服，披着雨衣，打着手电直奔单位，组织救援队伍奔赴事故现场。

徐文仲还有个习惯，就是工作起来总忘了回家，中午休息的时候就待在办公室里画图、看图，翻阅技术资料。几乎每天都是家里人送饭，或者是妻子或者是女儿。其实，他家离单位仅十几分钟的路程。他不是不回家，是工作太忙了！所以，人们称他为“工作狂”。

信　念

1956年，徐文仲光荣地加入了中国共产党。不久，他当选为段党委委员，并晋升为工程师。

1961年1月，株洲电务段划归武汉铁路局，不久，他被调往武汉工作。他刚刚打开局面，可不到半年，他又被调回株洲电务段。1963年8月，武汉铁路局撤销，株洲电务段重新划归广州铁路局。短短几年的时间，徐文仲工作调动频繁，可没半点儿情绪，工作中依然保持着那种不怕苦、不怕累的主人翁精神，曾多次受到表扬和奖励。在荣誉面前，他总觉得这是一个共产党员应该做的。这时候他已有家室，妻子和女儿们并没有因为他长年累月地在外奔波而责怪他，而是极力地给予支持，解除了他的后顾之忧，使他在工作上越战越勇。

1966年，徐文仲从上海铁道学院进修回株洲电务段工作，担任通信所主任兼党支部书记。就在他信心十足，准备大干一场的时候，文化大革命开始了。随着运动的深入，批判和揪斗也逐步升级，他也被揪了出来。戴高帽子，挂黑牌子，受尽侮辱。有一次批判他的时候，有人说他瞧不起工人，说他曾经讲工人给他擦玻璃都不够格。这完全是莫须有的罪名！其实，真正的事实是这样的：某天，打扫卫生的工人老许搭着梯子给徐文仲的办公室擦窗户，梯子没搭稳，徐文仲怕他摔着，就让他注意，说："老许呀，下来，我给你把梯子搭稳些再擦。"这明明是关心工人，却被别有用心的人说成了瞧不起工人，真令人啼笑皆非。不久，徐文仲被下放到一个偏远的中修队劳动。在这里，他始终认为这是对自己的锻炼和考验，并且一边劳动一边坚持业务上的

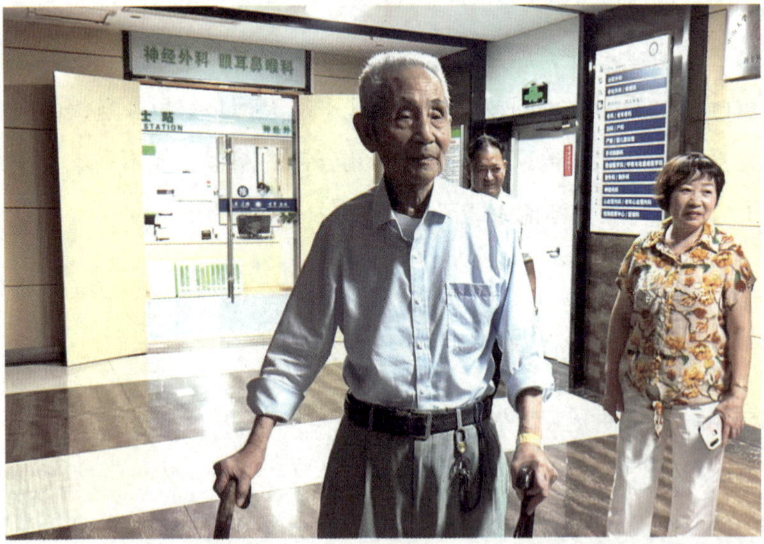

学习。那会儿学业务可是大忌，尤其是他身份“特殊”，搞不好就要挨批斗。但是他冒着被人检举的风险，一直坚持着。有时候，有的技术人员十分担心自己的处境，常常暗地里向徐文仲倾诉。徐文仲说：“你相信这种日子会长久吗？”

高风亮节

1980年，迎来了改革开放后的首次加工资，名额只有百分之四十。徐文仲就在这百分之四十之中。可他却坚持不要，说：“我的工资已经比段长都高，把我的这一份给其他同志吧。”他是这么说的，也是这么做的，这次加工资他硬是没要。家人没有埋怨，倒是外人说他“傻”。

徐文仲生活十分简朴，上班下班老是一身工装，很少添置新衣服，一双鞋子不穿坏是不会买新的，可是汶川大地震那年，他捐了1 000元；疫情的时候，他交特殊党费1 000元（后单位调整每个党员交100元）。

1983年，他退休后，正赶上三茂铁路建设开始。三茂铁路是铁路和地方合资的项目，当时急需技术人才。于是有关部门向徐文仲发出了邀请函，他很高兴地去了。在那里，哪里有困难哪里就有他，他始终保持着原来的风格，保持着共产党员优秀品德。

如今，徐文仲老人已经年满 101 岁，他为铁路建设辛苦了一辈子，将岁月无私地赠予了铁路，为我们和我们的后一代树立了一个共产党员的光辉形象。

致敬，尊敬的徐文仲老人！

注：株州电务段于 2018 年与长沙电务段合并。

闪烁依然的星耀

——追摄贾新华

□ 肖强虎

一

尊敬的铁路中心医院领导：

我怀着万分激动的心情向院领导写这封信，是为了衷心感谢医院领导培养了像贾新华同志这样优秀的医务工作者。

事情的经过是这样的：我过去曾患乙型肝炎。五月二十六日在中山一院化验火箭电泳时甲胎蛋白指数高达4400纳克。对于我这个刚进入中年的人来说，这简直就是过早领取了一份肝癌死刑判决书，其痛苦心情真是难以言表。

为慎重起见，我又于六月十六日同一天分别在中山一院和铁路中心医院抽血做了火箭电泳化验。贾医生为了对病人负责，尊重科学，不但自己亲手做，认真比较结果，有些环节还让助手同时做，边做边分析……最后，以她的多年临床实践经验和熟练检验技术得出科学结论——甲胎蛋白定量（RIA法）<25纳克/100毫升血清，血清结合胆汁酸值为97.6 μmol/L。也就是说，这个检验说我的甲胎蛋白不足31纳克，不存在肝癌的可能性。当我得知这一消息时，高兴得几乎跳了起来。但没想到的是乐极生悲，几天后中山一院给出的化验结果却是144 000纳克，竟比第一次还高出了14万纳克！这让我的心头

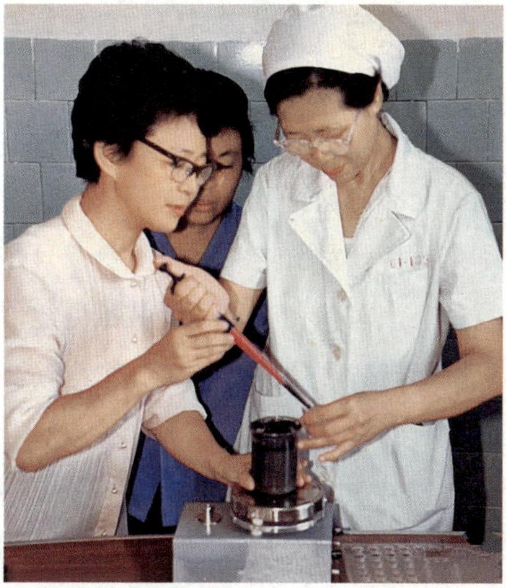

接着又蒙上了一层阴影。

我拿着两张同一天做的同一个项目单和两个天差地远的化验结果请教了贾医生……她认真对比看了一会后对我微微一笑，然后胸有成竹和蔼可亲地说了一句话："我们化验的结果不会错的，请你放心好了！"不知为什么，从贾医生的这一个微笑和一句话，让我坚信它就是不可置疑的结论，蒙在心头的乌云立刻消散了！

几天后，贾医生以一个医务工作者的高度责任感主动与中山一院检验科联系，从顾全大局关心患者出发，建议给我再次抽血，两家一起做化验，让实践结果成为一次学术研讨。就这样，贾医生和中山一院检验科及时进行了一次合作，双方边做边交流讨论……忙到晚上七点多钟的时候，新的结果终于出来了——贾医生和助手完成的化验结果是完全正确的！中山一院的两次化验结果都被无情地否定了！

贾医生真不愧是获得国家科技成果奖的优秀工作者，她的这一正确结论对我和像我一样的更多患者来说，解除的是精神枷锁，战胜的是绝望，施予的是生活希冀。给千万家庭送去了温暖，送去了欢乐。同时，还帮助中山一院发现了问题，提高了技艺，清除了隐患……对铁路中心医院来说，有贾医生这样医德高尚、医术精湛的工作者，是医院的光荣和骄傲。我相信，贾医生和她全力以赴的事业，一定会日渐享誉医学界乃至我们整个社会。

在此，我再一次感谢医院领导培养了贾医生这样优秀的医务工作者，并一定以她为楷模，学无止境，勇于开拓，不求索取，无私奉献！

此致

敬礼！

广州市人民防空办公室　宋明德

一九八七年七月十一日

读宋明德老兄这封信是否感觉到的是直抒胸臆、无忸怩作态？是的！就在写信前的这一段时间里，他可是被那个“肝癌晚期”检验报告弄得胆战心惊：不上班了，不下棋了，茶不思，饭不想，体重日均减轻半斤多，占据脑袋空间的全部内容就仅仅不过两项：孩子和老婆该如何安置？遗嘱该如何下笔……本来，他和贾新华关系并不熟，只是听介绍说她是铁路中心医院的一个检验技师。该医院在广州可谓名不见经传，只是隶属广州铁路局的一家企业职工医院而已。可是，就在刚刚过去不久的1986年，两件与之相关的新闻不能不引发有心人的关注。

蟹黄金秋的九月，花城广州迎来了中国核医学和核子仪器科研单位的150余名著名教授、学者、专家、科研和医疗工作者，他们的汇聚中心是广州铁路中心医院，感兴趣的学习、交流、鉴评对象便是贾新华和她将在此次《全国放射免疫质量评价工作会议暨广东省屏蔽计数法交流会》上提出的一种新的放射免疫分离技术——屏蔽计数法。

长期以来，放免实验所采用的分离方法都是通过离心和抽取上清等一系列烦琐程序完成的，因此，既受酸碱度和时间、温度的限制，又存在一定的放射性污染和误差。正因如此，20世纪70年代后期美国获诺贝尔奖的亚诺曾提出一种新的放射免疫分离技术——屏蔽计数法。可是，因为一些复杂的客观原因，这一设想始终未见天日。谁也没想到，当它被贾新华一把攥住以后，种子立刻不失时机地萌芽、生根、长叶、开花了——实验分析中加入了活性炭和屏蔽粉，利用活性炭的选择性吸附与屏蔽的高密度作用相结合，使反应液中的游离部分被吸附、下沉，达到分离和屏蔽其放射性的效果。这不仅能克服掉以前传统方法中的几乎所有弊病，而且操作简单、重复性好、实用性强、能成倍提高工作效率……这是一项国内首创、国外也是全新的科技成果。经贾新华使用其对胆酸、T3、T4、皮质醇、醛固酮、叶酸、庆大霉素、甲氨蝶呤等试剂盒进行的测定，并与原试剂盒方法进行的平行对照观察，表现效果都十分突出。将之推广使用无疑对整个放免界都会起到极其重要的促进作用。

果然，推广以后的发展结果让人十分欣慰，贾新华的有关论文也在全国铁路医学科学技术进步大会上荣获了医学科技进步奖。中国同位素公司还盛情聘请她担任了广州联合医学放免检测中心的副主任……

贾新华越来越忙了，除了本来就十分饱和的日常工作量外，慕名而来的求助者自然也多了起来，加之自己给自己确立的“必须无差别准确处理好每一个标本”的戒条要求，发现了一些本不是自己的“麻烦事”也义无反顾地“招惹”了进来。

1986年底，贾新华赴某特区公安派出所指导体检工作时发现，该所年仅31岁的新任指导员有肝癌迹象，为此，她在临走时再三叮嘱该指导员一定随后到广州复测，可没想到这位血气方刚的小伙子根本就不相信自己棒棒的身体会有病，以至于打心里就没有当回事儿。直到贾新华每天一两次不断来电话催促，才终于来到广州某家享有盛名的大医院做了放免检查。当拿到医院给他的“阴性”检验报告后，小伙子不禁为贾医生的过分担忧好笑了起来，于是兴冲冲直奔铁路中心医院和贾医生告别。没想到贾医生不管三七二十一立刻坚持又为他做了检验，并且态度格外严肃地告诫他说：“从我对你的检验数据和迹象来看，存在肝癌的可能性比较大，必须立即回去住院手术治疗！”小伙子不得不悻悻地重新回到该大医院，觉得有伤脸面的两位室主任一气之下动用了全院所有三台B超机为小伙子做了整整一下午的详细检查，可是结果却仍然维持原判：没有肝癌症状！

贾新华觉得这差异非同小可，因为它直接关系一条生命能否正常延续。于是不仅再次向该医院提供了自己的准确实验报告，而且借力本院 B 超机的帮助，明确地指出了病灶位置……于是该院不得不升级使用了更高级的现代化检验仪器——CT 机，这才得出了与贾新华毫无二致的结论。

可惜的是，正确的检验结果并没有得到相应正确的后期治疗：该院的主刀大夫轻而易举切去了肝部正面比黄豆粒大不了多少的病灶后，没有对肝反面另一处病灶仔细检查和处理，就大功告成地缝合创口并宣布成功：这是一起早期发现、早期治疗并且可以早期痊愈的病例，术后的化疗都基本上能够取消，所以病患者应该为之庆幸！

手术后仅一个月便出院的小伙子再次来向贾医生告别，贾医生同样不管三七二十一地抓住他又做了一次复测。她不无担忧地又一次告诫对方：血液里依然还存在问题，只不过还不能百分百判定是原来的残余还是手术不够彻底的原因。因此，回家过完年三天后，一定要再来医院检验！

贾医生的担忧并非杞人忧天，过完年患者回铁路中心医院检验的结果证明肝癌病毒的确依然存在！于是贾医生迫不及待地向该大医院提出了二次手术的意见，可是该医院对术者的现状检查后否认了贾医生的说法。接下来贾医生坚持不懈继续向该医院提供数据和治疗请求，该医院也坚持己见继续否定贾医生的所有要求……互不相让的"官司"在争执了两三个月后，终于得到了肝脏权威李国才教授的亲临裁决："贾新华的检测数据和治疗要求都是正确的，必须立即重新打开患者腹部进行抢救性手术治疗！"

"身为一名检验技师，只要送出准确的检验报告就万事大吉了，为什么要管这些非本分的事呢？就不怕得罪人吗？"

"人命关天，医者仁心，唯此为大！"这便是她的回答和底气！也正是因为如此，对贾医生略有了解和认识的宋明德在面对自己的体检数据及结论出现重大差异时，毫不犹豫地将信任投向了她。十分幸运的是，这一选择为自己增加了后来数十年的健康生涯。

二

贾新华并非科班出身，可由于她求知欲特别强，性格中渗透着"干一件事就要干出点儿名堂出来"的执着，所以，在工作生活中无论遭遇什么困难，都改变不了她勇往直前争取成功的意志。

1949年8月，不到15岁的初一学生贾新华在家乡湖南长沙参军入伍，成为中国人民解放军军政大学的一名学习护士。大约一年后，又因转业进入铁路医院，开始学习检验，从此步入了一路坎坷却不失精彩的人生……为了赶上甚至超过同科室先入行几年的检验师哥、师姐，她真可谓"舍得一身剐，敢把皇帝拉下马"了，上班之外的一切业余时间除了用来填补缺乏的文化知识外，就是泡在实验室里不分晨昏地反复做实验。她不甘亦步亦趋跟着大家的节奏前行，还冥思苦想出了一个快节奏提高自己数血球能力的绝妙方法——开始用一面筛子装满鸡蛋练习远看心数能力，待练到眼数数字基本与实际数字一致的境界后，再进一步采取撒一把黄豆到地上即用眼睛快速数点出来的方法练习，直到速度极快且准确无误。有道是功夫不负有心人，几个月之后她苦心孤诣地练出了一对“火眼金睛”和一套检验操作的超常本领，送出的检验报告以既快又准的质量不断受到临床医生的赞赏好评。自然，也以令人惊奇的进步速度被迅速提拔当上了一名检验师……

自此，通往核医学金字塔顶的一级级高陡的台阶上也多了她这样一个不畏艰险的攀缘者：从1978年开始，广州铁路中心医院开始相继建设了免疫室和放射免疫室，主持建设的室主任便是贾新华。这在全国来说无疑是较早的。有了硬件优势，贾新华立即四面出击和各科研单位及大医院联系，没多久便引进并独立承担起二十几个放免项目的检验工作，以自己的大量辛勤劳动为临床诊断提供准确可靠的科学依据，从而延长和挽救了无数病患者的生命。她的奋斗目标非常明确，就是通过努力创新争取走在同行的前列……目标压力衍生出了源源不绝的动力，促使她每天都在岗位上分秒必争地一边工作一边研学不断发展的核医学专业理论巨著，录下了数十万字心得体悟，撰写并发表了数十篇的高水平论文，其中数篇被定为放免技术的鉴定资料。1987年，她被中华全国总工会授予“全国自学成才金质奖章”和省“三八红旗手”。

“从医四十年，成果三十一”这是离休前她在人民大会堂宣读论文后的一句答记者问。尽管她只使用了这轻飘飘的十个字总结自己，但受到的尊敬和推崇却是广泛和由衷的。

她的《介绍一种新的放射免疫分离技术——屏蔽计数法》，不仅荣获广东省科技进步奖，随后还被载入《世界学术文库》；她的《T3树脂摄取比值简化法的改进意见》成为检验方法学上的重要改进，迅速被作为“T3树脂摄取比值药盒使用说明书”采纳使用；她参与原子能研究所、中国人民解放军总医院研发的《脱氧核糖核酸DNA抗体》，如今已经结出了丰硕成果；她先后在全国性专业刊物、会议和杂志发表的三十余篇论文，受到多方赞赏、好评；在卫生部举办的《全国分析测定药盒鉴定会》上，她被破格聘为委员并参与中国原子能研究所、中国科学院生物物理所、中国医科大学、中国军事医学科学院等单位10项重大科研成果的技术鉴定；闻名遐迩的中山医科大学则更慧眼识珠，直接聘任她为放免中心副主任；她主持的放免学习班为国家培养了大批放免人才，成为各省市放免专业人员趋之若鹜的选择！

她的美丽展现还不止如此。就连工作之外的业余时间，她都以自己的奋力拼搏给广州铁路局中心医院争来了一连串光彩夺目的荣誉：在广州市早年举办的女子羽毛球大赛中，贾新华荣获了单打亚军；在中国铁路首次举办的全国铁路女子三千米自行车大赛中，贾新华不但获得了金牌，而且开创了该项目的历史纪录……“干一件事就要干出点儿名堂出来”这句话于她来说，绝不仅仅是说说而已的口头禅，它是落地可以砸出深坑的高分量宣示！

三

1998年5月26日至29日，《全国第二届优生优育妇女儿童钙代谢研讨会》在北京人民大会堂召开。此次研讨会集中了全国热心研究钙代谢工作的专家、教授、科研工作者300多人，收集高质量论文一百多篇……广东省代表团为各省之冠，不仅人数和论文居首，由广东省优生优育钙代谢委员会副主任、广铁中心医院离休干部贾新华将在会上宣读的《10069例晨尿钙测定报告》还是大家翘首以待的高水平大作。

由于身在国外、事业有成的子女们热切盼望，1989 年离休的贾新华一度想携丈夫移民美国与子女们团聚。然而，到了异国他乡生活几个月后，更强烈的回国意念让她很快彻底改变了想法并立刻回国……她从和医学博士女婿的交流及深入学习中了解到：中国的国民钙代谢健康现状存在严重问题，已到了迫在眉睫必须解决的时刻！中国人因为饮食原因摄入的钙量明显低于西方人，儿童、孕妇和老年人缺钙尤甚。可是，“缺钙是万病之源”的认识，在地域相距不过咫尺的中日之间都已经大相径庭很久了——战后的日本为了让国民身体钙缺乏的问题得到根本好转，首先的一个行动就是大规模发展牛奶生产，然后伴随“一杯牛奶强壮一个民族”的口号将之送到课堂让儿童大量饮用。目前可以看到的结果便是：日本 9 到 12 岁年龄的儿童与我国 9 到 12 岁年龄的儿童相比，平均身高竟然比我们高出 7.35 厘米。曾经被我们祖先看不起的“矮子”，渐渐超过了我们！

一种无论如何放不下的责任感促使她要立刻回国，回国后她立即联系有关部门，投入到这个可以继续奉献余热能量的新领域中去……当然也要带上丈夫，家庭这个大后方是她数十年冲锋陷阵勇往直前的可靠保证。

就像磁石的相互吸引，她的这一志趣和投入马上吸引了有关单位的关注。中国优生优育钙代谢委员会专题委员会和广东省的同一专题委员会都先后向她表示了由衷的欢迎，聘她作为副主任检验师。同时，全国钙制品综合评价委员会也聘任她为技术顾问。

1996年春，贾新华带领广东省钙代谢委员会的工作人员，亲自在广州市番禺区石碁镇培训了一批辅助工作人员，为25所中小学的10 069个健康儿童进行了为期一月之久的“次晨尿钙检测”。检测结果让人瞠目结舌：这些在学校和家长眼里很“健康”的孩子，居然低钙率高达82.03%～83.84%，贫钙率则达到了28%。

这个数据让人忧心忡忡。它至少凸显了以下三个警示：

1. 几十年沿袭下来的传统健康认识存在很大误区，却因为代复一代的传递教育较难一举改变和消除。

2. 人类机体存在着复杂的钙平衡调节机制，常可暂时性地在一定程度上掩盖钙缺乏的症状。

3. 钙缺乏所致的各种危害发展缓慢，只有到了相当程度和一段时间积累之后，才会将钙平衡打破并爆发出来所致危险，造成短期难以恢复的严重后果。此时再要想重新在体内建立起钙平衡，不但需要较长时间，而且常常已经造成了不可挽回的后果。

不妨说，检测的数据实际上在告诫我们，当务之急是唤醒国民早预防钙缺乏的思想意识并及时投入群体性实际行动。而要做到这一点，关键是开展群众性营养教育，普及营养知识，让全社会都重视钙营养，从儿童时期开始，以合理的方式摄取足够的钙量，等等。

面对此情此景的贾新华深深懂得扭转这一形势的真实难度，下定决心十年磨一剑，几乎把离休后的一切可用时间都投进此项工作之中。在许多家长依旧迷信于煲骨头汤给孩子补钙时，她带领团队深入群众之中用科学实验数据告诉他们：骨头汤里其实含钙不多，每 100 毫升只有 4 毫克钙左右，所以，光指望从食物中摄取钙是难以满足需要的……而在迎接这次高规格广影响的钙代谢研讨会上，她则积极通过尿钙排泄生理上的科学理论，撰文分析亲手进行 10 069 例尿钙测定结果，提出可将尿钙结果分为贫钙、低钙、未达标及追踪四个等级，实现分别以个体所需量指导补钙的新理论，为正确指导补钙提供了科学依据。同时，还在实践操作上提出了新的补钙办法。

不言而喻，贾新华的倾情倾力付出是值得赞赏的！因为她这份报告样品量大、实验操作严谨，既有科学性又具实用性，并且得到大会组委会和专家委员会的一致肯定，在高度评价中荣获“人类健康奖”二等奖。她的名字也被收录进入《中国当代医药界名人录》。更难得的是——在千家万户大街小巷无数人的口口相传中，也不时可以听到她的名字和有关补钙的事情。

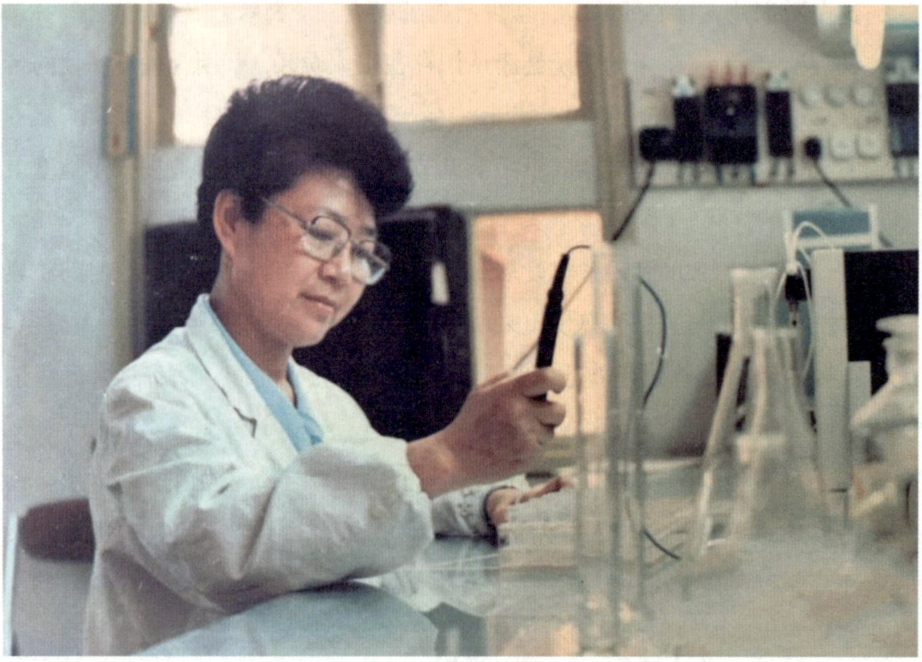

1988年，一本《成才之路》杂志上刊载了一篇题为《在核医学天宇上有这样一颗星》的报告文学，当时的文章在追踪描绘了贾新华的人生奋斗轨迹之后，把她比作冉冉升起在核医学天宇上的一颗新星。作者还曾展望：璀璨星河新增了这颗流光溢彩的年轻来客，一定会把深邃的穹幕点缀得更加如梦如幻……光阴荏苒，30多年仿佛白驹过隙，如今再回眸那一抹浩瀚皎洁处，可见连绵点点流萤脉脉之中，那一颗星依然闪烁、光芒不减……我于是坚信不疑：天不老，星永光！

湘水千里颂楷模

——记长沙电务段离休干部谢芳生

□ 漆玉先

谢芳生采访视频

1938年11月13日凌晨，一场突如其来的大火焚烧了整个长沙城，大火持续了三天三夜。瞬间，长沙古城成了一片火海，大量房屋被焚，许多老百姓被夺去了生命，简直成了人间地狱，这就是臭名昭著的“文夕大火”。从此，昔日繁华的长沙城成了一片废墟，百姓流离失所，成群的儿童流落街头。某天，一群衣衫褴褛的孩童在街头为争抢地上被人丢弃的烂红薯而发生群殴。只见一个瘦弱的男孩被两三个人摁在地上，有的骑到他背上，有人掰开他的嘴，抢夺他口中那块还来不及嚼碎的烂红薯。男孩拼命地捂着嘴，在地上反抗，于是就有拳头砸在他的头上和身上。最后，红薯被人从口中夺走了，男孩倒在地上，满脸的血。这时正巧一位街坊路过，于是将他送进了位于长沙市连升街的孤儿院第一分院，他就是笔者笔下的主人公——谢芳生，那年他13岁。他本有一个幸福的家庭，父亲是工人，母亲忙家务，虽然日子不是很富裕，但还是过得下去。可就是这场大火毁了他的幸福，毁了他的家，从此成了孤儿。

长沙孤儿院，当时称为湖南省孤儿院，创建于 1913 年 10 月。第二任院长为当年在湖南省第一师范教书的徐特立先生。1995 年广东出版社出版的《徐特立文存》中记载：“在长沙办孤儿院，孤儿都是一般的‘烂叫花’……将来他们长大，定是无业的流氓。我们睡觉 ，恐亦不安。”为使孤儿出院后能

谋生，前四年读书，后两年半工半读。孤儿院分好几个班科，有女子理发班科，毛笔班科和西乐班科等。谢芳生长得白白净净，五官端正，而且聪明乖巧，所以很受教员们喜爱，便被分到西乐班科，一边学文化一边学手风琴。虽然他年纪不大，可学习十分认真，能吃苦，一支曲子练上个天把基本上就能得心应手。开始，他从没见过手风琴，觉得很好奇，背着它就不肯放下来，一边拉着一边到处跑，将儿童天真活泼和顽皮的天性展现得淋漓尽致。同时，也惹得小伙伴们羡慕极了，有的想抢着玩玩，有的想在琴键上按几下，一度搞得孤儿院里很不安宁。为此，他没少挨批评，甚至遭到教员的警告，说要他转班。以后他再也不敢了，成了一个听话的乖孩子。手风琴很沉，他肩上的皮肤磨破了，也不吭声，他太爱他的手风琴了。渐渐地，他便成了西乐班科里的台柱子。那时，正是长沙抗日保卫战最惨烈的时候。期间，孤儿院的儿童也要去战地医院慰问演出。见到那些从战场上抬下来的伤员，血肉模糊，哭爹喊娘，他哭了。他性格倔强，从没见他掉过眼泪，这次哭得很伤心。这不是恐惧，是日本帝国主义的侵略深深地伤害了他幼小的心灵。演出时，小朋友排成两横队，在他的手风琴引领下，一首《大刀进行曲》响起，震撼了所有战士的心，大大地增强了他们的抗战决心。在孤儿院的几年里，他学会了很多东西，懂得如何帮助别人，懂得如何理解别人：每当他看到别的小朋友摔倒，他会主动将他扶起；每当在游戏时被人撞倒，他会爬起来一笑了之。

1949 年 8 月 4 日，长沙和平解放。9 月 5 日，谢芳生同许多青年一样踊跃报名参军，光荣地成为中国人民解放军某文工团的一名文艺兵。

这时候，他已经由当年的“烂叫花”成长为英俊挺拔的青年，而且他手风琴的演奏水平也是炉火纯青。他来文工团学会的第一支歌曲是《没有共产党就没有中国》[1]。是啊，中国共产党从小到大，从弱到强，领导中国人民推翻了“三座大山”，创建了新中国，改变了世界，在人类发展史上书写了崭新的一页！谢芳生读过几年书，懂得一些道理，他心里想，没有共产党就没有新中国，就没有我谢芳生的今天，是您让我一个苦难中的孤儿成为一名光荣的解放军战士；您如同夜里的一盏明灯，照亮了我前进的方向，让我体会到了您的温暖，感受到了您的璀璨，我一定永远跟着您，革命到底。那会儿，南方还有些偏远的沿海小地方没有解放，在奔赴战场的途中，为鼓舞战士们的士气，首长只要喊一声：“小谢，露一手！”于是，他便背着手风琴走出队列，雄赳赳、气昂昂地拉起了心爱的手风琴；一首《解放军进行曲》顿时响起，战士们也随着唱了起来，忘记了行军的疲劳，精神抖擞，勇往直前。长途行军虽不是战场，但是由于战事紧迫，往往是昼夜兼行，一走就是几十里、百余里。行军中，谢芳生总会看见一些人抢着给身体虚弱的战士背背包，或者给扛重武器的同志背机枪，他有些纳闷，就问身边的首长。首长回答，那些抢着帮助别人的同志都是共产党员。从此，谢芳生将“共产党员”四个字牢牢记在心里。同时，他想到了入党，要和同志们一道英勇杀敌，解放全中国的每一寸土地。在行军途中，谢劳生脚上磨出了血泡，可他从不吭声，只是悄悄地打开针线包用针将血泡一个一个挑穿，然后忍着痛和大家一起继续前进。到达驻地，他还是一如既往地用手风琴为大家演奏，活跃营地气氛，鼓舞士气。他的行为感动了战士，也赢得了上级的好评。

1950 年 1 月底，谢芳生所在的 41 军 122 师由广西向广东开拔，途中接到了解放南澳岛的任务。南澳岛位于广东汕头市南澳县，是广东境内唯一的海岛县。它由 37 个大小岛屿组成，地处要冲，常为兵家争夺之地。

2 月 23 日下午，各部队到达预定地点后，41 军 122 师迅猛地发起进攻，打响了解放南澳岛的第一枪。这时候，谢芳生放下了他的手风琴 ，拿起钢枪参加了战斗。至次日凌晨，仅用了短短的 6 个小时就结束了战斗。但是，攻岛容易守岛难。当国民党军发现南澳岛被我军占领后，从金门出动了 4 架飞机和 2 艘军舰向我军发起了猛烈反击，企图重新夺回南澳岛。我军早已戒备

① 最初歌曲名称为《没有共产党就没有中国》，1950 年改为《没有共产党就没有新中国》。

森严，火炮和机枪同时射向敌方。刹那间，南澳岛成了一片火海；不久，2 艘军舰被我军击伤，2 架飞机被击落，敌军掉头逃窜。至此，南澳岛完全被我军牢牢控制。但是，敌人贼心不死，常常从水路进行偷袭。谢芳生和他的战友们奉命留岛防守。早春，夜色笼罩着南澳岛，海面一片寂静，只有浪涛拍岸发出的“哗哗”声。谢芳生潜伏在礁石旁，睁大眼睛一刻也不敢松懈地注视着海面，生怕放过蛛丝马迹的敌情。浪涛拍击礁石而散落的海水浸湿了他的衣裳，他不禁打了个寒噤，可眼睛却依然注视着前方。此刻，他并不感到畏惧，当年长沙 6 年抗日保卫战的枪炮声早已让他经受了考验，他心中只有对共产党的敬仰，对敌人的憎恨，想着如何胜利地完成守岛任务。忽然，海面上有几只黑影出现，渐渐地，敌人的皮划艇清晰可见。于是他掏出“鸟哨”放到嘴边，发出如同海鸟一般的叫声；接着，潜伏在礁石后面的战友们将子弹射向敌军。仅仅几分钟就解决了战斗，打得敌人仓皇而逃。他在这次战斗中的表现，得到了部队的嘉奖。从此以后，那只鸟哨就与他形影不离，成了他的宝贝，也是他的武器。

所谓鸟哨，就是在一两根约 100 厘米长的铁把上焊有两个铁环，吹起来跟鸟叫一般。这物件是部队发的还是自制的，不得而知。当我去医院采访时，陪护说他前两天还吹过。听后，我的眼睛不由自主地湿润了。

南澳岛的春天很美，海水清澈透明，阳光洒在海面上，犹如闪烁的钻石，让人眼花缭乱，心旷神怡。这是谢芳生第一次看大海，可他没有心思欣赏这美丽的景色，而是紧握钢枪，在班长的带领下踩着松软的沙滩在岸边巡逻。海水俏皮地时而漫过他的脚，时而悄悄退去。“有水雷！”班长指着海面约500米处，大声道。谢芳生顺着班长的手势看去：两颗硕大的水雷相隔三五米的距离，随着海浪缓缓地向岸边漂来。班长命令道：“谢芳生，干掉它！”谢芳生单腿跪地，屏住呼吸举枪瞄准，随着几声枪响，水雷“轰，轰”地掀起两道冲天水柱。班长笑着拍了拍谢芳生的肩膀，夸道：“不错，有长进！”谢芳生红着脸，说：“班长你说笑了，我，我这是碰巧击中的。”参军几个月来，谢芳生一直专注两件事：一是拉手风琴，二是练瞄准、练射击，他觉得一个战士不会射击、不能杀敌，就不是一个合格的战士。文工团没配枪，他常偷偷“贿赂”战斗连连长的通讯员，教他拉手风琴，让他当射击教员。别看通讯员比他年纪小，可军龄比他长，射击技术在连队数一数二，连长很喜欢他。头几次只练瞄准，在枪上绑一块石头，谢芳生练得手臂酸痛，吃饭都拿不稳筷子，可他就是不肯放弃；然后练实弹射击，每次只能打两发子弹。就这样，谢芳生的枪法渐长。有一次文工团进行射击训练，他竟枪枪中靶，5枪打出了40环的最好成绩，让团长惊讶不已。之后，敌人曾多次偷偷摸摸地不断进行袭扰，但每次都被我军击退，没一次成功。

1949 年 11 月 6 日，广东省肇庆市已经解放，各级政府也已成立。

1950 年 2 月，潜伏下来的国民党残匪纠集一帮土匪，在肇庆市的封开县所辖的渔涝、杏花和莲都等地暴动，对我驻军进行骚扰，并杀害我解放军战士 9 人、县公安大队战士 31 人、学生 18 人，气焰十分嚣张，罪行累累。

在胜利完成南澳岛的守岛任务后，解放军 41 军 122 师 366 团一营奉命奔赴封开进行剿匪。在渔涝镇贺江村剿匪的战斗最为激烈，谢芳生的战友唐常恩和其他 4 位同志就牺牲在这里。唐常恩，长沙人，同谢芳生同时入伍，是谢芳生下到连队时最好的朋友，他俩曾约定：要是谁牺牲了，那么活着的人就要帮忙照顾死者的家人。当时，唐常恩和 4 位战友在村子里做群众工作，宣传党的政策，以分化瓦解和孤立敌人。突然，几十名土匪从山里窜了出来，向唐常恩等人发起了攻击，我 5 名解放军战士当即进行反击。霎时间，枪声和手榴弹的爆炸声四起。无奈 5 名战士子弹已全部打完，最终因寡不敌众，不幸被敌人抓获。唐常恩等人宁死不屈，企图反抗，凶残的土匪竟将他们残忍杀害。当谢芳生所在的连队闻讯赶到时，土匪已逃进大山。谢芳生咬牙切齿，发誓要为战友报仇。他和战友含泪将 5 名战士的遗体掩埋。不久，据当地群众密报，土匪聚集在罗院村，2 排与区中队 60 余人将村子团团围住，不料村里竟空无一人。排长发现上当，当即撤往镇上。不料土匪 1 000 余人分层将渔涝镇镇政府包围，排长命令队伍登上政府后山，依托有利地势对敌展开进攻。谢芳生利用有利地形，将复仇的子弹射向敌人。土匪转头向后山反击，子弹呼啸着从谢芳生头顶飞过；他机敏地挪动位置，扔出一颗手榴弹，炸得敌人鬼哭狼嚎。但是土匪人数太多了，打退一批又一批。眼看天色已晚，排长命令谢芳生和另一名战士去封开县城请求支援。谢芳生不肯，要坚持战斗，他要为战友报仇。排长生气了，吼道："服从命令！"无奈，谢芳生只好撤出战斗，悻悻离去。山路崎岖杂草丛生，谢芳生衣服划破了，脚被割伤了，他和战友没有停下来休息片刻，心中的"共产党员"四个字给了他力量，给了他为战友报仇的决心。他和战友硬是坚持跑了几十里，终于赶到了县城。几个小时后大部队赶到，一举将土匪全部消灭。

为了履行和战友唐常恩的约定，1955 年，唐常恩的妻子去北京工作，因为某种原因，她将 4 岁多的女儿托付给了谢芳生一家，谢芳生和妻子如同亲生女儿一样抚养了 8 年。这期间，谢芳生的两个儿女相继出生，生活比较困难，尤其是三年困难时期，家里经常有上顿没下顿，可他们一家可从没亏待过战友的女儿。战友的女儿 13 岁那年，她的亲生母亲接她去北京，离别时她和谢芳生一家人哭成一团，那场面感天动地。

1953 年 7 月 16 日国民党军趁朝鲜战争之机，出动了 1.3 万人，军舰 13 艘，在飞机、坦克的掩护和伞兵部队的配合下，向我福建省东山岛发起突然袭击。

东山岛是福建沿海最南端的岛屿，也是福建省的第二大岛，距国民党军盘踞的澎湖列岛仅98海里，距金门仅74公里，地理位置十分重要。这也是台湾当局妄想"反攻大陆"的首次战役，他们想在东山岛建立起反攻大陆的桥头堡。情况紧急，谢芳生所在的122师和友军炮兵团及福建军区直属高炮营火速驰援。17日战斗十分激烈，县盐警中队和当地民兵都参加了战斗。这时谢芳生已调到122师366团通信连担任电话员，他随部队担负起进攻虎山的任务。虎山，海拔50米，面积约2平方公里，其形状如老虎，故称为"虎山"。因当时没有解放军驻守，虎山被敌军占领。17日中午，366团从陈岱进岛直扑虎山，开始了争夺虎山的战斗。通信连设在团部附近，激烈的枪炮声中，电话员的呼叫声此起彼伏。当时天气炎热，在炮火中供水供粮已经中断，我军将士们仍顽强地坚守着阵地。谢芳生的嗓子干了，喉咙哑了，想喝口水，水壶却早已见底。此刻，许多共产党员冒死冲锋陷阵的英雄气魄激励着他，于是他用舌尖舔舔干裂的嘴唇，顽强地坚持着。傍晚，整个东山岛的敌人已全线溃退，虎山的敌军拼死突围，为全歼敌军，我366团奋力阻击。忽然敌军炮弹炸断了我军的电话线，团首长和电话员焦急万分，连长立即命令负责外线的战士小王去进行抢修。小王与谢芳生同是孤儿，又同在一个连队，自然就成了很好的朋友。多少个夜晚，月光下，小王给他讲小时候帮人家放牛，骑在牛背上去水塘玩，与在水塘里戏水的小伙伴打水仗的故事；讲怎么受地主子弟欺侮，他又如何反抗的情景。谢芳生就给他讲街头与人抢烂红薯的经历，说到高兴的时候两人开怀大笑，说到伤心处两人同时落泪……大约十分钟，小王完成任务回来了，他是爬着回来的，弹片击中了他的胸口，鲜血浸透了他的军装。谢芳生急忙摘下耳机，第一个奔了过去，抱着他，喊着他的名字。小王脸色惨白，口中喷出一团浓血，艰难地取下还剩几口水的水壶，又从口袋掏出两个生地瓜递到谢芳生的手里，断断续续地说道："坚持……住。"接着就头一歪倒在了谢芳生的怀里。这次，谢芳生没有落泪，而是满腔的仇恨。在清点战友的遗物时，他在小王的口袋里发现了一张用字条包着的几张纸币，字条上面染着鲜血：这是我的党费，请代交组织。顷刻，谢芳生再也忍不住了，泪水夺眶而出。很快，战斗结束了，虎山敌军几乎被全歼，余下的均成了俘虏。打扫完战场，谢芳生怀着对共产党的信仰，对战友的敬慕，他在阵地上庄重地写下了入党申请书。

战斗结束后，谢芳生含泪将小王的尸体埋在了虎山脚下，用石头给他垒了一座坟。以后的每一年，谢芳生都要去东山岛、去虎山祭奠他的亲密战友，并交代儿女们："将来要是我走不动了，你们一定要抽空代我去祭奠。"这是多么珍贵，多么令人感动的战友情啊！

东山岛战役后，谢芳生曾先后担任通信营机务员和有线技师，并光荣地加入了中国共产党。他对自己说，我要把一切献给党，哪怕牺牲自己的生命。从此，他更加感到自身责任重大而不断地严格要求自己，刻苦钻研技术，处处以身作则。

1957年，他以优异的成绩考入"汉口中专"通信系。1960年以后，他任福州军区三局有线、无线电技术员，还曾担任过中国人民解放军福州军区对台广播电台副台长。每到一个新的岗位，他都以一名共产党员的姿态去迎接新的战斗和新的挑战，并以精湛的技术和饱满的热情出色地完成了任务，受到了上级多次表扬和嘉奖。

1969 年 5 月，谢芳生脱下军装转业到广州铁路局长沙电务段工作，先后担任载波室通信工、电报机械工区技术员和工程师等职，直至离休。

谢芳生虽然离开了部队，可他牢记入党时的誓词，依然保持了军人的作风，哪里有困难就会主动迎上去。

1970年初，一批苏联生产的“55”型声传打字机从部队退下来，分配到全国各铁路电务系统。可当时会使用的人几乎没有，而谢芳生却曾在部队使用过，于是他经过一番整理，终于写出了易于学习、易于操作的教材，首先在长沙电务段进行试讲，并取得了效果。很快，这消息在铁路系统传开后，许多单位都邀请他去当教员。那几年他“走南闯北”，去全国各电务系统教学讲课，而且保证对方会使用。他是个十分认真的人，个别人听不懂、学不会，他会不厌其烦地一直给他讲给他示范，直到大家学会能操作为止。由于长年在外，工作的繁忙和生活上的水土不服，没多久他就患上了胃病，不舒服时就吃点儿药，实在扛不住就去卫生所吊点滴。接着，他又一如既往地投入工作中。领导劝他多休息几天，他笑一笑说：“谢谢，我能坚持。”

那年春节，他从西安回来，家里人几乎都认不出他了：那白皙的双颊现在显得很粗糙，双眼布满血丝，眼神注满了沧桑与疲惫，那一根根发丝般细小的皱纹爬满了他的脸庞；人也瘦了许多，那件棉衣穿在他身上显得很空荡。在难得团聚的日子里，妻子的关心，儿女们的欢声笑语让他尽享天伦之乐。可没几天，或许是过年吃得太好了，虚弱的肠胃受到刺激，大年初三他的胃病发作了，疼得浑身冒冷汗。一家人慌忙将他送去医院，吃了药吊了几瓶水，胃不疼了，于是他要求出院，要回西安。妻子想让他在医院多待两天，劝他：“老谢呀，身体是革命的本钱，知道不？你不把病彻底治好，怎么去工作？”他说道：“我知道身体是革命的本钱，可你晓得我这本钱是谁给的吗？是共产党！那里还有许多学员在等着我，我躺在这里心不安呀！”他就这么犟。出院的第二天，他打起行装又回西安去了。临走，妻子和儿女忍不住泪流满面。为了工作，他什么也不顾了。

几年后，在谢芳生坚持不懈的努力下，全路电务系统对“55”型声传打

字机的运用已全部普及，使铁路通信进入了一个崭新的阶段。

光阴荏苒。1985 年，谢芳生离休了，刚开始，他总觉得自己还没有离开他工作了 16 年的单位，每天上班他都会按时出现在自己熟悉的办公室，当人们用惊诧的眼光看着他时，他才反应过来：哦，我不是退休了吗？是啊，他退休了，可在他的脑海并没有退休的概念。他曾找过领导，请求工作。领导说，现在是一个萝卜一个坑，您老年纪这么大了还工作的话，那年轻人往哪放？您辛辛苦苦干了大半辈子，该好好休息了。谢芳生一想，也是这么个理，不然，我不就成了和年轻人抢“饭碗”！但是，单位有什么技术上的难题需要他时，他会毫不含糊地答应下来。这就是一个共产党员的情操！

1999年10月底，谢芳生和几位当年参加剿匪的战友，收到了中共封开县委的邀请书，邀请他们故地重游，参观封开解放50年后的发展和变化。他心情澎湃地去了，当他看到过去破败的封开，如今发生了翻天覆地的变化，他由衷地笑了。随后，他们去了封开县的塔山革命烈士纪念碑，向牺牲的战友献上鲜花，眼泪涟涟地叙述自己的思念之情。

离休以后，谢芳生倔强、耿直的性格依旧，对看不惯的事物总会表示抵触。他曾经喜欢看战争题材的电视剧，仿佛那冲锋陷阵的解放军战士就是他和他的战友。一次，在某电视剧中，他发现解放军战士中居然有穿军装抹着口红的妖艳女人，而且表现得十分“勇敢”。他生气地脱下鞋，猛地向电视机扔了过去，嘴里还骂骂咧咧，惊得家人不知所措。共产党领导下的解放军里绝没有这样的事！他太熟悉战争了，太熟悉自己的部队了。可是那电视剧“很火”，隔壁的邻居每晚必看，声音很大。他大声嚷嚷道：“有什么好看的，全是假的！”家人生怕邻居听到会有意见，赶紧跑邻居家去说电视声音太大了，请关小点儿，然后出门将门关上。声音小了，他听不见了，这才安静下来。平时他可不这样，见人都是笑着打招呼；人们都尊敬地称他“谢老”，他谦虚地道：“别这么叫，叫老谢。”

谢芳生对儿女们要求很严，怕他们不求进步，怕他们犯错误，经常教导他们要听党的话，跟党走；要艰苦朴素，要多与先进人物交朋友，要多做贡献。还说，我们现在都是国家的主人，事事处处要多为党和国家着想，千万别想着占便宜。

谢芳生老人的一生是革命的一生，光荣的一生。从当年的“烂叫花”成长为优秀的共产党员，保卫共和国的英雄，建设新中国的楷模，是我们国家的骄傲，是铁路人的骄傲，也是我们永远学习的榜样。

2024 年 7 月 8 日，是谢芳生老人 99 岁生日，我们衷心祝福他身体健康，寿比南山。

永远跟党走

——广州客运段离休干部侯土生

□ 谢小玲

一想到去采访“老战士”，眼前就浮现出胸前挂满勋章、身上满是伤痕、脸上写满风霜、眼里都是故事的画面。

翻开老战士侯土生的档案，没想到这么简单：

1930 年 4 月 25 日出生；

1949 年 3 月至 1949 年 6 月解放军 42 军 125 师 374 团 2 营 5 连战士；

1949 年 7 月至 1950 年 7 月铁道兵第三团一营一连战士；

1950 年 8 月至 1951 年 1 月铁道兵第三团一营部通讯班长；

1951 年 2 月至 1953 年 12 月衡阳铁路公安处十六中队班长、警长；

1954 年 1 月至 1991 年 6 月离休，广州客运段先后任列车员、行李员、副列车长、列车长、派班员、客运组织员、值班员。

此时，这位 94 岁高龄的老战士听力和表达都已经有些困难了，但一摸到那枚“光荣在党 50 年”纪念章，脸上顿时就有了光彩，艰难地表达着：我，跟党走，一辈子……这就是一个老战士一生的信念：跟党走，一辈子！

在还没有记忆的年龄里，侯土生随父母逃荒到达河南省安阳县水冶镇，一家人靠租地主的土地勉强为生，17岁那年，为躲避节节溃退的国民党军队抓壮丁，在一个乡亲的介绍下进入当地一个保安团当了一名勤务兵，原以为

躲进了“避风港”，没想到是一个“黑狼窝”，伪保安团的头目在当地为非作歹、吸食鸦片、鱼肉百姓，各种恶习令侯土生深恶痛绝，也正是在这一时期，这个没有文化、从未离开农田的青年人了解了很多“解放军”的故事，对这支神圣的军队充满向往。1949年3月，人民解放军发动了安（阳）新（乡）战役，侯土生立即投奔解放安阳的主力部队——第四野战军第四十二军，成为125师374团2营5连一名战士。档案中一份1954年向组织的汇报材料中有这样一段话：安阳解放了，党从火坑中救出了我，我要永远跟党走。

1949 年 5 月古城安阳宣告解放。此时，第四野战军以原东北人民解放军铁道纵队为基础组建中国人民解放军铁道兵团，老实肯干的侯土生被分配到铁道兵第三团一营一连。在解放战争中，铁道部队的战斗口号是：“野战军打到哪里，就把铁路修到哪里”，侯土生随部队一路渡江南下，先后参加了抢修华东、中南地区的多条铁路干线，并获得南下行军模范证书。1949 年，他所在部队担任抢修粤汉铁路的任务，当时国民党为阻止解放军南下西进，对粤汉铁路进行了疯狂的破坏，50 多座桥梁损坏严重，抢修线路决定着解放军南下追击的进程，在抢修最重要的渌口大桥时，侯土生和战友们跳进寒冬刺骨的湘江，填土筑基，以最快的速度完成抢修任务，有力地支援了解放军的作战行动。在这场战斗中，侯土生被记小功一次。1950 年 12 月，侯土生在铁三团一营加入共青团组织，并先后担任小组长、支委、团支部书记。

1951 年，侯土生随所在部队整体转业，进入衡阳铁路公安处 16 中队，先后担任班长、警长。在一次执行犯人押送过程中，侯土生发现原安阳伪保安团两个罪大恶极的土匪头目刘义忠、刘翘秀，立即联系值乘警察展开了抓捕行动，获得当年衡阳铁路公安处年终一等奖。

随着衡阳铁路局向南发展的需要，1954 年 1 月，侯土生调入广州客运段担任列车员。党让我干啥，我就干好啥！在全新的岗位，没进过校门的侯土生最大的焦虑是：没文化干不好党交给的工作！24 岁的他开始一笔一画学习写字，他的执着与坚定终有回报，1954 年，侯土生用工工整整的字迹向党组织递交了入党申请书，1955 年 4 月 19 日，侯土生光荣地加入了中国共产党。

1955年底，组织上安排侯土生担任代理列车长，因车班一名列车员漏剪（检）公安处一领导的过期公免票，受到警告处分，面对组织的处理，“老革命”侯土生没有一句怨言，直到第二年组织上取消对他的处分时，他是这样表态的：这是对我一次很好的教育，为党工作就是不能有半点儿差错。这次事件给侯土生留下深刻的印象，干好客运工作不仅要有文化，还必须要熟悉客运工作的规章、标准，为了记住《客规》，他专门准备一个抄写本，一遍遍抄写，直到背得滚瓜烂熟。从此，侯土生一直保持着这种“抄写”的习惯，抄规章、抄《中国共产党章程》、抄文件，在老人80多岁时的一个“摘抄本”中，工整地摘抄了各种文件精神、警言警句，就是凭着这种“为党工作就是不能有半点儿差错”的信念，侯土生先后被评为优秀共产党员、先进工作者，并当选广州市越秀区第八届人民代表大会代表。

在服务旅客一线岗位 30 多年，从列车员、行李员到列车长、派班员、客运组织员、值班员，迎送旅客千千万万，多少平凡的故事，多少奉献的故事，

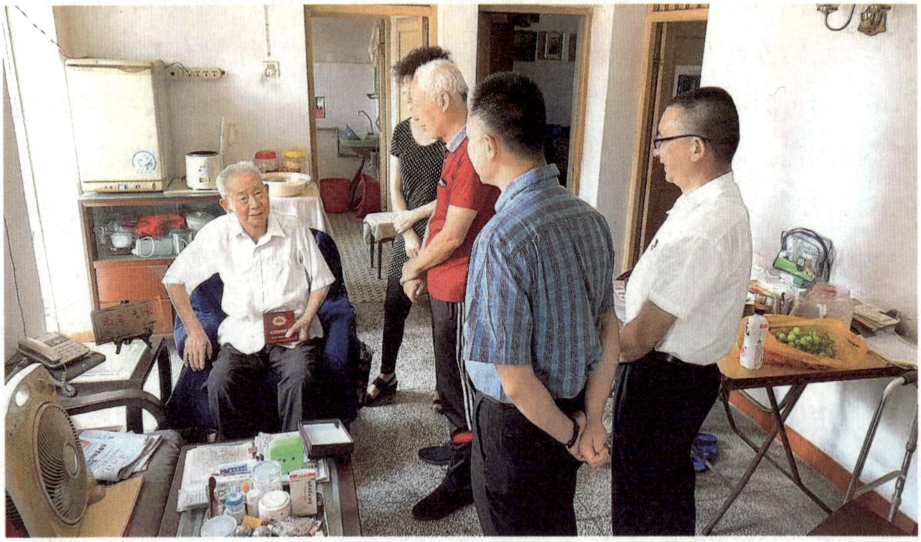

都淹没在那平平淡淡却又默默奉献的岁月中，淹没在年迈无法表达之中。这是岁月对这一批老革命、老党员的珍藏，珍藏在共和国的履历中，珍藏在五星红旗的纤维里，珍藏在鲜艳党旗的血色中……

后记：采访结束 28 天后，2024 年 8 月 7 日，老人家安详地走了，简朴的送别仪式上，只有儿女们深深的哀思和单位敬献的花篮，这位老战士用如他朴实一生的方式，悄悄离去！

剑胆琴心

——记原广铁中心医院离休干部赵玉琴

□ 江义广

赵玉琴采访视频

骄阳似火，蝉鸣如歌。

2024 年盛夏时节，在广州达道雅轩小区一个明亮整洁的客厅里，正在举行一个简朴而庄重的仪式，96 岁的老奶奶老党员赵玉琴，拄着拐杖颤巍巍从红布里取出 1 万元现金，郑重地交到广铁集团离退部副主任邓雁浜和离退休党总支书记钟晓春手里：“没有共产党，就没有我今天的幸福生活，这是我向党表达的一点儿心意，请帮我转交给党组织”。

那一刻，赵玉琴脸上乐开了花，在场的人感动得热泪盈眶。

室外阳光明媚。伫立窗前，眼望楼下盛开的红棉花、远处巍峨的广州塔……赵奶奶浮想联翩、思绪万千。

赵玉琴 17 岁参加革命，28 岁入党。无论是在战火纷飞岁月，还是和平年代，她忠贞信仰、剑胆琴心，用忠诚和热血挽救了成百上千生命，谱写了一曲高亢壮美的人生之歌。

找寻革命之路

在赵玉琴简历中清晰地记载着：她 1945 年参加革命，1956 年入党……

谈起革命生涯，赵玉琴异常兴奋地说：“其实，我早在 1940 年就开始寻求革命之路了”。

1928年秋天，赵玉琴出生在河北遵化县的一个贫困家庭。父亲早逝，母亲是一位优秀的地下党员。六位兄弟姐妹，赵玉琴排行老二，受其母亲的教育和影响，她兄妹有3人先后投身革命。

“我哥哥 1942 年参加革命，如果我第一次寻求革命成功，我还比我哥早两年了呢！”她自豪过后沉默良久，陷入深深的回忆之中。

“追寻革命之路，我的母亲和表叔起了很大作用”。她回忆道，与日本鬼子斗争中受伤的表叔躲藏在她家里，一有空就给她讲参加革命的道理和意义，让她明白：与其在家等死，不如参加革命打鬼子。

“参加革命就是保命、保家乡！”革命的火种一旦点燃，革命行动立即开启。

1940 年寒冬季节，在母亲的支持下，表叔带着 12 岁的赵玉琴和邻居姑娘小陈两人离开村庄，消失在寒风萧瑟的夜色之中，向着河北盘山根据地方向前进。

要找到革命队伍，需穿越日本防守的敌占区。她们白天潜伏，晚上前行，路途困难重重。日本鬼子为了防止八路军和游击队偷袭，隔五里挖一个深约

5米、宽约5米的壕沟。他们绕行了一个多月仍然没有穿过敌占区。

这时，日本鬼子秋季大扫荡开始了，要突破敌占区的希望破灭了。表叔为了她们的安全，给赵玉琴手里塞了一封信："你们先回去，等以后我再来接你们。"没想到，一等就是好几年，也没有见到接人的影子。

那一年，赵玉琴的哥哥被日本鬼子强行抓去修筑工事，经常惨遭监工的辱骂和毒打。1942年，在其母亲的帮助下，赵玉琴的哥哥逃离日本人的魔爪，投身参加了八路军。从哥哥传回来的消息才知道，表叔已经牺牲了。

同时，赵玉琴也担任了村妇女主任，通过学习和实践，赵玉琴革命觉悟不断提高，其在当地的号召力和影响力也越来越大。

1945年8月，在赵玉琴主动要求和当地革命组织的推荐下，赵玉琴成了冀东军区军官教导团的一名学员。在此期间，她勤奋学习、苦练本领，多次受到教官的表扬。

时事多变。日本投降后，1946年重庆谈判，军队不设女军官，赵玉琴不得不转到冀东卫生学校学习，专心学习护理专业。毕业后，成为冀东直属医院的一名护士。随后，她不断学习、开拓进取，先后成为冀察热辽军区卫生学校学员、冀察热辽五十医院药剂员、四野后勤运输部卫生科药剂员、四野后勤运输部卫生科司药、中南军区军工医院司药、中南军区司令部卫生科司药。因学习刻苦、技术过硬、成绩优秀，赵玉琴先后立小功两次，成为军队医护队伍中的一名优秀骨干。

战地天使铿锵玫瑰

"穿越敌占区、炮火中抢救伤员……您不害怕吗？""那个年代，面对太多的苦难、太多的惊险，要活命，要保家卫国，只想到往前冲，哪有怕的时间"。

在赵玉琴的人生经历中，几乎就没有害怕、退缩。

解放战争爆发后，前线伤亡人员激增，时任卫生队班长的赵玉琴带领同志们，每天与时间赛跑，争分夺秒抢救伤员。

在战火纷飞、缺医少药的年代，战地医院不仅危机四伏，而且开展救护困难重重，赵玉琴所在的战地卫生队仅七八个医生、十几个护士，每天要面对成百上千个伤员。

一次，战地医院遭遇空袭，为确保伤员的安全，赵玉琴组织卫生队的同志们，连夜把几十名伤员转移到一个群山环抱的山沟里，村里老百姓知道后，纷纷把伤员接到家中休养，配合医务人员照顾伤员。在卫生队和老百姓的精心医护下，伤病员恢复较快，一个个重返前线，奔赴杀敌战场。

“战争年代，火线护士以一当百，不仅要干打针发药、清洗伤口扎绷带等常规护理工作，还要能有独立截肢等医生方面的能力”。谈起那段昼夜奋斗的往事，赵玉琴既感到欣慰，又感到深深遗憾。

有一次，医生忙不过来，她和两名护士为一名重伤战士截肢，没有麻药怎么办？手术前，她把一块毛巾塞进战士的嘴里，并安慰道：“同志忍住，一会就好。”那名战士无法忍受剧烈的疼痛，奋力挣脱差点滚出了手术床，赵玉琴快步上前，把战士紧紧抱住，三个人使出九牛二虎之力，完成了这场异常艰难的手术。

有时伤亡巨大，接送进来的伤员还没来得及救治就牺牲了。一天晚上，赵玉琴打着马灯带着护士小王到病房查夜。刚走到门口，小王发现一位伤病员眼睛盯着前方，靠在门边一动不动，小王上前问候，刚触摸到这位病员的手，站着的伤病员“轰”的一声就倒下了，小王吓得大叫，赵玉琴快步上前，一摸就知道这位伤员已经没有生命体征了。她拉住小王的手说：“这位同志牺牲了。别怕，都是我们的战友和亲人。”她和小王把这位战士抬到一处干净的地方，打来一盆水，强忍悲伤为战士擦干净身体，并换上了一套干净的军服。含泪敬礼后，她们又投入另一场更为艰巨的救治工作之中。

最让赵玉琴难以忘怀的，是“四平战役”的那场救治。她说，四平战役打得很激烈，双方死伤惨重。

那年冬天，异常寒冷。四平战役开打后，伤员源源不断地增多。一次，突然接送进来 1 000 多名伤员。战地医院住不下了，赵玉琴就带领卫生队员，把伤病员安置到村庄的老百姓家里。她发现这次下来的伤员大部分是冻伤的，

由于极度寒冷，伤员脸上、身上的皮肤都冻得乌黑乌黑的。

为尽快、更多地抢救伤病员，赵玉琴带领同志们昼夜不停地送水、清洗伤口、换药、做手术……这么多伤病员分散到村庄各个角落的老百姓家里，每完成一遍巡查、医护工作，她们要花费两三个小时行走十多里。

“那场救治，我们很多天没合过眼”。谈起那场伤员抢救，赵玉琴说，她也不知怎么熬过来的。当时心里只有一个想法：跑，快跑，让更多的伤员活过来、好起来！

有一次，赵玉琴六天六夜没上炕休息，在给一名伤病员换好药，端着换药盘走向另一间房给下一个伤病员清洗伤口。由于长时间没有休息，赵玉琴出现了幻觉，走了几次都找不着门口。

“赵玉琴，赵玉琴，你往哪里走，门口在这儿呢！”看到赵玉琴在房间里打转转，站在门口的医生大声向赵玉琴喊道。喊声立刻让赵玉琴清醒了过来。“脑袋糊涂了”赵玉琴不好意思地笑了笑，走进另一个房间去完成下一个任务。

岁月静好

2024年仲夏的一天，记者怀着崇敬的心情来到赵玉琴家里，聆听她不平凡的经历。记者提出拍摄一些她曾荣获过的立功奖章、评先证书，作为这位红色老奶奶苦难辉煌的见证。

“我有过很多奖章、证书，给孙子当玩具不知道玩到哪里去了。”赵玉琴放下拐杖，摊开手笑了笑说，“我从来不喜欢保存这些荣誉奖章，这也没有那么重要。”她说，在战火纷飞的年代，经历过太多的磨难、见过太多的死亡，许多重伤员在我的面前离去，有时姓名都不知道，与他们相比，我们所有的荣誉奖章都算不得什么。

经历生死、淡泊名利。新中国成立后，离开部队的赵玉琴先后担任过原长沙铁路医院卫生所所长、衡阳铁路医院门诊部主任、广铁中心医院门诊部主任等职，无论在哪个岗位，她从不居功自傲，把责任留给自己，把荣誉让给别人，在平凡的岗位上，默默地当好领头雁。

1984年，赵玉琴光荣离休。离休后，她并没闲着，她主动报名参加广铁老年大学学习，报了书画、健身操等培训班学习，每天看看人民日报、央视新闻，老有所学、老有所乐。

赵玉琴学国画到了痴迷状态。她向老师、同学请教学习，临摹国画大师关山月的梅。为画好一幅画，她总是深思熟虑、反复构图，不厌其烦地画，有时画到深夜、天亮，废弃的画纸堆满了纸篓、房间。

梅花香自苦寒来。1987年，她的作品《梅》参展原铁道部中南片老年书画联谊会获奖，并荣登《广铁老干部》杂志封面。1989年华东发生特大水灾，老年书画研究院组织书画义卖，赵玉琴创作的《梅花》，很快被人看中抢买，为灾区人民献上一份爱心。

赵玉琴最喜欢也最擅长的是画梅花、红棉。在明亮整洁的客厅里，她指着自己的“杰作”动情地说：“画梅花，是赞赏我们共产党人的品格；画红棉，是向为了新中国抛头颅、洒热血的英雄将士致敬！”

珠联璧合

——记中国铁路广州局集团有限公司离休干部汪立虎

□马 鑫

汪立虎采访视频

血雨腥风的逃离

寸头，浓眉，长长的睫毛下，是一双闪烁着懵懂、清澈、木讷，而又怯生生的不同色彩的眼睛。脚下一双草鞋，脚背沾满泥巴。衣服各处打着补丁，像三湘大地上，曾经漫山遍野的畦田。

1940年初夏，雨后初晴，天气湿热，地面四处泥泞。8岁的汪立虎待在自家的庭院里，种菜、养鸡，汗流浃背。他看着绿油油的青菜，路边绽放的蒲公英，圈内打瞌睡的老母鸡，天空飘荡的云朵，阻挡地平线的山峦……祈祷，这份宁静，再久一些。

“咚咚咚”，突然，一阵急促的敲门声骤然响起。

“吱呀”，丢掉手里一把小米的汪立虎眼神一变，迈开脚步，机警、迅捷地打开大门。

“孩子，快逃，要来不及了。”门外，村子里的泥巴路已经半干。村民们推着独轮车，带着孩子和值钱的家什，一路飞奔。彼时，孩童啼哭，尘土漫天，兵荒马乱，恍如末世。

汪立虎侧过身，看一眼院子，便回过头，跟着父母一起，融入人群，开

始逃离。他知道，家里用新棉被换来的那只老母鸡，又要没了。

逃进山沟，路已消失，植被茂盛，荆棘遍地，寸步难行。

“啪”的一声枪响，在山间回荡。村民们回头望向村子，那里早已人头攒动，被鬼子霸占。

汪立虎立即蹲下身子，藏匿于半山腰的草丛中，透过缝隙，他看到了抢劫、胁迫、杀戮和熊熊燃烧的火焰。他圆圆的瞳孔里，倒映着千疮百孔的故乡，泪光闪烁间，有不舍、有愤怒、有不甘，但更多的是恐惧。

“我的童年也是在逃难中度过。”汪立虎的老伴儿也接着话茬回忆了起来。

长江下游，满目疮痍的敌军后方，尚未懂事的唐桂贞坐在父亲肩挑的扁担筐里，张望战火缭绕的土地。

唐桂贞一家和父老乡亲们一起，沿着日军扫荡过的地方，远远躲在敌人的后头，一路向西南，逃离南京。殊不知，这次迁徙，竟让他们逃过一劫，躲过了南京大屠杀。

“快停下，前面有鬼子，大家快躲起来！”

接着，躲进山坳里的唐桂贞看到了一生难忘的场景。

羊肠小道上，鬼子用闪着寒光的刺刀，“噗”的一声刺进一名孩童的腹部，挑到头顶，龇牙咧嘴，露出凶狠的表情。接着是一声枪响，对面抱头痛哭的中年人应声倒地。一片殷红渗进土壤。

腥热的风拂过窄窄的路，沿着树梢爬上山坡，吹散炎热，让人如坠冰窖。

“轰隆隆”，随着引擎声传来，打破寂静，鬼子们骑着摩托车驶离原地，留下一片烟尘。

在唐桂贞的回忆里，那时天上飘的，是云朵的足迹；地上飘的，是无辜者的亡魂。

在大多数人心中，自己的故乡终会成为一个点，如同亘古不变的孤岛。而对于汪立虎、唐桂贞来说，这个“孤岛”已在逃离战火的路途上，被弥漫的硝烟逐渐淹没。

原本毫无相干的两人，在平行逃离的时空里，后来又会产生怎样的交集?

触目惊心的轰炸

“横断山，路难行。天如火来水似银……”双手张开，掸一掸布衣，清一清嗓子，深呼一口气，《四渡赤水出奇兵》的铿锵旋律便从口中溢了出来。这首歌是汪立虎1949年在广西学会的。至今，许多往事虽已记忆不清，但这首歌，他依旧张口即来，每哼出一句，都仿佛穿越时空，来到那个炮火连天的年代。

“滴答，滴答……”笋状的钟乳石上，水滴仿佛断了线的珠子，一颗一颗落在汪立虎的身旁。此时，他已年满19岁，正躲在山洞里，伏案办公。

山洞漆黑一片。火把上摇曳的火焰，照亮每一个小角落。汪立虎瘦削的身姿，在棱角分明的岩壁上，投射出曲折的影子。

“滴答”“沙沙”，水滴与书写的声音交错，呼吸与心跳清晰可闻，间或有风声拂过耳旁。除此之外，四下俱寂。

“咚咚咚……”桌子开始颤抖，搁置的笔来回滚了两圈，地上的碎石轻微跳动，山洞里的空间似在摇晃。

“哗啦啦……”山洞外，岩石滚落断崖，磕磕碰碰，到了崖底，摔得粉身碎骨。

“轰隆隆……”刺耳的防空警报拉响后不久，敌机的炮弹便落在了群山中。

每天警报响起数次，轰炸此起彼伏，碎石不时“哗啦啦”掉落……广西战役期间，这种经历成了汪立虎的日常。

那时，广西的山洞很多，不少是人工挖出来的，为了躲避敌机的轰炸。战士们和当地人民群众一条心，他们无法在时间的长河中垂钓盛世太平，就通过对苦难的诘问，把希望化为觅渡的力量。

面前山峦起伏，脚下碎石满地。弥漫的硝烟随风飘散后，是短暂的宁静。这时候，汪立虎和战友们常常走出山洞，沐浴阳光，眺望神州大地。他抬起头看看，天空恢复了纯粹，像一个无涯的秘密，像一幅蓝色的谜语，等待他们去憧憬、去想象、去追寻。

连山无阙，重峦叠嶂，满目皆是荒野；没有公路，没有汽车，汪立虎当时所处的环境，近乎绝境。而铁路是他们守护的唯一运输希望，也是敌机重点轰炸的目标。

“我是一名铁道兵，沿线都是我的战友。”这一段时光，汪立虎刻骨铭心。

“一、二、三，起！”随着一声口令响彻山坳，又一棵断木被抬了起来，送往前方被炸断的铁路桥。

“同志们加把劲，动作要快，赶在下一轮轰炸前把桥修好，让火车赶紧过。”一道道指令密集如雨。担当文教的汪立虎也放下笔杆子，撸起袖子，扛起担子，加入到抢修铁路桥的队伍里。

支起树干，做成枕木，底部悬空，汪立虎站在临时修复的铁路桥上，可以看到悬崖底部的植被和岩石。一股股劲风从四周灌来，吹得衣服鼓鼓的。

“刚开始不敢上去，第一次站那儿的时候，看着脚底的悬崖，眼睛晕，两腿抖，手心全是汗。”汪立虎绘声绘色地讲。彼时情景，恍如昨日。

“咚咚，咚咚……”在抢修后的轨道上，火车缓慢前行。车厢里装着兵器、粮食，还有即将迎来胜利的曙光。

逃亡，一路向西南。这是唐桂贞的童年。此时，她随父亲一起，也来到了广西。只是空间有了交集，但汪立虎与唐桂贞尚未相识。

经过一年多的艰苦战斗，广西终于迎来解放，迎来和平。汪立虎得到一纸调令，即将前往广州就职。

他没有行李，没有牵挂，仿佛随时预备好要出发。他的热望和帆篷一同扯满，等着风来。他想，来到了城里，会忘记泥土的脚感，忘记现在纷飞的草叶。

次日，东方既明，宇宙正在微笑，玫瑰的光吻红了东边的云。汪立虎出发了；唐桂贞也出发了，只是两人的方向又一次错开。

跨越时空的爱情

这是一段漫长的旅途。

裹着外套，垫上稻草，躺在平板车里，缓缓向东，汪立虎舍不得眨眼，看碧空如洗，再没有硝烟的浸染。

经过一天多的颠簸，列车抵达广州。即使三十多个小时没吃东西，也没有影响汪立虎的兴奋之情。

岭南的风高高飘过清澈的蓝天，此时，秋季刚开始，这么嫩，仿佛才只有一小杯岁月，触碰了他的嘴唇。未来，还有漫长的美好在酝酿，静待品尝。

“一切行动听党指挥，不会的我就学。”就业之初，一直从事文教的汪立虎，并不熟悉铁路业务。但再难的题，也拗不过他一股子钻劲儿。

工作这些年，汪立虎先后担任过扳道值班员、调车值班员、调度所调度员、总调度室调度员等职务。努力恰似强有力的发条，把命运大钟的齿轮推动。一个又一个收获与之啮合，这里有事业，有成长，还有爱情。

1957年，步入成年的唐桂贞在武汉的一所卫校读中专。经过广西的亲朋好友远程牵线搭桥，一段跨越千里的缘分，如朝阳下的睡莲，悠然打开了花瓣。

书信往来数次之后，汪立虎决定来一趟武汉，与唐桂贞见一面。

他身姿挺拔，英俊潇洒；她削肩长颈，眉清目秀。和一直想要见面的人一起漫步，清新而又优雅，就像一朵铃兰或玫瑰。相见的那天，武昌、汉口的街头，都留下了他们的足迹。

分别前，夜色苍茫，在昏黄的钟楼上面，明月正圆，好像玉盘顶在塔尖。

往返于广州与武汉之间，在那时是件挺不容易的事。两人常以书信往来，数月才能见上一面，又匆匆分别。故而每次相见，都甜蜜珍贵，如梦如幻。

平日里，唐桂贞住在学校宿舍。在庭院的东北角，有一株年代久远的梧桐树。亭亭如盖的树冠高出瓦楞之上，深黑色的枝杈疏朗地探向院外，将东边那间瓦房遮去了一半。

1958 年的春天，汪立虎又一次来到了这里，站在梧桐树下，等待恋人。庭院内，绛红色、紫色或白色的花朵摇曳多姿，织成一块色泽斑斓的云锦。花，似读懂了人的心思，使出浑身的解数来涂脂抹粉，顾盼之间，流波横溢，摄人心魄，为这座古旧、清冷的院落平添一抹活泼的明丽。

“对不起，我要离开这里了，调到更偏远的农村，也不知道什么时候才能回来。”唐桂贞走出门，姗姗而来。

“刚接到的通知？”沉默半晌，汪立虎尽力控制着平稳的语气。

“是的，昨天的事。”

“那，我等你。”

“好。”

汪立虎觉得，原本似乎失去色彩的院落，又一次鲜亮了起来。一只蝴蝶从两人身旁飞过。

这次对话，是坦白，是约定，也是两人相守一生的承诺。

1963 年，唐桂贞如愿调到广州，在当时的铁路医院工作。之前分隔千里的数年，两人只见过 5 次。

迢遥的爱情风铃，摇落了轻的树叶，重的时空。东南西北，终聚一点，是梦境的轻，是命运的重。一生一世，珠联璧合。

铁血丹心照山河

——“三战”老兵钱荣的生命史诗

□徐　勤

钱荣采访视频

钱荣命硬。

十六岁那年，他在苏北平原的寒风中踏上了革命征途。自此，这个沭阳少年在历史湍流中化作一柄永不卷刃的钢刀，劈开抗日战争、解放战争、抗美援朝三座血色烽烟。

他身经百战，在枪林弹雨中冲锋陷阵，无数战友在他身边倒下，他竟奇迹般活了下来；四平保卫战，他身负重伤，被人抬进了死人堆；在朝鲜战场，他独自一人冒着生命危险冲上股道，将定时炸弹排除……

一个人将生命置之度外，死神也望而却步。

作为历史的幸存者与命运的幸运儿，钱荣时常凝视自己那双在战场冻坏的手。那双布满皱纹，不停颤抖的手在暮色中泛起青铜光泽，恍若古老编钟上凝固的战争记忆。

当九十八载春秋化作脸庞上的沟壑，老人总能在晨雾氤氲时望见那条贯穿世纪的生命轨迹：从张圩三尖村的那间茅檐土屋出发，穿越苏北平原的壕沟、山海关的朔风、四平街的焦土、鸭绿江的冰凌，最终抵达和平年代那个阳光温煦的午后。

他的勋章从不佩戴在胸前，而是深深嵌进骨血，在某个春雷滚动的日子，仍会隐隐震颤。

穷人的孩子早当家

1927年仲秋，江苏省沭阳县张圩乡三尖村一间低矮的茅草屋里，传来婴儿微弱的啼哭。这个小名被唤作“迎生”的男婴尚不知晓，自己降生在怎样的乱世旋涡之中。

据《沭阳县志》记载：1938年，国民党军队炸开了花园口黄河南堤，“以水代兵”，造成整个沭阳县沙卤赤地达九年之久。连年灾荒，人民饱受灾难之苦，加之军阀混战、兵匪勾结、肆意蹂躏、生灵涂炭，百姓逃难无数，饿殍枕藉。

早年间，钱荣的祖父为了生计，带着一家人从外乡逃难来到张圩村，家里一寸土地都没有，经济来源主要靠父亲给人打长工或短工维持。两岁丧母的寒夜里，灶台边蜷缩的幼童尚不知晓，这个九口之家将在饥馑的獠牙下支离破碎。短短几年间，全家就剩下了奶奶、父亲和年幼的钱荣。

钱荣很小的时候，干不了什么活儿，麦收时，就背着篓子去别人家的地里拾麦穗；秋天玉米收割后，又去挖玉米茬，留着冬天当柴烧；遇到年景不好的时候，还得到别人家的地里偷摘红薯叶，晒干后留着冬春吃。

钱荣八九岁时，家里穷得揭不开锅，钱荣饿得什么都想吃。有时饿急了，他常常偷偷去掏灶炕里经年累月煅烧的耐火土来吃，那混着草木灰的焦土在齿间沙沙作响，带着苦涩的咸腥，却让空瘪的胃袋暂时得到安宁。有两次被父亲看到，被狠狠地揍了一顿。

十二岁少年的脊梁，是被命运反复锻打的铁砧。钱荣小时候得过两场大病。第一次得了大肚子病（也称血吸虫病），小小的肚腹被撑得透明；第二次得了伤寒，高热中他看见母亲在奈何桥畔向他招手。奶奶和父亲急坏了，到处借钱给孩子救治。万幸，钱荣命硬活下来了。两次患病，把本来就穷的家折腾得够呛，这时更是一贫如洗、家徒四壁了。

为了活命，十二岁的钱荣，只得告别亲人，开始了给人当长工的生涯。

钱荣打工的第一户人家，是一个姓郭的地主。他家养了五十多头猪、十多只羊，每天天刚放亮，钱荣就得起来打扫院子，挑满水缸里的水，然后赶着猪羊到有青草的地方去放养，傍晚天将黑了，再赶回来。吃的是残羹剩饭，有时没有剩的，就得饿肚子。晚上，钱荣还得做家务，给地主打洗脚水，准备好擦脚毛巾。当夜空缀满了星星，他才拖着疲惫的身子钻进院子里的破草棚，瘫倒在地上铺着麦秸草的“床”上。

有一次外出放牧，钱荣只顾爬树采桑叶喂羊，让另一家地主的七八条狗咬死了一只羊。晚上回去后，钱荣如实禀报，结果被地主大骂一顿，还克扣了一块银圆。到了冬天，钱荣就被这家地主解雇了。

次年，钱荣来到本家一户姓钱的大户人家干活。他家种有二十多亩地，只雇了钱荣一个长工。当时钱荣还是个十三岁的孩子，可钱家让他干的都是大长工的活。每天早上天还没亮，钱荣就要到村边六塘河挑回十几担水，接着收拾家禽粪便、打扫院子、下地干活，然后才能吃早饭。他还要喂猪喂牛，修理农具。农忙季节，犁田、播种、施肥、收割，全让弱小的钱荣一人干。

钱荣就这样拼命地干活，可东家还百般刁难他，想方设法找他的茬，惩罚他，不仅不让吃饱，有时从早忙到晚，剩饭也没得吃。

立冬后，钱荣愤然离开了钱家，继续四乡里给人打长工、短工。他聪明伶俐，偷师学会了榨油、种西瓜等手艺。小小年纪，用自己柔弱的臂膀，撑起了这个家的半边天。

当日本人的铁蹄踏破村口时，钱荣，这个早熟的少年已经懂得：在这吃人的世道，唯有把命运攥在自己手里，才能从阎王簿上抢回半页残生。

扛枪打鬼子

抗战初期，共产党的地下组织在苏北一带活动频繁，后来又在这里建立了抗日根据地。组织上看钱荣的父亲是穷苦人家出身，又忠厚老实，在当地威信很高，为人做事可靠，有很多事就叫他去做。

大约在1939年，钱荣的父亲加入了共产党。他以给人当长工的身份做掩护，开展党的地下活动，组织农会，开展减租减息及争取长工增加收入等活动，后来还被选为乡农会主任，当上了游击队队长，带领游击队员袭击日伪军据点，端敌伪军炮楼。

看到日本鬼子在家乡烧杀抢掠，钱荣恨得咬牙切齿，很早就萌发了当兵打鬼子的念头。在父亲的影响下，钱荣十二岁就投身革命，他常常给父亲当地下交通员，帮他们送情报或带路。村里大点儿的小伙伴很多都参加了乡“三防联队”（共产党在苏北农村的抗日基层组织），钱荣十分羡慕。后来“三防联队”不少队员被选派到主力部队，大部分到了新四军10旅，这些队员跟钱荣都挺要好的，看他们都走了，对钱荣触动很大。钱荣心想，我也长大了，该为打鬼子出点力了，于是就想正式参加革命队伍，扛起枪来直接跟鬼子干。

钱荣找到乡长，提出当兵的想法，得到了乡长的鼓励。乡长对钱荣说，如果你去当兵的话，乡里会将没收地主的土地分给你家几亩，解决你家的生活困难，再由我们组织的代耕队，在农忙时帮着你家，你放心去吧。听了乡长这番话，钱荣更坚定了当兵打鬼子的决心。

1943年9月，钱荣在家乡参加了革命队伍，那年他十六岁。

报名参军前，钱荣没跟父亲商量，直到第三天，钱荣穿着军装、背着长枪回家时，家里人才知道，没想到父亲“熊”了他一顿，叫他把军装和枪送回去。

钱荣知道，父亲一是担心他出危险；二是担心外人说闲话，认为是继母（钱荣十岁那年父亲续弦）对他不好才去当兵；三是家里确实缺少劳动力。奶奶也劝钱荣不要走。但钱荣决心已定，面对家里的实际情况和社会大环境的现实，年轻人唯有当兵，才有出路。

当晚，钱荣一赌气，晚饭也没在家吃就回部队去了。

战斗在苏北平原

苏北地区与八路军鲁南根据地毗邻，西、南与新四军皖东北、苏中根据地相连接，水路交通便利。1939年春，日军占领了苏北。国民党不做任何抵抗，退踞一隅。当地土匪纷起，伪军猖獗，兵荒马乱，老百姓在动荡中颠沛流离。

上级党组织针对当地的形势，提出了“抗日保家乡”的口号，发动和组织群众建立抗日武装，开展游击战争。1940年8月，黄克诚率八路军第五纵队挺进苏北，开辟了淮（阴）海（州）根据地；又东进盐（城）阜（阳）地区，配合新四军苏北指挥部进行了黄桥、曹甸战役，苏北抗日根据地初具规模。

钱荣参加的抗日队伍是共产党领导的沭阳县大队，属于地方武装。由于日伪军的严格封锁，苏区人民和抗日武装队伍生活十分困难，战士们每月只有不到五分钱的菜金，常常还得挖野菜充饥。晚上睡的都是用麦秸打的地铺，不少人身上都长了虱子或疥疮，由于缺医少药，皮肤溃烂得流黄水，有的人实在挨不住这苦日子，开小差跑回了家。

当时县大队的主要任务，是用麻雀战和游击战来骚扰敌人，武器装备很差，子弹都是自己土造的，每人三发，打一枪再装一发子弹，手榴弹造得比酒瓶还大，笨重得很。钱荣白天背着这些手榴弹，晚上就拿它来当枕头。至今他还记得，第一次打钱集据点，差一点儿还被敌人包围。

三尖村附近陈圩据点里的日伪军，时不时出来抓人抢粮，县大队因武器装备太差，只得跟他们打游击，打一枪换一个地方，不断骚扰敌人。后来采用挖地道、挖战壕、炸岗哨等办法，搅得据点里的敌人不得安宁，最终悄悄逃到钱集中心据点去了。

一天晚上，县大队在老谢庄宿营，钱荣和另一名战士负责警戒。半夜，钱荣发觉村外有动静，于是开枪报警，队长闻讯赶来，钱荣报告了敌情，队长决定马上转移，结果敌人扑了个空。

钱集是沭阳、泗阳、涟水之水路枢纽。1944年春，淮海军分区决定集中兵力攻打钱集，县大队予以配合。子夜，部队趁夜暗翻过土围子，进入街区后与敌人的巡逻队交火，随后展开全面攻击。次日，敌人沿六塘河向钱集增援，以猛烈的炮火发起了三次进攻，并施放毒气。钱荣和战士们冒着敌人的炮火和毒气顽强战斗，最终敌人缴械投降，我军攻占钱集。

打下钱集后，主力部队派人下到县大队，帮助进行军事训练。在军训时，指导员多次找钱荣谈话，想培养他加入共产党。指导员问钱荣：“我们是谁领导的？”钱荣答：“是……”钱荣答不上来了。

钱荣是一个农家子弟，当时也不懂什么大道理，他只是从共产党的言论和行动中看到他们是为穷人说话办事，反对压迫剥削，打日本鬼子。到部队后，钱荣渐渐懂得了更多的革命道理，对共产党有了进一步的认识。经过部队这座大熔炉的淬炼，钱荣成为一名光荣的中国共产党党员。

县大队等地方武装是主力部队的后备兵源，主力部队战斗减员后，就从地方武装里补充。1944年秋，钱荣所在的沭阳县大队被编入新四军3师10旅29团3营11连。

1944年11月下旬，苏北日伪军集结六千余兵力，向淮涟、阜宁、滨海地区抗日根据地实行大规模扫荡。12月初，敌人抽调驻华北第二方面军孙良诚部一万六千余人向我根据地进攻。我苏北分区决定集中全区主力奔袭大伊山，歼灭守敌，阻止孙良诚部南下。这一仗，是县大队加入正规军后的第一仗，钱荣所在的部队担负主攻任务。战士们踏破薄冰，涉水蹚过两条小河，穿着一身“冰”服，连夜赶抵大伊山，立即投入战斗，向敌人发起猛攻。

经过激烈战斗，我军攻下了大伊山。战斗中，有些刚参军不久的战士，还没来得及换上军装就牺牲了。这次战斗，由于敌人兵力比预料的要多得多，致使一部分敌人逃往连云港，未能达成全歼守敌的目标。但这次行动是全区规模的集中机动作战，对部队，尤其是地方部队，是一次很好的锻炼，为以后更大规模的战斗打下了基础。

经过几年来的艰苦斗争和一年来的局部反攻，苏北日伪军已被压缩在一些孤立的城镇据点内，解放区进一步扩大。1945年4月下旬，钱荣所在的部队从淮海区转战盐阜区，继续与日伪军作战。

阜宁城是盐阜区的军事要地，4月24日午夜，我军对阜宁城守军发起攻击，次日下午攻进了阜宁城，与守军展开激烈巷战，连续打了两天，歼灭敌伪孙良诚部四千人，攻克阜宁县城及周边据点二十余处，解放了大片土地，这是苏北我军从敌人手中解放的第一座县城。

1945 年 8 月 15 日，日本宣布无条件投降。中国人民经过艰苦卓绝的浴血奋战，终于取得了抗日战争的最后胜利。

日本投降后，新四军 3 师立即集结主力进入战略反攻，在苏北地方武装的配合下，先后解放了沭阳、宿迁、泗阳、涟水等县城，迫使敌伪军向淮阴、淮安等主要城市集中。新四军 3 师师长黄克诚率主力部队，计划首先攻取淮阴、淮安，然后打下盐城，再逐个扫清根据地残余敌伪，解放全苏北。

1945年9月初，钱荣所在的10旅接到攻打淮阴任务。淮阴城城墙高8米，面对运河，水深城固，炮楼、地堡密布，易守难攻。打淮阴之前，先打泗阳，泗阳打下后，部队化装成伪军，在洪泽湖转了几天，以迷惑淮阴城里的敌人，然后乘其不备，杀它个“回马枪”。

钱荣所在的29团负责攻打淮阴城的西北角。总攻开始时，钱荣和战友们冒着敌人的炮火，经过两个多小时的激烈战斗，爬着云梯攻进城里。尖刀班长徐佳标第一个攀上了城墙，把红旗插上了城头。这时候，敌人一个暗堡机枪突然疯狂地向我攻城部队扫射，徐佳标在身负重伤的情况下，勇敢地扑了上去，用自己的血肉之躯堵住了敌人的机枪射孔，为突击部队开辟了前进的道路。淮阴解放后，为纪念这位战斗英雄，当地人民把他牺牲的地方——淮阴城南门命名为“佳标门”。

这一仗，我军伤亡不大，全歼潘干臣部九千余人，潘干臣也被击毙，还缴获了敌人多辆汽车和武器装备。

9月下旬，新四军3师7、8旅发动了对淮安城的总攻，号称“铁打的淮安”即告攻破，整个苏北全部解放。

挥师挺进东北

1945 年 9 月底，黄克诚接到中央命令，率新四军 3 师开赴东北战场。

接到北上命令后，黄克诚立即着手进军东北的部署。他要求部队全副武装上路，同时考虑到东北地区寒冷，他一边安排先头部队出发，一边下令各部队抓紧筹措棉衣，一人一套，背着上路。

1945年10月初，新四军3师近四万人告别了苏北父老乡亲，向山东进发。出发前，钱荣领到了一挺日本造的歪把子机枪，成了连里的一名机枪手。

一路行军北上，经过解放区时，当地群众都出来夹道欢迎，还一个劲地往战士们手上塞花生、鸡蛋、枣子。部队大都是早上五点多钟出发，每天要走百多里路，直到晚上八九点才宿营。连续长途行军，大家都非常疲劳，不少人走着走着就睡着了，有的则靠着身旁的人打起了呼噜，但脚还机械地行走着。不少人的脚板都磨出了水泡。钱荣可能是小时候干长工时锻炼出了“铁脚板”，所以脚板从不出水泡，每次抵达宿营地时，他都去烧水给大家烫脚。

部队到达临沂，陈毅军长接见了3师连以上干部，传达了延安及党的“七大”情况，表扬了3师的抗日功绩，指出了进军东北的伟大意义。部队一路北上，一路做思想工作。

抗战胜利后，蒋介石为抢占东北，于1945年10月底，将美式机械化部队13军和半机械化部队52军七万多人，海运至秦皇岛登陆。党中央命令新四军3师，加快行军速度，争取赶在敌人前面到达山海关、锦州地区，控制各要点。于是，3师在行军途中进行了紧急动员，就地轻装，每天以八十至百余公里的速度急行军，披星戴月，日夜兼程，直逼山海关。

经过急行军，部队到达辽宁阜新进行休整。这时，钱荣的身体也开始吃不消了，脚面和腿都肿得厉害，肠胃也出了问题，头整天晕乎乎的，不得不住进了团的临时卫生队。卫生队把他安排到村里一个老乡家里进行治疗，当时部队的药品很紧张，所以“治疗”也是以休息康复为主。

这户老乡是一个孤老头，他是苏北淮阴闯关东来的，对钱荣非常好，给他做大米饭，炒土豆丝。他看钱荣年纪还小，劝钱荣留下来给他做干儿子，钱荣从心底里感谢他，但还是想归队北上。钱荣在老人家住了三天，当要离开时，两人都依依不舍。

部队经过五十多天行军，到达东北。一路北上，天气逐渐寒冷，3 师的指战员大多是南方人，既不耐寒，又缺乏过冬御寒的衣服，加上长途行军打仗，大家都已体力不支、疲惫不堪。为此，黄克诚向中央建议，我军暂不作战，抓紧时间进行休整，恢复体力，建立农村根据地。

12 月底，毛主席给东北局发来电报，这就是著名的《建立巩固的东北根据地》的指示，提出：我军在东北的工作重心应放在广大农村，要求先建立巩固的根据地，积蓄力量，准备将来转入反攻。

按照党中央的部署和毛主席的重要指示精神，入关部队一边休整，一边发动群众，建立农村根据地。

浴血奋战东北战场

1946年初，部队从赤峰来到彰武。春节就要到了，3营营长带领二百多人进村去“打土豪”，到了一户地主大庄园，没想到却被他们打了出来，这家地主武装竟然全部是日式装备，非一般的土匪乡团。第二天，营长带领钱荣所在的机枪班，再次去攻打地主庄园，没想到这次没费一枪一弹就进去了。听当地老百姓说，那家地主老财当晚就逃到沈阳去了。战士们打开他家的粮库，搬出了不少大米，除留下一部分做军粮外，余下的就分给当地老百姓了。

1946年春节还没过完，10旅接到攻打务欢池的战斗任务。

务欢池是彰武管辖下的一个大镇，驻守在这里的是国民党一个旅又一个团。晚上，部队发起进攻时，才发现敌人在一棵大树上隐藏着一个火力点。这个火力点居高临下，正好封锁和控制着整条壕沟，部队一发起冲锋，就被敌方火力点的重机枪压着打。连长命令钱荣所在的机枪班与敌人对射，没料到敌人的火力很猛，机枪班两名战士被击中牺牲，他俩都是钱荣的沭阳老乡。连长见状，指挥机枪班两挺机枪分开，交叉向这个火力点扫射，很快就把敌人树上的这个火力点端掉了，为大部队冲锋扫清了障碍。

务欢池战斗是部队出关后在东北打的第一仗，也是第一个大胜仗，全歼国民党三千多人，缴获了敌人大量武器装备。首战旗开得胜，狠狠打击了敌人的嚣张气焰，也大大鼓舞了我军的士气。

1946年3月中旬，苏军从沈阳撤出，黄克诚师长立刻把在彰武地区的10旅调到四平附近待命。待苏军一撤出四平，部队就趁势攻下了四平，俘虏了几千名伪军，缴获了大量武器装备。四平攻下来后，黄克诚将10旅部署在开原一线，阻止敌人北进。

此时，10旅减员很大，出关时，每个连队都是满员的，现在减员不到三分之二，甚至是三分之一，钱荣所在的连队仅剩下六十多人。

开原阻击战打响了，钱荣所在的3营部署在开原铁路大桥北头，敌军守在南头，双方对峙了两个多星期。后来我军主动撤离，来到开原北边的马仲河火车站打阻击战。早上七点多钟，部队在一个小山包刚开始修工事，敌人就发动了进攻。钱荣和二十多名战士守着山头阵地，击退了敌人一次次的进攻，他手里的那挺机枪都打爆了枪管。他冒着生命危险，沿着高粱垄沟爬回连部，换来一挺机枪，继续战斗在阵地上。

打完这一仗，部队伤亡很大。一周后，部队在一个叫大洼子的地方又打了一场阻击战。这场战斗歼敌四千多人，这是我军继秀水河之战后，打的又一个大胜仗。

在东北，钱荣参加了无数次战斗，最惨烈、最难忘的是参加四平保卫战。至今回想起来，他还惊心动魄。

四平地处东北中部平原、关东腹地，当时拥有十万人口，是东北重要的交通枢纽，也是东北重要的粮食主产区，曾是辽北省的省会。占领四平，就等于占领了大半个东北。四平自然成为敌我双方争夺的焦点，国共双方首次在东北展开了大较量。

四平不平，东北不宁。

四战四平，钱荣只参加了第二次的“四平保卫战”。就是这场“四平保卫战”，成为我军东北战场上打得最残酷的一役，使我军遭受重创，后人称为“喋血四平”。

一战四平，我民主联军取攻势，当时守卫四平的只是一些伪满军警，战斗力较弱，我军一顿猛打，旋即攻入城内，打得敌人尸横遍野。仅一天时间，我军就占领了四平。

我军占领四平后，国民党军调集了十个师兵力，分三路突袭四平。此时，已是西满军区司令员的黄克诚认为，我军再固守四平已无意义，他向林彪谈了他的想法和建议，并把西满的主力部队全部交给林彪直接指挥，以便统一部署大规模作战。

二战四平，也就是“四平保卫战”，我民主联军取守势，国民党为攻势。我军摆开了十四个师，以四平为中心，构筑城外一条东西蜿蜒百余里的防线。敌我双方各有十万人集结于此，但是武器装备则有天壤之别，敌方都是现代的美式装备，我军装备最好的就是原来缴获的一部分日军武器。

4月18日，国民党军完成了对四平的弧形包围，随即展开攻击。清晨，四平城即被一阵猛烈的炮火震醒。敌人的飞机、大炮、坦克一起开火。三小时后，敌人开始冲锋，遭到我军交叉火力的猛烈攻击。次日，敌军发起了更为猛烈的进攻，在炮火的掩护下，形成梯队接近我军阵地。我防守部队沉着迎战，先后击退了敌人的正面进攻和迂回进攻。

敌人连续进攻三天，伤亡惨重，为挽回颓势，又投入重兵，从南北两面夹击。敌人在猛烈炮火的支援下，仍屡攻不下，气急败坏地调集飞机、重炮，对我军阵地实行报复性狂轰滥炸，我军的防御工事全部被敌军摧毁，我防守部队不得不后撤。

5月15日，钱荣所在10旅29团接到命令，要求急行军火速赶到四平。5月17日中午，当部队赶到四平东边一个叫张烧锅的屯子时，战士们已经一天一夜滴水未沾，不少人都虚脱了。团里命令在此宿营。大家拖着疲惫的身子，开始分头做饭、烧水、洗脚。

钱荣此时正想上厕所，刚走到门口，发现敌人已经偷偷摸进了村，他立即扯着嗓门大喊：“我们被敌人包围了，快撤！”他转身拿起一挺机枪就往外跑，带领机枪班一口气跑到村外，找到一有利地形，开始阻击敌人。这一仗打得激烈，部队损失很大。

第二天一大早，好不容易集合了队伍。上级命令，占领神仙洞阵地，构筑工事，坚守阵地。上午八点多钟，敌人在飞机、大炮的掩护下，轮番向我军阵地发起猛攻。我军坚守的山头阵地，很快被敌人猛烈的炮火摧毁，整个部队溃败下来。营长想指挥大家夺回阵地，钱荣扛起已经打完子弹的机枪，刚站起身，突然，敌人一排炮弹狂泻下来，钱荣倒下了，腰部和腿部受了重伤。

下午，钱荣和负伤的九班长被搬上了运送伤员的马车，向长春方向撤退。路上，遇到敌机的轰炸，担架队和马车队被冲散了，钱荣和九班长也失去了联系。钱荣咬着牙找了根木棍硬撑着，拖着受伤的身子，随溃败下来的士兵一起，艰难地向前移动。他第一次看到并亲身体验到战争是如此的惨烈，如此的残酷。

第二天中午，钱荣终于挪到了长春火车站，这时候他饿得实在走不动了，就扒下身上的破衬衣，与车站门前卖烧饼的小贩换了一张饼吃。后来，钱荣找到部队设置的收容站，被送上了开往哈尔滨的火车。

在火车上，医生为他检查了伤口，还打了一针。因为失血过多，加上又累又饿，没多久钱荣就昏过去了。

列车到了一个叫双城的地方，那里有一家医院，火车上的人把钱荣抬了下来。可能他们以为钱荣死了，就把他放到了死人堆旁。一个路过的护士发现钱荣手脚还会动，又找人把钱荣抬到医院抢救。就这样，钱荣才死里逃生。如果不是这个护士的细心和善心，钱荣可能早就“光荣”了。

几天后，钱荣和伤员们被转移到了克山的野战医院，在这里治疗了两个多月，伤口也快好了。

一天，克山县县长尹子佳和县委书记到野战医院看望伤员。尹县长看到钱荣，对他说：“你愿不愿意留在地方工作，愿意的话，就给我当警卫员。”

钱荣实在舍不得离开部队，可原部队已不知去向，自己人生地不熟，单枪匹马去哪里找他们呢，这一带土匪又多，别被抓去当土匪了。再说自己身体还未完全康复，即使找到部队，也会给部队增添麻烦。思来想去，钱荣决定先留下来在这里干着，待以后有了机会再回部队。

在克山的日子里

克山县位于黑龙江省的西部，在中国的版图上，大约在“大公鸡”的眼皮盖上。这里寒暑明显，冬季漫长，全年有五个月的平均气温在零摄氏度以下，白山黑水，土地肥沃，齐北（齐齐哈尔—北安）铁路横穿县境。

1946年7月，钱荣来到了克山贸易局工作，经常往来哈尔滨和齐齐哈尔。四个月后，他开始给尹子佳县长当警卫员。不到半年，尹县长看钱荣脑子灵活，就让他到县政府新华贸易局工作。

当时，北满一带是共产党的根据地，每个县要负责民主联军一个团的后勤供给，克山县就把这个任务交给了新华贸易局。钱荣的主要工作，是到东北大城市搞采购，很多时候是将没收来的金银首饰等，带到哈尔滨和齐齐哈尔的银行去兑换成东北流通券，然后到依安县、黑河县和白泉县农村去收购麦子、大豆等粮食，同时还得为部队采购棉布，订做服装、鞋帽，收购汽车废轮胎做鞋底。

克山到哈尔滨沿途，土匪猖獗，去哈尔滨都是钱荣和另外一名同志，他俩都佩戴着短枪，小提箱装着黄金、银圆，外面再用布裹着，以掩人耳目。换回来的东北币，都是用大麻袋装，一般每趟得装三四个大麻袋，每袋装几十万元。所以每次去哈尔滨兑钱时，钱荣都格外警惕，弄不好那可是要掉脑袋的。

有一次，要兑换回十七麻袋的钱，因此钱荣多带了几个人武装押运，总算安全回来了。可一清点，发现少了一大捆，约十万元，钱荣吓了一大跳，整个人都蒙了。查来查去不知道问题出在哪里。整整两天，钱荣吃不好、睡不着，最后查到对方银行，才得知是银行搞错了，少给了一捆，钱荣这才松了一口气。这以后，钱荣做什么事都十二分地小心，尤其是涉及钱的事特别谨慎。

那段时间，整个克山县的贸易财权几乎都“掌握”在钱荣手里，他深知自己的责任大、压力大、风险更大。他经常提醒自己，上级领导信任我，把那么重要的事交给我，我决不能有什么差错和闪失，更不能有一点私心杂念，不能辜负大家对我的信任和期望。所以，在克山经手贸易的近两年时间里，钱荣经手那么多的钱财、物品，从来没有想过要拿点什么，即便出差到哈尔滨下馆子，吃得最好的菜也就是拔丝土豆。

1947 年春节前夕，县政府接到上级命令，要求组织物资慰问民主联军。尹县长让钱荣一人押了三车皮冻猪肉到哈尔滨民主联军后勤部。完成这次任务后不久，上级又让钱荣带人去内蒙古博克图给部队买马，买马是以群来算的，一个马群有几百上千匹马，要买马，就得挑马群。钱荣在行家的帮助下，这一趟买回了上万匹马。回来后，经过甄别，好的马送给部队，差一点的则分配给县里各乡。

那时候，克山县还没有什么工业，也就一些做酒和加工粮食的小作坊，市场上就连小小的火柴也严重脱销，不少居民不得不采用“击石取火”的原始办法。后来县里派钱荣到哈尔滨联系，请来两位制火柴配料的师傅，这才成立了克山县火柴厂。

克山县原本有一间日本人1934年建的亚麻厂，后来停产了，不少设备已经被破坏。1947年10月，县领导派钱荣去筹备恢复亚麻厂的生产，干了一个多月，上级又把他调到县民政科工作。

1947年底，钱荣光荣地出席了克山县先进残废军人代表大会，县长尹子佳和县委书记汪涛在大会上专门表扬了钱荣为克山县的建设做了大量工作。不久，钱荣作为克山县的唯一代表，出席了在北安召开的黑龙江省先进残废军人代表大会。

从省里开会回到县里后，钱荣考虑再三，还是想回部队，他找尹县长和汪书记谈了自己的想法，他俩都舍不得钱荣走。见钱荣态度坚决，尹县长说：“你先到军大学习吧。”钱荣说自己没文化，尹县长语重心长地说：“就是因为你没文化，还年轻，才需要到学校里去学习，去学军事、学文化，今后无论干什么都少不了文化呀，有文化才大有作为。”其实，这些道理钱荣都明白，他是担心到军大学习后，又让他回克山县工作。

从北到南抢修铁路

1948年3月，钱荣告别克山县，来到北安的东北抗日军政大学学习。林彪是当时的名誉校长，具体工作由何长工负责。

这期学员分为四个大队，第一、二大队的学员都是从部队抽调上来的，第三、四大队则多是从地方政府选送上来的，大队下设中队和小队。大概因为钱荣原来在部队待过多年，又是从苏北一路打过来的，上级让他当了小队长。

军政大学主要是学军事，教官都是从苏联学习回来的，所学军事主要有挖掩体、爆破、刺杀和射击，然后是学连、排的进攻和团的进攻。

1948年，中国人民解放战争进入第三年，我军由战略防御转入了战略进攻。8月1日建军节这天，军政大学举行毕业典礼，东北军区司令部参谋长、校长伍修权讲话。当时学校领导让钱荣代表本届学员发言，安排坐在主席台上，所以伍修权这番讲话他听得特别清楚。

毕业后，钱荣被分配到东北人民解放军铁道纵队，他当时猜想，其他部队都叫一、二、三纵队，我们这个叫“铁纵”，肯定是最厉害的部队。后来他才知道，铁道纵队是根据我党的建军思想和苏联的建军经验，在1948年7月创建的一支崭新的铁道工程技术部队，不仅要完成战区抢修铁路，支援前方作战，还必须与各地铁路职工密切配合，积极恢复和发展人民铁路事业，是一支一手拿枪，一手拿工具的部队。

一个月后，学校指派钱荣带领全大队二百多学员，乘火车到哈尔滨铁道纵队报到。上级将这批学员编入了教导队，安排钱荣当了教导队的临时负责人。

在教导队，全体学员又接受了苏联教官的培训。在一个多月的时间里，学习铁路常识，以及有关铁道、桥梁建设等方面的知识。9月底，学员分配到各个支队，钱荣被分到三支队桥梁团警卫连。

刚分配到三支队，就接到参加抢修松花江大桥的任务。为了早日完成抢修任务，战士们夜以继日赶工程进度。经过三个多月的日夜奋战，10月24日，由铁道纵队抢修的第一座大桥——松花江大桥恢复通车。

此时，钱荣已当上了警卫连连长。10月下旬，钱荣接到任务，随支队长赶赴长春，接收长春铁路局。

接收长春铁路局之后，钱荣带着一个排战士跟支队长赶到火车站附近，接收东北沦陷时期的“总理府”，接着又接到守护伪满皇宫的任务。一星期后，又被派去接收、审查和登记原国民党的青年集训队，查出了国民党长春市警察局局长，把他交给了长春市政府。

1949年春节前后，部队在长春市文化公园召开了全支队动员大会：“准备大反攻，打到南京去，解放全中国。”

1949年2月，部队入关。乘坐火车到北京后，部队徒步行军到沧州，按照上级的命令，三支队接手北京到山东德州的铁路修复工作。

钱荣离开家乡后，一直没和家里联系，直到南京解放后，部队到了蚌埠，他才试着写信给家里联系。父亲闻讯从家乡赶来看儿子。当时部队正在抢修淮河大桥，老人走了两天，才赶到工地。此时天色已晚，远远望去，桥上穿梭往来的人都穿着绿军装，老人怕是国民党军队，就在大桥工地旁的排水沟里躺了一夜。第二天清早，他悄悄向人打听，得知是自己的队伍，这才找到了儿子。父子相见，喜极而泣。

经过两个月的紧张抢修，部队提前一个月抢通了淮河大桥。7月1日，南下的火车汽笛长鸣，呼啸着驶过了淮河。

1949年5月，中央军委发布命令，铁道纵队改为中国人民解放军铁道兵团，隶属军委建制，归军委铁道部指挥。

10月1日，中华人民共和国成立。

10月8日，衡阳解放。不久，铁道兵团三支队接到命令：火速赶赴衡阳，抢修湘江大桥，争取年底通车。

衡阳湘江大桥是一座铁路与公路在同一桥面上的大桥，1944年6月，日军进攻衡阳时，国民党守军为阻滞日军进攻，将大桥炸毁。桥梁团要想在短短两个月时间里修复湘江公铁大桥绝无可能。好在湘江公铁大桥上游三百米处，还有一座废弃的铁路便桥，于是部队决定先抢通便桥。

衡阳在历史上乃兵家必争之地，抢通湘江大桥，尽快恢复通车，这座桥不仅把粤汉铁路和湘桂铁路联通一体，对解放军进军广西、解放大西南和渡海解放海南岛，都有着特别重要的战略意义。

三支队桥梁团接到任务后，两千多名指战员立下誓言：不管困难有多大，拼了命也要如期把大桥抢通。团长、政委、参谋长按照各自分工，分头带领木桥营、铁桥营、技术营迅速开赴大桥工地，摆开战场，日夜奋战。

抢修便桥最大的困难是缺乏钢轨、枕木。为了尽快收集施工材料，战士们将当地一些尚未使用线路上的钢轨、枕木拆下来；架梁需用钢梁，就到各条铁路线上去收集；卸材料没有吊机，战士们就用土办法，在钢梁下铺上圆木，前面用人拉，后面拿木杠撬。

在铁路员工的配合下，抢修部队克服种种困难，仅用了五十五天的时间，就抢通了湘江大桥便桥，使中断五年多的粤汉、湘桂铁路重新联结起来，有力地支援了解放大西南和新中国建设。

奋战在朝鲜铁道线上

1950年6月25日，朝鲜战争全面爆发。

10月8日，中国应朝鲜政府的请求，决定出兵朝鲜，抗击以美国为首的“联合国军”。10月19日，中国人民志愿军跨过鸭绿江，拉开了抗美援朝的序幕。

此前不久，中央命令，部队中的朝鲜籍干部战士无论男女立即回国。当时铁道兵团三支队朝鲜籍战士很多，一下就走了近半数人，原来的警卫连就留下3排作为团的警卫排，钱荣被调到技术连当连长。

1950年9月，部队从湖北广水来到江苏徐州与连云港之间的连镇，这里有一座临时建的桥需要修复。国庆节过后，修桥任务停了下来，全团进行战备教育和战备动员，开展爱国主义和国际主义教育。战士们纷纷表示决心：坚决服从祖国需要，随时准备出国征战，抗美援朝、保家卫国。

10月上旬，上级明确指示，随时赴朝打仗。不久，部队离开连镇，乘火车前往中朝边境城市安东（今丹东）集结待命，做好赴朝参战准备。

11月20日，部队接到上级命令：立即出发，出征朝鲜。

晚上七时许，冷风飕飕，雨雪纷飞。在一片浓重、迷蒙的暮色和充满寒意的雨雪中，钱荣坐上一辆苏式“嘎斯”汽车，经浮桥通过鸭绿江。坐在车上，钱荣怀着一种对祖国依恋不舍的心情，回头看了看隆重夜色笼罩下的祖国大地，默默地向祖国告别。

在抗美援朝战争中，交通运输是后勤工作的重要环节，而铁路运输是交通运输的骨干。彭德怀司令员在第二次战役结束时就指出："若无火车运输，汽车白天又不能行驶，要想支持数十万军队继续南进作战是困难的，甚至是不可能的。"

敌人为了摧毁志愿军的后勤补给线，把百分之九十的空军力量投入轰炸我交通运输线，铁道、桥梁、车站、列车成了敌人轰炸的重点目标。战争初期，朝鲜北方1 200多公里铁路被敌人炸毁，通车里程仅有107公里。铁道部队的抢修任务十分艰巨和繁重。

入朝的第三天晚上，桥梁团赶到青川江并接到命令：立即抢建青川江浮桥。青川江上原来有一座铁路桥，战争爆发后被美军炸毁了。那时，敌机经常晚上出来骚扰，照明弹、曳光弹时常划过夜空，一些潜伏下来的特务也常常向夜空发信号弹，指引敌机轰炸。

当时江面已封江结冰，建浮桥要用圆木做成排架，六根圆木做成一个排架，四个排架竖立起为一个初级桥墩，然后做一个木笼，往木笼里装上大石头，放进初级桥墩，再把这些木笼桥墩沉下江底，最后再搭桥梁、铺桥面。

在朝鲜战场，敌机轰炸一般都是在白天，铁路抢修更多的是在夜间进行，战士们白天躲进临时搭建的防空洞里，夜晚点着汽灯施工作业。经过二十多天艰苦鏖战，一座百多米长的浮桥屹立在青川江上，一列列装满粮食、弹药的列车隆隆驶向前线。

离开青川江，桥梁团赶到顺川附近的大同江，在被敌人炸毁的大同江桥旁边修建一座临时浮桥。当时天气很冷，江面上已经结冰，材料及运输都未能及时跟上，只好因地制宜，就地取材。为了争时间抢进度，就直接在结冰的江面上堆稻草、沙包、麻袋，铺临时铁轨，再在江两岸挖壕沟，然后与江面的铁轨接轨。这样搭起的临时便桥顶多只能用一个月，等材料运来后，再重新修建大桥。

在朝鲜，由于运输不畅，前三次战役，志愿军战士都是在挨饿受冻、极其困难的情况下打败敌人的。由于缺粮，部队战士常常饿肚子，即便有了粮食，白天也不能生火做饭，因为敌机随时可能来搜寻目标，哪怕发现一缕炊烟也不放过。加上战事紧张，常常也来不及做饭。炒面就成了战士们当时的主要口粮。饿了，就抓起一把炒面塞进嘴里再吃上几口雪，就算一餐了。

1951 年 4 月，部队开拔来到顺川，这时冰雪已开始融化，气候渐渐变暖。美军飞机开始投下大量的细菌弹。上级命令，不能喝江河的水，要挖井取水。部队又开始挖井，井上还加了盖，日夜派哨兵看守。不久，国内派来了大量医务人员和防化人员，给战士们打防疫针，并对水源进行消毒，所用水必须经过卫生员进行检验后才能饮用。

开春以后，冰雪渐渐消融，大同江水位上涨，原来修建的草包便桥已经不能用了，得重新下木笼（木笼里填石头）、扎排架，修建相对结实一些的“木笼便桥”。而填木笼需要大量的石头。在大同江西岸有两个小山包，钱荣白天就带着十多个战士到小山包去开山炸石；晚上，汽车排就来运石头。敌机白天每隔半小时就在头顶上盘旋侦查一次，到了晚上，战士们就利用这点空隙时间，安排炸石、采石、运石。

因为严重营养不良，百分之九十的战士都得了“鸡膜眼病”，就像鸡一样，一到晚上就看不见东西。于是大家你拉着我，我拉着你，用手摸索着继续干活。可能因为这段时间劳动强度大、劳累过度，伙食营养没跟上，钱荣的身体垮了，肠胃出了问题，又吐又头晕，有时根本就站不起来。领导看钱荣病得不轻，让他回国治疗，钱荣没同意，领导就安排他住到附近老乡家里调养。房东老太太把藏在地窖里的苹果拿出来给他吃，煮了一些容易消化的饭菜，渐渐地，钱荣身体有了好转。

1951 年 7 月下旬，朝鲜北部连降大雨，山洪暴发，河水泛滥成灾，不少桥梁都是修好了被冲毁，冲毁了又被修好，仅东青川江桥就被冲毁九次，整个铁路运输线遭到严重破坏。

为战胜敌人的“空中绞杀战”和特大洪水灾害，保证铁路运输线畅通，支援前线作战，铁道部队提出了建设“打不断、炸不烂的钢铁运输线”的战斗口号。在朝鲜战场，铁道部队和援朝铁路职工一道，创造了一系列的铁路抢修方法和抢运方式，确保了“钢铁运输线”畅通无阻。

此时，朝鲜的铁路通车里程，从志愿军入朝时的107公里增加到1 200多公里。铁道部队增加到四个师，直属桥梁团补充了大量兵源，扩大为师，志愿军编号为“904大队”。钱荣所在的技术连也升级为技术营，钱荣到了二支队三营（即十四团三营）当了副营长。技术营刚成立，没有营长和教导员，只有一个副教导员，钱荣担负起全营的抢修指挥工作。

有一次，美机投下的定时炸弹，把新城川到四家面之间的铁路炸毁了，钱荣带着部队赶到这里抢修时，发现股道上有一颗还未爆炸的炸弹。以防不测，钱荣安排战士们隐蔽在路基旁，独自一人冲上股道排弹。他骑在一米多长的炸弹上，只听见指针“咔嗞、咔嗞”地走动声，这时他非常紧张，心里也害怕，怀里就像揣了个小兔子似的“怦怦”直跳。他强作镇静，安慰自己不能怕。大家也很紧张，都为副营长捏一把汗。终于，钱荣卸下了定时器和炸弹引信，战士们一哄而上，把炸弹扔进了江里。

1952年春节后，美军对我“钢铁运输线”发动了新一轮攻势。

一天晚上，敌机对阳德火车站进行疯狂轰炸，把车站两头二十几股线路和道岔炸坏了，此时，有七列满载军火的列车被堵在了站内，如果天亮前这几列火车仍未开走的话，必将遭到敌机的轰炸。师长张云山命令钱荣，必须赶在凌晨四点前抢修好线路，否则拿脑袋来见我。

这是钱荣当兵以来第一次接到“生死状”。接到任务后，钱荣火速带领部队赶往现场抢修线路。

这时已经是晚上十点多钟了，没想到敌机又来了，一番狂轰滥炸。时间紧任务重，这时候也只能冒着枪林弹雨与敌人争分夺秒了。有人受伤了，包扎后，能干则干，不能干就先到一边歇着，其他的人接过手来继续干。夜间抢修，还不能点汽灯、举火把，几乎是摸着黑施工。抢修好一条线路，就立即开通，一分钟也不敢耽搁。这回真是把脑袋别在裤腰带上了。

终于，抢在凌晨四点前，修好了全部被炸毁的线路，让所有被困军用列车驶出了车站。

1953年7月，钱荣的胃病又犯了，动不动就头晕，呕吐不停。上级再次让他回国治疗，他考虑到当时局势紧张，营里的任务又重，来来回回也麻烦，

就没答应。后来团里让他到师部的卫生队治疗，每天打针吃药，伙食也比原部队好一点，有两菜一汤。

在卫生队治疗二十来天，钱荣身体好转了，正准备回部队去，没想到出院的前一晚，他看到营里十一连驻地上空，火光一片。第二天得知，十一连驻地因在一个火车站附近，敌机轰炸时不幸被击中，全连伤亡达三分之二多（那时连队约有一百五十人）。当时团里卫生队主任赶到现场，在临时帐篷里，一人一天就做了二十多台手术。

钱荣伤心不已，他再次体会到了战争的残酷。

两天后，板门店的钢笔尖刺破凝固三载的硝烟——朝鲜全线停战。

1953年7月27日10时，敌我交战双方签订了《关于朝鲜军事停战的协定》。当停战协定墨迹蜿蜒成三八线时，鸭绿江岸的铁轨仍在震颤——那些被航空炸弹犁过千百遍的钢轨，早被志愿军铁道兵团战士的鲜血淬成了永不弯曲的脊梁。

在历时2年零9个月的中国人民抗美援朝战争中，志愿军铁道部队先后粉碎了敌人的“夏季攻势”“秋季攻势”“空中绞杀战”等。在这场被称作“绞杀与反绞杀”的钢铁博弈中，钱荣和他的战友们用血肉之躯演绎着战争奇迹，为抗美援朝取得胜利立下了赫赫战功。

十一月的寒风掠过阳德车站，二十多节闷罐车箱里蒸腾着两千多个归乡的梦。钱荣作为领队，紧攥的哨子已咬满牙印，他数着车轮与钢轨的撞击——这是三年来唯一不必分辨敌我的节奏。

清晨，列车驶过鸭绿江，当凤凰城斑驳的月台撞进视线时，整列军列爆发出洪荒般的嘶吼。战士们用冻僵的手指抠开车门，争先恐后跳下车来，情不自禁地欢呼雀跃，热泪在结霜的睫毛上凝成冰珠。

站在晨雾缭绕的站台上，钱荣忽然成了最沉默的人，这个曾在炸点间测算生死概率的年轻军官，此刻却解不开最简单的谜题，身边那么多战士倒下了，为何没有给自己预留的位置？

东方的朝霞染红天际时，他对着钢轨郑重敬礼——那些永远朝着祖国方向的坟茔，此刻正将朝阳折射成满地滚动的金星。

后 记

钱荣回国后投身铁路建设事业，先后参与宝成、黎湛、黔桂等多条国家干线的攻坚会战。1955年因功勋卓著，被授予大尉军衔。在黎湛铁路建设工地上，这位铁血军人邂逅了战地卫生员陈云英，两人在工地隆隆的炮声中结下革命情缘，婚后共同抚育两子一女，构筑起温馨的革命家庭。

1959年，钱荣在武汉陆军总医院做了一场大手术，胃被切去了三分之一，身体状况更差了。部队首长决定让他离职休息，保留待遇。钱荣怕自己的病拖累部队，含泪递交了转业申请，部队首长和战友们再三挽留，钱荣去意已决。

1960年3月，钱荣结束十七载戎马生涯，依依不舍地离开了部队，以副团长兼参谋长身份转业到地方。他辗转长沙、武汉、广州三个铁路局，历任基建处科长、生活处科长、工务段党委书记、分局政治部副主任、分局纪委书记兼政法委书记。二十七载春秋寒暑，钱荣始终秉持军人作风，在铁道线上续写忠诚。

1987年秋，钱荣光荣离休，担任广州铁路分局老战士协会会长，现享受正省部级医疗待遇。这位从战火中走来的革命前辈，将半生心血浇筑在纵横交错的钢轨之间，用忠诚与担当谱写出壮美的人生轨迹。

音乐快板剧《新河明灯——从粤汉铁路第一党支部到现代化广铁》

扫码观看视频

传　承

作词：陈志雄
作曲：刘洪胜

1= D $\frac{4}{4}$

1921年7月，中国共产党第一次全国代表大会召开后，毛泽东同志回到长沙，开始“大力推动工会工作”，在铁路工人比较集中的新河火车站，亲手点燃了粤汉铁路工人运动的火种。

1922年8月1日，中共粤汉铁路第一个党支部——新河支部成立，成为中国共产党在全国铁路最早成立的党支部之一。至2023年7月，广铁集团发展到4541个党支部、54089名党员。

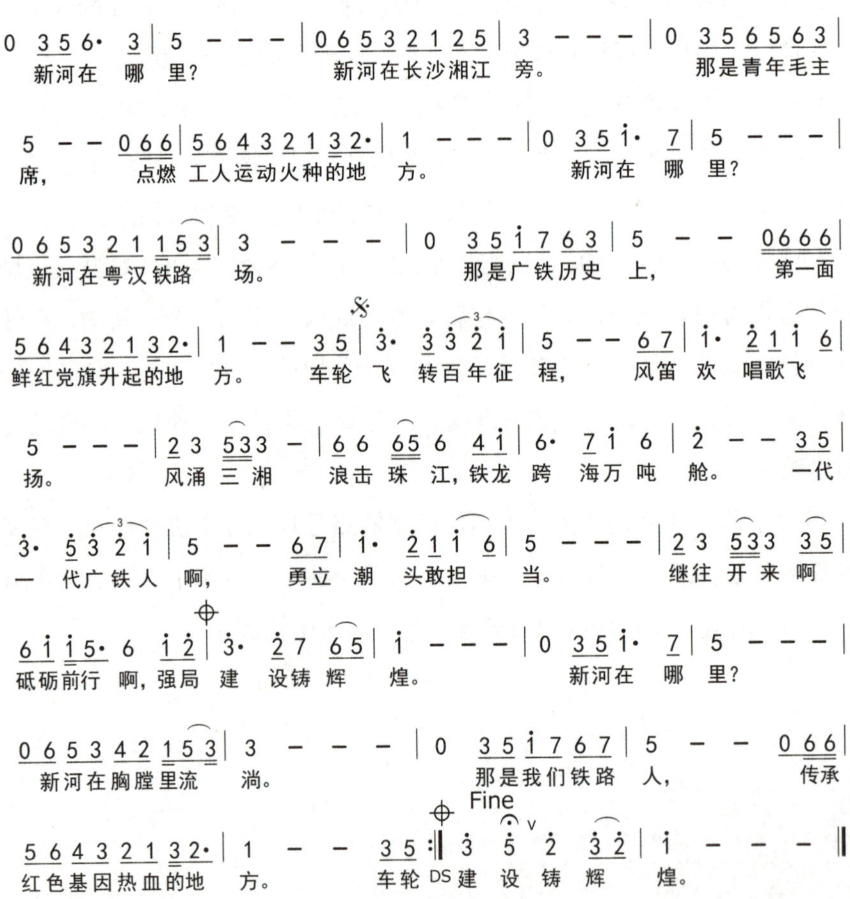

代后记

□ 陈志雄

这事想了很久，是时候出手了。

也许是天注定，我与老干部很有缘。先说我自己吧，早在20世纪90年代，因为连续做了十多年的干事，总是没有进步，被同事、朋友们戏称为“老干部”。后来参加应聘考试，从韶关调入省城，工作、生活在广州梅花村、共和村、杨箕村一带，至今已有二十多年。不知者以为，这只是三个村庄，其实这是广州市的核心区，省委、省人大、铁路局的机关都在此。当然，这些机关的家属区也在这一带，包括若干个“干休所”。因此，我每天都会遇见老干部们，一个个步态中或带着军人的节奏、或带着沉稳的气质、或带着饱经风雨后的从容，当然，也有拄拐杖者和坐在轮椅上的。2003年，我因工作变动，在东山口小东园的广铁老干部活动中心大楼办公，从事与《中国铁路文艺》编辑和广铁文联相关的工作，经常与老干部们近距离接触。就这样，在电梯间、走廊、办公室里，几乎每天我都能听到老干部们一个个辉煌人生中的某个片段，这些记忆的片段都非常珍贵。

可是，由谁去把这一个个片段结集起来呢？

时间到了2024年，也就是中华人民共和国成立75周年之际。五一劳动节过后的一天，我同离退休干部管理部（以下简称离退部）的同志聊天时了解到，广铁集团管内原有离休干部2 800多名，如今健在的只有106名。我一听，心里咯噔一下，回想起近年来确实越来越少看到这些人了，顿时生出“此情可待成追忆，只是当时已惘然”之憾。所谓的离休，就是对中华人民共和国成立前参加中国共产党所领导的革命战争、脱产享受供给制待遇的和从事地下革命工作的老干部，达到离职休养年龄的，实行离职休养的制度。铁路离休干部，是中国革命历史和社会主义建设的见证者，是铁路红色教育的“活化石”。后经离退部的详细调查摸底，那106名离休干部中，只有少部分人还能够正常接受采访。真是岁月匆匆不待人啊！如不及时组织人员进行抢救性采访，再过几年就没有机会了。

于是乎，身为作家和铁路文化宣传工作者的我，觉得有责任和义务把此事做起来。怎么做呢？最初的想法是：由集团党委宣传部、文联、离退部联合组织，通过采访创作，运用文学艺术的形式，将离休干部们的非凡经历转化成一个个精彩动人的故事，汇编成一部红色教育书籍或组织一个红色文化展览，计划在中华人民共和国成立75周年之际完成。一方面，我在广州铁路作家协会群里发出“英雄帖”，挑选出了30多名热情应征者，有年过八旬的老作家，也有刚参加工作不久的新作者；另一方面，2014年6月27日、28日，在长沙、广州两地分别组织召开了片区创作动员会，计划在8月份完成初稿。然而，因部分老同志的身体状况影响采访进展等原因，没能如期实现最初的想法。

随后，广铁青年书法美术家协会也主动参与，策划创作人物漫画，青年画家吴彬、唐伟杰、金丽达、曾宣杰、肖瑞、邱雅芳、赵子琼、唐艺、吴贞燕、王鹤棋、麦诗诗、裴亚菲、杜怡洁、李曦、付榕等人，利用业余时间创作出几十幅离休老干部漫画。不过，考虑到可能有个别老同志对漫画会有不同的看法，本书未将人物漫画编入。对此，在向诸位青年画家致谢的同时，也深表歉意！此外，还要向帮助拍摄照片、视频的赵晖、杨新飞等人，以及向协助采访、提供资料的相关单位人员表示感谢！

好事多磨，转眼蛇年已至。

古人有言：文章不厌百回改，一诗千改始心安。为确保此书高质量出版，2025年2月底，30余名作者相聚清远龙颈镇凤塱村“广州铁路文艺创作基地”，在《中国铁路文艺》原主编杨天祥和副主编蔡宗周、叶敏虎三位老师的指导下，进行了为期3天的改稿会。自2024年8月初稿出来，至定稿的半年间，他们每人对应10～11位作者，经常在线上、线下给予指导。在此，向杨天祥、蔡宗周、叶敏虎三位铁路老作家表示衷心的感谢！

值得一提的是，在采写期间有一位离休干部回到老家居住，因路途遥远，只好作罢。就在本书定稿的前一周，离退部的同志又提议增加一位名叫钱荣的老同志。98岁的钱老躺在广东省人民医院，勉强能够接受采访。他是广铁集团参加过抗日战争、解放战争、抗美援朝唯一在世的老战士，非常重要。可时间紧迫，有谁去完成采写任务呢？我着急地拨通《广州铁道》报原总编辑徐勤的手机，他欣然答应。另外补充一点，已过世的原广东省优生优育钙代谢委员会副主任、原广铁中心医院离休干部贾新华，其事迹曾有过一篇报告文学，我便找到了原作者肖强虎老师，请他再次采写贾新华的家人。最终，使得本书完美地实现了32个故事的计划。

虽然在32个题材中，人物特点各异，有些事不好定论，有些事不便细说，有些事不必明叙……种种原因，导致创作形式不一，报告文学、人物传记、通讯、特写皆有之，稿件质量也是参差不齐。但不管如何，在集团公司相关领导和部门的关心支持下，终究还是解决了有没有做的问题，也算是了结了我多年的心愿。

向离休干部们致敬！向作者们致谢！

2025年3月2日于广州共和村

（作者系广铁集团文联副主席兼秘书长、作家协会主席，广州铁路博物馆副馆长、中国作家协会会员）